U0452435

张守涛 ◎ 著

鲁迅的朋友圈

鲁迅与现代英俊

新华出版社

图书在版编目（CIP）数据

鲁迅的朋友圈：鲁迅与现代英俊 / 张守涛著 .
北京：新华出版社，2025.4
ISBN 978-7-5166-7930-2

Ⅰ . I210
中国国家版本馆 CIP 数据核字第 20252WX198 号

鲁迅的朋友圈：鲁迅与现代英俊
作者：张守涛
出版发行：新华出版社有限责任公司
（北京市石景山区京原路 8 号　邮编：100040）
印刷：三河市君旺印务有限公司

成品尺寸：165mm×230mm　1/16	**印张：**21.75　**字数：**230 千字
版次：2025 年 5 月第 1 版	**印次：**2025 年 5 月第 1 次印刷
书号：ISBN 978-7-5166-7930-2	**定价：**69.80 元

版权所有·侵权必究
如有印刷、装订问题，本公司负责调换。

前　言

"血沃中原肥劲草，寒凝大地发春华。"无疑，鲁迅是中国最杰出最重要的现代知识分子之一。某种程度上，鲁迅作品、思想、精神已经成为中国知识分子的"原典"，对于现当代知识分子有着重要影响。如学者孙郁在《鲁迅遗风录》中所说："我们说鲁迅是中国作家的精神之母，是毫不过分的。"

鲁迅有着怎样的朋友圈？鲁迅与中国现代知识分子尤其是与现代作家的关系到底如何，鲁迅对他们有何影响，他们又对鲁迅有何传承？相信，这是一个很有学术价值和现实意义的研究选题，既有助于丰富对鲁迅和其他中国现代知识分子的认识、研究，也有助于我们今天传承鲁迅精神、事业。对于这个选题自然已有很多研究，但多是个案研究，整体、系统的研究还比较缺乏。因为这是一个艰难的"工程"，需要对鲁迅与中国现代知识分子有整体和较深的了解。

本书主要探究鲁迅和周作人、台静农、冯雪峰、瞿秋白、郭沫若、茅盾、萧军、萧红、巴金、老舍等二十多位有代表性的中国现代知识分子的关系，从中略窥鲁迅对中国现代文学文化及知识分子的影响。其中鲁迅和每个现代知识分子的关系各有不同，本书也试图展现其各自特点，如对于鲁迅和周作人的关系着重书写鲁迅与周作人的恩怨，对于鲁迅和冯雪峰的关系着重探究冯雪峰对鲁迅的影响，对于鲁迅和萧军的关系着重探析鲁迅对萧军人生的影响，对于鲁迅和萧红的关系着重分析鲁迅对萧红作品的影响，对于鲁迅和茅盾的关系着重探析他们的"和而不同"，对鲁迅和老舍的关系着重比较他们对"国民性"的书写……

从知识分子人生和作品文本出发，大量结合最新研究成果、史料，本书试图文史融合、雅俗共赏，整体、系统、深入地研究、书写鲁迅与中国现代知识分子的关系，尤其探究鲁迅对他们的影响。鲁迅如同文坛天空中的"恒星"一样，对中国现代知识分子诸位"众星"有着重要影响。"愿有英俊出中国"，如鲁迅期望的，与鲁迅同代的中国"英俊"以及后来的很多现代知识分子或多或少都受到过鲁迅的影响，有直接的影响，也有间接的影响。

鲁迅对中国现代知识分子最直接最明显的影响是对"鲁门弟子"的影响。"鲁门弟子"虽然不是一个严格的学术概念，但大体上也得到了人们的认可，主要包括鲁迅去世后的那十六位"抬棺人"：巴金、胡风、黄源、鹿地亘、黎烈文、孟十还、靳以、张天翼、欧阳山、周文、曹白、萧军、吴郎西、陈白尘、萧乾、聂绀弩以及萧红、韦素园、曹靖华等人。

这些"鲁门弟子"是与鲁迅关系非常密切，受到过鲁迅亲自培养、指导的年轻人。他们在鲁迅去世后，也一直深切地怀念、感激着鲁迅，一直视鲁迅为自己的老师，甚至有些人直接以"鲁门弟子"自居。鲁迅对这些"鲁门弟子"的影响是深远、重大的，包括思想精神、人生道路、文学创作等各个方面的影响。可以说，没有鲁迅就没有后来的他们。难能可贵的是，他们大多传承了鲁迅精神、事业，不愧为鲁迅弟子，尤其以胡风、聂绀弩、萧军为代表，他们也为此付出了沉痛的代价。

除了"鲁门弟子"之外，鲁迅作为左翼作家领袖，毫无疑问对其他左翼知识分子也有着重要影响。如鲁迅与茅盾、瞿秋白、冯雪峰、周扬等左翼知识分子也都有比较密切的交往，其中茅盾与鲁迅"和而不同"，瞿秋白则是鲁迅"知音"，鲁迅与冯雪峰亦师亦友，周扬则是鲁迅晚年最主要的论敌。而其他左翼作家，如老舍、曹禺、丁玲、赵树理、孙犁、艾青、唐弢等人虽然与鲁迅直接交往不多，但也深受鲁迅的影响，如曹禺说鲁迅的"作品哺育了我"，丁玲说自己是"吃鲁迅的奶长大的"，孙犁称鲁迅是自己"精神上的导师"。

除了对左翼知识分子，鲁迅对其他很多现代知识分子也有或多或少的影响，包括"影响焦虑"。如鲁迅对弟弟周作人自然影响极大，鲁迅与郁达夫"交谊之深，感情之洽"的关系罕见，鲁迅与沈从文虽然不合但其实他对沈也有间接影响。

鲁迅对中国现代知识分子的影响一直惠及今天，所以我比较重视研究鲁迅与中国现代知识分子关系的价值，尤其是对于我们今天知识分子的参考价值。鲁迅对当代知识分子依旧有着重要影响，我们今天依旧需要传承鲁迅。此外，在本书写作过程中，也产生过一些其他"灵感"，从而写了一些相关论文附录于书后。

如果说文化的本质在于化人影响人，那鲁迅对于中国现代知识分子的重要影响，可以说是中国现代文学文化的重要部分及中国现代化的重要资源，有着重要的时代和现实意义，值得我们认真探究、弘扬。本书旨在"抛砖引玉"，还请各位方家、读者多多指教！另外，因为本人才学有限、资料有限、精力有限等原因，本书挂一漏万，仅是书写了鲁迅与有代表性的中国现代知识分子的关系，还有很多鲁迅与受过鲁迅重要影响的知识分子的关系没有书写。另外，需要说明的是，本书的主旨、重点是主要研究鲁迅对中国现代知识分子的重要影响，以望更加发挥鲁迅的影响，请诸君明鉴！

序言

一

一部书稿出现在我的书桌上,是张守涛先生的《鲁迅的朋友圈——鲁迅与现代英俊》。"愿有英俊出中国",鲁迅希望中国出英俊,中国也确实出了很多英俊,当然还需要更多英俊;鲁迅本人是中国的英俊,在他的影响下成长起来很多英俊。这句话涵义丰富,涵盖广,历时长,今天也不过时。

正如作者在序言中所说,鲁迅与中国现代知识分子尤其是与现代作家关系,或者更具体地说,是鲁迅对他们的影响、他们对鲁迅的传承,兼有学术价值和现实意义,"既有助于丰富对鲁迅和其他中国现代知识分子的认识、研究,也有助于我们今天传承鲁迅精神、事业"。本书副题"鲁迅与现代英俊"对论述范围做了限定,二十多位英俊不是政治家、军事家、科学家等,而是文化人、读书人、知识人——而且偏重鲁迅的专业:文学。

"鲁迅与现代英俊"属于"鲁迅与同时代人研究"的大范围。在中国现代文学家中,交游研究最充分的莫过于鲁迅,《鲁迅全集》的人物注释部分相当详细,日记中只出现一次的人物的生平事迹都做了介绍。最近还有学者将鲁迅家乡的远亲近邻乃至同时的乡贤都做了梳理,虽然关系较远,也是有价值的资料,因为这些同时代人是鲁迅时代的大文化背景的一部分。

读罢序言,就去看目录,却有点疑惑了,为什么将林纾列在第一位?几十年前读文学史著作,林纾是反派角色、大批判对象,现在对他温和一些了,肯定他的功绩,读者接受是没问题的。将林纾列为鲁迅一代人所接续文脉的前辈,对他们文化贡献特别是引进西方文学的功绩给予肯定,是很必要的工作。但列在第一位似乎与全书主题略有错位：林纾固然是英俊，但不在鲁迅所"愿"范围内，因为鲁迅还是学生的时候，林纾已经名满天下了。这样排列，可能出于对老前辈的尊重吧。这且按下不表。

二

来不及过多疑惑和反思，就眼睛一亮，心生喜悦，在目录中看到"愿有英俊出中国"的祝福语——堪称本书的"书眼"——其副题是"鲁迅与台静农"，用的地方深得我心。因为我收到书稿前不久，与台湾大学、澳大利亚新南威尔士大学、北京师范大学、西南大学和重庆师范大学的老师们一起去重庆，参加了"寻访台静农抗战时期踪迹"的活动。在白沙镇附近山坡上的国立女子师范学院旧址参观，看着几间刚刚修缮好的教室和院内齐腰高的杂草，想象战乱年代这里的清贫生活和朗朗读书声，台静农就是在这里与朋友们展读鲁迅的《娜拉走后怎样》手稿并加题识的；山下的河道在小雨中波光闪闪，让人想象当年台静农从山上走下去，在码头乘船到江津另一个小镇看望他的同乡、新文化运动领袖陈独秀，或到重庆参加文化界纪念鲁迅的大会。因为台静农等文化人的播迁，陈独秀、鲁迅在这二十世纪四十年代的山城的时空交集，让人感慨万千。

台静农是鲁迅北京时期培养的作家中具有代表性的一个。我写过一篇文章《风义师友，斯世同怀：通信中的鲁迅与台静农》，介绍他们之间的关系，其中有这样一段话："台静农与鲁迅的亲密关系，归因于他们社会观念相通、文学风格契合和学术理路一致。他们从创立未名社时期相识，到鲁迅逝世，十几年间友情不断加深。……台静农服膺鲁迅的思想和品格，内心深处珍藏着对鲁迅的爱戴和景仰。他在艰苦甚至危险的环境中默默践行鲁迅的文化思想和学术理念，艺术创作和学术研究中或隐或现透出鲁迅的影响，保持着那个时代知识分子的风骨，没有辜负鲁迅的期望。"因为政治斗争的影响，台静农在完成鲁迅未竟的学术事业方面也留下一些缺憾,如我在文章的末尾说到两人通信中讨论的学术计划——我把台静农称为鲁迅的学术传人——介绍了台静农在台湾大学中文系教学和研究活动中编纂《中国文学史》讲义的情况:"鲁迅英年早逝,未及完成自己的学术计划。多年后,台静农发愿研究中国文学史。抗日战争结束后,台静农到了台湾,创建台湾大学中文系,担任系主任二十多年。他在中文系任教几十年,培养了大量人才,个人著述的重要一项,就是编纂《中国文学史》。因两岸阻隔,直到终老,台静农未能再回大陆。他去世后,他的弟子将讲义整理出版。台静农可能是带着对鲁迅的愧疚离开人世的——在他有生之年,没有见到《中国文学史》的印行。"他晚年遇到困难也许比鲁迅遇到的困难更大。鲁迅蛰居上海,困于家累,忙于论辩,欲回图书丰富的北平而不得;台静农则歇脚台岛,形格势禁,缺少参考资料和师友切磋。从他的《中国文学史》讲义篇幅分配和着力所在,可以分明看出鲁迅学术取向的影痕。文章还从他们通信中讨论的话题生发开去,稍稍涉及学脉传承和相互影响。但我的文章只介绍鲁迅影响下成长的青年英俊之一,而且偏重学术方面。

鲁迅与同时代人研究,需要从更多方面来考察他们之间的关系。单就台静农个人而言,就有小说家、学者、书法家等多重身份;就群体而言,台静农是未名社的一员,辅仁大学、国立女子师范学院、台湾大学等高校的教员,在更大更多的文艺、学术群体中活动,是学界中人、文网中人、书坛上人。以此类推,研究鲁迅与现代知识分子之间的关系,需要放眼注目更大的时空。从个人到群体,是鲁迅与现代知识分子研究的题中应有之义,甚至可以说是其升华和结晶阶段。

鲁迅在一个个圈子和一张张网中,而且这些圈、网不断变换、交叉、反复、重叠。本书以鲁迅为纲,就是主要以鲁迅视角为主,但论述中也不断有视角转换,产生出不同的意义。二十多位有代表性的中国现代知识分子与鲁迅的交往互动,既显示了鲁迅的品格及其对他们的影响,也在在显示着他们自身的品格、性情。他们因教育经历、文化修养的差异显出的个性，与其所属团体、阶层的文化取向乃至政治倾向而呈现的差异，使全书有了很大的丰富性和多样性。

本书作者努力编织一张网，对这张网的各个结点做了梳理，力图找出线索和关节。形象地说，鲁迅是纲，众多英俊是目，纲举目张。阅读本书，不但认识鲁迅和各位英俊，而且由点到面，认识现代知识阶层的大群体。本书将知识分子作为群体研究，并具有横向广阔视野和纵向的文脉、学脉接续意识。很多知识人、读书人与鲁迅的关系，此前已有个案研究，而整体、系统的研究还比较缺乏。对鲁迅与中国现代知识分子做整体把握，并使各个个体和群体之间脉络贯通，形成一个现代知识分子精神谱系，才是本书命意所在。

三

鲁迅立足文坛后，一直在努力培养英俊。前期，他带出一批文艺青年，后期参加左翼作家联盟，更着力造成大批文艺"战士"。北京时期，自然不能不提到《新青年》群体的同人们，鲁迅与胡适、钱玄同、刘半农等互相切磋琢磨，亲兄弟之间也有事业上的合作，可以说是英俊汇集，互为师友。未名社、狂飙社、语丝社、莽原社及浅草－沉钟社的青年文艺英俊之于鲁迅，体现出不同程度的文友、朋友、师生关系。即便是厦门时期只交往了几个月的泱泱社，也留下很多合作、提携的佳话。上海时期的左翼文学界，鲁迅的导师、战友身份得以凸显。本书在鲁迅的两大"朋友圈"上着墨较多，第一个大朋友圈，是早期的台静农、李霁野、韦素园乃至高长虹、向培良等，后期的朋友圈，则是胡风、冯雪峰、萧军、萧红等。两个朋友圈的共同特点是师友们有共同的事业，有相近的文化理念。

本书将这些群体接受鲁迅影响的过程和结果通过一些代表人物体现出来，甚至还涉及一些鲁迅生前有所影响但不明显的人，如李秉中、李何林、台湾和香港的青年等。即便在师生关系中，作者也注意他们之间的互相影响，仍以台静农为例。他是鲁迅的学生，但更是朋友。有一个时期，当年受了鲁迅影响的青年知识人写回忆录，将鲁迅放在很高的地位，以崇拜"先师"的口吻写作，对事实难免有所夸张，其心情可以理解，但须知影响是相互的，亦师亦友才是普遍现象和交往正道。总是师的尊严，没有友的温情，是交往不下去的。真正的交流和互相影响是平等的。最近的研究，包括本书在内，在探讨反向影响方面就很有成绩。

我曾说过，看鲁迅与人的关系深浅程度，通信是一个重要的衡量标准，看鲁迅给谁的信多而说话真切，少客套应酬，就是师友，就可称"自己人"了。台静农之外，曹靖华、萧军、萧红、李霁野、韦素园、李秉中、章廷谦、杨霁云等，他们对鲁迅的影响也不容忽视。如果他们总是、只是被动地接受鲁迅的影响，就不能称为知识人。

最为关键的是：这些青年英俊何以与鲁迅成为师友，他们为什么当得起知识人的名声？他们与鲁迅的关系有什么文化史意义？本书探讨的重点在此。知识界人士很多，有成就的人甚众，鲁迅与之交往的人也颇不少，但能与鲁迅有师友、战友交情的却并不多。英俊或文化英雄，不是一般人能当得起的。所以作者从中寻绎出他们的共同点，总结出一些有规律的东西，其中最重要的一点就是鲁迅的品格——这才是鲁迅一生行实的"纲"，没有这个就不会有鲁迅的地位，不会有朋友们对他的崇敬。鲁迅不是一般的文学家和知识人，他的身上结合了人们常说的"战士和文人"的品格。本书有一章就以此作为题目。"战士""文人"本来是分开的两个词，各自都能找到对应的人物，但是战士和文人合于一体，在历史上就属凤毛麟角。因此，可以说，与鲁迅交往、友善、合作的人身上都具有一些"战士文人"的品质。精神品格是鲁迅与现代知识分子之间交谊的纲领。这个纲领贯穿全书。

四

鲁迅与一些知识人群体的交往，是鲁迅及其友人自主选择的结果，如未名社、左联等，还有一些群体却是后人总结得出的，当事人的自觉并不明显。

本书涉及的其他一些文学界大家就具有这种性质。最显著的是文学史家申说的现代文学六大家"鲁郭茅巴老曹"，在本书中悉数登场。就拿前三位来说，鲁迅与他们组成的一个文化场域就很值得研究，不能纠缠于表面的论名位、排座次，如鲁迅所说："我和茅盾，郭沫若两位，或相识，或未尝一面，或未冲突，或曾用笔墨相讥，但大战斗却都为着同一的目标，决不日夜记着个人的恩怨。然而小报却偏喜欢记些鲁比茅如何，郭对鲁又怎样，好像我们只在争座位，斗法宝。"郭沫若的道路选择和对一些人事的态度与鲁迅颇有不同，文章风格自然也有差异。鲁迅、郭沫若、茅盾看他们之间的关系各有自己的视角。

此外还有很多不同的视角。如沈从文在《郭沫若》一文中肯定郭沫若是文化名家，但不许给他小说家的荣誉："让我们把郭沫若的名字位置在英雄上，诗人上，煽动者或任何名分上，加以尊敬与同情。小说方面他应当放弃了他那地位，因为那不是他发展天才的处所。一株棕树是不会在寒带地方发育长大的。"这个评价郭沫若也许还能接受。鲁迅对他翻译的批评，不知道他能否受用。鲁迅在谈到他翻译《战争与和平》时说："《战争与和平》我看是不会译完的，我对于郭沫若先生的翻译，不大放心，他太聪明，又大胆。"这么说来，郭沫若的翻译家成就就要打一些折扣。过去，文学史家定论似地给三位作家排名，是《水浒传》研究法。有一次开讨论鲁、郭、茅的学术会，我提出也可以将三人比作"三国"，"瑜亮"也好，"使君与操"也好，他们之间的关系折射出现代文学史上很多问题。也就是说，《三国演义》研究法也可以作为探讨他们之间关系的一种视角。英俊之间有接触，有意见，有争论，有异同，是正常的。学界对三人的关系的研究成果很多，有直接揭示的，有刻意隐蔽的，有各表其优长的，仁者见仁，智者见智，并不一定按鲁迅或其他两人的自述、自辩来定论。看他们身上"文人战士"品质有多少，是一种角度，看他们与他人交往的情况，也是一种角度；看他们在群体中的表现是一种角度，看他们如何培养英俊亦即看他们的影响面大小，也是一种角度。总之，应该从更多的视角对他们进行综合考察，以期对他们的文化地位、历史影响有全面的认识。

即便对他们做《儒林外史》式的研究，也未尝不可。英俊也不是时时处处都遍体光辉的，就像鲁迅说的："战士的日常生活，是并不全部可歌可泣的，然而又无不和可歌可泣之部相关联，这才是实际上的战士。"

五

本书论及的英俊群体还扩展到与鲁迅没有交往而受鲁迅影响较大的作家，如赵树理、孙犁等。从私淑者身上也能看到鲁迅的独特价值。即便鲁迅的论敌，也是另一种意义上的"友人"。这些人至少注意过他，认真地将他作为对手，与他商讨、争论，在这过程中，有些言动引起他的误解、不满和愤怒，有些闹翻了，有些闹翻又和好了，都很正常。圣·勃夫在《我的毒》（Mes Poisons）中写道："明言着轻蔑什么人，并不是十足的轻蔑。惟沉默是最高的轻蔑。"鲁迅翻译了这句话后，进一步说："最高的轻蔑是无言，而且连眼珠也不转过去。"不能说鲁迅的论敌就都是反面人物，都是歪才或蠢材。实际上，他们在某些方面也是英才。胡适、林语堂等也是英俊，这也是很重要的一部分才俊，没有了他们，鲁迅的业绩要减下去很多，鲁迅是在与人论辩中成就杂感这种独特的文体的。现在强调破除唯鲁迅正确的观念，已经不是什么新鲜的观点了。但是要考察鲁迅与论敌论辩的过程，分析其中存在的问题，也还有待细致的辨析。

本书将一些英俊写在余论部分，我觉得是预告着有更大的写作项目。此外还有一些值得做详细分析的知识群体，如赵树理、孙犁等私淑者，以及后来几代青年英俊。英俊是一个总体，不是单一的个人，也不是一两个群体或几个圈子。作者将更多英才包括进来的尝试呼之欲出，这符合鲁迅时代文坛和鲁迅影响下的中国知识分子传统的实际，那是一个百花齐放、英才济济、群星闪耀的时代。鲁迅是灿烂河汉中的一颗明星，是茂密森林中的一棵参天大树，但他不是高高在上的导师，不是俯瞰众生的圣人，他有烦恼，有怀疑，有动摇，有失败，也有志愿和努力，正是在艰苦卓绝中形成的志愿、做出的努力成就了他自己和一大批青年英俊。

最后回到开头说的关于林纾的疑惑。林纾是鲁迅的前辈。鲁迅青少年时代，这些前辈英才在中国转型过程中发挥了推动作用，产生了巨大影响，如康有为、梁启超、黄遵宪、章太炎等。鲁迅受前代英才俊杰的鼓舞，以他们为榜样，投身到文化启蒙事业中。从这个角度来说，林纾当然可以保留。既然连林纾都赫然在册，那么，胡适、林语堂、梁实秋等就更不在话下了。

据冯雪峰《回忆鲁迅》介绍，鲁迅晚年向他透露过一个以"四代知识分子"为题材的长篇小说的创作计划。这"四代知识分子"，第一代是章太炎那一辈，包括康有为、梁启超；第二代是鲁迅自己这一辈；第三代是瞿秋白那一辈，第四代是比瞿秋白稍后的也就是冯雪峰一辈。可惜这个想法没有实现。从鲁迅去世到现在，中国又有了很多代知识分子，脉络需要梳理，影响需要追溯，传统需要延续。期待作者在这个领域写出更多佳作，更全面、系统、深入地研究鲁迅前后中国知识分子的绵长谱系。

黄乔生
北京鲁迅博物馆（北京新文化运动纪念馆）
原常务副馆长、研究馆员
中国鲁迅研究会副会长
2025 年 2 月 22 日

目 录

前言 / 1
序言 / 5

01 "精神之父"——林纾与鲁迅 / 001
一、"新青年"与林纾之争 / 003
二、鲁迅对林纾的嘲讽 / 011
三、林纾对鲁迅的影响 / 013
四、结语 / 016

02 "双子星"——鲁迅与周作人 / 017
一、"兄弟怡怡" / 019
二、"周氏兄弟"失和 / 021
三、"睚眦必报"与"以德报怨" / 025
四、"谋官谋隐两不成" / 032
五、结语 / 034

03 "愿有英俊出中国"——鲁迅与台静农 / 037
一、"台君为人极好" / 039
二、"谈到鲁迅时特别有感情" / 042
三、"皆师法鲁迅" / 044
四、鲁迅与未名社 / 046
五、"为青年开路" / 050

04 "两悠悠"——鲁迅与郁达夫 / 053

    一、"交谊之深，感情之洽" / 055

    二、"崇拜他的人格" / 059

    三、鲁迅与郁达夫异同 / 061

    四、"温情的指导者和朋友" / 063

    五、结语 / 066

05 "桥梁"——冯雪峰与鲁迅 / 067

    一、"晚冯君来，不知其名" / 069

    二、党与鲁迅的"桥梁" / 071

    三、冯雪峰"强迫"鲁迅 / 073

    四、冯雪峰"保护"鲁迅 / 075

    五、结语 / 079

06 "知己"——鲁迅与瞿秋白 / 081

    一、鲁迅与瞿秋白"神交" / 083

    二、瞿秋白四次避难鲁迅家 / 086

    三、成为知己原因 / 091

07 "从批到扬"——郭沫若与鲁迅 / 095

    一、郭沫若批鲁迅 / 097

    二、郭沫若扬鲁迅 / 104

    三、鲁迅与郭沫若比较 / 106

08 "和而不同"——茅盾与鲁迅 / 109

    一、"茅盾是鲁迅最早的知音" / 111

二、茅盾反对"神话"鲁迅 / 115
　　三、"君子之交，和而不同" / 118

09 "旗帜"与"旗手"——鲁迅与周扬 / 123
　　一、周扬与鲁迅之争 / 125
　　二、周扬对鲁迅的态度转变 / 130
　　三、结语 / 134

10 "大弟子"——胡风与鲁迅 / 137
　　一、"情投意合" / 139
　　二、"始终活在他记忆中" / 143
　　三、"不是一般意义上的继承者" / 146
　　四、结语 / 148

11 "是我的父辈"——萧军萧红与鲁迅 / 149
　　一、"付出了多么大的热情和挚爱" / 151
　　二、"我们要承继他这把刀" / 154
　　三、"'父'与'女'两代人的会合" / 158
　　四、结语 / 164

12 "是我的老师"——巴金与鲁迅 / 165
　　一、"给我照亮道路" / 167
　　二、"追寻鲁迅的道路" / 172
　　三、"知识分子的良心" / 176

13 "鲁迅派"——老舍与鲁迅 / 177

一、老舍与鲁迅的交往 / 179

二、老舍与鲁迅的异同 / 182

三、结语 / 185

14 "作品哺育了我"——曹禺与鲁迅 / 187

一、"一生最大的憾事" / 189

二、"他的作品哺育了我" / 192

三、结语 / 194

15 "吃鲁迅的奶长大"——丁玲与鲁迅 / 195

一、"他成了唯一安慰我的人" / 197

二、"永远是指引我道路的人" / 202

三、"逐渐拨正自己的航向" / 204

16 "性相近"——艾青与鲁迅 / 207

一、艾青与鲁迅的交往 / 209

二、艾青与鲁迅的共同点 / 211

三、艾青与胡风 / 213

四、结语 / 214

17 两个"方向"——鲁迅与赵树理 / 215

一、赵树理与鲁迅的关系 / 217

二、赵树理与鲁迅比较 / 219

三、结语 / 222

18 "精神上的导师"——鲁迅与孙犁 / 223
- 一、孙犁与鲁迅的关系 / 225
- 二、孙犁对鲁迅的感情 / 227
- 三、孙犁受到的鲁迅影响 / 228
- 四、结语 / 231

19 "原典"——鲁迅与聂绀弩 / 233
- 一、"文奇诗奇遇更奇" / 235
- 二、"一个高大的背影" / 238
- 三、"鲁迅风"与"阿Q气" / 240

20 "心爱的老师"——鲁迅与唐弢 / 245
- 一、"我也姓过一回唐的" / 247
- 二、"以鲁迅为楷模" / 250
- 三、"一个伟大的悲剧的灵魂" / 253
- 四、结语 / 256

21 "战士"与"文人"——鲁迅与沈从文 / 257
- 一、"孥孥阿文"与"自命聪明的人" / 259
- 二、"战士"与"文人" / 264
- 三、左翼与自由知识分子 / 266
- 四、结语 / 268

22 知识分子与底层大众——鲁迅与"闰土" / 271
- 一、鲁迅与"闰土" / 273
- 二、知识分子与底层大众 / 275
- 三、结语 / 277

23 余论——鲁迅与胡适、林语堂、许寿裳等 / 279

　　一、鲁迅与胡适 / 281

　　二、鲁迅与林语堂 / 282

　　三、鲁迅与许寿裳 / 285

　　四、鲁迅与论敌 / 287

　　五、鲁迅与黄源 / 288

　　六、鲁迅与李秉中 / 289

　　七、鲁迅与台湾、香港青年 / 291

　　八、鲁迅与李何林 / 292

附录一　超出《呐喊》看鲁迅呐喊 / 295

　　一、鲁迅呐喊原因与目的 / 295

　　二、鲁迅呐喊的过程与特点 / 298

　　三、鲁迅呐喊的困境与出路 / 300

　　四、结语 / 305

附录二　再探鲁迅"向左转" / 307

　　一、鲁迅"向左转"原因 / 307

　　二、鲁迅"向左转"表现 / 312

　　三、鲁迅"向左转"影响 / 314

　　四、结语 / 317

主要参考书目 / 319

后记 / 323

01

「精神之父」
林纾与鲁迅

著名翻译家林纾曾经是鲁迅等"新青年"的偶像，对鲁迅有着重要影响，可谓鲁迅的"精神之父"之一。鲁迅后来对林纾也有过嘲讽，但并未像其他"新青年"一样对林纾"弑父"，他的矛头更多地指向林纾背后的旧文化、旧传统。

一、"新青年"与林纾之争

1917年1月，还在美国留学的胡适在《新青年》杂志上发表《文学改良刍议》，首举"文学革命"大旗，"以为今日而言文学改良，须从八事入手。八事者何？一曰，须言之有物。二曰，不摹仿古人。三曰，须讲求文法。四曰，不作无病之呻吟。五曰，务去滥调套语。六曰，不用典。七曰，不讲对仗。八曰，不避俗字俗语"。杂志主编陈独秀随之在下一期《新青年》刊出自己撰写的《文学革命论》进行声援，明确提出"文学革命"和"三大主义"："推倒雕琢的阿谀的贵族文学，建设平易的抒情的国民文学；推倒陈腐的铺张的古典文学，建设新鲜的立诚的写实文学；推倒迂晦的艰涩的山林文学，建设明了的通俗的社会文学。"

"文学革命"雷声滚滚，震惊了守旧势力，首先跳出来反对的是林纾。他发表《论古文之不当废》认为白话文可以提倡，但古文不必因此废除："知腊丁之不可废。则马班韩柳亦自有其不宜废者。吾识其理，乃不能道其所以然，此则嗜古者之痼也。民国新立，士皆剽窃新学，行文亦泽之以新名词。夫学不新而唯词之新，匪特不得新，且举其故者而尽亡之，吾甚虞古系之绝也……吾恐国未亡而文字已先之，几何不为东人之所笑也！"①

林纾何人？他为何首先跳出来反对"文学革命"？林纾其实正是白

---

① 林纾：《论古文之不当废》，《民国日报》，1918年2月8日。

话文的前辈,是新文学的引领者,是鲁迅等"新青年"当年的偶像。早在1897年,林纾就在福州刻印了通俗白话诗集《闽中新乐府》,此后常在白话报上发表文章,反对缠足,反对迷信,提倡兴办女学等。直到1913年,他还在北京《平报》上开设"讽喻新乐府"白话专栏,发表白话讽喻诗一百三十首。林纾更是古今中外"译界之王",不会英文的他靠着别人口述竟然翻译作品一百七十余部,包括柯南·道尔的《歇洛克奇案开场》等作品七部、托尔斯泰的《现身说法》等作品六部、狄更斯的《贼史》等作品五部、莎士比亚的《凯撒遗事》等作品四部。其中,他翻译的《巴黎茶花女遗事》《黑奴吁天录》《迦茵小传》等作品风行天下,产生过巨大社会影响,对于社会风气、观念、思想等的改变有重要促进作用。有人甚至说,中国后来的辛亥革命、"文学革命"等革命就是由他的《巴黎茶花女遗事》《迦茵小传》两部小说导致的。中国现代知识分子大多沐浴过林纾"雨露",都曾捧读过林纾小说,并以其为榜样,如郭沫若说他少年时最嗜好的读物便是"林译小说",钱锺书也曾说:"接触了林译,我才知道西洋小说会那么迷人。我把林译哈葛德、欧文、司各特、迭更司的作品津津不厌地阅览。"①

林纾素有"治国平天下"之志,早期翻译多是希望以此警醒国人、教化国人,"余老矣!报国无日,故曰为叫旦之鸡。冀吾同胞惊醒,恒于小说序中掳其胸臆……"②他在译作中呼吁立宪政体,反对封建专制,像鲁迅一样原本对革命、共和充满期待,希望做个"共和国老民"。但民国后混乱的现实让他很快绝望,转头投奔到了传统文化的怀抱,以"大清遗老"自居,曾以布衣身份十一次祭拜光绪皇陵。林纾古文功底深厚,挚爱古文,又性格刚烈易怒。因此,当《新青年》明确提出全面文学改革、以白话文取替文言文时,其他遗老遗少或不屑一顾或迫于潮流装聋作哑,林纾

---

① 钱锺书:《林纾的翻译》,《七缀集》,上海古籍出版社,1994年,第82页。
② 林纾:《不如归》序,《晚清文学丛钞小说戏曲研究卷》。

却按捺不住，主动接起了"战书"。

不料，林纾的反驳文章《论古文之不当废》为"新青年"们提供了更多"弹药"，并拉开了一幕"双簧"好戏。训诂"好手"胡适抓住林纾文章中的一句话大做文章，在1917年5月《新青年》3卷3号上发文道："顷见林琴南先生新著《论古文之不当废》一文，喜而读之，以为定足供吾辈攻击古文者之研究，不意乃大失所望……林先生知'不之知'、'未之有'之文法，而不知'不之踏'之不通，此则学古文而不知古文之'所以然'之弊也。林先生为古文大家，而其论'古文之不当废'，'乃不能道其所以然'，则古文之当废也，不亦既明且显耶？"①胡适认为"方姚卒不之踏"一句中"之"字不通，进而指出连林纾这样的古文大家都犯这种不知"所以然"的错误，可见古文当废。

林纾对胡适的"小题大做"并没有放在心上，同为翻译大家的好友严复也劝他何必和"小青年"较真。懒得搭理胡适等"新青年"，林纾忙他的古文讲习会及《古文辞类纂》选本等工作去了。林纾的冷落让"新青年"们很是失落，"新青年"们自然不甘罢休，决定不放过林纾这位自己"找打"的对手。1917年6月，《新青年》发表钱玄同致陈独秀的信，批判林纾道："林纾与人对译西洋小说，专用《聊斋志异》文笔，一面又欲引韩柳以自重；此其价值，又在桐城派之下，然世固以'大文豪'目之矣……惟选学妖孽所尊崇之六朝文，桐城谬种所尊崇之唐宋文，则实在不必选读。"7月2日，他又在致胡适信中说："彼选学妖孽、桐城谬种、方欲以不通之典故，肉麻之句调，戕贼吾青年。"②钱玄同等"新青年"开始把林纾划为"桐城谬种"大加鞭挞。实际上，林纾自学成家，并非桐城学派，他只不过与桐城学派代表人物马其昶、姚永朴交好而已。

林纾之所以被划为"桐城谬种"，几乎全是钱玄同等人的批判需要和

---

① 胡适：《寄陈独秀》，《新青年》第3卷第3号，1917年5月1日。
② 钱玄同给陈独秀的通信，《新青年》第2卷第6号，1917年2月1日。

报复。钱玄同出身于章太炎门下,而章太炎为代表的魏晋学派和桐城学派乃当时冤家。桐城学派推崇宋学,治学讲究经世致用,善于从经籍中发现微言大义;而章太炎的魏晋学派崇尚魏晋学说,更注重在文字、音韵、训诂上下功夫,务求一字一句合乎"本意"。从1903年到1913年,掌管京师大学堂及后来北大文科的几乎都是桐城派文人,但随着章门弟子钱玄同、黄侃、马裕藻、沈兼士等人纷纷踏入北大,桐城派古文家严复、姚永概、姚永朴等人以及林纾相继遭受排挤挂靴而去。章太炎曾对弟子评价林纾道:"浸润唐人小说之风","与蒲松龄相次"。这自然让林纾不满,林纾北大离职后在致姚永概信中不点名地评论章太炎学派:"敝在庸妄巨子,剽袭汉人余唾,以挦扯为能,以饾饤为富,补缀以古子之断句,涂垩以《说文》之奇字,意境、义法概置弗讲,侈言于众:'吾汉代之文也!'伧人入城,购搢绅残敝之冠服,袭之以耀其乡里,人即以搢绅目之——吾弗敢信也!"① 对章门弟子,林纾不客气地谓之"庸妄之谬种"。

"新青年"健将钱玄同、鲁迅、刘半农皆是章氏弟子,因此逮住机会对林纾"新仇旧恨"一起算,将"谬种"的帽子还了回去。论古文学问、成就,章太炎水平远高于林纾,如果要批古文,按理应该首先批章太炎。但钱玄同等人怎敢将矛头指向恩师,攻击林纾则既报两派旧恨,又满足了新文化运动需要,所以他们咬住林纾不放松。

对于钱玄同等人的辱骂、挑衅,林纾继续高挂"免战牌"。有人却对此"看不下去了",出来维护林纾。1918年3月出版的《新青年》杂志登出一篇"王敬轩"写的《写给〈新青年〉编者的一封信》,为"方姚卒不之踬"一句辩护:"贵报固排斥旧文学者。乃于此处因欲驳林先生之故。不惜自贬身价。竟乞灵于孔经。已足令识者齿冷。至于内动词止词诸说。则是拾马氏文通之唾余……贵报于古文三昧。全无探讨。乃率尔肆讥。无

---

① 林纾:《与姚叔节书》,《畏庐续集》,第16页。

乃不可乎"，并赞扬林纾道："林先生为当代文豪，善能以唐代小说之神韵，迻译外洋小说"，"林先生所译小说，无虑百种，不特译笔雅健，即所定书名，亦往往斟酌尽善尽美，如云吟边燕语，云香钩情眼，此可谓有句皆香，无字不艳"。①"王敬轩"还在信中指责《新青年》"对于中国文豪专事丑诋"，谩骂他们的白话文主张如同"狂吠之言"，攻击他们使用新式标点、引进西方文化是"工于媚外，惟强是从"。

与这篇文章同时刊登的还有刘半农以"《新青年》记者"名义写的《复王敬轩书》。刘半农采用嬉笑怒骂的方式逐一批驳，批评"王敬轩"这样的守旧者是"不学无术，顽固胡闹"，说"排斥孔丘，自有排斥的道理"。尤其是，刘半农继续以林纾为射击靶子，"若要用文学的眼光去评论他，那就要说句老实话：那就是林先生的著作，由'无虑百种'进而为'无虑千种'，还是半点儿文学的意味也没有"。②他批评林纾翻译小说的毛病一是原稿选择不清，二是谬误太多，三是用唐代古文意译，还讥笑林纾翻译的小说《香钩情眼》道："外国女人并不缠脚，'钩'于何有？而'钩'之香与不香，尤非林先生所能知道；难道林先生之于书中人，竟实行了沈佩贞大闹醒春居时候的故事吗？"③

这两封信乃是钱玄同、刘半农因白话文学反响寥寥而自编自导的"双簧戏"，"王敬轩"正是钱玄同的化名，意在"引蛇出洞"挑起论战闹出动静。果不其然，这出"双簧戏"引发了强烈反响，"桐城谬种""选学妖孽"终于坐不住了，刘师培等人开始筹办《国粹丛编》，林纾则愤然跃身上阵。

1919年2月，上海《新申报》为林纾开设专栏，成为他反击新文化运动的阵地。林纾发表短篇文言小说《荆生》，借虚构的人物和故事来影射谩骂新文化运动，一吐心中不快。《荆生》写了一个"伟丈夫"痛打狂

---

① 王敬轩：《写给〈新青年〉编者的一封信》，《新青年》第4卷第3号，1918年3月15日。
② 刘半农：《复王敬轩书》，《新青年》第4卷第3号，1918年3月15日。
③ 刘半农：《复王敬轩书》，《新青年》第4卷第3号，1918年3月15日。

生的故事。身体强健、武功高强的荆生夜宿陶然亭,听到隔壁有安徽人田其美(指陈独秀)、浙江人金心异(指钱玄同)及刚从美洲回国的狄莫(指胡适)三人饮酒作乐,口出狂言攻击孔子和古文。"伟丈夫"荆生听得怒火中烧,破门而入痛殴三人,"田生尚欲抗辩,伟丈夫小说中描述田其美等被打倒在地,狼狈不堪。尤其是近视的金心异掉了眼镜,趴在地上磕头尚欲抗辩,伟丈夫骈二指按其首,脑痛如被锥刺;更以足践狄莫,狄腰痛欲断"。①

1919年3月,林纾又写信给蔡元培,希望他以校长身份约束教员不要"胡闹",重振纲常。林纾指责新文化运动"覆孔孟,铲伦常",骂新道德推崇者蔑视父母养育之恩是"人头畜鸣",说若推行白话文则"据此则凡京津之稗贩,均可引为教授矣"……没等蔡元培回信,林纾又在《新申报》上发表《妖梦》一文,继续肆意攻击"新青年",并把蔡元培也骂上了。文章写某人梦中游阴曹地府,在地府见到一所"白话学堂"。学堂中全是魑魅魍魉,大门对联写道:"白话通神,《红楼梦》《水浒》真不可思议;古文讨厌,欧阳修、韩愈是什么东西。"学堂校长乃元绪(指蔡元培),教务长田恒(指陈独秀),副教务长秦二世(指胡适)。他们高挂"毙孔堂"招牌,高论废除古文,激怒了地狱阿修罗王,结果统统被它吃掉化为臭不可闻的粪便。

林纾的谩骂正中"新青年"下怀,他们纷纷撰文反驳。为达凯旋目的,他们故意将林纾政治化,揭露林纾在《荆生》中呼唤的"伟丈夫"是手握兵权的段祺瑞政府干将徐树铮。《每周评论》第12号全文刊出林纾的影射小说《荆生》,加按语指出它是"想借武人政治的威权来禁压"新文学运动,而林纾则被斥为抱"伟丈夫"大腿的小人、"现在的屠杀者"。如此一来,林纾被置于倚靠权势恃强凌弱的境地,而"新青年"则成为"被

---

① 林纾:《荆生》,《每周评论》第12号,1919年3月9日。

压迫"的弱者，轻易获得了社会同情。实际上，好附庸风雅的徐树铮虽名为林纾门生，但与林纾关系并不密切，林纾曾在《答郑孝胥书》中写道："徐氏既秉政，落落不相往来，盖天下不以为贤，弟何贤之。"林纾早年虽七次会试而不中，但从不饮"贪泉水"，多次拒绝袁世凯、段祺瑞、张勋等权贵的笼络。"伟丈夫"不过是林纾的自况而已，文武双全、擅长拳击和剑术的他素以"士中之雄"自许。

蔡元培也义正词严地在《致〈公言报〉并答林琴南函》的复信中反驳林纾，表明他对新文化运动态度："对于学说，仿世界各大学通例，循思想自由原则，取兼容并包主义……无论为何种学派，苟其言之成理，持之有故，尚不达自然淘汰之运命者，虽彼此相反，而悉听其自由发展。"蔡元培最著名的教育口号"思想自由""兼容并包"正出自此信。实际上，蔡元培也没有完全做到"思想自由""兼容并包"，他对"据此则凡京津之稗贩，均可引为教授矣"一语很是不爽，因为他父亲卖过豆浆。蔡元培动弹不得林纾，但对于主持《新申报》林纾专栏的北大学生张厚载，他还是有些"小鞋"的。不久，北大以"沪报通讯，损坏校誉"为由将张厚载开除学籍。

林纾为了减轻张厚载的压力，分别给各报馆写信，直言自己骂人的过错，但仍倔强地反对新文化和新思想及捍卫古文，"拼我残年，极力卫道，必使反舌无声，瘈狗不吠而后已"。① 在随后的《论古文白话之相消长》一文中，林纾辩解自己并非"桐城谬种"，而是写白话文的先行者；他并非反对白话文，反对的不过是尽废古文，"古文者，白话之根柢，无古文安有白话"②，最后感叹道："吾辈已老，不能为正其非；悠悠百年，自有能辩之者，请诸君拭俟之。"在门上大书"对天地立誓，绝不口言人

---

① 林纾：《林琴南再答蔡鹤卿书》，《大公报》，1919年3月25日。
② 林纾：《论古文白话之相消长》，原载《文艺丛报》，转引自《中国新文学大系·文艺论争集》，上海文艺出版社，2003年，第80-81页。

短"之后，林纾未再公开发表议论，只是在给学生上伦理课时常会失声痛哭。林纾的沉默、绝望标志着"文白之争"偃旗息鼓，标志着新文化阵营大胜而归。

面对新文化运动的滚滚潮流，林纾的"螳臂挡车"必然会失败，但可敬的是他始终不易其节，坚守自己的信仰。1924年，年过古稀的林纾在孔教大学上了最后一堂课，长喘着气赋诗《留别听讲诸子》道："任他语体讼纷纭，我意何曾泥典坟。弩朽固难肩此席，殷勤阴愧负诸君。学非孔孟均邪说，语近韩欧始国文。荡子人含禽兽性，吾曹岂可与同群。"10月8日，林纾遽然长逝，临终对子女遗言道："古文万无灭亡之理，其勿怠尔修。"

林纾去世后，陈独秀在《林琴南很可佩服》一文中对林纾的人品给予了极高评价，认为林纾当年道歉很有勇气[1]。胡适也在《林琴南先生的白话诗》中评价道："林先生的新乐府不但可以表示他文学观念的变迁，而且可以使我们知道：五六年前的反动领袖在三十年前也曾做过社会改革的事业。我们这一辈的少年人只识得守旧的林琴南，而不知道当日的维新党林琴南。只听得林琴南反对白话文学，而不知道林琴南壮年时曾做过很通俗的白话诗，——这算不得公正的舆论。"[2] 实际上，正如学者蒋锡金先生所言，林纾译作正是"中国新文学运动所从而发生的不祧之祖"[3]，"新青年"对林纾的攻击实是"弑父"之战。意气风发的"新青年"当时天真地以为只有"弑父"，只有彻底打倒旧文化旧思想才能确立新文化新思想，才能开辟新时代。

---

[1] 陈独秀：《林琴南很可佩服》，《每周评论》第17号，1919年4月13日。
[2] 胡适：《林琴南先生的白话诗》，《晨报六周年纪念增刊》，1924年12月。
[3] 蒋锡金：《关于林琴南》，《江城》，1983年第6期。

二、鲁迅对林纾的嘲讽

在这场"文白之争"中,刚出道的鲁迅并不是进攻主力,而是"奉命"敲敲边鼓,为陈独秀、胡适、钱玄同等"主将"呐喊。对于钱玄同和刘半农合演的"双簧戏",鲁迅特别欣赏,认为这种存心捣乱的精神很可发扬。但可能因念及旧情,鲁迅与曾经的偶像林纾没有正面交锋,鲁迅仅多嘲讽林纾的迂腐立场,他批评更多的是林纾代表的旧思想旧文化而非林纾本人。

如鲁迅1919年在文章《敬告遗老》中说:"自称清室举人的林纾,近来大发议论,要维持中华民国的名教纲常。这本可由他'自语',于我无涉。但看他气闹哄哄,很是可怜。所以有一句话奉劝:'你老既不是敝国的人,何苦来多管闲事,多淘闲气。近来公理战胜,小国都主张民族自决,就是东邻的强国,也屡次宣言不干涉中国的内政。你老人家可以省事一点,安安静静的做个寓公,不要再干涉敝国的事情罢。'"① 这是鲁迅在嘲讽林纾的守旧立场。

后来,鲁迅在文章《论照相之类》写道:"林琴南翁负了那么大的文名,而天下也似乎不甚有热心于'识荆'的人,我虽然曾在一个药房的仿单上见过他的玉照,但那是代表了他的'如夫人'函谢丸药的功效,所以印上的,并不因为他的文章。更就用了'引车卖浆者流'的文字来做文章的诸君而言,南亭亭长我佛山人往矣,且从略。"② 从中可见,鲁迅也认为所谓的"荆生"是林纾自况而已。至于引用的"引车卖浆者流"一语不过是对林纾的捎带"一枪",鲁迅在《阿Q正传》中曾再度引用此话小讽林纾。

吊诡的是,后来创造社、太阳社的左翼新锐作家认为鲁迅过时了,将

---

① 庚言(鲁迅):《随感录·敬告遗老》,《每周评论》第15号,1919年3月30日。
② 鲁迅:《论照相之类》,《热风》,《鲁迅全集》第1卷,人民文学出版社,2005年,第196页。

鲁迅和林纾类比,"我们不禁想起了五四时的林琴南先生了"①。鲁迅对此回答说:"林琴南先生是确乎应该想起来的,他后来真是暮年景象,因为反对白话,不能论战,便从横道儿来做一篇影射小说,使一个武人痛打改革者,——说得'美丽'一点,就是神往于'武器的文艺'了。"②鲁迅此话是在讽刺林纾"武器的批判",用小说来影射现实。

但对于林纾,鲁迅仅多是嘲讽几句而已,鲁迅批判更多的是他背后的旧传统、旧文化。他首先对国粹派开炮,在致钱玄同信中评论刘师培等"国粹派"所办杂志道:"中国国粹虽然等于放屁、而一群坏种、要刊丛编,却也毫不足怪……"③他在《新青年》发表的《随感录》中又对"国粹"辛辣地讽刺道:"即使无名肿毒,倘若生在中国人身上,也便'红肿之处,艳若桃花;溃烂之时,美如乳酪'"④,并作结论说:"要我们保存国粹,也须国粹能保存我们。"⑤

除了杂文,鲁迅在此期间还创作了《狂人日记》《孔乙己》《药》《阿Q正传》等白话小说,使白话文创作得以真正立足,并深刻揭露了旧文化、旧思想之荼毒:"我翻开历史一查,这历史没有年代,歪歪斜斜的每页上都写着'仁义道德'四个字。我横竖睡不着,仔细看了半夜,才从字缝里看出字来,满本都写着两个字是'吃人'。"⑥而落魄的孔乙己则活脱脱是旧文人的象征,迂腐穷酸又有一点自尊,艰辛地匍匐在科举道路上,最终惨死于专制大棒下;旧思想更毒的是麻木国人,让国人将反抗的义士的"人血"当"药";擅长"精神胜利法"的阿Q更是成为"哀其不幸,怒其不争"国民的典型……

---

① 弱水:《谈现在中国的文艺界》,《战线》,1928年第1期。
② 鲁迅:《我的态度气量和年纪》,《三闲集》,《鲁迅全集》第4卷,人民文学出版社,2005年,第112页。
③ 鲁迅:《书信·180705 致钱玄同》,《鲁迅全集》第11卷,人民文学出版社,2005年,第363页。
④ 鲁迅:《随感录三十九》,《热风》,《鲁迅全集》第1卷,人民文学出版社,2005年,第334页。
⑤ 鲁迅:《随感录三十五》,《热风》,《鲁迅全集》第1卷,人民文学出版社,2005年,第322页。
⑥ 鲁迅:《狂人日记》,《呐喊》,《鲁迅全集》第1卷,人民文学出版社,2005年,第447页。

"五四"时期，除了林纾为代表的古文派、刘师培为代表的国粹派，文化保守势力还有章士钊为代表的甲寅派，以及梅光迪和吴宓为代表的学衡派。其中，学衡派势力最强，影响最大。学衡派出现于1922年，以《学衡》杂志为主阵地，以梅光迪、吴宓、胡先骕等留美学生为骨干，倡导"昌明国粹，融化新知"，更多地强调传统文化、道德的作用、益处，主张兼收并蓄中西文化。学衡派不可避免地与"新青年"展开激烈论战，学衡派认为孔子是中国传统文化的集大成者，坚决拥护文言文和旧体诗，批评新文化运动为"模仿西人，仅得糟粕"，攻击新文化运动领袖人物是诡辩家、模仿家、功名之士、政客。"新青年"则坚决主张打倒"孔家店"、废除文言文，对《学衡》发行量只有几百份的"学衡派"则不屑一顾，只有鲁迅出马迎战。

鲁迅对学衡派这些"学了外国本领，保存中国旧习"的学衡派采取了胡适的战法，"以子之矛攻子之盾"。在《估〈学衡〉》一文中，鲁迅尖锐讽刺道："夫所谓《学衡》者，据我看来，实在不过聚在'聚宝之门'左近的几个假古董所放的假毫光；虽然自称为'衡'而本身的称星尚且未曾钉好，更何论于他所衡的轻重的是非。"① 轻轻一击，鲁迅此文便将学衡派打得丢盔卸甲，并一度被刻在了历史的"耻辱柱"上。对于以章士钊为代表的甲寅派，鲁迅更是新账旧账一起算，与章士钊展开了贴身"肉搏战"，支持女师大学潮、打官司告章士钊、"复课闹革命"等。

三、林纾对鲁迅的影响

林纾不懂外语却翻译了170多部小说，当时被誉为"译界之王"，对引进新文学新文化、传播新思想新观念有着重要的历史贡献。早在20世

---

① 鲁迅:《估〈学衡〉》,《热风》,《鲁迅全集》第1卷，人民文学出版社，2005年，第397页。

纪 30 年代，就有学者断言："中国的旧文学当以林氏为终点，新文学当以林氏为起点。"①尤其是林纾的翻译有着强烈的开启民智爱国救国动机，希望中国民众觉醒进而振兴国家抵御外侮，如 1901 年林纾在《译林》第一期的序中说道："吾谓欲开民智，必立学堂；学堂功缓，不如立会演说；演说又不易举，终之唯有译书。"②"从别国窃得火来"，林纾作品也的确在国家危难之际启蒙大众，促进了民族觉醒，振奋了国民精神。虽然林纾晚年转向保守，但林纾的历史贡献、时代价值不容否认。

当时，林纾对众多国人都有重要影响，"士大夫言文章者，必以纾为师法。"③鲁迅当年更是林纾的"铁杆粉丝"，还在南京读书时便买过《巴黎茶花女遗事》。到东京留学后，只要林纾的小说印出一部，鲁迅便买一部，还送给弟弟周作人阅读。周作人回忆道："自《巴黎茶花女遗事》出后，随出随买，我记得最后的一部是在东京神田的中国书林所买的《黑太子南征录》，一共大约有三二十种。"④在收到友人寄来的《黑奴吁天录》后，鲁迅"穷日读之竟毕"，深为此书打动。他在写给友人蒋抑卮信中说："寄至《黑奴吁天录》一部及所手录至《释人》一篇，乃大欢喜，穷日读之，竟毕。拳拳盛意，感莫可言。树人到仙台后，离中国主人翁颇遥，所恨尚有怪事奇闻由新闻纸以触我目。曼思古国，来日方长，载悲黑奴前车如是，弥益感喟。"⑤

因此，林纾及其作品对鲁迅有着重要影响。周作人认为，林纾是严复、梁启超之外对早期鲁迅产生过重大影响的第三人。首先，林纾译作让

---

① 寒光：《林琴南》，中华书局，1935 年。转引自薛绥之、张俊才编：《林纾研究资料》，福建人民出版社，1983 年，第 225 页。
② 陈平原、夏晓虹：《二十世纪中国小说理论资料第一卷：1897—1916》，北京大学出版社，1989 年，第 26 页。
③ 钱基博：《现代中国文学史》，岳麓书社，1986 年，第 193 页。
④ 周作人：《鲁迅的青年时代》，北京十月文艺出版社，2013 年，第 141 页。
⑤ 鲁迅：《书信·041008 致蒋抑卮》，《鲁迅全集》第 11 卷，人民文学出版社，2005 年，第 329 页。

鲁迅阅读到了许多外国文学著作，接触到了新文学新文化，开阔了文学视野，培养了他对文学的热爱，为鲁迅后来"弃医从文"及文学创作奠定了一定基础。鲁迅曾说自己的小说创作"大约所仰仗的全在先前看过的百来篇外国作品"①，其中自然就包括他看过的林纾的不少译作。其次，林纾的译作对鲁迅后来的翻译也有重要影响。正是受林纾借助翻译启蒙国民之影响，鲁迅开始了自己的翻译生涯，且像林纾一样注重翻译对"启发民智，改良社会"的作用，让鲁迅后来成了翻译三百多万字的翻译大家。"鲁迅早期效仿林纾的意译策略，以文言文作为译入语言，并且对原文改写较多，既有删减又有发挥。"②再者，林纾译作传递的思想观念无疑也会对鲁迅有着重要影响，尤其是激发鲁迅的爱国热情以及开启民智的观念。如从上述鲁迅致蒋抑卮的信中，可以看出林纾译作《黑奴吁天录》激发了鲁迅的忧患意识、国民意识。最后，严复译作对鲁迅一些作品文本也有具体影响，如鲁迅的《狂人日记》中的"狂人"或许也有林纾译作《迦茵小传》中"狂人"的影子。

总之，林纾对鲁迅创作及其人生有着重要影响，可谓鲁迅的启蒙老师之一，甚至是鲁迅的"精神之父"之一。因此，鲁迅对林纾有着深厚感情，虽然后来嘲讽过林纾但并未像其他"新青年"一样"弑父"。只是，人总会渐渐长大，也总会走自己的路，鲁迅后来的思想、见识以及成就、影响都远超林纾。民国成立之后，林纾继续翻译了大量作品，但鲁迅已对林纾作品不再关注，他读的最后一部林纾作品是1909年的《黑太子南征录》。鲁迅的翻译也在疏离、扬弃林纾的译作，更加注重忠于原文的"直译"和翻译东欧等弱小国家作品。1932年，鲁迅在日本友人增田涉的信中还直接表达了对林译小说的不满，认为林译小说"文章确实很好，但误译

---

① 鲁迅：《南腔北调集·我怎么做起小说来》，《鲁迅全集》第4卷，2005年，第526页。
② 李梁：《鲁迅早期思想演进研究》，河北大学博士论文，2022年。

很多",因此他才翻译了《域外小说集》①。

除了林纾,严复、梁启超、章太炎等人对鲁迅早期也有重要影响。鲁迅曾嗜读严复翻译的《天演论》,他还几乎看过所有的严复译作,《天演论》中的进化论对鲁迅有着持久、深远的影响。鲁迅年轻时也大量阅读了梁启超的作品,梁启超改造"国民性"以及小说启蒙的思想对鲁迅有着根本性影响。章太炎作为鲁迅的老师自然影响也很大,"在章太炎革命、学问和道德的多重影响下,鲁迅萌发了对民族传统文化的强烈自觉,形成了东方与西方、传统与现代之间的强烈文化张力,以及培养了严谨的治学态度和坚韧的战斗精神"。②

四、结语

"为有源头活水来",鲁迅自己也说过:"新的艺术,没有一种是无根无蒂,突然发生的,总承受着先前的遗产。"③鲁迅不是从天而降的天才,鲁迅的思想、才学、人生除了受尼采、托尔斯泰等外国知识分子影响外,也受到严复、梁启超、林纾、章太炎等国内知识分子的影响。这是我们认识鲁迅与中国现代知识分子关系的第一步,鲁迅先是受到林纾、梁启超等中国知识分子的影响进而才影响了后来的中国知识分子,是在"承受先前的遗产"基础上才有了突飞猛进的进步。

---

① 鲁迅:《域外小说集》序言,《鲁迅全集》第 10 卷,人民文学出版社,2005 年,第 169 页。
② 李梁:《鲁迅早期思想演进研究》,河北大学博士论文,2022 年。
③ 鲁迅:《书信·340409 致魏猛克信》,《鲁迅全集》第 13 卷,人民文学出版社,2005 年,第 70 页。

02 『双子星』鲁迅与周作人

鲁迅对弟弟周作人曾经关怀备至，周作人可谓鲁迅培养、深受鲁迅影响的第一个知识分子。两人也曾"兄弟怡怡"并称"周氏兄弟"，可因为突然失和而走上了截然相反的道路。作为中国现代知识分子的两个标杆性人物，鲁迅与周作人以及其关系都非常值得探究。

一、"兄弟怡怡"

鲁迅虽然比周作人只大四岁，但因为父亲英年早逝，早年鲁迅一直如父亲般引导、关怀着周作人。即使年少时做游戏讲故事，也都是以鲁迅为主，周作人只是"小跟班"。去南京求学后，鲁迅经常写信写诗鼓励"几乎成了小流氓"的周作人，且通过时任江南水师学堂轮堂监督的叔祖周庆蕃的关系让周作人也来南京读书。在南京一起读书时，鲁迅又推荐了严复翻译的《天演论》《名学》《原富》以及林纾翻译的《巴黎茶花女遗事》等书给周作人，让周作人接触到了新思想新文化。

1904年，鲁迅去日本留学后，不断写信给周作人，推荐各种好书。1906年，鲁迅又回乡带周作人去日本留学，两兄弟住在一起。鲁迅带领周作人读书作文，一起翻译《域外小说集》，一起拜师章太炎，一起在《河南》杂志上发文。对周作人的生活，鲁迅悉心照顾无微不至，各种杂事都由鲁迅代办。每当周作人偷懒时，鲁迅就以兄长名义斥责、催促他，有一次还打了周作人。周作人后来回忆道："他老催促我译书，我却只是沉默地消极对付，有一天他忽然愤激起来，挥起他的老拳，在我头上打上几下。"①

1909年，周作人与羽太信子结婚。"从此费用增多，我不能不去谋

---

① 周作人：《知堂回想录·八三，邬波尼沙陀》，第223页。

事"①，鲁迅因此回国就业挣钱养活周作人夫妇，还经常寄钱给周作人夫人羽太信子家。后来因为难以维持周作人在日本读书，鲁迅亲自去日本接回周作人。回到绍兴后，鲁迅与周作人都在家乡任教，也经常一起抄古书、写文章、搜集金石拓本等。周作人帮鲁迅抄录了《古小说钩沉》和《会稽郡故书杂集》，周作人在家乡杂志上发表的许多文章也都由鲁迅修改。

1912年，鲁迅去北京教育部任职后，经常和周作人通信，并通过蔡元培聘请周作人来北大任教。在北京，也是鲁迅一手照料着周作人全家。1919年2月，鲁迅卖掉绍兴老宅，买下八道湾房子，装修、搬家等事宜全是鲁迅一个人在忙活，周作人则带着太太回日本优哉游哉探亲度假去了。装修完毕，鲁迅将朝南向阳的正屋让给周作人一家，而自己住在大门口朝北的阴冷小屋里。周作人有一次生病，是鲁迅亲自将他送进医院，四处举债为他看病，不断探视和买书送书，还连写了十多封信关心慰问。

此时鲁迅与周作人"兄弟怡怡"，两人不仅共同生活也并肩作战。他们经常一起逛街，逛书店，游公园，一起在北大上课指导学生，一起在《新青年》杂志上发文做编辑，一起翻译出版了《现代日本小说集》……周作人的很多文章都由鲁迅修改，如周作人的成名作长诗《小河》原稿上有八十多处鲁迅修改笔迹。鲁迅的第一部小说集《呐喊》也由周作人所编，他的《中国小说史略》也由周作人促成，本来北大想邀请周作人教授中国小说史，而周作人则推荐了鲁迅任教。当时，两人观点也基本相同乃至很多文章相互配合，如周作人在鲁迅的《阿Q正传》发表后立即发文《〈阿Q正传〉》指出"阿Q这人是中国一切的'谱'"，以至于蔡元培、陈独秀、李大钊等人称他们为"周氏兄弟"。"可以说，没有鲁迅，就没有周作人。他们不仅是同胞兄弟，而且是亲密无间的朋友和志同道合的同志"。②

---

① 许寿裳：《亡友鲁迅印象记》，《鲁迅研究学术论著资料汇编》第4卷，中国文联出版公司，1986年，第516页。
② 梁由之：《孤独者鲁迅》，上海三联书店，2016年，第83页。

二、"周氏兄弟"失和

可如此亲密无间的"周氏兄弟"突然失和,成为20世纪中国文坛最大的憾事之一,也是最大的疑案之一。

1923年7月14日,鲁迅在当天日记中写道:"是夜始改在自室吃饭,自具一肴,此可记也。"[①]五天后,周作人托人送给鲁迅一封信,信中写道:"鲁迅先生:我昨天才知道,——但过去的事不必再说了。我不是基督徒,却幸而尚能担受得起,也不想责谁,——大家都是可怜的人间。我以前的蔷薇的梦原来都是虚幻,现在所见的或者才是真的人生。我想订正我的思想,重新入新的生活。以后请不要再到后边院子里来,没有别的话。愿你安心,自重。七月十八日,作人。"

鲁迅看完信后,想请周作人来问个明白,但周作人没来。等了一周,周作人还是"不至",鲁迅准备搬家。鲁迅日记中记载,7月26日,"上午往砖塔胡同看屋。下午收拾书籍入箱";7月29日,"终日收书册入箱,夜毕";8月2日,"下午携妇迁居砖塔胡同六十一号"。事情并没有就这样轻易结束,鲁迅1924年6月11日的日记记载:"下午往八道湾宅取书及什器,比进西厢,启孟及其妻突出骂詈殴打,又以电话招重久及张凤举、徐耀辰来,其妻向之述我罪状,多秽语,凡捏造未圆处,则启孟救正之,然终取书、器而出。"[②]从此,鲁迅与周作人决裂,老死不相往来,史称"周氏兄弟"失和。

"周氏兄弟"为什么失和?失和后,两人都未公开透露具体原因。外

---

① 鲁迅:《日记·十四〔一九二三年〕七月》,《鲁迅全集》第15卷,人民文学出版社,2005年,第475页。
② 鲁迅:《日记·十一〔一九二四年〕六月》,《鲁迅全集》第15卷,人民文学出版社,2005年,第516页。

人将其原因主要归为绯闻说、旧情说和经济纠纷说三种。

绯闻说认为是鲁迅生活不检点，失敬弟媳妇羽太信子，导致兄弟失和，这也是周作人及其太太羽太信子一直以来的"暗示"。同为鲁迅、周作人朋友的郁达夫在《回忆鲁迅》中写道："据凤举他们的判断，以为他们兄弟间的不睦，完全是两人的误解，周作人氏的那位日本夫人，甚至说鲁迅对她有失敬之处。"鲁迅兄弟共同的朋友章廷谦后来也曾对鲁迅博物馆工作人员说过："周作人的老婆造谣说鲁迅调戏她。周作人的老婆对我还说过：鲁迅在他们的卧室窗下听窗。"①

但"卧室窗下听窗"实际上不可能。章廷谦也紧接着说："这是根本不可能的事，因为窗前种满了鲜花。"②在浴室外偷看洗澡更不可能，浴室离鲁迅夫人朱安的房子只有一米多，而且浴室外面是一条一米多深的沟。那有没有可能是鲁迅"调戏"弟媳妇呢？这也不太可能，因为，鲁迅母亲鲁瑞和朱安一般足不出户，鲁迅不太可能有机会"作案"。那有没有可能，是鲁迅一不小心碰见了弟媳妇正在洗澡？这也是猜测，即使是鲁迅不小心看到了弟媳妇洗澡，那也属于难免情况，不值得小题大做，更谈不上"调戏"。鲁迅儿子周海婴在《鲁迅与我七十年》书中写道："再联系当时周氏兄弟同住一院，相互出入对方的住处原是寻常事，在这种情况之下，偶有所见什么还值得大惊小怪吗？"③因此，基本上可以判断，绯闻一说很难成立。

旧情说则是20世纪80年代开始流行的一种说法，说鲁迅与羽太信子原本是情人，羽太信子被鲁迅抛弃而因爱生恨。但这说法至今并无确切证据，如果两人确有旧情的话，当时和鲁迅交往密切的许寿裳不可能不知道。1991年，《明报月刊》第1期发表千家驹的文章《鲁迅与羽太信子的关系及其它》，该文认为周作人老婆羽太信子曾经是鲁迅的妻子，证据是

---

① 川岛：《弟与兄》，《和鲁迅相处的日子》，四川人民出版社，1979年。
② 川岛：《弟与兄》，《和鲁迅相处的日子》，四川人民出版社，1979年。
③ 周海婴：《直面与正视：鲁迅与我七十年》，作家出版社，2019年，第85页。

鲁迅1912年7月10日的一则日记："午前赴东交民巷日本邮局寄东京羽太家信并日银十元。"千家驹解释说，"羽太"即羽太信子，鲁迅把寄羽太信子的信函称为"家信"，可见他们是夫妻关系。但这很明显是牵强附会，鲁迅的意思很明白，这信是寄给羽太家的信，而不是寄给羽太的信。

经济纠纷一说则是主流分析，就连周氏兄弟母亲鲁瑞也曾对人说："这样要好的弟兄都忽然不和，弄得不能在一幢房子里住下去，这真出于我意料之外。我想来想去，也想不出个道理来。我只记得：你们大先生（鲁迅）对二太太当家，是有意见的，因为她排场太大，用钱没有计划，常常弄得家里入不敷出，要向别人去借，是不好的。"①

举家搬到北京后，鲁迅一大家子从母亲鲁瑞改为周作人夫人羽太信子当家，兄弟挣钱一起花。鲁迅除了留点零用钱外，绝大部分收入都交给羽太信子。周海婴在《鲁迅与我七十年》中气愤地写道："没想到八道湾从此成为羽太信子称王享乐的一统天下。在生活上，她摆阔气讲排场，花钱如流水，毫无计划。饭菜不合口味，就撤回厨房重做。她才生了两个子女，全家雇用的男女仆人少说也有六七个，还不算接送孩子上学的黄包车夫。孩子偶有伤风感冒，马上要请日本医生出诊。日常用品自然都得买日本货。由于当时北平日本侨民很多，有日本人开的店铺，市场上也日货充斥，应该说想要什么有什么。但她仍不满意，常常托亲戚朋友在日本买了捎来。因为在羽太信子眼里，日本的任何东西都比中国货要好。总之，钱的来源她不管，只图花钱舒服痛快。"②

对于太太的大手大脚，"周作人至少是默许的。他要的只是饭来张口衣来伸手，还有'苦雨斋'里书桌的平静，别的一概不问不闻。当然他对信子本来也不敢说个'不'字。"③周作人也曾经和羽太信子吵过，但羽太

---

① 俞芳：《我记忆中的鲁迅先生》。
② 周海婴：《直面与正视：鲁迅与我七十年》，作家出版社，2019年，第83页。
③ 周海婴：《直面与正视：鲁迅与我七十年》，作家出版社，2019年，第83页。

信子一旦"装死",他就立马屈服软了。那受苦的只能是鲁迅,兄弟两人每月六百多大洋的收入都不够用,周作人又当甩手掌柜,只好由鲁迅四处筹钱。据许广平在《鲁迅回忆录·所谓兄弟》中回忆,鲁迅曾和许广平说过:"我总以为不计较自己,总该家庭和睦了吧,在八道湾的时候,我的薪水,全部交给二太太,连同周作人的在内,每月约有六百元,然而大小病都要请日本医生来,过日子又不节约,所以总是不够用,要四处向朋友借,有时候借到手连忙持回家,就看见医生的汽车从家里开出来了,我就想:我用黄包车运来,怎敌得过用汽车运走的呢?"此景此情下,挣钱主力鲁迅对花钱主力羽太信子很不满意,有所微词在所难免。而"作人的妻羽太信子是有歇斯台里性的。她对于鲁迅,外貌恭顺,内怀忮忌"①。因此,鲁迅与羽太信子的矛盾冲突便不可避免,羽太信子要将鲁迅赶出家门,之前她已经将周建人赶了出去,"她的真正目标是八道湾里只能容留她自己的一家日本人和她的中国丈夫"②。

确定无疑的是,鲁迅是被据说患有癔症的羽太信子赶出家门的。许寿裳说过,周氏兄弟不和,坏在周作人那位日本太太身上,她不愿同他一道住。1924年9月,鲁迅辑成《俟堂专文杂集》,署名"宴之敖"。1927年4月,在所作《铸剑》中,他又用"宴之敖"命名复仇者"黑的人"。据许广平在《欣慰的纪念》中回忆,鲁迅对该笔名有过解释:"宴"从门(家),从日,从女;"敖"从出,从放;意思即是说"我是被家里的日本女人逐出的"③。这个日本女人自然即是指羽太信子。周作人也曾明确说过:"要天天创造新生活,则只好权其轻重,牺牲与长兄友好,换取家庭安静。"④

---

① 许寿裳:《亡友鲁迅印象记》,人民文学出版社,1977年,第61页。
② 周海婴:《直面与正视:鲁迅与我七十年》,作家出版社,2019年,第84页。
③ 许广平:《所谓兄弟》。
④ 许广平:《所谓兄弟》。

除了以上现实层面的原因外,还可以从心理学角度解释周氏兄弟失和,主要出自周作人的"弑父情结"和"老二心理"。"长兄如父",鲁迅一直把自己当成了周作人的父亲,在一直培养周作人的同时也一直在监督周作人,甚至曾经揍过周作人,周作人内心肯定也会反感。人长大了往往会"弑父",如同当年"新青年"对林纾一样。后来周作人的名气、地位、收入不亚于鲁迅,甚至还一度高于鲁迅,"你凭什么还像当年一样对我?还把我当成你的小跟班,我要独立自主,把你赶出去"。这可能是周作人的心理。

此外,周作人可能还有一种"老二心理"。老二在家里的位置一般很尴尬,尤其是家里还有老三老四就更尴尬了,如俗话所说"靠老大疼老三,最不待见是老二"。老大一般在家里很有地位,老小因为受宠也有地位,而老二在中间不尴不尬。但是老二也想显示自己的价值,所以会有"老二心理",即老二也想有地位甚至想成为老大。而周作人正是周氏三兄弟中的老二,他也会有"老二心理",即想取代鲁迅成为老大。

总之,经济纠纷是现实中的诱因,"周氏兄弟"失和背后更深的可能是周作人的"老二心理""弑父情结"等心理因素。另外,"周氏兄弟"失和还因为两人在思想、性格、道路等方面有着根本不同。一个是站在时代前沿为民众请命的铁血"战士",一个是躲进小屋自私自利的"隐士",两人本质上"道不同不相与谋"。即使没有羽太信子煽风点火,也会有其他导火索,两人迟早分道扬镳。综上所述,"周氏兄弟"的失和看似偶然实则必然。

三、"睚眦必报"与"以德报怨"

"周氏兄弟"失和后,鲁迅大病一场,前后达一个半月之久。学者袁良骏认为:"它促成了鲁迅的早逝。失和对鲁迅的精神打击是巨大的,这是鲁迅的一大块心病,不仅导致了他迁居后的一场大病,而且影响其终生。鲁迅最终死于肺病,而肺病最可怕的就是累和气。和周扬等'四条汉子'生气是外在的,兄弟失和才是更要害、更根本的。"① 不难想象,每当想起自己全心全意最为关爱的弟弟反戈一击恩将仇报,鲁迅的心中该有多痛多苦,这种痛苦是锥心裂肺难以释怀的。鲁迅写了《颓败线的颤动》等文章,谴责忘恩负义的行为;他写了《伤逝》等文章,感叹亲密感情的逝去……但失和对鲁迅也有利好的一面,即鲁迅开始重新选择生活,毅然决然地和许广平私奔,经济上也更加宽裕自主。

失和对周作人有什么直接影响呢?在1923年7月25日所写的《自己的园地·旧序》里,周作人重复了7月18日给鲁迅的字条里所说的"过去的蔷薇色的梦都是虚幻",表达了自己对美好人生的幻灭感。他要"订正我的思想,重新入新的生活",不再追求"蔷薇色"的理想,而从此选择了"在不完全的现世享乐一点美与和谐"的享乐主义人生道路。

"人生不相见,动如参与商。"反目后,"周氏兄弟"未再单独见过面,也未有直接通信。起初,因为思想、观点的一致,两人还有过并肩战斗。比如周作人创办《语丝》并实际担任主编,鲁迅则在上面经常发稿成为《语丝》实际"精神领袖"。在女师大学潮中,两人也都站在进步学生一边,与章士钊、陈源战个不休。周作人先是在鲁迅起草的宣言中签了名,后又发表了一些批评章士钊、杨荫榆的文章,并和鲁迅一起为被驱赶出校的学生义务授课。周作人得知鲁迅上了北洋政府的"黑名单",还曾托人通知鲁迅。鲁迅大战陈源时,周作人也曾上阵助拳,攻击陈源及"现代评论派"。后来,在鲁迅和高长虹的论战中,周作人又出阵挺兄,用"晋人""吃醋""疑威将军"等暗箭影射高长虹。鲁迅在和创造社、太阳社的"革命小将"车轮战时,周作人也曾发文讽刺"革命文学"的"取巧"和

---

① 袁良骏:《"二周失和"与现代文坛》,《鲁迅研究月刊》,1998年第4期。

"投机"。周作人还翻译过古罗马一首题为《伤逝》的诗歌，而鲁迅随后也创作了小说《伤逝》，两人通过创作"暗送秋波"。

但随着鲁迅和许广平结合，随着形势越来越严峻，周作人和鲁迅终于越走越远。两人成了最熟悉的陌生人，甚至不知不觉鲁迅成了周作人的假想敌。

首先，周作人在《中年》《志摩纪念》《周作人书信·序言》《论妒妇》《责任》《蒿庵闲话》等文章中多次挖苦鲁迅多妻、纳妾、色情。如他在《中年》里写道："譬如普通男女私情我们可以不管，但如见一个社会栋梁高谈女权或社会改革，却照例纳妾等等，那有如无产首领浸在高贵的温泉里命令大众冲锋，未免可笑，觉得这动物未免有点变质了。"这话很明显是在讽刺鲁迅"纳妾"。

鲁迅和许广平的情书集《两地书》出版后，周作人又在《周作人书信·序言》中写道："这原不是情书，不会有什么好看的。这又不是宣言书，别无什么新鲜话可讲。反正只是几封给朋友的信……别无好处，总写得比较地诚实点，希望少点丑态。兼好法师尝说人们活过了四十岁，便将忘记自己的老丑，想在人群中胡混，私欲益深，人情物理都不复了解。行年五十，不免为兼好所呵，只是深愿尚不忘记老丑，讲不以老丑卖钱耳。"此话是嘲笑鲁迅的《两地书》"以老丑卖钱"。1936年10月18日，鲁迅去世的前一天，周作人还在文章《家之上下四旁》中写道："儿子阔了有名了，往往在书桌上留下一部《百孝图说》，给老人家消遣，自己率领宠妾到洋场官场里为国民谋幸福去了……"这话自然也是在嘲讽鲁迅。

一贯主张恋爱自由和健康性道德的周作人为何抓住鲁迅的"小辫子"不放？这可能缘于周作人固执地以为鲁迅真的调戏了他太太，"有色情之心乃老流氓也"，故而一再藐视嘲讽鲁迅，动辄借机泄愤报仇。

国民党"清党"后，原本都持自由、人道立场的周氏兄弟政治、思想上发生了巨大分野。鲁迅逐渐"左倾"，顽强不屈地投入一场接一场的战斗。周作人则被鲜血吓得目瞪口呆而退回自己的"苦雨斋"埋头喝茶，并且对鲁迅的"向左转"越来越看不惯。

1931年12月13日，周作人在《志摩纪念》中写道："知识阶级的人挑着一副担子，前面是一筐子马克思，后面一口袋尼采，也是数见不鲜的事。"1935年2月，周作人又在《阿Q的旧帐》中写道："不久有左翼作家新兴起来了，对于阿Q开始攻击，以为这是嘲笑中国农民的，把正传作者骂得个'该死十三元'……不久听说《阿Q正传》的作家也转变了。"这两句话还只是捎带讥讽鲁迅，最为表达周作人对鲁迅不满的是他写于1936年7月31日的《老人的胡闹》一文。这文章写道："老人的胡闹并不一定是在守旧，实在却是在维新。盖老不安分，重在投机趋时，不管所拥戴的是新旧左右，若只因其新兴有势力而拥戴之，则等是趋时，一样的可笑。如三上（日本贵族院议员三上参次）弃自由主义而投入法西斯的潮流，即其一例，以思想论虽似转旧，其行为则是趋新也。此次性上演说因为侮辱中国，大家遂加留意，其实此类事世间多有，即我国的老人们亦宜以此为鉴，随时自加检点者也。"这话很明显是在骂鲁迅"胡闹""为老不尊""不检点"。此时正病重在床的鲁迅如果看到这话，肯定会心痛不已而加重病情。

除了在爱情婚姻、思想政治方面屡屡攻击外，周作人在其他方面也是逮着机会就对鲁迅旁敲侧击明枪暗箭。如在谈到"青年必读书"问题时，周作人对鲍耀明说："'必读书'的鲁迅答案，实乃他的'高调'——不必读书——这说得不好听一点，他好立异鸣高，故意的与别人拗一调，他另外有给朋友的儿子开的书目，却是十分简要的。"①

总之，想做"绅士"的周作人对鲁迅满腹怨恨，总是借机攻击"睚眦必报"。鲁迅去世后尸骨未寒，周作人还余恨未了地影射道："但是，说老

---

① 周作人：《致鲍耀明》，《知堂书信》，华夏出版社，1995年，第413页。

当益壮,已经到了相当的年纪,却从新纳妾成家,固然是不成话,就是跟着青年跑,说时髦话,也可以不必。"①

而向来"以直报怨"的鲁迅对周作人则始终"以德报怨",还把他当成亲兄弟,时刻关注、关心着周作人,随时注意和搜购周作人的作品。"据北京鲁迅博物馆关于鲁迅藏新文学著作目录统计,鲁迅藏周作人著译文集计有11种,从1925年出版的《陀螺》至1936年出版的《苦竹杂记》,均藏购于1923年兄弟失和以后"。②鲁迅对周作人最大的一个"差评"仅是"昏"字,鲁迅几次对三弟周建人摇头叹气无可奈何地说:"启孟真昏!"

1925年,鲁迅在发表的小说《弟兄》里回忆了自己当年帮助周作人看病的往事,表示了"鹡鸰在原"的意思。鹡鸰是一种生活在水边的小鸟,当它困处高原时,就会鸣叫寻找同类。《诗经》有云:"脊令在原,兄弟急难",比喻兄弟在危难中要互相救助。鲁迅通过这篇小说向周作人表示如有急难,他还愿像当年周作人患病时那样无私救助。可周作人对此置若罔闻,毫不领情。1927年张作霖军政府绞死李大钊后,周作人一边悲愤地写下《偶感》捍卫李大钊名誉,一边把李大钊的大儿子李葆华藏在八道湾,后将其转送日本留学。对周作人的这种勇敢精神,鲁迅在写给周建人的信里大加赞赏。

鲁迅定居上海后,也时常惦念担忧周作人,常对周建人说:"八道湾只有一个中国人了。"当《语丝》杂志被禁时,鲁迅在致章廷谦的信中说:"他之在北,自不如来南之安全,但我对于此事,殊不敢赞一辞,因我觉八道湾之天威莫测,正不下于张作霖,倘一搭嘴,也许罪戾反而极重,好在他自有他之好友,当能相助耳。"③日军侵华加快脚步后,鲁迅还曾给章廷谦写信,请他劝说周作人南下。

---

① 周作人:《立春以前·十堂笔谈》,河北教育出版社,2002年,第125页。
② 黄艳芳:《周氏兄弟失和后鲁迅藏周作人文集举隅》,《鲁迅研究月刊》,2023年第1期。
③ 鲁迅:《书信·271107 致章廷谦》,《鲁迅全集》第12卷,人民文学出版社,2005年,第85页。

1934年，周作人发表《五十自寿诗》，其中写道："前世出家今在家，不将袍子换袈裟。街头终日听谈鬼，窗下通年学画蛇。老去无端玩骨董，闲来随分种胡麻。旁人若问其中意，且到寒斋吃苦茶。半是儒家半释家，光头更不著袈裟。中年意趣窗前草，外道生涯洞里蛇。徒羡低头咬大蒜，未妨拍桌拾芝麻。谈狐说鬼寻常事，只欠工夫吃讲茶。"诗歌发表后引发轰动，蔡元培、胡适、林语堂、钱玄同、郑振铎、刘半农等人纷纷步韵和诗。胡风、廖沫沙等左翼青年则对周作人的消极思想大加鞭挞，如廖沫沙和诗讽刺道："先生何事爱僧家，把笔提诗韵押裟。不赶热场孤似鹤，自甘凉血懒如蛇。选将笑话供人笑，怕惹麻烦爱肉麻。误尽苍生欲谁责？清谈娓娓一杯茶。"而鲁迅则在写给曹聚仁的信件中公正地评说："周作人自寿诗，诚有讽世之意，然此种微辞，已为今之青年所不惯，群公相和，则多近肉麻，于是火上添油，遽成众矢之的。"①

对周作人的才华，鲁迅也继续充分认可。有一次，周作人的一部译稿交给商务印书馆出版，鲁迅对周建人说："莫非启孟的译稿，编辑还用得着校吗？"②鲁迅还对斯诺夫人说过，在现代散文史上，周作人似是第一人③。据周建人回忆，鲁迅在病危之际，还捧读周作人著作。鲁迅逝世后，周建人写了一封信，把鲁迅临终前对周作人的看法统统告诉了周作人："有一天说看到一日本记者（？）登一篇他的谈话，内有'我的兄弟是猪'一语，其实并没有说这话，不知记者如何记错的云云。又说到关于救国宣言这一类的事情，谓连钱玄同、顾颉刚一班人都具名，而找不到你的名字，他的意见，以为遇到此等重大题目时，亦不可过于退后云云。有一回说及你曾送×××之子赴日之事，他谓此时别人并不肯管，而你却偏护他，可见是有同情的，但有些作者，批评过于苛刻，责难过甚，反使

---

① 鲁迅：《书信·340430 致曹聚仁》，《鲁迅全集》第13卷，人民文学出版社，2005年，第87页。
② 周建人：《鲁迅和周作人》。
③ 安危：《鲁迅同斯诺谈话整理稿》，《新文学史料》，1987年第3期。

人陷于消极，他亦极不赞成此种过甚的责难云。又谓你的意见，比之于俞平伯等甚高明（他好像又引你讲文天祥的一段文章为例），有许多地方，革命青年也大可采用，有些人把他一笔抹煞，也是不应该的云云。但对于你前次趁（赴）日时有一次对日本作家关于他的谈话则不以为然。总起来说，他离开北平之后，他对于你并没有什么坏的批评，偶然想起，便说明几句。"①

在听到鲁迅逝世的消息后，周作人未去上海参加追悼会，而是在北大法学院礼堂参加了纪念会，并致辞。他还接受了《大晚报》记者的采访，对记者说："关于家兄最近在上海的情形，我是不大清楚的，因为我们平常没有事，是很少通信的。虽然他在上海患着肺病，可是前些天，他曾来过一封信，说是现在已经好了，大家便都放下心去。不料今天早晨接到舍弟建人的电报，才知道树人已经逝世。他这肺病，本来在十年前，就已经隐伏着了，医生劝他少生气，多静养，可是他的个性偏偏很强，往往因为一点小事，就和人家冲突起来，动不动就生气，静养更是没有那回事；所以病就一天一天加重起来，不料到了今天，已经不能挽救他的生命。说到他的思想方面，最起初可以说他受尼采的影响很深，就是树立个人主义，希望超人的实现。可是最近又有点转到虚无主义上去了，因此，他对一切事，仿佛都很悲观，譬如我们看他的《阿Q正传》，里面对于各种人物的描写，固是深刻极了，可是对于中国人的前途，却看得一点希望都没有。实在说起来，他在观察事物上，是非常透彻的，所以描写起来也就格外深刻。在文学方面，他对于旧的东西，很用过一番工夫，例如：古代各种碎文的搜集，古代小说的考证等，都做得相当可观。可惜，后来没有出版，恐怕那些材料，现在也都散失了，有人批评他说：他的长处是在整理这一方面，我以为这话是不错的。他的个性不但是很强，而且多疑，旁人

---

① 《鲁迅研究资料》，第12期，第82—83页。

说一句话，他总要想一想这话对于他是不是有利的地方。这次他在上海住的地方也很秘密，除去舍弟建人和内山书店的人知道以外，其余的人都很难找到。家母几次让他到北平来，但他总不肯，他认为上海的环境是很适宜的，不愿意再到旁的地方去。"

鲁迅病逝第二天，周作人有一堂《六朝散文》的课。他没有请假，而是挟着一本《颜氏家训》继续走进教室。第一节课的下课铃响后，周作人挟起书脸色难看地说："对不起，下一堂课我不讲了，我要到鲁迅的老太太那里去。"可见，兄弟之间即使仇大于山，但毕竟血浓于水，周作人对鲁迅的逝世还是有些哀痛。

随后，周作人写了《关于鲁迅》《关于鲁迅书后》《关于鲁迅之二》等文章，回忆了鲁迅生前一些人们不太知晓的人生经历及创作情形。周作人对鲁迅也有"辩证"的评价，如他在《关于鲁迅》中肯定鲁迅"向来勤苦做事，为他人所不及……""但求自由的想或写，不要学者文人的名"，同时也批评鲁迅"在书本里得来的知识上面，又加上亲自从社会里得来的经验，结果便造成一种只有苦痛与黑暗的人生观"，以及作品中"到处是愚与恶，而愚与恶又复加厉害到可笑的程度"。

四、"谋官谋隐两不成"

鲁迅的病逝对于国人而言自然是莫大的损失，对周作人而言其实也是很大的遗憾。鲁迅对周作人一直有着重要影响，如上所述，是鲁迅一手培养了周作人，让周作人成了著名作家、学者。鲁迅也一直在引导、鞭策着周作人，让周作人发挥出"流氓气"，一度也成为"战士"、启蒙者。而随着周氏兄弟失和尤其是鲁迅的去世，没有了引导、鞭策的周作人只剩下了"绅士气"，他自顾自地"苟全性命于乱世"，自顾自地"听谈鬼""学画蛇""玩骨董""听苦雨""吃苦茶",从"战士"退化为"隐士",进而从"老人"滑向了汉奸。周作人成为汉奸是确实的也是必然的,是他坚持享乐主义自私自利的必然结果。他要"在不完全的现世享乐一点美与和谐",在《麻醉礼赞》中曾说"我们的生活恐怕还是醉生梦死最好吧",在"三一八惨案"后竟说"什么世界,还讲爱国",因此他必然会在生死抉择面前苟且偷生贪图享乐。也因此当了汉奸后,周作人高官厚禄大修豪宅,过上了锦衣玉食奴仆成群的富贵生活。

后来,周作人入狱、被冷待乃至最终被红卫兵批斗致死的凄惨下场也是必然的。鲁迅对周作人这种"隐士"的本质和命运其实早有预言,他在文章《隐士》中认为这些隐士"泰山崩,黄河溢,隐士目无见,耳不闻,他心平如水",但他们"身在山林而心存魏阙","隐身"不过是"噉饭之道",一有机会,便会由隐士转为帮忙帮闲,算是"候补的帮忙帮闲"。鲁迅指出,最可怕的是"谋官谋隐两不成"。周作人便是如此,如他在当汉奸时对于北大学生被打装痴作聋"心平如水",乃至最终"谋官谋隐两不成","反误了卿卿性命"。如果还有鲁迅的继续引导、鞭策,周作人的下场应该不至于如此凄惨。

1956年后,周作人撰写了一百多篇回忆鲁迅的文章,开始靠"鲁迅"吃饭,共出版了《鲁迅小说里的人物》《鲁迅的故家》《鲁迅的青年时代》等三部有关鲁迅的著作。周作人还出席了鲁迅去世二十周年大会,也经常回答学者或出版社编辑有关鲁迅的问题。虽然被许广平讥讽当初骂鲁迅,现在"吃"鲁迅,但周作人说他写这些文章也对得起鲁迅了。这些回忆文章大多客观记述鲁迅生平,周作人依旧坚持将鲁迅当成凡人,不满当时对鲁迅的过高评价。如1962年5月16日,周作人在致曹聚仁信中最后一次明确谈到对鲁迅的意见:"至说鲁迅文人成分多,又说非给青年崇拜不可,虽似不敬却也是实在的。盖说话捧人未免过火,若冷眼看人家缺点,往往谈言微中。现在人人捧鲁迅,在上海墓上新立造像,我只在照相上看见,是在高高的台上，一人坐椅上，虽是尊崇他，其实也是在挖苦他的一个讽刺画，那是他生前所谓思想界的权威的纸糊之冠是也。恐九泉有知不免要苦笑的吧，要恭维人不过火，即不至于献丑，实在是大不容易事。"① 周作人私下对鲁迅依旧有所批评，如1957年1月20日，他在致曹聚仁的信里说："鲁迅写文章态度有时严肃、紧张，有时是戏剧性的，所说不免有小说化处，即是失实。"②

不过，周作人对鲁迅也有所感激、怀念。如他得知当年鲁迅对他自寿诗态度时感叹道："独他一个人在答曹聚仁杨霁云的书简中，能够主持公论，胸中没有丝毫芥蒂，这不是寻常人所能做到的了。"③ 临终前，像鲁迅一样，周作人又开始阅读《鲁迅全集》中的杂文。或许兄弟之情终究难以忘怀，或许周作人终于意识到鲁迅的伟大。

五、结语

鲁迅与周作人是二十世纪中国文坛的"双子星"，对中国新文学都有重要贡献。鲁迅自不待言，周作人的散文以及《人的文学》《平民文学》等理论文章对新文学也有重要影响，两人作品都标志着新文化运动取得实绩。而周作人的成就离不开鲁迅的影响，可以说没有鲁迅就没有周作人。如上所述，失和前后以及去世后，鲁迅都对周作人有着重要影响。当然另一方面，周作人对鲁迅也有重要影响，如早年周作人对鲁迅的很多作品也有贡献，失和对鲁迅的打击巨大，周作人晚年有关鲁迅的文章为宣传、研究鲁迅提供了重要史料。另外，鲁迅早期一些文章也通过周作人日记得以

---

① 周作人：《致曹聚仁》，《知堂书信》，华夏出版社，1995年，第297页。
② 钟叔河编订：《周作人散文全集》第13卷，广西师大出版社，2009年，第11—12页。
③ 林语堂：《知堂回想录》，香港三育图书文具公司，1997年，第425页。

保存，"写于1898年至1902年的十余题旧诗体诗文或句段，构成了鲁迅全部存世著述的前奏部分。它们得以留存，皆因周作人在自己日记中的及时抄录和用心收辑"。①

鲁迅与周作人因家庭、经历的一样，如钱理群在《话说周氏兄弟》一书中所言两人有很多共同点，如都重视教育，都关心儿童，都读书颇广，见识超群。周作人原本也像鲁迅一样是"战士"，和鲁迅一度并肩作战，但因性格、爱好、立场等不同终究分道扬镳，乃至最后站在了对立面。"双子星"竟如鲁迅、周作人母亲鲁瑞所言，成了永不相见的"东有启明，西有长庚"。

因此，鲁迅与周作人关系有着重要的研究价值和参考意义。他们代表着中国知识分子的两种基本类型，一左一右，一热一冷，一个是为苍生呐喊的"战士"，而另一个是埋头书斋的"文人"。"道不同不相为谋"，这是鲁迅与周作人分道扬镳的根本原因，也是鲁迅与钱玄同、刘半农、林语堂等老友最终"分手"的根本原因。"周氏兄弟的真正价值，是中国人生存危机以及向这一危机挑战的两种不同的范本。进入现代以来，还没有哪些作家，像他们一样，折射着如此复杂的文化之光。这光泽今天还在延续着，它实际上已消融在当代文化的新的震荡之中"。②成为鲁迅，还是成为周作人？这是一个永恒的拷问。

---

① 李林荣：《从"会稽山之平民"到"日出国中之游子"》，《鲁迅研究月刊》，2023年第7期。
② 孙郁：《鲁迅与周作人》，辽宁人民出版社，2007年，第375页。

03 「愿有英俊出中国」

鲁迅与台静农

"愿有英俊出中国",鲁迅甘当"梯子"对青年寄予厚望,对众多青年作家热心培养尽力指导。中国众多现代作家与鲁迅有着密切关系,他们深受鲁迅影响,台静农、李霁野、曹靖华等未名社成员就是其代表。

一、"台君为人极好"

台静农 1902 年出生于安徽霍邱县叶家集镇,他与韦素园、韦丛芜、李霁野、张目寒皆为小学同学。他虽然幼年接受传统私塾教育,但后来阅读严复的西方译作而萌发先进思想,中学时与同学合办《新淮潮》杂志以回应五四运动。1922 年,台静农成为北大研究所国学门旁听生,旁听了鲁迅的《中国小说史》等课程,对鲁迅有了初步认识。1925 年 4 月 25 日夜,台静农在张目寒陪同下第一次拜访鲁迅,鲁迅当天日记记录道:"夜目寒、静农来,即以钦文小说各一本赠之。"①

1925 年,在鲁迅的提议、支持下,台静农与韦素园、韦丛芜、李霁野、曹靖华发起成立未名社,以翻译出版外国文学尤其是苏俄文学为主,使得这五位文学青年正式走上文坛。其中,鲁迅与台静农交往非常密切。据《鲁迅日记》记载,二人交往在 180 次以上。台静农致鲁迅信件有 74 封,鲁迅致台静农信件有 69 封。鲁迅甚至曾在致台静农信中"吐槽"家庭负担道:"负担亲族生活,实为大苦,我一生亦大半困于此事,以至头白,前年又生一孩子,责任更无了期矣。"② 在鲁迅任教厦门大学的一年零四个月中,台静农单独或与友人一起拜访鲁迅多达 29 次。

鲁迅对台静农极为欣赏,台静农的第一篇小说《懊悔》即由鲁迅审阅

---

① 鲁迅:《日记·十四〔一九二五年〕四月》,《鲁迅全集》第 15 卷,人民文学出版社,2005 年,第 562 页。
② 鲁迅:《书信·320605 致台静农》,《鲁迅全集》第 12 卷,人民文学出版社,2005 年,第 308 页。

后交给《语丝》周刊发表，他的第一部小说集也由鲁迅审定改名为《地之子》出版，鲁迅称赞其为"优秀之作"①。在选编《中国新文学大系·小说二集》时，鲁迅选了台静农的《天二哥》《红灯》《新坟》《蚯蚓们》四篇小说，与鲁迅自己的入选作品数目相等，同为作品最多的作者，可见他对台静农的赞赏。在《〈中国新文学大系〉小说二集序》中，鲁迅更是高度赞扬台静农作品道："要在他的作品里吸取'伟大的欢欣'，诚然是不容易的，但他却贡献了文艺；而且在争写着恋爱的悲欢，都会的明暗的那时候，能将乡间的死生，泥土的气息，移在纸上的，也没有更多，更勤于这作者的了。"②

鲁迅对台静农的人品也极为肯定，说"台君为人极好"③。1929年5月鲁迅回北京时，曾多次与台静农会面，其中一次到了深夜。鲁迅多次赠书及《北平笺谱》等与台静农，还在1932年元旦手书《二十二年元旦》赠台静农："云封高岫护将军，霆击寒村灭下民。依旧不如租界好，打牌声里又新春。申年元旦开笔大吉并祝静农兄无咎。迅顿首。"1934年鲁迅"闻天津《大公报》记我患脑炎，戏作一绝寄静农"④，此即《报载患脑炎戏作》："横眉岂夺蛾眉冶，不料仍违众女心。诅咒而今翻异样，无如臣脑故如冰。"临终前，鲁迅还将瞿秋白遗著《海上述林》寄赠给台静农。除参与集资刊印此书的人外，鲁迅只给台静农和许寿裳两人赠过此书，可见他对台静农的感情。

"投桃报李"，台静农对鲁迅也极为感恩。1926年，台静农将1923年至1926年四年间报刊评价鲁迅的文章汇编成集，取名为《关于鲁迅及其

---

① 鲁迅：《二心集·我们要批评家》，《鲁迅全集》第4卷，人民文学出版社，2005年，第246页。
② 鲁迅：《且介亭杂文二集·〈中国新文学大系〉小说二集序》，《鲁迅全集》第6卷，人民文学出版社，2005年，第263页。
③ 鲁迅：《书信·331219 致姚克》，《鲁迅全集》第12卷，人民文学出版社，2005年，第520页。
④ 鲁迅：《日记·二十三〔一九三四年〕三月》，《鲁迅全集》第16卷，人民文学出版社，2005年，第439页。

著作》出版。这是第一本有关鲁迅及其著作的评论集，书前有《鲁迅自叙传略》，书后附有许广平的《鲁迅先生撰译书录》。应鲁迅的建议，台静农将国外对鲁迅及其著作的评论删掉，而加了一篇陈源致徐志摩的信。台静农选编此书目的是"只想爱读鲁迅先生作品的人藉此可以一时得到许多议论和记载，和自己的意思相参照，或许更有意味些"①，主要原因是他爱鲁迅那种被陈源骂为"他就跳到半天空，骂得你体无完肤——还不肯罢休"的精神，认为"这种精神是必须的，新的中国就要在这里出现"。②

1927年刘半农提名鲁迅为诺贝尔文学奖候选人，便由台静农转达，鲁迅也是通过回信台静农拒绝。虽然鲁迅拒绝了提名，但此事可见台静农对鲁迅的尊重及两人关系的亲密。1932年11月，鲁迅回北平探视母亲，并应邀在北平作了五次公开演讲，时任北京辅仁大学副教授兼校长秘书的台静农全程陪同。台静农还陪同鲁迅到范文澜家，邀请鲁迅到自己家，以及会见北平左翼文化团体代表。回到上海后，鲁迅特意给台静农写信感谢道："廿八日破费了你整天的时光和力气，甚感甚歉。"③鲁迅还给许广平写信道："我到此后……台静农、霁野……皆待我甚好，这种老朋友态度，在上海势利之都是看不到的。"④台静农还多次为鲁迅代买汉画像石拓片，如《鲁迅日记》中记载，1934年7月1日"得静农所寄汉画像等拓片十种"⑤。"在《鲁迅日记》中可以看到，从1935年12月至1936年8月，台静农通过友人替鲁迅拓印了南阳汉画像共231幅"。⑥

---

① 台静农：《关于鲁迅及其著作》，海燕出版社，2015年，第2页。
② 台静农：《关于鲁迅及其著作》，海燕出版社，2015年，第2页。
③ 鲁迅：《书信·321130 致台静农》，《鲁迅全集》第12卷，人民文学出版社，2005年，第348页。
④ 鲁迅：《书信·321120 致许广平》，《鲁迅全集》第12卷，人民文学出版社，2005年，第343页。
⑤ 鲁迅：《日记·二十三〔一九三四年〕七月》，《鲁迅全集》第15卷，人民文学出版社，2005年，第460页。
⑥ 商金林：《生而不有 为而不恃——台静农对鲁迅的敬慕和追随》，《鲁迅研究月刊》，2022年第11期。

二、"谈到鲁迅时特别有感情"

1936年鲁迅去世后,正在山东大学任教的台静农悲痛万分,他立即给许广平发了唁电,还寄去100大洋作为奠仪费用。唁电中写道:"周师母鉴:顷见报载,中央社电豫师去世,惊骇万分,然关于师之起居,向多谣言,颇以为疑。但记载甚详,似果真不讳,山颓木坏,世界失此导师,不仅师母之恸也……生静农上。"1936年11月1日,山东大学文学社举行追悼鲁迅大会,台静农在会上介绍了鲁迅生平,沉痛悼念鲁迅。据徐中玉回忆:"鲁迅逝世那年台静农老师正在山大,我们举办的追悼会上他带病勉强参加了,伤痛之意极深。"

为纪念鲁迅,台静农还手抄鲁迅诗作39首分送友人,如将其中一个长卷送给了舒芜。"台静农'困居危城'钞写'鲁迅师遗诗'长卷是寻找精神寄托;而将这长卷赠送给'不知何年'才能相见的好友舒芜,显然是希望用这一份珍贵的礼物来维系彼此的友谊,互相勉励,永远以鲁迅为楷模,永远奋进。"① 台静农还精工装裱了鲁迅给他的书信,后经保存收录于《鲁迅书信集》中的有43封。后来,台静农将保存的鲁迅信件和文稿几乎全部交给许广平,只珍藏了鲁迅1923年12月26日在北京女子高等师范学校的演讲稿即著名的《娜拉走后怎样》手稿,以及保存了鲁迅送给台静农的《二十二年元旦》《报载患脑炎戏作》等诗幅。后来,台静农和好友魏建功、李霁野、舒芜等人相聚,也经常谈及鲁迅,"静农先生谈到鲁迅时特别有感情"②。

1938年10月19日,重庆举行鲁迅逝世二周年纪念会,台静农在题

---

① 商金林:《生而不有 为而不恃——台静农对鲁迅的敬慕和追随》,《鲁迅研究月刊》,2022年第11期。
② 舒芜:《忆台静农先生》,《新文学史料》,1991年第2期。

为《鲁迅先生的一生》的演讲中说:"我们每一个黄帝子孙都得学习先生的精神,就是'拿赤血献给中华民族!'"抗战时期,他还著有回忆鲁迅的《鲁迅先生的一生》《鲁迅先生整理中国古文学之成绩》等文章。在任教国立女子师范学院时,台静农还曾讲授过鲁迅的《中国小说史略》。

1946年台静农到台湾大学任教,本欲"歇脚"(台静农将自己台湾居所命名为"歇脚庵")的他阴差阳错从此定居在台北,成为台大中文系史上任职时间最长的系主任,奠定了该系自由活泼兼容并包的学风,被台湾学人誉为"新文学的燃灯人"。因为当时鲁迅名字在台湾极为敏感,鲁迅至友、台静农同事许寿裳便因在台湾宣传鲁迅而不明不白地被害,台静农从此不再公开谈论鲁迅纪念鲁迅,乃至后来被李敖批评为"愧对鲁迅"。对此,他曾对林辰解释道:"承续为豫师写回忆录,虽有此意,然苦于生事,所忆复不全,故终未能动笔也。"

但也许,台静农只是将对鲁迅的怀念深藏于心。据陈昌明教授的《温州街》一文记载,1989年台静农搬家时,台静农亲自将一尊鲁迅塑像抱在怀中搬到新居,"我看到台静农老师缓缓起身以双手抱着鲁迅的陶瓷塑像,步履庄重而沉稳像《仪礼》中的祀典,一步一步走向二十五号的宿舍。那是一种极慎重的态度,一种精神仪式是不能假手他人的,当我回家后还感受到这股神圣而隆重的气氛。"据梅家玲文章《寻找台静农先生的鲁迅塑像》考证,这座塑像是来自香港的大陆走私货品,1980年由李昂买下送给台静农,台静农一直将其珍藏在里屋。"这尊鲁迅塑像鲜为人见,却俨然成为台老师多年来始终心念鲁迅,对其敬之重之的见证。它穿越无情的政治风暴,为那个逝去的时代,留下有情的印记。"①

另据施淑教授回忆,台静农在1990年弥留之际,要读鲁迅作品,还特别想看《鲁迅和他的同时代人》一书,其中有《鲁迅和台静农》一章。

---

① 梅家玲:《寻找台静农先生的鲁迅塑像》,《鲁迅研究月刊》,2022年第11期。

"最是难忘少年狂",台静农晚年写了《酒旗风暖少年狂》等怀旧散文,虽然没有直接怀念鲁迅,但他对青年时期与鲁迅等人的交往终究难以忘怀。如施淑教授在《踪迹》一文中所写:"他一生悬念,至死方休的就是鲁迅与北京未名社的那些往事了。"

三、"皆师法鲁迅"

如上所述,鲁迅对台静农非常欣赏尽力培养,使得台静农成了著名作家、大学教授。鲁迅对台静农的具体影响大致有三个方面。

一是对台静农创作的影响。台静农本不愿意写小说,是鲁迅主编《莽原》杂志的索稿对台静农起到了直接的催稿作用,如台静农在《地之子》后记里所写:"其实在我倒不大乐于走这一条路。人间的酸辛和凄楚,我耳边所听到的,目中所看见的,已经是不堪了……为了《莽原半月刊》按期的催逼,我仍旧继续写下去。""晚年,台静农曾接受陈漱渝的访问,他承认他的创作深受鲁迅影响。他原来爱写诗,参加过'明天社',后来读了周氏兄弟翻译的《现代小说译丛》《现代日本短篇小说集》,又读了一些莫泊桑、契诃夫的作品,才把创作重点转向小说。'(陈漱渝《丹心白发一老翁》)"[1]鲁迅曾直接和台静农说道:"直至我读了你的小说,我才发现了你的小说创作才能,你应当多写小说,多写乡土小说。""鲁迅以自己的创作体验指导台静农应从自己熟悉的生活中开掘,多读外国小说开阔视野。台静农便埋头苦读当时能找到的外国小说集,而使他留下特别深刻的印象的还是鲁迅翻译的有岛武郎写的《与幼小者》。"[2]此外,鲁迅对台静农作品的高度赞扬,无疑也会极大地鼓励台静农的创作。台静农的小说主要创

---

[1] 汪修荣:《不尽往事尽风流:民国先生风华》,团结出版社,2024年,第38页。
[2] 陶方宣、桂严:《鲁迅的圈子》,东方出版社,2014年,第108页。

作于认识鲁迅之后，台静农的小说集《地之子》《建塔者》由未名社出版，台静农的学术著作《中国文学史》也在一定程度上受到鲁迅的《中国小说史略》影响。

二是对台静农作品风格的影响。台静农早期小说内容沉重、风格沉郁，极具"鲁迅风"，被认为"从内容到风格，皆师法鲁迅"，尤其是《地之子》颇得鲁迅乡土小说风韵。香港文学家刘以鬯甚至认为："20世纪20年代，中国小说家能够将旧社会的病态这样深刻地描绘出来，鲁迅之外，台静农是最成功的一位。"后来台静农虽然不再创作小说，但如学者孙郁所言："先生崇尚汉魏文风，文字与书画，流着逆俗气息，一看便有狂放色彩。一个经历过'五四'新文化的人，由创作走向书斋，不仅无丝毫老态，且气韵生动，于旧学之中散出宏阔的气象，便也证明了其不失鲁迅遗风。"① 甚至学者王德威认为台静农的历史著作《晚明讲史》是学习了鲁迅的《故事新编》，"他的对话的对象不是别人，正是写作《故事新编》的鲁迅"。②《晚明讲史》也像《故事新编》一样借古讽今表达作者心声，充满洞观世情的清冷智慧和悲悯众生的温暖情怀，叙事方式也都比较"油滑"。

三是对台静农人生的影响。在鲁迅的影响下，台静农早年也是"战士"，他除了发表战斗"檄文"外，还曾任"北平左联"常委，曾广泛接触左翼人士，因此三度入狱。抗战胜利后，为抗议国立女子师范学院被解散，台静农还主动辞职，并为学生题诗道："观人观其败，观玉观其碎。玉碎必有声，人败必有气。"可"人生实难，大道多歧"，定居台湾后，被监视的台静农从"战士"转变为"醉心"于书法与古典文学的"隐士"。这正是鲁迅一直所痛惜的，这或许也是台静农不愿再公开提及鲁迅的原因之一吧，他内心或许的确感到"愧对鲁迅"。但鲁迅也曾劝台静农潜心治学，如他在1933年写信给台静农说："大可以趁此时候，深研一种学问，

---

① 孙郁：《鲁迅遗风录》，江苏文艺出版社，2016年，第141页。
② 王德威：《亡明作为隐喻——台静农的〈亡明讲史〉》，《现代中文学刊》，2020年第4期。

古学可，新学亦可，即足自慰，将来亦仍有用也。"①鲁迅与台静农后来的通信也大多关于学问，即台静农后来的潜心治学也未尝不是鲁迅所希望的。

四、鲁迅与未名社

除了台静农，鲁迅对未名社的其他成员也都很关心。鲁迅出资一大半发起成立未名社，在北大上完课后经常来到未名社，关心编辑、校改、印刷、经费等事务，南下后也依然非常支持未名社。李霁野在文章《鲁迅先生对文艺嫩苗的爱护与培育》中回忆说："鲁迅先生对未名社成员的翻译和创作，在看稿改稿，印刷出版，书面装帧，甚至代销委售方面，费去了大量的时间与精力。先生在看了译稿之后，在要斟酌修改的地方，总用小纸条夹记，当面和我们商量改定。"据李霁野统计，在《鲁迅日记》中，关于未名社的记载达700多条；在现存鲁迅书信中，致未名社成员的信函多达212封。到1932年未名社解体时，未名社先后出版发行《莽原》周刊48期、《未名》半月刊24期，出版发行书籍33部，其中包括鲁迅很多作品，对翻译介绍外国文学尤其是苏俄文学有重大贡献。鲁迅曾肯定未名社译作道："在那时候，也都还算是相当可观的作品。事实不为轻薄阴险小儿留情，曾几何年，他们就都已烟消水灭，然而未名社的译作，在文苑里却至今没有枯死的。"②

其中，韦素园因为身体不好不便外出而具体操办未名社社务，故被称为未名社的"守寨人"。鲁迅曾推荐韦素园担任《民报》副刊编辑，在南下后让韦素园接手《莽原》杂志的编务，与韦素园平时交往也很多，《鲁迅日记》中提及他的有130多处。后来韦素园病情加重，鲁迅非常关心

---

① 鲁迅：《书信·331227 致台静农》，《鲁迅全集》第12卷，人民文学出版社，2005年，第533页。
② 鲁迅：《且介亭杂文·忆韦素园君》，《鲁迅全集》第6卷，人民文学出版社，2005年，第70页。

韦素园的健康状况，多次写信询问病情，如曾细心叮嘱："兄咳血，应速治，除服药打针之外，最好是吃鱼肝油。"①1929年，鲁迅回北京时三次抽空来未名社，还专门去医院看望韦素园，他后来记录道："素园还不准起坐，因日光浴，晒得很黑，也很瘦，但精神却好，他很喜欢，谈来许多闲天……接着又感到他终将于死去——这是中国的一个损失——便觉得心脏一缩，暂时说不出话，然而也只得立刻装出欢笑，除了这几刹那之外，我们这回的聚谈是很愉快的。"②1932年8月1日，年仅30岁的韦素园去世，鲁迅亲自为韦素园书写了碑文："君以一九〇二年生，一九三二年八月一日卒。呜呼，宏才远志，厄于短年。文苑失英明者永悼。"1934年7月16日，鲁迅又写了文章《忆韦素园君》纪念韦素园，高度肯定了韦素园的贡献："并非天才，也非豪杰，当然更不是高楼的尖顶，或名园的美花。然而他是楼下的一块石材，园中的一撮泥土，在中国第一要他多。"③

鲁迅与未名社另一骨干李霁野关系也很密切。李霁野早在阜阳第三师范学校读书时，便从《新青年》杂志上看过鲁迅的文章，到北京读书后更是仰慕鲁迅的风采："鲁迅先生的文章表现着鲜明的人格，读时使人觉得亲切得很，仿佛作者不仅是一个可以教导自己的良师，也可以成为推诚相见的益友。"④后来，李霁野在张目寒的引荐下见到鲁迅，其翻译受到鲁迅很大鼓励，并在鲁迅资助下考入燕京大学读书。之后，他也与鲁迅经常会面谈话、通信，鲁迅致李霁野信有53封，"每次和先生的谈话，我都觉得爽快，仿佛给清晨的凉风吹拂来一样"。⑤鲁迅去世后，李霁野陆续写了一些纪念鲁迅的文章，并于1956年出版了《回忆鲁迅先生》一书，记述了鲁迅对他等文学青年的培养情况，认为"中华民族传统的美德——谦虚、

---

① 鲁迅：《书信·270108 致韦素园》，《鲁迅全集》第12卷，人民文学出版社，2005年，第8页。
② 鲁迅：《且介亭杂文·忆韦素园君》，《鲁迅全集》第6卷，人民文学出版社，2005年，第68页。
③ 鲁迅：《且介亭杂文·忆韦素园君》，《鲁迅全集》第6卷，人民文学出版社，2005年，第70页。
④ 李霁野：《回忆鲁迅先生》，新文艺出版社，1956年，第2页。
⑤ 李霁野：《回忆鲁迅先生》，新文艺出版社，1956年，第9页。

朴素、慷慨、忠贞,和新兴阶级的优良品质——英勇、刚毅、乐观、坚定——融合成鲁迅先生的独特风度"。①李霁野还保存了鲁迅《朝花夕拾》的手稿,台静农保存的《娜拉走后怎样》手稿上最后一则题跋也出自李霁野之手,他题道:"毛锥粒粒散珠玑,奠定文坛万载基。墨泽犹新音容杳,怆然把卷徒唏嘘。"1984年4月6日,天津市文联和作协召开座谈会庆祝李霁野从事文学活动六十周年,李霁野在《答谢词》中回忆道:"在我的青年初期,我有幸亲聆伟大的文学家、思想家和革命家鲁迅先生的教诲,我的文学活动是在先生的领导下开始的,若是取得些微的成绩,那同先生的教导和鼓励分不开。"晚年,李霁野还倡导在天津设立了鲁迅文学奖,写了《鲁迅先生与未名社》一书,被鲁迅研究专家陈漱渝称之为"霁野师的亲见、亲闻、亲历,为研究中国现代社团史和文学史者所必读"。

鲁迅作品《阿Q正传》由曹靖华介绍给俄国人王希礼翻译到俄国,这是鲁迅作品传入苏俄的开始。由此,鲁迅和曹靖华密切交往,曹靖华成为与鲁迅关系最亲密的人之一。据《鲁迅日记》记载,两人书信来往多达292封,曹靖华是鲁迅通信仅次于许广平的人。在这些信中,两人互相关心对方的家人家事、身体状况,甚至相互代寄药物和食品,鲁迅还将自己的各种心事、难事"交代"给曹靖华,可见鲁迅将曹靖华视为自己至交。鲁迅约曹靖华翻译苏联作家绥拉菲摩维奇的名著《铁流》,亲自校订此译作并写后记,又自掏一千大洋出版此书。他不断鼓励曹靖华积极翻译苏联文学,使得曹靖华后来成为我国翻译介绍俄苏文学的大家。鲁迅还为曹靖华父亲书写了"河南卢氏曹先生教泽碑文",这是鲁迅除了给韦素园之外写的唯一碑文。鲁迅临终前三天写了《曹靖华译〈苏联作家七人集〉序》,高度评价曹靖华的为人和译著,说为曹靖华写序"是一幸事,亦一快事也",还说"靖华就是一声不响,不断地翻译着的一个,而他的译作,

---

① 李霁野:《回忆鲁迅先生》,新文艺出版社,1956年,第55页。

也依然活在读者们的心中"。① 第二天，鲁迅又给曹靖华写了一封近千字的信，这是鲁迅生平的最后一封信。鲁迅去世后，曹靖华收到鲁迅给他的信时悲痛失声，此后也一直悼念、感激鲁迅。他在中法大学追悼会讲演中哀悼"鲁迅死得太早"，称鲁迅的死"失掉了我们的灯塔"，并写了《我们应该怎样来纪念鲁迅》等文章。晚年，年近九旬的曹靖华，还坐在鲁迅故居的书房中拍了一张照片以示纪念。

对于韦素园的弟弟韦丛芜，鲁迅本来也很关心。在鲁迅鼓励下，韦丛芜创作了爱情长诗《君山》。鲁迅读后很赞赏，特请画家林风眠为此诗稿设计封面，又请版画家司徒乔作插图十幅。受此鼓舞，韦丛芜又创作了小说《校长》，鲁迅则将此小说推荐发表在《小说月报》上。但后来主持未名社社务的韦丛芜生活腐化，和未名社其他成员产生矛盾，导致未名社解体。鲁迅也因此声明退出未名社，"韦丛芜以后进一步堕落，鲁迅先生在书信和谈话中表示很深的惋惜，并处处可以看出他对韦素园的情谊"。② 后来，韦丛芜著有《合作同盟》，"梦想着未来的中国是一个合作社股份有限公司"，并送此书请教鲁迅。对此，鲁迅在致台静农的信中说："立人（韦丛芜）先生大作，曾以一册见惠，读之既哀其梦梦，又觉其凄凄。昔之诗人，本为梦者，今谈世事，遂如狂醒；诗人原宜热中，然神驰宦海，则溺矣，立人已无可救；意者素园若在，或不至于此，然亦难言也。"③ 几十年后，韦丛芜从《鲁迅全集》中看到鲁迅的这封信而感慨道："鲁迅先生寥寥数语，说得多么中肯，多么令人感动！"他为此写有诗歌《忆鲁迅先生》："五十年来一觉醒，先生有怨我心惊！"

---

① 鲁迅：《且介亭杂文末编·曹靖华译〈苏联作家七人集〉序》，《鲁迅全集》第6卷，人民文学出版社，2005年，第68页。
② 李霁野：《回忆鲁迅先生》，新文艺出版社，1956年，第22页。
③ 鲁迅：《书信·330628 致台静农》，《鲁迅全集》第12卷，人民文学出版社，2005年，第413页。

五、"为青年开路"

对于和未名社合办《莽原》的狂飙社，鲁迅原本也非常关心、尽力指导。狂飙社领袖高长虹当时平均每月到鲁迅家六次以上，两年时间内两人会面不下一百次。对于高长虹个人，鲁迅也特别关照，破例给予高长虹编辑费用。鲁迅还选编高长虹的散文和诗集为《心的探险》，亲自设计封面，编入《乌合丛书》，为此都累得吐了血。他还和高长虹一起选编自己老乡许钦文的短篇小说集《故乡》，并请高长虹为集子写序。这是鲁迅唯一一次请青年作家作序，可见鲁迅对高长虹的器重。即使后来鲁迅与高长虹以及狂飙社失和，鲁迅依然在《〈中国新文学大系〉小说二集序》中高度评价了高长虹和狂飙社："1925年10月间，北京突然有莽原社出现，这其实不过是不满于《京报副刊》编辑者的一群，另设《莽原》周刊，却仍附《京报》发行，聊以快意的团体。奔走最力者为高长虹，中坚的小说作者也还是黄鹏基、尚钺、向培良三个；而鲁迅则是被推为编辑的。"① 原本年轻气盛的高长虹后来在1940年8月发表的长文《一点回忆——关于鲁迅和我》中感慨说："我和鲁迅在《莽原》时期，是很好的朋友。《狂飙》周刊在上海出版后，有过一番争论，不过以后我们都把它忘了。1930年以后，他的光明行动，我在国外也时常为之激赏、庆幸。"他认为鲁迅是位天才作家，承认鲁迅"为青年开路"，赞扬鲁迅的作品鉴赏力。

鲁迅对其他很多文学青年也给予了力所能及的指导、帮助，与众多青年作家关系密切。如鲁迅与自己学生孙伏园在《晨报副刊》上密切合作，选编老乡许钦文的短篇小说集《故乡》，写下《悼柔石》《为了忘却的记念》悼念柔石、白莽等"左联"五烈士。"鲁迅先生对青年期望很殷，培养很

---

① 鲁迅：《且介亭杂文二集·〈中国新文学大系〉小说二集序》，《鲁迅全集》第6卷，人民文学出版社，2005年，第258页。

勤，但是他既不虚夸，也不姑息。他对青年的要求很严格，无论在言行方面，还是在工作方面"。① 除了本文所述外，受过鲁迅培养、直接影响的青年作家至少还有冯雪峰、丁玲、胡风、巴金、曹白、黄源、张天翼、靳以、姚克、萧军、萧红、黎烈文、唐弢、萧乾等人，鲁迅关心、帮助过的其他青年人就更多了。

鲁迅原来相信进化论，"总以为将来必胜于过去，青年必胜于老人"②，而原本对青年寄予厚望。因此，他虽然认为青年不必"寻什么乌烟瘴气的鸟导师"③，但他自己很乐意当青年"导师"，非常关心、培养文学青年，指导了狂飙社、未名社、朝花社、沉钟社等文学社团，在北大、女师大、厦门大学、中山大学任教时与学生也密切交往。

但狂飙社领袖高长虹对鲁迅的反戈一击，尤其是"四一二"事变带给鲁迅的冲击，以及后来创作社"小将"对鲁迅的攻击，让鲁迅对青年逐渐失望。他认为"杀戮青年的，似乎倒大概是青年，而且对于别个的不能再造的生命和青春，更无顾惜"④，"我的思路因此轰毁，后来便时常用了怀疑的眼光去看青年，不再无条件的敬畏了"⑤。

所以，后来鲁迅对一般青年不太密切交往，只对胡风、冯雪峰、黄源、巴金、萧军、萧红等信任的文学青年交往多些。但鲁迅"此后也还为初初上阵的青年们呐喊几声"⑥，也还是尽可能地帮助青年，甘做"梯子"。1930年3月27日，鲁迅在致章廷谦的信中曾说："梯子之论，是极确的，对于此一节，我也曾熟虑，倘使后起诸公，真能由此爬得较高，则我之被

---

① 李霁野：《回忆鲁迅先生》，新文艺出版社，1956年，第22、23页。
② 鲁迅：《序言》，《三闲集》，《鲁迅全集》第4卷，人民文学出版社，2005年，第5页。
③ 鲁迅：《导师》，《华盖集》，《鲁迅全集》第3卷，人民文学出版社，2005年，第59页。
④ 鲁迅：《答有恒先生》，《而已集》，《鲁迅全集》第3卷，人民文学出版社，2005年，第473页。
⑤ 鲁迅：《序言》，《三闲集》，《鲁迅全集》第4卷，人民文学出版社，2005年，第5页。
⑥ 鲁迅：《序言》，《三闲集》，《鲁迅全集》第4卷，人民文学出版社，2005年，第5页。

踏，又何足惜。"①

"愿有英俊出中国"，鲁迅原本对文学青年充满关爱竭力培养寄予厚望，后来虽然对青年逐渐失望，认为仅有青年的进化是不够的，更重要的是社会的进化，但他依然甘做"梯子"尽力帮助文学青年。"于无声处听惊雷"，正是鲁迅的"润物无声"，让台静农、曹靖华、胡风、萧军、萧红、巴金等许多青年作家脱颖而出，像一声声惊雷一样震惊神州大地。

---

① 鲁迅：《书信·300327 致章廷谦》，《鲁迅全集》第12卷，人民文学出版社，2005年，第226页。

04

『两悠悠』
鲁迅与郁达夫

"醉眼朦胧上酒楼,《彷徨》《呐喊》两悠悠",这句郁达夫的诗形象地评价了鲁迅及其作品。鲁迅与郁达夫在性格、年龄、文艺观等方面都有很大差异,但他们两人关系非常密切、融洽。鲁迅对郁达夫有重要影响,郁达夫其实对评价、传承鲁迅也有重要贡献。

一、"交谊之深,感情之洽"

1896年12月7日,郁达夫出生于浙江富阳,三岁时父亲因病去世家道中落。"九岁题诗四座惊,阿连少小便聪明"(《自述诗十八首》),郁达夫9岁时就开始写诗,11岁进了新式学堂读小学,13岁学英语,并在此期间广泛阅读了中国历史书籍、诗歌散文、戏剧作品,"这使少年郁达夫获得了一些历史知识和文化知识,为今后的发展打下了比较坚实的基础"。①

1911年,郁达夫就读于嘉兴府中学堂后转入杭州府中学堂,和徐志摩为同宿舍同学,并继续大量阅读书籍。1913年,郁达夫随兄郁曼陀到日本留学,初入东京第一高等学校预科读书,和郭沫若、张资平同学,后到第八高等学校学习。在第八高等学校读书期间,郁达夫阅读了大量世界文学名著,创作了大量诗歌,并开始尝试写小说。1919年郁达夫升入东京帝国大学经济学部,1921年创作了《沉沦》《南迁》《银灰色的死》等小说并于同年结集为《沉沦》出版,引起国内文坛强烈震动,是我国第一本现代白话小说集。

1921年,郁达夫还和郭沫若、成仿吾、张资平、田汉、郑伯奇等人创办了创造社。郁达夫1921年9月29日在上海《时事新报》发表《创造季刊》的出版预告,宣布了创造社的宗旨:"自文化运动发生后,我国新

---

① 范伯群、曾华鹏:《郁达夫评传》,南京大学出版社,2012年,第8页。

文艺为一二偶像所垄断……创造社同仁奋然兴起打破社会因袭，主张艺术独立，愿与天下之无名作家共兴起而造成中国未来之国民文学。"

1922年，郁达夫从东京帝国大学毕业后回国，一面继续创作，一面积极参与创造社刊物编辑工作。"这时，创造社同时刊行季刊、周报、日报三种刊物，此外还编辑出版了'创造社丛书'和'辛夷小丛书'两套丛书中的一些作品。这无疑是这个文学团体成立以后最活跃、最兴旺的全盛时期，而这又是和郁达夫所作的贡献分不开的。"[1]

1923年，"文学青年"郁达夫被推荐到北京大学担任统计学讲师，由此和鲁迅相识。这年2月17日，应周作人邀请，郁达夫来"周氏兄弟"八道湾住所参加北大同人饭席，由此结识了鲁迅，"我们谈的话，已经记不起来了，但只记得谈了些北大的教员中间的闲话，和学生的习气之类"。[2] 十天后，郁达夫又宴请鲁迅等北大同仁，并于1923年11月22日拜访鲁迅，赠送他创作的第二本文集《莺萝集》签名版。之后，郁达夫和鲁迅见面并不太多，想和鲁迅联合办刊的愿望也没有实现。

不久，郁达夫离开北京到武昌师范大学教书，和鲁迅失去联系，直到1927年两人共同定居于上海才密切交往。鲁迅1927年10月到上海后的第三天在李小峰宴席上遇见郁达夫，郁达夫次日又邀请鲁迅聚餐，之后两人交往频繁。《鲁迅日记》中经常出现"达夫来""达夫和映霞来"等字样，大约有210次之多。

郁达夫和鲁迅合办了《奔流》杂志，致力于"介绍真正革命文艺的理论和作品"，实现了之前合办杂志的心愿。郁达夫在"编校后记"中坦率承认，《奔流》的约稿、校对、寄发稿酬等琐事都是鲁迅所为。郁达夫和鲁迅还并肩论战，一起列名为自由大同盟发起人，联名发表《中国文学家对于英国知识阶级及一般民众宣言》《上海文化界告世界书》等，并打算

---

[1] 范伯群、曾华鹏：《郁达夫评传》，南京大学出版社，2012年，第79页。
[2] 郁达夫：《回忆鲁迅》，《郁达夫散文》，浙江文艺出版社，2019年，第73页。

一起翻译《高尔基全集》。

郁达夫对鲁迅非常尊敬,在鲁迅被郁达夫创造社同仁批判时写《革命广告》等文章声援鲁迅,对鲁迅的作品一直予以极高评价。如1923年《呐喊》刚出版时,郁达夫就向郭沫若推荐说很有一读的价值,而被郭沫若称为"有点近于崇拜";十年后,他还说:"我以为鲁迅的'阿Q'是伟大的"①;郁达夫在文章《对于社会的态度》中评价鲁迅及其作品说:"对他的人格,我是素来知道的,对他的作品,我也有一定的见解。我总以为作品的深刻老练而论,他总是中国作家中的第一人者。我从前是这样想,现在也这样想,将来总也是不会变的。"在为《中国新文学大系》选编《散文二集》时,郁达夫竟选编了鲁迅二十四篇文章,认为鲁迅杂文的艺术魅力在于"文体简练""幽默味","能以寸铁杀人,一刀见血",认为《两地书》是"味中有味,言外有情"。

对于鲁迅本人,郁达夫也准确评价道:"在鲁迅的刻薄的表皮上,人只见到了他的一张冷冰的青脸,可是皮下一层,在那里潮涌发酵的,却正是一腔沸血,一股热情。"②在生活中,郁达夫对鲁迅也非常关心,曾调解1929年鲁迅与北新书局老板李小峰的版税纠纷,曾惦记鲁迅安危,在报上刊登过寻找鲁迅的启事,也曾牵线搭桥使得鲁迅加入了左联。

鲁迅一向看不惯创造社人的"创造脸""创造气",但对创造社元老郁达夫却非常关心、爱护,经常称赞郁达夫文章。他在《中国新文学大系·小说二集》中选编了《沉沦》《采石矶》《茑萝行》《春风沉醉的晚上》《过去》等多篇郁达夫文章。1932年,日本作家增田涉在编选《世界幽默集》中国部分时,鲁迅向他推荐了郁达夫的小说《二诗人》。鲁迅还对美

---

① 郁达夫:《中国目前为什么没有伟大的作品产生》,《郁达夫文集》第6卷,花城出版社,1983年,第212页。
② 郁达夫:《〈中国新文学大系·散文二集〉导言》,《郁达夫文集》第6卷,花城出版社,1983年,第212页。

国记者斯诺说郁达夫是五四以来中国最优秀的小说作者之一,并将郁达夫作品《迟桂花》编选进中国短篇小说英译本《草鞋脚》,对郁达夫的"约稿"等要求常常"漫应之曰:那是可以的"①。郁达夫被攻击,鲁迅也向来回护,如鲁迅在《扣丝杂感》中写道:"先前偶然看见一种报上骂郁达夫现实,说他《洪水》上的一篇文章,是不怀好意,恭维汉口。我就去买《洪水》来看,则无非说旧式的崇拜一个英雄,已和现代潮流不合,倒也看不出什么恶意来";在《怎么写》中,鲁迅写道:"我在电灯下回想,达夫先生我见过好几面,谈过好几回,只觉得他稳健和平,不至于得罪人,更何况得罪于国";当时有人认为郁达夫文章"颓废"不让郁达夫参加左联,鲁迅却说郁达夫的颓废是可以原谅的而力主让郁达夫加入了左联。

总体上,郁达夫和鲁迅的关系非常融洽,鲁迅对此称"相遇之际,就随便谈谈",即两人是可以随便聊天的朋友,郁达夫也说:"我和鲁迅是交谊之深,感情之洽,很合得来的朋友",郁达夫妻子王映霞也回忆道:"我们四个人无拘无束地在一起谈谈说说是经常事。"②鲁迅对当时郁达夫有重要影响,"由于两人的相识相知,在郁达夫处于腹背受敌的日子里,鲁迅的深厚情谊是支持他度过困难的力量之一,正是鲁迅的真诚的友谊温暖了他的心,鲁迅的崇高品格激发他的积极向上的热情,鲁迅面对白色恐怖和层层围剿所表现的大无畏精神,鼓舞他继续为进步事业奋斗的信心"。③

后来,郁达夫和王映霞迁居杭州,鲁迅特写两首诗劝阻。第一首写道:"洞庭木落楚天高,眉黛猩红浣战袍。泽畔有人吟不得,秋波渺渺失离骚。"第二首写道:"钱王登假仍如在,伍相随波不可寻。平楚日和憎健翮,小山香满蔽高岑。坟坛冷落将军岳,梅鹤凄凉处士林。何似举家游旷远,风波浩荡足行吟。"即鲁迅劝郁达夫不要陷入儿女情长,杭州也不是

---

① 鲁迅:《鲁迅全集》卷五,人民文学出版社,1957年,第3页。
② 陈漱渝:《王映霞忆鲁迅与郁达夫——王映霞的两封遗简》,《中华读书报》,2018年3月19日。
③ 范伯群、曾华鹏:《郁达夫评传》,南京大学出版社,2012年,第157页。

远离是非之地。"结果竟不出他之所料",郁达夫"被一位党部的先生,弄得家破人亡"①,与王映霞闹得反目成仇满城风雨。

郁达夫迁居杭州后,和鲁迅见面机会少了。但每次郁达夫去上海总会去见鲁迅,并帮上海书店、报刊向鲁迅约稿,如鲁迅给黎烈文主编的《自由谈》稿件最初便是郁达夫约请的,鲁迅后来在《自由谈》上发表了143篇杂文,《自由谈》成为鲁迅晚年最主要的"阵地"。"尤其是当鲁迅对编辑者们发脾气的时候。做好做歹,仍复替他们调停和解这一角色,总是由我来担当。所以,在杭州住下的两三年中,光是为了鲁迅之故,而跑上海的事情,前后总也有好多次。"②郁达夫也曾写诗致鲁迅,高度评价了鲁迅的文学业绩:"醉眼朦胧上酒楼,《彷徨》《呐喊》两悠悠。群氓竭尽蚍蜉力,不废江河万古流。"

后来,郁达夫去了福建担任省府参议兼省政府公报室主任,和鲁迅见面机会就更少了。在鲁迅去世前两个月,郁达夫回上海,鲁迅告诉了郁达夫他的病情,并和郁达夫相约秋后去日本疗养。"可是从此一别,就再没有和他作长谈的幸运了。"③

二、"崇拜他的人格"

1936年10月19日,鲁迅去世。郁达夫当时正在一个饭馆吃饭,听闻同席的一位日本记者告诉他这一噩耗而不敢相信,不等吃完饭就走了。当他回到报馆证实这一消息后,郁达夫立即拟了一个电报给许广平:"上海《申报》转景宋女士:鉴乍闻鲁迅噩耗,未敢置信,万祈节哀,余事面

---

① 郁达夫:《回忆鲁迅》,《郁达夫散文》,浙江文艺出版社,2019年,第95页。
② 郁达夫:《回忆鲁迅》,《郁达夫散文》,浙江文艺出版社,2019年,第97页。
③ 郁达夫:《回忆鲁迅》,《郁达夫散文》,浙江文艺出版社,2019年,第97页。

谈。郁达夫叩"。第二天，郁达夫就启程赶回上海参加鲁迅丧礼，上午向鲁迅遗体告别，下午参加了送殡队伍和葬仪，看到"鲁迅的灵柩，在夜阴里被埋入浅土中去了；西天角却出现了一片微红的新月"。[①]10月24日，郁达夫写了著名文章《怀鲁迅》，指出："没有伟大的人物出现的民族，是世界上最可怜的生物之群；有了伟大的人物，而不知拥护、爱戴、崇仰的国家，是没有希望的奴隶之邦。因鲁迅的一死，人们自觉出了民族的尚有可以有为；也因鲁迅之一死，使人家看出了中国还是奴隶性很浓厚的半绝望国家。"

鲁迅去世后，郁达夫参加了日译《大鲁迅全集》的出版工作会议，写了《鲁迅的伟大》《对于鲁迅死的感想》《鲁迅先生逝世一周年》《鲁迅逝世三周年纪念》《回忆鲁迅》等十多篇怀念鲁迅的文章，对鲁迅给予了崇高而准确的评价。如他在《鲁迅的伟大》中写道："当我们见到局部时，他见到的却是全面；当我们热衷去掌握现实时，他已把握了古今与未来。要全面了解中国的民族精神，除了读《鲁迅全集》以外，别无捷径"；在《对于鲁迅死的感想》中，他认为"鲁迅虽死，精神当与我中华民族同在"；在《鲁迅逝世三周年》中，他说自己"崇拜他的人格"，鲁迅是"一位值得崇拜的对象"……

其中，郁达夫的散文《回忆鲁迅》描写鲁迅尤具神韵、精彩，反映了日常生活中真实的鲁迅，可以和萧红的《回忆鲁迅先生》相媲美。如这文章中写道："他的脸色很青，胡子是那时候已经有了；衣服穿得很单薄，而身材又矮小，所以看起来像是一个和他的年龄不大相称的样子。他的绍兴口音，比一般绍兴人所发的来得柔和，笑声非常之清脆，而笑时眼角上的几条小皱纹，却很是可爱。"

抗战爆发后，郁达夫继承鲁迅的遗志继续战斗，参加了许多支援抗战

[①] 郁达夫：《怀鲁迅》。

的活动，如担任福州文化界救亡协会理事长、政治部第三厅设计委员等；撰写了大量宣传抗日救国的文章，如他在《鲁迅先生逝世一周年》中所言："纪念先生最好的方法，莫过于赓续先生的遗志，拼命地去和帝国主义侵略者及黑暗势力奋斗。"1938年底，郁达夫应邀奔赴新加坡编辑报刊，"上南洋去作海外宣传"。他继续撰文或募集捐款支持抗日，还曾动员新加坡青年捐款资助困在上海的鲁迅遗属及募款捐助延安鲁迅艺术学院，曾向许广平约稿请她"多写些杂文或回忆鲁迅的东西"及邀请许广平母子去南洋。

1941年12月太平洋战争爆发后，郁达夫离开新加坡辗转抵达苏门答腊一个名为巴爷公务的小镇，在此度过了他最后三年。郁达夫先是开办了一家酒厂，后被迫担任日本宪兵部翻译，但郁达夫在做翻译期间暗中救助了不少印尼人和华侨。抗战胜利后，日寇为防止郁达夫泄露日军罪行，将郁达夫暗中杀害，具体被害日期和遗体所在都不为人知。郁达夫可谓践行了鲁迅所言的"我以我血荐轩辕"。

三、鲁迅与郁达夫异同

鲁迅和郁达夫一冷一热一刚一柔，一个倡导"写人生"一个鼓呼"为艺术"，又相差十五岁，为什么两人关系却能够如此密切、融洽呢？郁达夫自己说："至于我个人和鲁迅的交谊呢，一则因系同乡，二则因所处的时代，所看的书，和所与交游的友人，都是同一类属的缘故。"① 学者许子东则认为原因在于，郁达夫与鲁迅有着基本接近的社会政治观，如都极端憎恶黑暗势力，唾弃封建礼教，鼓吹社会革命，也因为都有着贯穿古今的渊博学识和融会中西的文学素养而有共同语言，且"正直的人格、直率的

---

① 郁达夫：《回忆鲁迅》，《郁达夫散文》，浙江文艺出版社，2019年，第85页。

品质，是两位作者精神上最关键的相通之处"①。笔者认为，最后一个原因应是最重要的，鲁迅与人交往最看重的是个人品质尤其是否真诚、质朴，和鲁迅关系密切的作家如胡风、冯雪峰、巴金、柔石等都有这个特点，而郁达夫也一向直率、朴实。"他们彼此欣赏，都快意于自己与世间的特殊距离。因为真，且有济世之梦，在鲁迅看来，都是人性难得的一面。"②

鲁迅和郁达夫的作品在题材、结构、书写方式等方面有很多不同，尤其是风格有很明显的不同，"郁达夫是直抒胸臆，主观色彩显露于浓烈的清浊混杂的情绪宣泄之中；鲁迅是冷峻地写实，感情炽火蕴藏于深沉凝重的笔锋之下。郁达夫的抒情，显示了笔调的清新，行文的畅达，虽直露酣畅又不失其哀婉、细腻与纤美；鲁迅的写诗，则需要白描的笔触，洗练的线条，于含蓄幽默中见浓度、深度、力度"。③两人作品风格的不同主要源于鲁迅与郁达夫性格、文艺观的差异。鲁迅性格刚毅深沉，郁达夫性格柔软脆弱；鲁迅更主张文学创作是"为人生"，旨在"唤醒国民的灵魂"，而郁达夫则践行着文学"为艺术"，重在表现自我。

但郁达夫与鲁迅的作品及为人实际上也有很多相同，如两人在小说、杂文、散文、古体诗等方面都成就斐然，都富有爱国感情、人道关怀、独立人格，都对封建礼教、社会黑暗充满批判，都逐渐"左倾"追求进步，都呼唤并践行个性、思想解放。两人本质上都是"战士"和"文人"，只不过鲁迅在"战士"方面色彩多些，郁达夫在"文人"方面色彩多些。"他们都引那悲哀者为同调，以被侮辱被损害的弱势群体为文学表现的核心，只不过在美学追求上，直接切近血肉的鲁迅通过文学疗救人生，而忍不住宣泄的郁达夫通过文学来愈疗自己。"④

---

① 许子东：《郁达夫新论》，华东师范大学出版社，2014 年，第 188-192 页。
② 孙郁：《鲁迅遗风录》，江苏凤凰文艺出版社，2016 年，第 55 页。
③ 许子东：《郁达夫新论》，华东师范大学出版社，2014 年，第 203 页。
④ 姜异新：《别样的鲁迅》，人民文学出版社，2023 年，第 151 页。

综上所述，鲁迅对郁达夫影响很大，尤其是鲁迅的呐喊勇气与战士风骨对郁达夫的人生影响很大，让郁达夫在"颓废"中总体上继续前行。另外，郁达夫对鲁迅的认识、评价也很独特很有贡献，"郁达夫对鲁迅总体评价的高度不仅超越了时人，而且在整个鲁迅研究史上、评论史上，都是绝无仅有的。大致可以归纳出三个特点：1.最早将鲁迅评为中国现代文学第一人者……2.最早呼吁重视鲁迅的社会文化价值……3.与世界文豪相提并论"。① "醉眼朦胧上酒楼，《彷徨》《呐喊》两悠悠"，郁达夫与鲁迅也可谓"两悠悠"。

四、"温情的指导者和朋友"

像郁达夫一样，视鲁迅亦师亦友的现代知识分子还有郑振铎、叶圣陶、曹聚仁等很多人。一方面，鲁迅对他们有着重要影响；另一方面，他们对鲁迅也有一定影响。

如鲁迅和郑振铎交往也比较频繁，他们关系像鲁迅和茅盾一样"和而不同"，乃至鲁迅一直称郑振铎为"西谛先生"而非"兄"或"同志"。1921年，郑振铎编辑《小说月报》时曾向鲁迅约过稿，两人互有书信往来。同年9月，鲁迅寄赠了《域外小说集》给郑振铎。1922年秋天，郑振铎陪俄国盲诗人爱罗先珂由上海来到北平，与鲁迅正式见面，爱罗先珂还在鲁迅家住过一段时间。鲁迅早年对郑振铎也非常关心、帮助，曾应郑振铎的请求寄《醒世恒言》目录及《西湖二集》等资料给郑振铎。但两人观点也有不同，郑振铎曾发文《"呐喊"》，批评鲁迅的《阿Q正传》"随意"加了个"大团圆"结局，还说阿Q"在人格上似乎是两个"。对此，鲁迅

---

① 王锡荣：《论郁达夫的鲁迅观》，《上海鲁迅研究》，2006年第4期。

在文章《〈阿Q正传〉的成因》中解释道:"据我的意思,中国倘不革命,阿Q便不做,既然革命,就会做的。我的阿Q的命运也只能如此,人格也恐怕并不是两个。"鲁迅晚年对郑振铎的一些工作也有不满,如他在1936年4月1日致信曹靖华说:"谛君(郑振铎)曾经'不可一世',但他的阵图,近来崩溃了,许多青年作家,都不满意于他的权术,远而避之。"① 但鲁迅与郑振铎也有密切合作,尤其是两人合作印刷了精美的《北平笺谱》《十竹斋笺谱》以及瞿秋白的译作文集《海上述林》。在鲁迅去世后,郑振铎写了《永在的温情》回顾了他和鲁迅的交往,特别指出鲁迅是"温情的指导者和朋友"。郑振铎还组稿、编辑、出版了第一版的《鲁迅全集》,为宣传、纪念鲁迅做出了重要贡献。乃至2020年7月,江苏凤凰文艺出版社重印1938年初版《鲁迅全集》时,其宣传语为"许广平、郑振铎主持编订"。

像很多青年作家一样,叶圣陶也对鲁迅充满敬意。他在主编《小说月报》时,发表了约茅盾写的《鲁迅传》,还发表了鲁迅肖像和签名页,这是《小说月报》唯一一次发表中国作家肖像。鲁迅也像对很多青年作家一样给予叶圣陶创作很高评价,他在《表·译者的话》中认为"十来年前,叶圣陶的《稻草人》是中国童话开了一条自己创作的道路",在《中国新文学大系小说二集〈导言〉》中指出"叶绍钧都有更远大的发展"。在上海定居景云里后,成了邻居的鲁迅和叶圣陶有了更多交往,叶圣陶对鲁迅家颇多"照应",许广平曾在文章里对此表示过感谢。但鲁迅后来对叶圣陶的创作也有不满,如1936年2月3日,他在致增田涉的信中说:"叶的小说,有许多是所谓的'身边琐事'那样东西,我不喜欢。"② 虽然鲁迅"不喜欢",但叶圣陶依然非常崇敬鲁迅。在鲁迅逝世时,叶圣陶写了一首七律《悼鲁迅先生》:"木坏山颓万众悲,感人岂独在文辞。暖姝夙恨时流态,刚介真堪后死师。岩电烂然无不照,遗容穆若见深慈。相濡以沫沫

---

① 鲁迅:《书信·360401 致曹靖华》,《鲁迅全集》第14卷,人民文学出版社,2005年,第59页。
② 鲁迅:《书信·360203 致增田涉》,《鲁迅全集》第14卷,人民文学出版社,2005年,第382页。

成海，试听如潮继志词。"之后，叶圣陶也通过发表文章、参加悼念鲁迅大会、刊发纪念鲁迅文稿、将鲁迅作品编入教材等形式，对鲁迅有很多纪念、宣传。如1945年鲁迅去世九周年纪念大会上，作为大会发起人之一的叶圣陶在讲述了鲁迅赠他译作《毁灭》并附短信的故事后感慨地说："无话可说，无非相濡以沫，以致意耳"，并解释说鲁迅对朋友、对青年、对不相识的人都本着相濡以沫的精神，却并不勉强大家都走一条路。的确，鲁迅与叶圣陶等很多作家"相濡以沫"，虽然观点、立场等不完全一致，但总体上"抱团"取暖互相陪伴。

鲁迅和著名记者曹聚仁的关系更为密切，两人更是亦师亦友。曹聚仁早年当过中学教师，对鲁迅的文章极为欣赏，曾将鲁迅与周作人合译的《域外小说集》作为国文教材。1927年，鲁迅与曹聚仁夫妇在内山书店不期而遇。正在暨南大学任教的曹聚仁主动伸手自我介绍说："我是曹聚仁，暨南大学的。"鲁迅与曹聚仁握手道："久仰先生大名，说起来我们还是同乡呢。"鲁迅与曹聚仁相识的那天，正逢鲁迅在暨南大学举行第二次演讲，为他做笔录的正是曹聚仁。后来，鲁迅将曹聚仁记录的讲演稿《文艺与政治的歧途》编入《集外集》。两人从此开始密切交往，《鲁迅日记》中提到两人之间往来信函多达八十余封，《鲁迅书信集》中现存二十四封，鲁迅称曹聚仁为"懂我的人"。1931年曹聚仁创办《涛声》周刊，提倡"乌鸦主义"即主张既要报喜也要报忧。鲁迅称其是"赤膊打仗，拼死拼活"，并主动多次撰稿予以支持，还在《祝〈涛声〉》一文中说："我是爱看《涛声》的。"50年代，曹聚仁定居香港，先后编撰《鲁迅手册》《鲁迅评传》《鲁迅年谱》等书，为宣传、研究鲁迅作出了重要贡献。其中《鲁迅评传》极具个性和意义，是第一本将鲁迅视为"凡人"的鲁迅传记，践行了他1933年对鲁迅所说的："与其把你写成为一个'神'，不如把你写成为一个'人'的好。"[①]

[①] 曹聚仁：《鲁迅评传》，中国文史出版社，2023年，第1页。

五、结语

像郁达夫、郑振铎、叶圣陶、曹聚仁一样，和鲁迅亦师亦友的人还有不少，比如黄源、徐梵澄、王冶秋等。乃至鲁迅曾在致曹聚仁的信中说："我还不少几十年的老朋友，要点就在彼此略小节而取其大。"[①] 鲁迅既是这些青年知识分子的导师，对他们的人生、创作有着重要的指导作用，也是互相温暖、陪伴的朋友。

---

① 鲁迅：《书信·360221 致曹聚仁》，《鲁迅全集》第 14 卷，人民文学出版社，2005 年，第 35 页。

⑤ 「桥梁」

冯雪峰与鲁迅

冯雪峰和鲁迅也是亦师亦友，鲁迅是冯雪峰最钦佩的、对他影响最大的人之一，尤其是对冯雪峰文学道路的影响很大，冯雪峰的诗歌、杂文、寓言、文艺理论等创作都有鲁迅潜移默化的影响。但很多人不知，冯雪峰其实对鲁迅也有着重要影响。"冯雪峰除了作为鲁迅的大同乡、学生和战友，还具有另外三个十分特殊的身份：中国共产党与鲁迅的联络人、能够影响鲁迅的人和鲁迅研究的'通人'，而且是唯一同时兼有这几种身份的人。"①

一、"晚冯君来，不知其名"

冯雪峰1903年6月出生于浙江义乌神坛村，1921年秋考入浙江第一师范学校。在浙江第一师范求学时，冯雪峰和汪静之、潘漠华、应修人创办湖畔诗社，出版《湖畔》诗集而蜚声文坛，他们四人被称为"湖畔诗人"。1922年，冯雪峰等"湖畔诗人"将刚出版的《湖畔》寄给鲁迅，扉页题词道："鲁迅先生请批评，漠华、雪峰、静之敬赠。"这是冯雪峰和鲁迅最早交往的开始，鲁迅收到了这本书，至今此书还保存在北京鲁迅博物馆的"鲁迅藏书"之中，只是鲁迅当时没有回信。

三年后，冯雪峰来到北京半工半读，在北大旁听过鲁迅的课，鲁迅也校改过冯雪峰发表在《莽原》杂志上的译文《花子》。但当时冯雪峰对鲁迅印象并不太好，"我判断他是一个很矛盾的人。我在心里曾经这样的说他：鲁迅，确实非常热情，然而又确实有些所谓冷得可怕啊。我看见他号召青年起来反抗一切旧势力和一切权威，并且自己就愿意先为青年斩除荆棘，受了一切创伤也不灰心；可是我觉得他又好像蔑视一切，对一切人都怀有疑虑和敌意，仿佛青年也是他的敌人，就是他自己也是他敌人似

---

① 王锡荣：《冯雪峰与鲁迅交往的三重身份》，《鲁迅研究月刊》，2023年第6期。

的……我主观上所以这样地理解鲁迅先生的性格，除了根据片面的印象之外，也还是由于读了他鲁迅发表的散文诗的缘故"。①

冯雪峰和鲁迅的第一次见面是在1926年8月5日晚，冯雪峰想麻烦鲁迅介绍他和潘漠华、姚蓬子等人计划创办的刊物在北新书局出版，鲁迅回答道："李小峰恐怕不想再创办刊物了吧。"得知鲁迅正在准备离开北京到厦门的行装，冯雪峰便很快告辞。这次见面给双方没有留下太深的印象，鲁迅在日记里只是记道"晚冯君来，不知其名"②，也就是说当时鲁迅连冯雪峰的名字可能都不知道或记得。而冯雪峰当时更崇拜的是李大钊，认为李大钊"才是真正革命、理想的人"，并受其影响于1927年革命低潮时加入了共产党。

1928年11月，冯雪峰因为被国民党通缉而离开家乡义乌来到上海，遇到了在浙江第一师范读书时的同学柔石。柔石因为当时与鲁迅一起办朝花社和鲁迅接触较多，因此告诉了冯雪峰很多有关鲁迅的事情，特别是鲁迅很热情帮助青年的事，并转交给冯雪峰一本鲁迅送他的日文书。柔石还告诉冯雪峰，鲁迅看过冯雪峰翻译的《文艺政策》一书认为对中国文艺界有好处；鲁迅对冯雪峰写的《革命与智识阶级》一文起初有些反感："这个人，大抵也是创造社一派！"柔石对此解释说这文章主旨是批判创造社的小集团主义，鲁迅便不再说什么。

柔石对鲁迅的介绍纠正了冯雪峰原来的偏见，于是冯雪峰在柔石陪同下于1928年12月9日晚上正式拜访了鲁迅。但在这次见面中，鲁迅只是简单地回答了冯雪峰的几个问题便不再多言，随后的第二次见面也是话不太多。"但是，以后他的谈话就一次比一次多了。大概过了两个月，柔石替我在他附近找到了房子，于是到鲁迅先生那里去的次数也多起来，谈的

---

① 冯雪峰：《冯雪峰忆鲁迅》，河北教育出版社，2002年，第6页。
② 鲁迅：《日记·十五〔一九二六年〕八月》，《鲁迅全集》第15卷，人民文学出版社，2005年，第632页。

话也更多，常常谈一两个钟头以至三四个钟头。"①1929 年的《鲁迅日记》中有关冯雪峰的记载多达三十多条，可见两人交往已经比较密切。冯雪峰喜欢在阳台上眺望鲁迅的家，看到鲁迅家客人离开就立刻赶去，让鲁迅都无法拒绝。

二、党与鲁迅的"桥梁"

鉴于冯雪峰和鲁迅的密切关系，当 1929 年下半年"中国自由运动大同盟"和"中国左翼作家联盟"酝酿成立时，共产党便派冯雪峰征求鲁迅意见，从此冯雪峰成为共产党和鲁迅的联系人。尤其是 1931 年 2 月，冯雪峰调任左联党团书记后具体负责左联以及左联与鲁迅的联系，冯雪峰就更加成为共产党和鲁迅的"桥梁"。因此，冯雪峰除了是鲁迅学生、"战友"外，还是共产党和鲁迅的联系人，因而对鲁迅接触共产党、了解共产党及与共产党并肩作战等有着重要影响，进而也影响了鲁迅进一步"向左转"。

在冯雪峰的介绍下，鲁迅先后与李立三、瞿秋白、陈赓等共产党领导会面。1930 年 5 月 7 日，冯雪峰陪同鲁迅去见李立三，李立三希望鲁迅发表一个公开骂蒋介石的文章，鲁迅拒绝说："文章是很容易写的……不过，我用真名一发表文章，在上海就无法住下去，只能到外国去当寓公。"②1931 年，冯雪峰在茅盾家见到瞿秋白，瞿秋白请冯雪峰帮助介绍可靠住处。于是，冯雪峰便请瞿秋白住在自己好友谢澹如家里近两年，并替鲁迅和瞿秋白传达信息、文章、信件等，使得彼此神交的鲁迅与瞿秋白最终成为知己。1932 年夏秋之际，冯雪峰陪同陈赓与鲁迅会面，陈赓向鲁迅介绍了红军反"围剿"及苏区情况。冯雪峰介绍鲁迅与李立三、瞿秋白、

---

① 冯雪峰：《冯雪峰忆鲁迅》，河北教育出版社，2002 年，第 8 页。
② 周建人：《关于鲁迅的若干史诗》，《天津师院学报》，1977 年第 5 期。

陈赓等共产党领导会面，无疑增进了鲁迅对共产党的接触和了解。

冯雪峰自己也经常向鲁迅介绍共产党的情况，尤其是在他参加完长征被中共中央派回上海工作后。因为当时冯雪峰和毛泽东关系不错且担任过中央候补执行委员，因此冯雪峰对毛泽东等共产党中央领导和共产党的路线、政策比较了解，他重回上海后详细向鲁迅介绍了红军长征、毛泽东等共产党领导情况及抗日民族统一战线等共产党政策。"有一天，也就在谈到了我党和毛主席之后，他横躺到床上去随意抽着纸烟休息……然后怡然自得地、又好像忘我地、缓慢平静地说：'我想，我做一个小兵还是胜任的，用笔！'"① 冯雪峰的这段回忆虽有些"情景化"，但鲁迅因为冯雪峰的介绍增进了对共产党的了解、支持是无疑的。

此外，鲁迅还在冯雪峰影响下和共产党并肩作战，如鲁迅列名参加了中国自由运动大同盟、出版了左翼刊物《前哨》《文学导报》《十字街头》等，尤其是领导了左联和左翼文化运动。冯雪峰"主持'左联'后，尊重和依靠鲁迅的领导，这是鲁迅与'左联'关系最融洽、发挥作用最充分的时期"。② 冯雪峰对鲁迅领导左翼文化运动也有重要影响，"从二十世纪三十年代初期到中期，左翼文化运动经历了三件大事。这就是：革命文学论争和左联的成立，文艺自由论辩和左联的转变，两个口号论争和左联解散后文艺界抗日统一战线的形成。正是在这三件大事中，冯雪峰在党和鲁迅之间起了桥梁作用，对三次论争的中止，对左翼文化运动的发展，作出了重要的贡献"。③ 对此，丁玲曾言，冯雪峰善于把党的希望变成鲁迅的行动。冯雪峰还帮鲁迅向毛泽东、周恩来赠送过金华火腿及鲁迅编的瞿秋白译文集《海上述林》，帮鲁迅替成仿吾、丁玲等失去组织联系的共产党员与组织"接线"，受鲁迅委托给延安送过肉松、巧克力糖、围巾等。

---

① 冯雪峰：《冯雪峰忆鲁迅》，河北教育出版社，2002年，第99页。
② 吴长华：《冯雪峰的传奇人生》，文汇出版社，2012年，第73页。
③ 程中原：《冯雪峰：架起党和鲁迅联系的桥梁》，《东方早报》，2013年6月3日。

综上所述，冯雪峰作为共产党和鲁迅联系人对鲁迅发挥了独特的、重要的作用，增进了鲁迅对共产党及当时政治形势的了解，促进了他进一步"向左转"，也使得鲁迅对左翼文化运动做出了更大贡献，把鲁迅资源更多地转换为革命文化。"陈望道和唐弢、夏丏尊、章锡琛、周予同等诸位先生都称赞冯雪峰以弟子身份而影响了老师鲁迅，这当然由于冯雪峰胆识超群，但也由于冯雪峰是一个受党派遣的联系人，常常传达党的声音。"①

三、冯雪峰"强迫"鲁迅

在日常工作、生活中，冯雪峰其实对鲁迅也有不少影响。他是鲁迅工作上的战友，也是鲁迅生活中的好友，而且是不多的能"强迫"鲁迅工作的人。

应冯雪峰邀请或"强迫"，鲁迅做了不少"额外"工作。如冯雪峰组稿、出版了"科学的艺术论丛书"，八本丛书中有鲁迅《艺术论》《文艺与批评》《文艺政策》等三部。对此，许广平在《欣慰的纪念》中有鲜活的记录："他为人颇硬气，主见甚深，很活动，也很用功，研究社会科学，时向先生质疑问难，甚为相得……有时听听他们谈话，觉得真有趣。F（冯雪峰）说：'先生，你可以这样这样的做。'先生说：'不行，这样我办不到。'F又说：'先生，你可以做那样。'先生说：'似乎也不大好。'F说：'先生，你就试试看吧。'先生说：'姑且试试也可以。'于是韧的比赛，F目的达到了。"不过，鲁迅对冯雪峰的"强迫"并不介意，他就自己的"半推半就"向许广平感叹道："有什么法子呢？人手又少，无可推诿。至于他，人很质直，是浙东人的老脾气，没有法子。他对我的态度，站在政

---

① 吴长华：《冯雪峰的传奇人生》，文汇出版社，2012年，第67页。

治立场上,他是对的。"①

冯雪峰甚至还为鲁迅代拟过文章,并且基本上获得了鲁迅的认可。冯雪峰重回上海后和胡风商量并经鲁迅同意提出了"民族革命战争的大众文学"口号,针锋相对于周扬提出的"国防文学"口号,因此引发了激烈的"两个口号"之争。在这场论争中,本应团结上海文艺界的冯雪峰基本上站在了鲁迅一边,尤其是为鲁迅代拟了《答托洛斯基派的信》《论现在我们的文学运动》《答徐懋庸并关于抗日统一战线问题》等重要文章。"雪峰为鲁迅代拟的三篇文章,均能按照鲁迅的立场、态度和意见进行全面和辩证地阐述,这不仅说明他与鲁迅的亲密关系,深入了解鲁迅对'两个口号'和有关重大原则问题的意向;而且旗帜鲜明地阐明了鲁迅的立场、态度和意向,这也蕴含着雪峰自身的立场、态度和思想素质。因此,这三篇文章的核心内容,是鲁迅和雪峰心心相印地发出的共同心声。"②

生活中,冯雪峰和鲁迅也联系密切、互相关照。"冯雪峰代鲁迅校对、送稿、送稿费、代买书,陪鲁迅去开会、饮冰、赴宴,再后来,鲁迅招冯雪峰到家中晚餐,在中秋节、除夕夜、海婴周岁、鲁迅生日时来家中小聚,已亲如一家。"③1933年除夕,鲁迅还单独邀请了冯雪峰来一起吃年夜饭,度过了一个难得的欢乐除夕,在日记中特记载道:"盖如此度岁,不能得者已二年。"④

因为老乡及性情相投,鲁迅喜欢冯雪峰为人质直、硬气;也因为志向、爱好相同,他们都思想"左倾"且关心文艺与政治,因此冯雪峰和鲁迅关系亲密。鲁迅和冯雪峰的谈话很多很随意也很坦诚、深入,尤其侧重

---

① 许广平:《鲁迅和青年们》,《回忆鲁迅在上海》,上海书店出版社,2017年,第230-231页。
② 周国伟:《共同的心声——略论雪峰为鲁迅代拟的三篇文章》,上海纪念馆编:《回望雪峰——第三届冯雪峰学术研讨会论文集》,上海文艺出版社,2005年,386页。
③ 吴长华:《冯雪峰的传奇人生》,文汇出版社,2012年,68页。
④ 鲁迅:《日记·二十二〔一九三三年〕一月》,《鲁迅全集》第16卷,人民文学出版社,2005年,第356页。

于思想交流,"几乎每一次都触到了鲁迅先生自己的思想情况的,他确实喜欢谈到自己的思想,特别是喜欢谈到他的某些见解由于怎样的感触和教训而有了改变的事情"。① 特别的是,鲁迅在和冯雪峰谈天中毫无保留地倾吐了自己的思想斗争、矛盾,包括对革命对青年对进化论的怀疑、失望等。如鲁迅曾对冯雪峰直言不讳地说:"我相信进化论,以为青年总胜于老人,时间压迫杀戮青年的大概是老人,老人要早死,所以将来总要好一些。但是不然,杀戮青年的就是青年,或者告密,或者亲自捕人。"这也是冯雪峰对鲁迅的重要影响,"冯雪峰以他特有的理性思辨力和独到的思想深度,充分利用了他所独有的深入接近鲁迅的机会和独家获得的自白以及与他的对话,揭示出了鲁迅'内心的极度深刻的矛盾'。这一揭示不仅是空前的,而且是绝后的"。②

可以说,冯雪峰是鲁迅晚年非常知心、亲密的战友和朋友。他在工作和生活中与鲁迅并肩作战、亲密无间,让鲁迅不至于太过寂寞、绝望,尤其是让鲁迅打开心门一吐为快。鲁迅去世后,鲁迅的丧事也具体由冯雪峰在幕后操办,包括抬棺人也由冯雪峰决定。"鲁迅这头'吃进的是草、挤出的是奶'的老牛,总是桀骜不驯,一辈子没有服过谁,倒是跟着冯雪峰一步一步踏进红色阵营,在他最后的岁月里做了许多他想做的事。而冯雪峰这个拙丑的乡下汉子,却成了牵住牛鼻子的第一人。"③

四、冯雪峰"保护"鲁迅

冯雪峰与鲁迅的关系还有一个重要方面,即冯雪峰对鲁迅的宣传、研

---

① 冯雪峰:《冯雪峰忆鲁迅》,河北教育出版社,2002 年,第 10 页。
② 张梦阳:《论冯雪峰的鲁迅研究》,上海纪念馆编:《回望雪峰——第三届冯雪峰学术研讨会论文集》,上海文艺出版社,2005 年,320 页。
③ 陶方宣、桂严:《鲁迅的圈子》,东方出版社,2014 年,第 125 页。

究、"保护"贡献很大。"冯雪峰却能达到对鲁迅知之甚深、论之甚透、传播甚广、影响甚远,总体上几乎无人能出其右的境地……他所开创的鲁迅研究范式为鲁迅评价与研究划出的基准线,已经成为中国鲁迅研究的传统和起点。"[1]

首先,是冯雪峰最早最全面地向毛泽东等共产党领导人介绍鲁迅。1933年12月,冯雪峰到达中央苏区后与毛泽东关系密切,他们经常促膝谈心而谈论最多的就是鲁迅。"冯雪峰与鲁迅既是师生,又是意气相投的挚友,他对鲁迅的思想了解得很透彻,因此他在与毛泽东的聚谈中,常常谈到鲁迅,使毛泽东对鲁迅有比较全面和深入的了解,冯雪峰是毛泽东和鲁迅之间最早的沟通者。"[2] 冯雪峰向毛泽东介绍鲁迅,可以说奠定了毛泽东后来对鲁迅所作评价的基础。后来,冯雪峰还把毛泽东的名字代写在鲁迅的文章里,在鲁迅治丧委员会名单中加上毛泽东的名字。

其次,冯雪峰写的有关鲁迅文章既宣传、研究又"保护"了鲁迅。鲁迅逝世后,冯雪峰写了很多文章纪念、宣传、研究鲁迅,《雪峰文集》中论述鲁迅的文章占三分之二。如1937年10月,在鲁迅逝世一周年纪念会上,冯雪峰作了题为《鲁迅与中国民族及文学上的鲁迅主义》的长篇演讲,并在《救亡日报》上发表了《鲁迅与民族统一战线》的文章;1940年8月1日,冯雪峰在《文艺阵地》发表长篇论文《鲁迅与中国民族及文学上的鲁迅主义》,认为鲁迅之所以成为"民族魂"是因为"以最大的爱给予大众,给予阿Q。然而他对阿Q的阿Q主义愤怒了,并且真的憎恨了,——这是最伟大的愤怒和憎恨"。1946年,冯雪峰发表了回忆鲁迅的《回忆短片》《鲁迅回忆录》,"冯雪峰的这篇《鲁迅回忆录》是中国鲁迅学史上异常重要的思想文献,其价值远远超过一般性的回忆录,而是一篇深刻的关于鲁迅

---

[1] 王锡荣:《冯雪峰与鲁迅交往的三重身份》,《鲁迅研究月刊》,2023年第6期。
[2] 吴长华:《冯雪峰的传奇人生》,文汇出版社,2012年,123页。

思想和内心矛盾的大论文"①；1949年4月，冯雪峰发表了长文《鲁迅和俄罗斯文学的关系及鲁迅创作的独立特色》，探讨鲁迅与俄罗斯文学的关系。

1949年后，冯雪峰担任了人民文学出版社社长兼总编辑及《文艺报》主编，更有机会有条件公开纪念鲁迅了。冯雪峰和唐弢一起筹建了上海的鲁迅纪念馆，发表了三十多篇有关鲁迅或鲁迅作品的文章，出版了《回忆鲁迅》《鲁迅和他少年时候的朋友》《论〈野草〉》等著作，并先后主持出版了影印本《鲁迅日记》、注释版《鲁迅全集》、十卷本《鲁迅译文集》和二十四种注释版鲁迅著作单行本，被许广平誉为研究鲁迅的"通人"，他"毫无愧色地称得上是中国鲁迅学史上持续时间最长、成果最多、影响最大的研究家"②。冯雪峰有关鲁迅的研究作品种类较多、内容丰富、角度各异，"概况起来，冯雪峰的鲁迅研究具有以下几个特点：一、始终站在公正的立场上研究鲁迅……二、能够深入到历史的本质中对鲁迅进行宏观性与整合性的评价……三、善于以他特有的理性思辨力和独到的思想深度，充分利用他所独有的深入接近鲁迅的机会和独家获得的鲁迅的自白以及与他的对话，揭示出鲁迅'内心的深刻的矛盾'……四、善于从世界文学的大格局中考察鲁迅的精神文化背景及其独立的特色……着重从思想家、政论家、社会批评家的高度认识鲁迅"。③

在鲁迅研究史上，冯雪峰据有重要地位，"成为中国现代文学史第一个对鲁迅做出科学评价，将鲁迅研究从文学领域扩展到思想领域和社会领域的研究鲁迅的权威专家"。④ 但因为当时形势原因，冯雪峰对鲁迅的研究、宣传有"神话"的一面。"所谓'神化'鲁迅，大约是指夸大鲁迅思

---

① 张梦阳：《中国鲁迅学史》，江苏文艺出版社，2021年，第351页。
② 张梦阳：《论冯雪峰的鲁迅研究》，上海纪念馆编：《回望雪峰——第三届冯雪峰学术研讨会论文集》，上海文艺出版社，2005年，320页。
③ 张梦阳：《论冯雪峰的鲁迅研究》，上海纪念馆编：《回望雪峰——第三届冯雪峰学术研讨会论文集》，上海文艺出版社，2005年，328页。
④ 许黎英：《冯雪峰与鲁迅的友谊及其所受的影响》，《南昌高专学报》，2009年第4期。

想和作品的革命性，夸大鲁迅与共产党的亲密关系，由此而夸大鲁迅的正确性。"①"一个完全不懂政党文化的独立斗士鲁迅突然进入政党文化的话语表达自己的思想，显得异常突兀，而冯雪峰恰是那突兀的制造者，他以自己的善意，将鲁迅叙述到政党文化的逻辑中来了。"②

这种"神化"鲁迅固然有拔高、僵化、歪曲鲁迅的弊端，但也有可观益处，即"保护"了鲁迅。"没有冯雪峰帮助鲁迅理解和接受中共的路线政策，没有冯雪峰'神化'鲁迅成为左翼文学文化的精神领袖，没有冯雪峰向中共领导层的正面推介，鲁迅在1949年后中国的存在和影响，恐怕就要大打折扣……他'神化'鲁迅除了使鲁迅更能为中共上下所接受之外，还使鲁迅成为新中国的'显学'。这'显学'至关重要的方面，是尽力保留和出版鲁迅的文本，还有众多有关的回忆录和史料。即使在'文革'期间，鲁迅的作品也能广泛流传，滋润荒芜凋零的文化园地，让人们精神上还能喘一口气，并以白纸黑字的沉默方式，如实地传播他的思想和精神，打破对他的种种改造和塑造。在这个意义上，冯雪峰'神化'的鲁迅背后其实保护着真实的鲁迅。"③

冯雪峰对鲁迅的研究、宣传工作至今依旧有着重要意义，"某种程度上后人正是透过冯雪峰上述工作的成果（许多是他的亲身经历）来认识20世纪30年代的左翼文学运动，也是透过冯雪峰的阐释（包括他所提供的第一手材料）来认识鲁迅。不说别的，目前通行的《鲁迅全集》1981年版和2005年版，基本的编辑思路和具体的学术操作仍然延续了在冯雪峰亲自主持下于1956年至1958年陆续问世的中华人民共和国成立后第一次印行的新版《鲁迅全集》"。④

---

① 张钊贻：《冯雪峰"神化"鲁迅的努力、困境和贡献》，《文史哲》，2016年第3期。
② 孙郁：《鲁迅遗风录》，江苏凤凰文艺出版社，2016年，第130页。
③ 张钊贻：《冯雪峰"神化"鲁迅的努力、困境和贡献》，《文史哲》，2016年第3期。
④ 郜元宝：《关于"雪峰鲁迅"》，《上海鲁迅研究》，2023年第2期。

五、结语

　　冯雪峰身份复杂经历传奇，是杰出的诗人、作家、文艺理论家又是革命家、左翼文艺运动领导者，是鲁迅和共产党的"桥梁"又是"战友"、朋友、研究者，因此对鲁迅有着独特、重要的影响。作为鲁迅和共产党的"桥梁"，冯雪峰让鲁迅对共产党有了更多接触、了解，促进鲁迅进一步"向左转"；作为鲁迅的"战友"、朋友，冯雪峰在工作和生活中与鲁迅并肩作战、亲密无间，"强迫"鲁迅做了不少工作；作为鲁迅研究者，冯雪峰对鲁迅的研究、"保护"贡献很大。今天我们应该充分认识到冯雪峰的重要地位、贡献，尤其是他对鲁迅的重要影响。

06

『知己』
鲁迅与瞿秋白

"人生得一知己足矣，斯世当以同怀视之。"这是鲁迅送给瞿秋白的对联，瞿秋白是鲁迅唯一公开引为知己的人。可见，鲁迅与瞿秋白关系之特别。他们两人年龄相差十八岁，实际交往只有两年多时间，为何却成为"知己"？

一、鲁迅与瞿秋白"神交"

1899 年 1 月 29 日，瞿秋白出生于江苏常州，他后来和张太雷、恽代英并称为"常州三杰"。瞿家原本是书香门第、官宦世家，但在瞿秋白出生时已开始没落。1905 年，瞿秋白入冠英小学堂读书，这是最早聘请"洋教习"实行新式教育的学堂之一。1909 年，瞿秋白考入常州府中学堂预科，开始广泛阅读新旧文学著作，包括严复翻译的《群学肄言》，对内忧外患的社会现实有了更多意识。"中学教育，加之此时困顿的家庭体验，唤醒了瞿秋白对国家民族独立命运的思考，也蕴育着反抗思想。"① 但因家庭贫困，瞿秋白不久便被迫辍学，其母亲吞火柴自杀，"面对债台高筑，唯以一死抵债；儿女无依，为以一死求族中公育。"② 母亲去世后，瞿秋白执教于无锡一所小学，不久便到武汉投奔堂兄瞿纯白，又随瞿纯白来到北京考入俄文专修馆。在俄文专修馆，瞿秋白大量阅读了俄国文学作品，以及积极阅读《新青年》《新潮》等杂志，也阅读过鲁迅发表在《新青年》杂志上的文章。

1921 年，瞿秋白作为北京《晨报》与上海《时事新报》的特派记者赴苏俄做了大量考察、采访，撰写了五六十篇通讯稿，创作了《俄乡纪程》《赤都心史》等两部散文集，向国人介绍了十月革命后的苏俄现状，也让

---

① 傅修海：《瞿秋白与左翼文学的中国化进程》，人民出版社，2015 年，第 3 页。
② 胡仰曦：《痕迹：又见瞿秋白》，人民文学出版社，2019 年，第 27 页。

瞿秋白开始向马克思主义者转变。1922年底，瞿秋白回国赴上海大学任教及恢复创办《新青年》季刊，还创办并主编理论刊物《前锋》。瞿秋白当时发表了大量论文，其中就包括对鲁迅文章的评价。如1923年底，瞿秋白在《荒漠里——一九二三年之中国文学》中评价《呐喊》体现出鲁迅思想超前"孤独"，"只有空阔里的回音"①。不久，他又在《学阀万岁！》中将鲁迅列进"懂得欧化文的'新人'"的"第三个城池"②里。可见，瞿秋白在和鲁迅交往之前，就已对鲁迅文章有所关注、评论，尤其是认识到其时代意义。

1931年，"卸下"重任的瞿秋白在上海"养病"，开始了他文学创作的"黄金时代"，并由此和茅盾、冯雪峰、鲁迅等人相识。瞿秋白刚开始暂避茅盾家，除了帮《子夜》提出修改意见外，也和茅盾多次谈及鲁迅，与鲁迅有了"神交"，并开始细读鲁迅的译文和作品。有一次，在左联担任党团书记的冯雪峰来到茅盾家。瞿秋白看了冯雪峰带来的《前哨》上刊登的鲁迅所写《中国无产阶级革命文学和前驱的血》，高兴地说："写得好，究竟是鲁迅。"后来，冯雪峰向鲁迅汇报左联工作时也经常提到瞿秋白。有次，他向鲁迅转告了瞿秋白对鲁迅一篇翻译文章的意见，鲁迅迫切地说："我们抓住他！要他从原文多翻译这类作品！以他的俄文和中文，确是最适宜的了。"③

于是，鲁迅就托冯雪峰让瞿秋白翻译苏联文章，首先翻译的是苏联作家格拉特科夫的长篇小说《新土地》。1931年秋，曹靖华从苏联将自己翻译的绥拉菲摩维支的《铁流》寄给鲁迅，鲁迅发现其长篇序言没有翻译，便请瞿秋白翻译。鲁迅自己则对译作进行了校对，在《〈铁流〉编校后记》

---

① 瞿秋白：《荒漠里——一九二三年之中国文学》，《瞿秋白文集》（文学编）第1卷，人民文学出版社，1998年，第312页。
② 瞿秋白：《学阀万岁！》，《瞿秋白文集》（文学编）第1卷，人民文学出版社，1998年，第200页。
③ 冯雪峰：《回忆鲁迅》。

中对此说:"这书虽然仅仅是一种翻译小说,但却是尽三人之力而成,——译的译,补的补,校的校,而又没有一个是存着借此来自己消闲,或乘机哄骗读者的意思的。"

不久,鲁迅又请瞿秋白翻译卢那察尔斯基的《被解放的堂·吉诃德》,鲁迅则补译《作者传略》,并在所写的《后记》中称赞译文:"注解详明,是一部极可信任的本子……使中国又多一部好书。"鲁迅曾将日文版《毁灭》转译成中文,并特意请瞿秋白对照俄文本校读。瞿秋白在致鲁迅的信中高度评价了此译作的意义,还以"敬爱的同志"相称,热情地说:"所有这些话,我都这样不客气的说着,仿佛自称自赞的,对于一班庸俗的人,这自然是'没有礼貌'。但是,我们是这样亲密的人,没有见面的时候就这样亲密的人。这种感觉,使我对于你说话的时候,和对自己说话一样,和自己商量一样。"鲁迅也以"敬爱的J·K同志"(J·K是瞿秋白当时的笔名)相称回信道:"看见你那关于翻译的信以后,使我非常高兴……我真如你来信所说那样,就象(像)亲生的儿子一般爱他。"在鲁迅现存的一千七百多封信中,这是鲁迅唯一一次以"同志"相称,可见鲁迅已将瞿秋白视为同志。"鲁迅之所以敬重瞿秋白,首先有一个很明显也很直接的原因,这就是:秋白用自己精湛畅达的译笔以及作为其支撑的马克思主义理论功底,为鲁迅所选择的精神信仰与事业追求,提供了默契的配合与强劲的助力。"①

鲁迅对瞿秋白的理论文章也很赞赏,他曾几次对冯雪峰说:"皇皇大论!在国内文艺界,能够写出这样论文的,现在还没有第二个人!"②鲁迅还帮瞿秋白妻子杨之华修改她的小说《豆腐阿姐》等,"鲁迅好不耽搁地给改了错字,在错字旁边,还端庄地分别写出楷体和草书字样。鲁迅把稿

---

① 古耜:《遥望文学的昨天》,中国言实出版社,2024年,第110页。
② 冯雪峰:《回忆鲁迅》。

子送还时，亲自用纸包得方方正正的，用绳子扎得整整齐齐的"。① 瞿秋白和杨之华在家里尊称鲁迅为"大先生"，这或是鲁迅被称为"大先生"的开始。对于鲁迅的文章，瞿秋白也继续关注、赞赏。1932年，瞿秋白又评价《狂人日记》道："不管它是多么幼稚，多么情感主义，——可的确充满着痛恨封建残余的火焰。"② 在《狗样的英雄》中，瞿秋白再次赞扬《狂人日记》批判礼教的意义。

二、瞿秋白四次避难鲁迅家

1932年夏初，瞿秋白在冯雪峰的陪同下来到鲁迅家，第一次与鲁迅相见。两人一见如故相见恨晚，"那天谈得很畅快。鲁迅和秋白同志从日常生活，战争带来的不安定，彼此的遭遇，到文学战线上的情况，都一个接一个地滔滔不绝无话不谈，生怕时光过去得太快了似的……为了庆贺这一次的会见，虽然秋白同志身体欠佳，也破例小饮些酒，下午彼此也放弃了午睡。还有许多说不完的话要倾心交谈哩，但是夜幕催人，没奈何只得分别了"。③ 临走时，鲁迅亲自看着瞿秋白上了人力车，瞿秋白上车后又下来和鲁迅拥抱告别。9月1日，鲁迅携许广平、周海婴来到瞿秋白住所，两人又兴致勃勃地聊了半天，以至于饭菜全凉了。鲁迅在日记中对此也做了专门记载："午前同许广平携海婴访何家夫妇（瞿秋白夫妇化名），在其寓午餐。"④ "从一九三二年九月一日开始，鲁迅日记中就时常出现'何家夫

---

① 杨之华：《回忆秋白》。
② 瞿秋白：《五四和新的文化革命》，《瞿秋白文集》（文学编）第3卷，人民文学出版社，1998年，第24页。
③ 许广平：《鲁迅回忆录》。
④ 鲁迅：《日记·二十一〔一九三二年〕九月》，《鲁迅全集》第16卷，人民文学出版社，2005年，第325页。

妇''文尹夫妇''何君''维宁''它''宜宾''何凝'等代表瞿秋白和杨之华的'名号'。"①

后来，瞿秋白夫妇还四次去鲁迅家避难，可见两家关系之密切、信任。第一次避难是在1932年11月，瞿秋白夫妇紧急避难鲁迅家，鲁迅当时去了北平而由许广平热情接待，许广平热情地把鲁迅的写作室兼卧室让给瞿秋白夫妇住。鲁迅回家后看到瞿秋白住在自己家里非常欣慰，瞿秋白夫妇这次共住在鲁迅家一个月左右。瞿秋白将自己的旧诗"雪意凄其心悯然，江南旧梦已如烟。天寒沽酒长安市，犹折梅花伴醉眠"重录书赠鲁迅，还高价买了"积铁成象"玩具送给周海婴说："留个纪念，让小孩大起来也知道有个何先生。"②这套玩具帮助周海婴极大提升了"拆卸"技术，对周海婴后来成为无线电专家有重要影响。

1933年2月，瞿秋白夫妇再次来到鲁迅家避难，他们和鲁迅夫妇在家里合作编辑了《萧伯纳在上海》一书。此书由许广平收集报刊有关资料，由杨之华、许广平剪辑材料，再由瞿秋白、鲁迅编辑，最后由鲁迅作序，一个月内便编辑出版。后来，鲁迅委托内山完造夫人帮瞿秋白夫妇寻觅住所，还送了一盆花祝贺乔迁之喜。鲁迅家不久也搬到了大陆新村，和瞿秋白家一路之隔。杨之华后来在《回忆秋白》中回忆道："所以，我们住在这里的时候，鲁迅几乎每天到东照里来看我们，和秋白谈论政治、时事、文艺各方面的事情，乐而忘返。我们见到他，像在海阔天空中吸着新鲜空气、享受温暖的阳光一样。秋白一见鲁迅就立即改变了不爱说话的性情。两人边说边笑。有时哈哈大笑，驱走了像牢笼似的小亭子里不自由的闷人气氛。我们舍不得鲁迅走。但他走了以后，他的笑声、愉快和温暖还保留在我们的小亭子间里。他还经常留下一些书刊。这些，都使秋白深感欣慰。"许广平也在《鲁迅回忆录》中回忆说："老实说，我们感觉少不

---

① 张梦阳：《鲁迅全传》，华文出版社，2016年，第45页。
② 周海婴：《直面与正视：我与鲁迅七十年》，作家出版社，2019年，第11页。

了这样的朋友。这样具有正义感、具有真理的光芒照射着人们的人，我们时刻也不愿离开！有时晚间附近面包店烤好热烘烘的面包时，我们往往趁热送去，借此亲炙一番，看到他们平安无事了，这一天也就睡得更香甜安稳了。"

1933年7月，瞿秋白夫妇第三次到鲁迅家避难，又住了几天。1933年8月下旬，瞿秋白夫妇在深夜又紧急避难鲁迅家。收留共产党领袖瞿秋白在当时是冒着极大风险的，可见鲁迅对瞿秋白的感情以及鲁迅的精神。瞿秋白后来对人说："我是在危难中去他（鲁迅）家，他那种同志式的慰勉、临危不惧的精神，实在感人至深。"鲁迅还曾与周建人、王蕴如夫妇商量，拟由周建人夫妇出面租房子，与瞿秋白夫妇住在一起。

1934年1月4日，奉命到中央苏区工作的瞿秋白最后一次来到鲁迅家辞行。鲁迅主动让出床铺给瞿秋白住而自己和许广平睡地板，"觉得这样才能使自己稍尽无限友情之万一"①。瞿秋白临睡前帮鲁迅翻译了一封长达三千多字的致苏联版画家希仁斯基的信，还将自己编的《乱弹》文稿交给鲁迅保存。瞿秋白离开后，鲁迅将其居住过的卧室一直保持原状，以做纪念。

除了生活上的亲密无间，鲁迅和瞿秋白在工作方面的配合也相得益彰。两人合写了十多篇杂文，以鲁迅名义发表在《申报》上。"这些文章，大抵上秋白同志这样创作的：在他和鲁迅见面的时候，就把他想到的腹稿讲出来，经过两人交换意见，有时修改补充或变换内容，然后由他执笔写出。"②鲁迅认为瞿秋白的杂文"明白、晓畅，有才华，但深刻性不够，少含蓄"，曾对冯雪峰说："何苦（瞿秋白笔名）的文章，明白晓畅，是可真佩服的！"③而瞿秋白对鲁迅的杂文也给予高度评价，为此编辑了《鲁迅杂

---

① 许广平：《鲁迅回忆录》。
② 许广平：《鲁迅回忆录》。
③ 冯雪峰：《回忆鲁迅》。

感选集》，并花了四个夜晚写了长篇序言高度评价鲁迅杂文为"中国新文学的第一座纪念碑"。对此，杨之华回忆道："秋白认为有必要为鲁迅辨明是非，给鲁迅一个正确的评价，以促进革命文艺队伍的团结战斗，并留下一个永久的纪念。"① 瞿秋白编选的《鲁迅杂感选集》尤其是其序对鲁迅作用重大，开启了鲁迅作品经典化和红色鲁迅的构建，"不仅成为革命阵营研究和评说鲁迅杂感和思想的范式，甚至被确立中国现代文学批评史上作家作品研究的基本范式。而当初瞿秋白针对鲁迅杂感作出的评说结论，甚至被放大为此后汗牛充栋的鲁迅研究论著的基本前提。"② 鲁迅还和瞿秋白合作选编国内第一本介绍苏联版画的《引玉集》，推荐出版瞿秋白翻译的《高尔基论文选集》《高尔基小说选集》，并亲自为瞿秋白送《鲁迅杂感选集》编辑费及为杨之华送他校阅的杨之华作品稿费。

鲁迅还和瞿秋白一起领导了左联的工作，茅盾后来对此说："左翼文坛两领袖，鲁迅瞿霜各千秋。""鲁迅是左联的主帅……但是他毕竟不是党员，是'统战对象'，所以左联中的多数党员对他尊敬有余，服从不足。瞿秋白则不同，他在党员中的威望和文学艺术上的造诣，使得党员们人人折服。所以当他参加了左联的领导工作，并对鲁迅充分信赖和支持后，就使得鲁迅如虎添翼。鲁迅与瞿秋白的亲密合作，产生了这样一种奇特的现象，以上海为中心的左翼文艺运动，在日益严重的白色恐怖下，开辟了无产阶级革命文学的道路，并且取得了辉煌的成就！"③

瞿秋白去苏区后，鲁迅时刻挂念着瞿秋白。他对留在上海的杨之华说："像秋白那样的身体，怎么可久居在那里呢？如果他留在上海，对于全国文化上的贡献一定不少。像他那样的人不可多得，他是一个少说话多

---

① 杨之华：《回忆秋白》。
② 傅修海：《瞿秋白与左翼文学的中国化进程》，人民出版社，2015年，第117页。
③ 茅盾：《"左联"前期》，《新文学史料》，1981年第3期。

做事的青年。"① 他还致信曹靖华说："它嫂平安,惟它兄仆仆道途,不知身体如何耳。"② "它嫂"是指杨之华,"它兄"便是指瞿秋白。

后来,红军长征时被留在苏区的瞿秋白在突围中不幸被捕。被俘后的瞿秋白刚开始并未被认出,他化名"林琪祥"写信给鲁迅、周建人等寻求保释。鲁迅接到信后立刻就认出是瞿秋白在求救,他大惊失色急寻杨之华。辗转二十多天终于见到杨之华后,鲁迅送给杨之华五十元,并打算和周建人出资买个铺子保释瞿秋白。可惜很快瞿秋白被叛徒出卖,鲁迅听闻消息后心情沉重。5月14日,他在给曹靖华的信中痛惜地说："闻它兄大病,且甚确,恐怕很难医好的了。"③ 5月17日,他又在给胡风的信中说:"那消息是万分的确的,真是可惜得很。"④ 鲁迅也曾联系陈望道、蔡元培、许寿裳等人营救,蔡元培也曾在国民党高级干部会议上尽力争取却最终无效。在狱中写下两万多字的《多余的话》后,瞿秋白于1935年6月18日被枪决,《多余的话》中最后写道:"中国鲁迅的《阿Q正传》……都很可以再读一读。"听闻噩耗,鲁迅悲愤至极,"在很长一个时期内悲痛不已,甚至连执笔写字也振作不起来了"。⑤ 他随后写信给曹靖华说:"中国事其实早在意中,热心人或杀或囚,早替他们收拾了,和宋明之末极象。但我以为哭是无益的,只好仍是有一分力,尽一分力,不必一时特别愤激,事后却又悠悠然。"⑥

"只好仍是有一分力,尽一分力",为纪念瞿秋白,鲁迅和茅盾、郑振铎商量首先出版瞿秋白的译作集,"我把他的作品出版,是一个纪念,也

---

① 杨之华:《回忆敬爱的导师——鲁迅先生》。
② 鲁迅:《书信·350106 致曹靖华》,《鲁迅全集》第13卷,人民文学出版社,2005年,第455页。
③ 鲁迅:《书信·350514 致曹靖华》,《鲁迅全集》第13卷,人民文学出版社,2005年,第336页。
④ 鲁迅:《书信·350517 致胡风》,《鲁迅全集》第13卷,人民文学出版社,2005年,第458页。
⑤ 许广平:《鲁迅回忆录》。
⑥ 鲁迅:《书信·350624 致曹靖华》,《鲁迅全集》第13卷,人民文学出版社,2005年,第485页。

是一个抗议,一个示威!……人给杀掉了,作品是不能给杀掉的,也是杀不掉的!"① 像"捏着一团火",鲁迅亲自编校、装帧设计、手题书名于1936年8月出版了《海上述林》上卷。他还亲自在报纸上为此做广告道:"作者既系大家,译者又是名手,信而且达,并世无两……足以益人,足以传世。"该书作者署名为"诸夏怀霜社","诸夏"即是中国,"霜"即瞿秋白的原名,"诸夏怀霜"即寓意中国民众怀念瞿秋白。正病重的鲁迅为此耗费了大量心血,没有看到《海上述林》下卷印刷出来便去世了。在临终前的最后一封信中,鲁迅依旧惦记着《海上述林》下卷:"它兄(瞿秋白)译作,下卷亦已校完,准备付印,此卷皆曾经印过的作品,为诗,戏曲,小说等,预计本年必可印成,作一结束。"②

三、成为知己原因

鲁迅与瞿秋白年龄相差很大,相处时间很短,为什么能够成为知己?主要原因在于他们两人生活经历、思想观点、本质面目、爱好性格等方面的一致。

鲁迅曾在《呐喊·自序》中写过这样一句话:"有谁从小康人家而坠入困顿的么,我以为在这途路中,大概可以看见世人的真面目。"而鲁迅与瞿秋白都出生于家道衰落的大家庭,都是年少时"从小康之家而坠入困顿",因此都"看见世人的真面目",都养成了敏感多疑、反抗不屈的性格,也因此两人先天有着共同语言。后来,他们都饱读古今中外书籍尤其都偏爱苏俄文学,又都"向左转",因此共同语言就更多了。

也因此,鲁迅和瞿秋白思想观点基本一致,如都重视翻译都主张文艺

---

① 冯雪峰:《回忆鲁迅》。
② 鲁迅:《书信·361017 致曹靖华》,《鲁迅全集》第14卷,人民文学出版社,2005年,第171页。

大众化都提倡现实主义，都同情劳苦大众都有左翼立场，都注重将马克思主义中国化。正因如此，瞿秋白的很多杂文用了鲁迅的笔名，虽然两人文章风格有异，但基本观点相同。

更主要的是，鲁迅和瞿秋白本质上都是"战士""文人"。鲁迅是"战士"也是"文人"不用赘述，瞿秋白其实也是如此。"秋白同志是中国共产党早期的主要领导人之一，伟大的马克思主义者，卓越的无产阶级革命家、理论家和宣传家，中国革命文学事业的重要奠基者之一。"①的确，瞿秋白是伟大的"战士"，但也不能忽略瞿秋白"文人"的另一面，他也有着软弱犹疑、多愁善感、迷恋文艺等文人特质。瞿秋白自己在《多余的话》中对此作了椎心泣血的解剖，他认为自己从事政治是"历史的误会"，根本上他不是"政治动物"而是"很平凡的文人"，"历史的误会叫我这'文人'勉强在革命的政治舞台上混了好些年"②。在这篇文章的最后，瞿秋白还"幽默"地写道："中国的豆腐也是很好吃的东西，世界第一"，体现了他的"文人"本色，让人想起清代文人金圣叹临终前所说："盐菜与黄豆同吃，大有胡桃滋味，此法一传，我无遗憾矣。"

另外，瞿秋白像鲁迅一样都喜爱旧体诗词及美术。目前已知的瞿秋白诗词作品"累计约达82首"③，鲁迅与瞿秋白也曾互赠旧体诗词。1933年2月，瞿秋白到鲁迅家避难时，曾画过一幅阿Q手持钢鞭的漫画，让鲁迅很感兴趣。且瞿秋白性格随和谦逊、平易近人，和鲁迅的性格也大体一样。

正因为生活经历、思想观点、本质品性、爱好性格等的一致，鲁迅与瞿秋白亲密无间互为知音。"他们都有窃'天火'送往人间的满腔热情和执着追求；都有为人类思想解放和进步事业披肝沥胆、奋斗终身的坚定信

---

① 杨尚昆：《在瞿秋白同志就义五十周年纪念会上的讲话》，《人民日报》1985年6月19日，第4版。
② 瞿秋白：《多余的话》，中国友谊出版公司，2014年，第24页。
③ 季世昌、朱净之：《瞿秋白诗词鉴赏》，中国文联出版社，2005年，前言第3页。

念；都有爱民众所爱、憎民众所憎的思想感情；都有顽强坚韧、不屈不挠的斗争意志；都有深刻的思想和敏锐的识见；都有美好的情操和高尚的人格；都有渊博的知识和杰出的才华；都有以文艺为武器，投身中国人民解放事业和人类正义事业的社会实践……正在这种种从精神品格到生命实践的双向契合，使得两位伟人笔下某些文学或非文学的著作，自觉或不自觉地形成了一种灵魂的呼应与血脉的融通。"①

尤其是，瞿秋白虽然比鲁迅小十八岁，但他能准确理解鲁迅，这鲜明体现在他为《鲁迅杂感选集》所做的序言中。瞿秋白指出鲁迅"从进化论到阶级论，从绅士阶级的逆子贰臣进到无产阶级和劳动群众的真正的友人，以至于战士，他是经历了辛亥革命以前直到现在四分之一世纪的战斗，从痛苦的经验和深刻的观察中，带着宝贵的革命传统，到新的阵营里来的"。②这个对鲁迅的准确评价至今似乎无人能够超越，瞿秋白还指出鲁迅杂感的主要价值在于"最清醒的现实主义""'韧'的战斗""反自由主义""反对虚伪的精神"，最后则强调"我们应当向他学习，我们应当同着他前进"。对于这篇文章，"鲁迅认真地一边看一边沉思着，看了很久，显露出感动和满意的神情，香烟头快烧着他的手指头了，他也没有感觉到……他感动而谦虚地说：'只觉得说的太好了，应该对坏的地方也多提些。'"③当天，鲁迅就将清人何瓦琴的连句："人生得一知己足矣，斯世当以同怀视之"，书写成对联赠给瞿秋白。瞿秋白也非常珍视这副对联，一直把它挂在居所的墙壁上，据说杨之华后来一直将其保存④。

在记者李克长撰写的《瞿秋白访问记》中，瞿秋白谈及鲁迅时还说："鲁迅原非党员，伊发表作品，完全出于其个人意志，只能算为同路人。"⑤

---

① 古耜：《遥望文学的昨天》，中国言实出版社，2024年，第38、39页。
② 瞿秋白：《多余的话》，中国友谊出版公司，2014年，第154页。
③ 杨之华：《回忆秋白》。
④ 陶方宣、桂严：《鲁迅的圈子》，东方出版社，2014年，第118页。
⑤ 李克长：《瞿秋白访问记》，《国闻周报》，1935年。

这是历史上首次指出鲁迅是"同路人",抑或是对鲁迅的准确定位。而鲁迅也说过:"作这种评价的还只有何凝(指瞿秋白)一个人!看出我攻击章士钊和陈源一类人,是将他们作为社会上的一种典型这一点来的,也还只有何凝一个人。"①可见,瞿秋白对鲁迅的理解以及鲁迅的欣慰。

瞿秋白也受过鲁迅的影响,甚至有学者认为瞿秋白《多余的话》"它极其充分地展示了作者的双重性格,没有丝毫的掩饰,而是最大限度地自我揭露和自我剖析,是个人的真实生命在生死关头对于语言政治——意识形态总体立场的放弃,去掉面具,探路真实,这与作者晚年受鲁迅'彻底的反虚伪的精神'影响是分不开的"。②而据说鲁迅看过《多余的话》之后,认为"世人很难理解一个真正的革命者真诚的自我解剖,而处于逆境中的秋白作这种书生式的自我分析,尤易遭人误解"。③从中,也可以看出鲁迅和瞿秋白亦有不同。鲁迅更"韧性"更"世故"更了解黑暗,瞿秋白更"书生意气"更"纯真"更向往光明。"瞿秋白高度敏感,接受得快也倾吐得明;鲁迅却极为深沉,接受得慢但理解得深。瞿秋白正当壮年,书生意气、挥斥方遒;鲁迅已入晚年,饱经沧桑、洞鉴三世。"④两人具体观点也有不同,如对于翻译,鲁迅主张"宁信而不顺",而瞿秋白更主张要"顺"。但总体上,两人基本一致,的确可谓"知己"。

"人生得一知己足矣,斯世当以同怀视之。"鲁迅和瞿秋白两人一生都面对敌人无数、争议无数,但能彼此相知相交,我们对他们也当"同怀视之"。

---

① 武定河(冯雪峰):《关于鲁迅在文学上的地位——一九三六年七月给捷克译者写的几句话》,《工作与学习丛刊》之二《原野》,1937年3月25日。
② 李春阳:《超乎左右之上的鲁迅》,三联书店,2016年,第101页。
③ 姚锡佩:《鲁迅读〈多余的话〉之后》,《鲁迅研究动态》,1989年第11期。
④ 张梦阳:《鲁海梦游》,安徽大学出版社,2013年,第17页。

07

「从批到扬」
郭沫若与鲁迅

"远看是条狗,近看郭沫若",网上流传这是鲁迅骂郭沫若的话。这句话当然是假的,不过鲁迅和郭沫若之间也的确"互骂"过。鲁迅和郭沫若这两位"文化巨人"的关系到底如何?厘清鲁迅和郭沫若的关系,不仅对于认识鲁迅和郭沫若有重要价值,对于今天知识分子也有一定参考意义。

一、郭沫若批鲁迅

像很多当时的文学青年一样,郭沫若也是首先拜读了鲁迅小说进而与鲁迅产生联系。1920年10月,在日本留学的郭沫若在《学灯》增刊上第一次读到鲁迅小说《头发的故事》。他后来在文章《"眼中钉"》中回忆道:"当时很佩服他,觉得他的观察深刻,笔调很简练,大有自然主义派的风味。但同时也觉得他的感触太枯燥,色调暗淡,总有点和自己的趣味相反驳。"这话反映出郭沫若一方面敬佩鲁迅的文章,另一方面觉得"总有点和自己的趣味相反驳",说明郭沫若刚开始就和鲁迅不太趣味相投。因此,当好友郁达夫劝他再读鲁迅的《故乡》和《阿Q正传》时,郭沫若没有再去读:"但我终是怠慢了,失掉了读的机会。以后的著作便差不多连书名都不清楚了。"不过,当时相较鲁迅的小说创作和周作人的译作,郭沫若更推崇前者,将其比作"处女"而将译文比为"媒婆","处女应当尊重,媒婆应当稍加遏抑"。① 对此,鲁迅并不领情,认为"但意见不能相同,总以为处女并不妨去做媒婆"。②

1921年,郭沫若、成仿吾、郁达夫等人成立创造社,主张为"艺术而艺术",反对文学研究会的"为人生而艺术",指责以鲁迅为首的语丝社

---

① 郭沫若:《"眼中钉"》,《时事新报·学灯》,1921年1月15日。
② 鲁迅,《致〈近代美术史潮论〉的读者诸君》,《集外集拾遗补编》,《鲁迅全集》第8卷,人民文学出版社,2005年,第309、310页。

主张"趣味文学"。其中,成仿吾在1924年2月发表的《〈呐喊〉的评论》一文评价鲁迅作品道:"前期作品中,《狂人日记》很平凡;《阿Q正传》的描写虽佳,而结构极坏;《孔乙己》《药》《明天》皆未免庸俗;《一件小事》是一篇拙劣的随笔;《头发的故事》亦是随笔体……《不周山》又是全集中极可注意的一篇作品。"鲁迅对此批评自然很不高兴,在1935年12月26日所撰《故事新编·序言》中回应道:"这时我们的批评家成仿吾先生正在创造社门口的'灵魂的冒险'的旗子底下抢板斧。他以'庸俗'的罪名,几斧砍杀了《呐喊》,只推《不周山》为佳作……于是当《呐喊》印行第二版时,即将这一篇删除;向这位'魂灵'回敬了当头一棒——我的集子里,只剩着'庸俗'在跋扈了。"鲁迅对创造社"主将"成仿吾的不满自然会波及整个创造社乃至郭沫若,如1924年鲁迅在《论照相之类》中讽刺道:"近来则虽是奋战愆斗,做了这许多作品的如创造社诸君子,也不过印过很小的一张三人的合照"①,这"三人的合照"便是指郭沫若、成仿吾、郁达夫三人的合照。

不过,当时鲁迅对创造社总体上还是持肯定态度的。他在致李霁野信中写道:"他们在南方颇受压迫,可叹!看现在文艺方面努力的,似只有创造、未名、沉钟三社,别的没有,这三社若沉默,中国全国真成了沙漠了。"②所以,这也是鲁迅去广州的一个重要原因,如他在致许广平信中所言:"其实我也还有一点野心……第二是与创造社联合起来,造成一条战线更向旧社会进攻……"③

在广州,鲁迅与创造社共同签名《中国文学家对于英国知识阶级及一般民众宣言》,并经常光顾创造社门市部。离开广州时,鲁迅又去门市部选购了一批书刊,创造社坚决不肯收钱,将其免费相赠。鲁迅到上海后,

---

① 鲁迅:《论照相之类》,《热风》,《鲁迅全集》第1卷,人民文学出版社,2005年,第196页。
② 鲁迅:《书信·270925 致李霁野》,《鲁迅全集》第12卷,人民文学出版社,2005年,第76页。
③ 鲁迅、许广平:《两地书·六九》,古吴轩出版社,2020年,第172页。

创造社计划与鲁迅联手创办一个刊物。鲁迅欣然答应，主张恢复《创造周报》作为共同阵地，不必另起炉灶。1927年12月3日，上海《时事新报》刊登了《创造周报》的"复活宣言"："我们不甘于任凭我们的文艺界长此消沉，任凭我们的文艺长此落后的几个人，发愿恢复我们当年的，不幸恶劣的环境中停顿了的《创造周报》，愿以我们身中新燃着的烈火，点起我们的生命于我们消沉到了极点的文艺界，完成我们当年未竟的志愿。"随之公布的特约撰述员中，鲁迅领衔，郭沫若以"麦克昂"的化名名列第二。郭沫若后来在《创造十年》里回忆说："我是爱护创造社的，尤其爱护创造社在青年中所发生的影响，因此我想一面加强它，一面也要为它做些掩护的工作。怎样去加强它呢？我在人事上发动李一氓和阳翰笙来参加，同时又通过郑伯奇和蒋光慈的活动，请求鲁迅过来合作。鲁迅那时也由广州回到上海来了，对于我的合作邀请，他是慨然允诺了的。"

但李初梨、冯乃超、朱镜我等年轻"小将"加入创造社后不屑与鲁迅等"老将"联合，认为鲁迅等"老将"已经落伍，只有把"老将"打倒才能建设新的普罗文艺。于是他们在1928年1月15日创办《文化批判》杂志，与太阳社联手掀起文化批判的腥风血雨，尤其是针对鲁迅写了不少批判文章，如冯乃超的《艺术与生活》、成仿吾的《从文学革命到革命文学》、李初梨的《怎样地建设革命文学》……其中最激烈的是一篇署名为杜荃的文章，他在《文艺战线上的封建余孽》一文中先是写道："鲁迅的文章我很少拜读，提倡趣味文学的《语丝》更和我无缘。"接着，这文章又说："他（指鲁迅）是资本主义以前的一个封建余孽。资本主义对于社会主义是反革命，封建余孽对于社会主义是二重的反革命。以前说鲁迅是新旧过渡时期的游移分子，说他是人道主义者，这是完全错了。他是一位不得志的Fascist（法西斯）。"这个"杜荃"便是不久前还积极主张和鲁迅联手的郭沫若。虽然郭沫若一直不承认自己是"杜荃"，但现在学者多考证认为"杜荃"就是郭沫若。鲁迅当时也识出"杜荃"就是郭沫若，他在1934年致朋友杨霁云的信中写道："这些人身攻击的文字中，有卢冀野作，有郭沫若的化名之作。"①

对于创造社其他成员的批判文章，鲁迅写了《"醉眼"中的朦胧》《我的态度气量和年纪》等文章反击。对于郭沫若的文章，鲁迅并没有专门撰文回应，只是在《〈北欧文学的原理〉译者附记二》《现今的新文学的概观》等文章中对郭沫若有所讥讽，如他在后一篇文章中嘲讽郭沫若的文章《一只手》："也还是穷秀才落难，后来终于中状元，谐花烛的老调。"鲁迅其实没有看过郭沫若文章《一只手》，《一只手》其实写的并不是"穷秀才落难"的"老调"。鲁迅还在文章《上海文艺之一瞥》中将创造社当作"才子+流氓"的典型，指出"这种'令人知道点革命的厉害'，只图自己说得畅快的态度，也还是中了才子+流氓的毒"，自然"才子+流氓"也包括郭沫若。

后来，回顾这次论战，鲁迅说："前年创造社和太阳社向我进攻的时候，那力量实在单薄，到后来连我都觉得有点无聊，没有意思反攻了，因为我后来看出了敌军在演'空城计'。那时候我的敌军是专事于吹擂，不务于招兵练将的；攻击我的文章当然很多，然而一看就知道都是化名，骂来骂去都是同样的几句话。我那时就等待有一个能操马克思主义批评的枪法的人来狙击我的，然而他终于没有出现。"②郭沫若则在《创造十年》中说与鲁迅的一场论战，创造社"几乎弄得不可收拾"。

此外，鲁迅与郭沫若之间还有一段悬案。20世纪20年代初，法国作家罗曼·罗兰曾有一封致鲁迅的书信，但寄给了创造社而不知所踪。鲁迅对这封书信非常看重，向增田涉提及此事，增田涉便在《台湾文艺》发表的《鲁迅传》中将其披露。郭沫若读到后立即也在《台湾文艺》发表《鲁

---

① 鲁迅：《书信·340515致杨霁云》，《鲁迅全集》第12卷，人民文学出版社，2005年，第100页。
② 鲁迅：《对于左翼作家联盟的意见》，《二心集》，《鲁迅全集》第4卷，人民文学出版社，2005年，第241页。

迅传中的误谬》不承认此事,而鲁迅则在郭沫若发文之前就致信增田涉道:"郭君要说些什么罢?这位先生是尽力保卫自己光荣的旧旗的豪杰。"①

1929年,在共产党的领导下,创造社、太阳社停止对鲁迅的批判,与鲁迅联合成立中国左翼作家联盟。1930年,鲁迅在文章《我和语丝的始终》中叙述了自己被创造社围攻的情形,指郭沫若为首的创造社曾将他"看作眼中钉"。郭若看到了文章后,写了《眼中钉》回应道:"关于鲁迅呢,我只间接地引用过他的一句话,便是'中国还没一个作家',而且我还承认他说的不是傲语……结果还只是成仿吾与我谈驳过周作人和鲁迅而已。所谓的历史(指二人的恩怨)就仅有这点历史而已。"这文章还说:"他们的批判不仅限于鲁迅先生一人,他们批判鲁迅先生,也决不是对于'鲁迅'这一个人的攻击。他们的批判对象是文化的整体,所批判的鲁迅先生是以前的'鲁迅'所代表,乃至所认为代表着文化的一个部门,或一部分的社会意识。"即郭沫若认为他们创造社批判鲁迅不是批判鲁迅"这一个人",而是批判以鲁迅为代表的"文化的一个部门或一部分的社会意识",如同鲁迅对其他论敌的批判。

之后,鲁迅与郭沫若基本停止论战。郭沫若曾发表《阿活乐脱儿》一文声援鲁迅杂文创作,"也是希望以此得到鲁迅的正面回应"②;鲁迅也曾在致猛克等人信中对郭沫若在东京的文章和甲骨文研究表示关怀。但后来,两人在"两个口号"论争中又起"战火"。在这场论争中,鲁迅赞同胡风、冯雪峰提出的"民族革命战争的大众文学"口号,而郭沫若刚开始也认为"用'国防'二字来概括文艺创作,恐怕不妥",因为"国是蒋介石在统治着"。但在读过中共发布的《八一宣言》后,郭沫若"经过几天的思考,体会到宣言的中心思想,民族矛盾超过了阶级矛盾,'国'是被帝国主义

---

① 鲁迅:《书信·19350206致增田涉》,《鲁迅全集》第14卷,人民文学出版社,2005年,第345页。
② 张勇:《鲁迅与郭沫若关系的再梳考》,《鲁迅研究月刊》,2021年第10期。

欺侮、侵略的'国'，这才接受了'国防文学'这一口号"①。"此后，郭沫若发表了《对于国防文学的意见》《在国防的旗帜下》《国防·污池·炼狱》和《我的自述》等文，明确支持'国防文学'的口号，还暗指鲁迅等人'标新立异'地提出'民族革命战争的大众文学'的口号，很明白的是'错误了的理论和举动'。郭沫若再一次与鲁迅发生了意见分歧。"②郭沫若还写了一副嘲讽鲁迅的戏联："鲁迅将徐懋庸格杀勿论，弄得怨声载道；茅盾向周起应请求自由，未免呼吁失门。"

不过对于郭沫若对"国防文学"口号的支持，鲁迅并没有反击，反而在《答徐懋庸并关于抗日统一战线问题》一文中指出："我很同意郭沫若先生的国防文学是广义的爱国主义的文学……我和郭沫若、茅盾两位，或相识，或未尝一面，或未冲突，或曾用笔墨相讥，但大战斗却都为着同一的目标，决不日夜记着个人的恩怨。然而小报却偏喜欢记些鲁比茅如何，郭对鲁又怎样，好象我们只在争座位，斗法宝。"

郭沫若看到这文章后一方面对鲁迅"态度很鲜明，见解也很正确"的观点表示"彻底佩服"，随即写成《搜苗的检阅》一文，向鲁迅表示歉意："我自己究竟要比鲁迅先生年轻些，加以素不相识，而又相隔很远，对于先生便每每妄生揣测，就如这次的纠纷吧，我在未读到那篇万言书之前，实在没有摩触到先生的真意。读了之后才明白先生实在是一位宽怀大量的人，是'决不日夜记着个人的恩怨'的。因此我便感觉着问题解决的曙光。"另一方面，郭沫若则在此文中将"两个口号"之争的矛头引向鲁迅，认为鲁迅对"两个口号"的解释"不正确"，而"两个口号"的对立是因为鲁迅的存在，要求鲁迅把"民族革命战争的大众文学"的口号撤回，"照我的意见再来说一遍，这个口号最好是撤回"。

对郭沫若这一要求，病重的鲁迅对茅盾说"不必理睬它了"，不久鲁

---

① 臧云运：《东京初访郭老》。
② 房向东：《横站：鲁迅与左翼文人》，上海三联书店，2014年，第60页。

迅便去世了。总体上，鲁迅的确对郭沫若好感不多，尤其是对其文学创作，这从鲁迅收藏的郭沫若著作中可见一斑。"在现存鲁迅藏书的书目中，《沫若自选集》是唯一一本有关郭沫若文学创作类书籍，鲁迅藏郭沫若著作原本就少，据统计鲁迅共藏有郭沫若著作11部，除了《沫若自选集》外其余均为古文字、历史学方面的学术著作，20世纪初期文坛较著名的作家，他们的代表作鲁迅都藏有多本，比如郁达夫的作品，鲁迅就藏有《茑萝行》《迷羊》《达夫代表作》《她是一个弱女子》等，茅盾的作品，鲁迅也藏有《子夜》《春蚕》《茅盾自选集》《路》等多部，而藏有以文学创作著称的郭沫若代表作却数量极少，这其实也从另一侧面反映了鲁迅对郭沫若长期以来的主观认知与交往态度，也折射出二人间极为微妙而复杂的关系。"① 不过，鲁迅在去世前两个月也说过这样的话："我和郭沫若、茅盾两位，或相识，或未尝一面，或未冲突，或曾用笔墨相识，但大战斗却为着同一的目标，决不日夜记着个人的恩念。"②

听闻鲁迅去世后，郭沫若当天连夜写了《民族的杰作——纪念鲁迅先生》。其中写道："我个人和鲁迅先生虽然同在文艺界上工作了近二十年，但因人事的契阔，地域的暌违，竟不曾相见过一次。往年我在上海时，鲁迅在北京；鲁迅到广东时，我已参加了北伐；鲁迅住上海时，我又出了国门。虽然时常想着最好能见一面，亲聆教益，洞辟胸襟，但终因客观的限制，没有得到这样的机会。最近传闻鲁迅的亲近者说，鲁迅也有想和我相见一面的意思。但到现在，这愿望是无由实现了，这在我个人，真是一件不能弥补的憾事……鲁迅先生是我们中国民族近代的一个杰作。"

三天后，郭沫若又用日文写了《堕落了一个巨星》，称"假如我早一

---

① 张勇：《一本未列入鲁迅书帐的藏书——鲁迅藏〈沫若自选集〉的透视与疏解》，《鲁迅研究月刊》，2022年第9期。
② 鲁迅：《答徐懋庸并关于抗日统一战线问题》，《鲁迅全集》第6卷，人民文学出版社，2005年，第557页。

点觉悟，或是鲁迅能再长生一些时间，我是会负荆请罪的，如今呢，只有深深地自责"。他当时还写了两副给鲁迅的挽联，其中一副写道："方悬四月，叠坠双星，东亚西欧同殒泪。钦诵二心，憾无一面，南天北地遍招魂。"另外一副写道："孔子之前，无数孔子，孔子之后，一无孔子；鲁迅之前，一无鲁迅，鲁迅之后，无数鲁迅。"应当说，此时郭沫若对鲁迅的悼念、好评及对两人未能相见的遗憾之情应该是真诚的，但他对自己原来观点也有所保留，"为了维护鲁迅形象，郭沫若在公开刊发的悼念文章中保留了自己的不同观点，以及尽量回避与鲁迅之间还未达成的一致意见，特别是将不利于抗战文学界团结的话语删除。"①

二、郭沫若扬鲁迅

鲁迅去世之后，郭沫若很快回国任国民政府军事委员会政治部第三厅厅长，负责抗日宣传工作，接过鲁迅的"旗帜"，成为文化战线新的"领袖"。1938年夏，中共中央根据周恩来的建议，做出了党内决定：以郭沫若为鲁迅的继承者、中国革命文化界的领袖，并由各地党组织向党内外传达②。郭沫若的直接上级周恩来在1941年11月16日《新华日报》发表的文章《我要说的话》中更是直接点明鲁迅和郭沫若的继承关系："鲁迅自称是革命军马前卒，郭沫若就是革命队伍中人。鲁迅是新文化运动的导师，郭沫若便是新文化运动的主将。鲁迅如果是将没有路的路开辟出来的先锋，郭沫若便是带着大家一道前进的向导。"

身为鲁迅的继承者，郭沫若对鲁迅的态度自然有所转变，只能扬不能再批了，否则便等于批自己了。因此，如郭沫若自己在文章《告鞭尸者》

---

① 张勇：《鲁迅与郭沫若关系的再梳考》，《鲁迅研究月刊》，2021年第10期。
② 吴奚如：《郭沫若同志和党内关系》，《新文学史料》，1980年第2期。

中所言："鲁迅生前曾骂了我一辈子，鲁迅死后我却要恭维他一辈子。"郭沫若此后写过不少于 20 篇悼念鲁迅的挽联、文章，如在鲁迅去世 11 天后写的《不灭的光辉》中说："对于旧势力的不妥协，这种精神便是鲁迅的精神"，并提出要接受"鲁迅在文学上所留下的遗产"；在《天地玄黄·鲁迅和我们同在》中称："这十年当中，鲁迅的肉体虽然离开了我们，但他的精神是始终领导着我们的。"在《写在菜油灯下》用诗的语言概括鲁迅精神："鲁迅是奔流，是瀑布，是急湍，但将来总有鲁迅的海。鲁迅是霜雪，是冰雹，是恒寒，但将来总有鲁迅的春"在诗歌《鲁迅笑了》中宣称："我差不多随时随地都看见了你，看见你在笑。"……尤其是郭沫若写了《庄子与鲁迅》《鲁迅与王国维》这两篇比较文章，评述了庄子对鲁迅的影响，认为"王国维好像还是一个伟大的未成品，而鲁迅则是一个伟大的完成"。在 1945 年发表的文章《我建议》中，郭沫若建议在鲁迅工作、生活过的地方"应该多多塑造鲁迅像"，还提议设立鲁迅博物馆，馆长应由许广平担任，以及建议将杭州西湖改名为"鲁迅湖"，将北平西山改名为"鲁迅山"。

"郭沫若是鲁迅纪念活动的重要组织者，是'鲁迅精神'的积极阐释者和捍卫者，并在《鲁迅全集》编撰、鲁迅诗歌研究等方面做出了一定的贡献。郭沫若参与并出席了 1936—1966 年间几乎所有重要的鲁迅纪念活动，多次担任组织者、主持人并发表纪念讲话。"[①]1949 年之后，郭沫若更是积极宣扬鲁迅，如为新版《鲁迅全集》修改注释，为《鲁迅诗稿》作序，为绍兴鲁迅纪念馆题写馆名等。在 1961 年鲁迅 80 周年诞辰纪念大会上，郭沫若致开幕词："我们首先要学习鲁迅的精神。学习他的明辨大是大非，坚忍不拔；学习他的实事求是，发愤忘我；学习他不在任何困难、任何敌人面前低头，而是冷静地对付它们，克服它们；学习他为正义事业

---

① 李斌：《论郭沫若对鲁迅遗产的理解与接收》，《中国现代文学研究丛刊》，2022 年第 6 期。

不断鞭策自己,并由决心牺牲自己。"①

另外,郭沫若还步鲁迅的《无题〈惯于长夜过春时〉》一诗原韵先后和诗三首,如1937年7月24日写《又当投笔请缨时》:"又当投笔请缨时,别妇抛雏断藕丝。去国十年余泪血,登舟三宿见旌旗。欣将残骨埋诸夏,哭吐精诚赋此诗。四万万人齐努力,同心同德一戎衣"。1947年元旦写《惯于长夜过春时》:"成仁有志此其时,效死犹欣鬘有丝。五十六年余鲠骨,八千里路赴云旗。讴歌土地翻身日,创造工农革命诗。北极不移先导在,长风浩荡送征衣"。1957年7月7日写《纪念"七七"》:"二十年前国难时,中华命脉细如丝。盟刑白马挥黄钺,誓缚苍龙树赤旗。大业全凭三法宝,《长征》不朽七言诗。卢沟桥上将圆月,照耀农民衣锦衣。"

三、鲁迅与郭沫若比较

从批到扬,以上所述是郭沫若和鲁迅的直接关系。接下来结合鲁迅与郭沫若的异同,谈谈他们的间接关系。

鲁迅与郭沫若的相同点非常明显,弃医从文的他们都有重大成就、影响,"都为着同一目标战斗",后来都"向左转"乃至于先后成为左翼文化战线领袖,郭沫若之后似乎也不再有公认的文化战线"领袖"。鲁迅的成就、影响不必说,"球形天才"郭沫若在诗歌、戏剧、考古学、抗战宣传等方面的成就、影响也很巨大,乃至于郭沫若既成为共产党确认的文化战线领袖,也是当时唯一一个具有左翼身份的"中央研究院"院士。"他们都经受过国家之痛和个人之病痛。他们在幼年时代都受过较好的国学教育。都很聪明、勤奋而且大气。他们在风云变幻的时代风潮中,都有自己

---

① 郭沫若:《继承发扬鲁迅的精神和本领》,《文艺报》,1961年第9期。

坚定的理念。他们都善于把握机遇，在逆境中求生存。他们都很有韧劲，懂得生存的哲学。所以他们成为时代的佼佼者。"①

但鲁迅与郭沫若的不同也是很截然的，虽然可能不那么明显。首先，他们两人的文艺观不同，尤其是关于文艺与政治的关系看法截然相反。鲁迅坚持现实主义，在文艺与政治的关系上主张文艺有一定独立性，"但我以为一切文艺固是宣传，而一切宣传却并非全是文艺"②；而郭沫若则主张浪漫主义，并由浪漫主义走向"革命浪漫主义"，认为文学是革命的"武器"，在《留声机的回音》中提出："当一个留声机器——这是文艺青年们最好的信条。"

其次，鲁迅和郭沫若对"黄金时代"的观点不同。鲁迅因为"绝望"心理及思想的深邃等对"黄金时代"充满怀疑，如他在《野草·影的告别》中写道："有我所不乐意的在你们将来的黄金世界里，我不愿去。"③而像"天狗"般誓"把全世界来吞了"的郭沫若则对"革命"未来充满向往、乐观，尤其是对毛泽东极为崇拜，曾称"这个人全面地赢得我的佩服。比如说这个人写的文章，单是语言文字，就远非我郭沫若所能及"。④

最后，是鲁迅和郭沫若的性格不同。鲁迅思想历程虽然也有变化，但总体有独立人格、怀疑精神，即有"结构性自我"。"这正是鲁迅一以贯之的东西：任何新的理论学说，只有化为个人的自觉，生长出自己的主体性和人的自由意志，并由自己赋予新的秩序，才能成为真正的解放。"⑤而郭沫若则一直"善变"，胡适在日记中曾言："郭沫若这个人反复善变，我是

---

① 陈伟华：《鲁迅 郭沫若研究札记》，中国社会科学出版社，2009年，第7页。
② 鲁迅：《文艺与革命（并冬芬来信）》，《三闲集》，《鲁迅全集》第4卷，人民文学出版社，2005年，第85页。
③ 李霁野：《忆鲁迅先生》，《鲁迅先生纪念集》"悼文"第1辑，1979年上海书店据1937初版本复印，第68页。
④ 张恩和、张洁宇编著，《长河同泳——毛泽东与郭沫若的友谊》，华文出版社，2003年版，第302-303页。
⑤ 张宁：《"转"而未"变"》，《文史哲》，2007年第2期。

一向不佩服的。"和鲁迅、郭沫若都相交甚密的内山书店老板内山完造曾将他们两人加以比较:"鲁迅和郭沫若的性格稍有不同……(郭沫若)从事政治,具有政治家的气质……鲁迅先生是纯粹的地道的文学家,一旦表明自己的意见,就永不动摇。"

除了"时移世易"之外,这些不同也决定了鲁迅和郭沫若关系的变化,导致郭沫若对鲁迅的态度从批到扬。但正如吴作桥、吴东范论文《郭沫若的鲁迅观》所言,郭沫若对鲁迅看法巨变是被动的,"有若干言不由衷的成分","也还有对鲁迅的明显保留","他对鲁迅高洁的人品只字不提,他对《呐喊》《彷徨》《朝花夕拾》《野草》视而不见,这表明他对鲁迅及其文学在具体的问题上仍有自己的偏见"。[1] 郭沫若曾在1936年12月18日上海的《大晚报》发表的《漫话"明星"》中写道:"记得在鲁迅生前似乎曾暗暗地骂我为'人样东西'",可见郭沫若对鲁迅当年的"骂"并未完全释怀。即使到后来,郭沫若对鲁迅也有不同意见,尤其是对鲁迅当年批评"创造社"持保留意见,认为鲁迅在个别问题上有事实错误甚至"不分敌友"。另外,查阅郭沫若作品,似乎没有找到郭沫若专门写过纪念鲁迅的诗词,这也有些非同寻常。

鲁迅与郭沫若的这些不同,决定了两人的命运、成就以及后世评价,对于我们后人也很有参考价值。"生存还是毁灭,这是个问题。"成为鲁迅还是郭沫若,这也是一个问题。

---

[1] 吴作桥、吴东范:《郭沫若的鲁迅观》,《鲁迅研究月刊》,2006年第7期。

08 「和而不同」

茅盾与鲁迅

"鲁郭茅"，鲁迅、郭沫若、茅盾是20世纪中国最有影响的三位左翼作家。鲁迅和郭沫若的关系如前文所述并不友好，郭沫若和茅盾的关系其实也"貌合神离"，而鲁迅和茅盾的关系却非常"和谐"，但也"和而不同"，很值得我们探究、学习。

一、"茅盾是鲁迅最早的知音"

1921年1月，文学研究会正式成立，刚刚接手《小说月报》主编的茅盾名列发起人之一。当时还担任教育部佥事的鲁迅因为文官法限制不便参加社会上的社团，但他看过也认同周作人起草的文学研究会宣言。即最初鲁迅和茅盾的文学理念是一致的，都赞同文学是"为人生的艺术"。茅盾"在成为文学研究会发起人之前就有文学为人生的主张，以后在编《小说月报》时也是这样主张的"[1]，鲁迅则在《我怎么做起小说来》指出小说"必须是'为人生'，而且要改良这人生"，这种一致性是茅盾和鲁迅关系"和谐"的基础。

也因为文学理念的一致性，鲁迅积极为茅盾主编的《小说月报》提供了十多篇稿件，为茅盾主持的"文学研究会丛书"提供了三部译作。茅盾也经常向鲁迅约稿和请教文学研究会等工作，仅从1921年4月第一封通信开始到1921年12月，两人书信来往就达五十余次。此外，作为文艺评论家的茅盾还对鲁迅作品给予高度关注、好评。如1921年8月，茅盾在文章《评四五六月的创作》中说："过去的三个月中的创作，我最佩服的是鲁迅的"，并指出"我觉得这篇《故乡》的中心思想是悲哀那人与人中间的不了解，隔膜"。1922年鲁迅《阿Q正传》问世后，茅盾在《致xx

---

[1] 茅盾、韦韬：《茅盾回忆录》(上)，华文出版社，2013年，第146页。

信》中高度赞扬道："实是一部杰作……而且阿Q所代表的中国人的品性，又是中国上中社会阶级的品性！"对于鲁迅的第一部小说集《呐喊》，茅盾在1923年10月发表的《读〈呐喊〉》中除了给予《狂人日记》《孔乙己》《阿Q正传》等以高度评价外，还指出"在中国新文坛上，鲁迅君常常是创造'新形式'的先锋；《呐喊》里的十多篇小说几乎一篇有一篇的新形式，而这些新形式又莫不给青年作者以加大的影响……除了欣赏惊叹之外，我们对于鲁迅的作品，还有什么可说呢？"茅盾的这篇文章是对《呐喊》的第一篇评论，"一锤定音"奠定了对《呐喊》的评价。"总之，茅盾的《读〈呐喊〉》不仅是对鲁迅第一本小说集《呐喊》的最早、最重要的评论，而且首次真实、深刻地描述了鲁迅小说在当时人们心中所造成的精神震撼与文化效应。"①

尽管鲁迅与茅盾神交已久，但直到1926年8月鲁迅南下厦门途经上海时，两人才在郑振铎寓所里第一次见面。因为有其他人在场，两人当时只是寒暄了几句。1927年"大革命"失败后，茅盾和鲁迅分别来到上海居住，巧合的是鲁迅家与茅盾家比邻。1927年10月8日，鲁迅在周建人陪同下主动登门拜访了茅盾。对于这次见面，茅盾后来回忆道："这一次见面，我们谈得就多些。我向他表示歉意，因为通缉令在身，虽知他已来上海，而且同居住在景云里，却未能去拜会。鲁迅笑道，所以我和三弟到府上来，免得走漏风声。我谈到了我在武汉的经历以及大革命的失败，鲁迅则谈了半年来在广州的见闻，大家感慨颇多。他说革命看来是处于低潮了，并且对于当时流行的革命仍在不断高涨的论调表示不理解。他说他要在上海定居下来，不打算再教书了。他已看到了登在《小说月报》上的《幻灭》，就问我今后作何打算？我说正考虑写第二篇小说，是正面反映大革命的。至于今后怎么办，也许要长期蛰居地下，靠卖文维持生活了。"②

---

① 张梦阳：《中国鲁迅学史》，江苏文艺出版社，2021年，第45页。
② 茅盾、韦韬：《茅盾回忆录》（上），华文出版社，2013年，第305页。

与鲁迅的这次见面、深谈，无疑增进了茅盾对鲁迅的了解。不久，茅盾便写出了论文《鲁迅论》，从鲁迅印象、杂感、小说等方面高度评价了鲁迅及其创作，认为鲁迅的杂文"充满了反抗的呼声和无情的剥露。反抗一切的压迫，剥露一切的虚伪"，认为鲁迅小说写的"正是中国现在百分之九十九的人们的思想和生活"，认为"鲁迅之为鲁迅，在于他老实不客气的剥脱男男女女，同时他也老实不客气地剥脱自己"，认为鲁迅虽然"没有呼喊无产阶级最革命的口号……却有一颗质朴的心，热而且跳的心"。这篇论文是当时第一篇全面评价鲁迅的论文，反映了茅盾对鲁迅的深刻了解、认同。"茅盾的这篇《鲁迅论》对1927年以前的鲁迅研究成果做了全面的总结，对鲁迅映像进行了非常精辟的第二次总结，是中国鲁迅学史上划时期的重要论著。"[①] 而茅盾对鲁迅的深刻了解、认同也正是此后两人密切合作的基础之一。"从1933年起至1936年鲁迅逝世时止，仅从《鲁迅日记》所记他们之间互访、通信、互赠书刊，一起出席宴饮，共商文学活动等往来多达170余次，由此可见他们关系的密切。"[②]

鲁迅、茅盾都参加、领导了左联，鲁迅为左联"盟主"，茅盾则两次担任"左联"行政书记，他们为领导左翼文化发展都做出了巨大贡献，也都不赞成左联当时的飞行集会、示威游行等"极左"做法。两人还联手创办了《前哨》《北斗》《译文》等刊物，都积极为《文艺新闻》《申报·自由谈》等媒体供稿，共同起草了《中国左翼作家联盟为国民党屠杀大批革命作家宣言》《为国民党屠杀同志致各国革命文学和文化团体及为一切人类进步而工作的著作家思想家书》《上海文艺界告世界书》等文件，共同选编了介绍中国左翼作家的小说集《草鞋脚》《凯绥·珂勒惠支版画选集》、瞿秋白遗著等，都写了很多针砭时弊的杂文，还联名发贺电祝贺红军长征

---

① 张梦阳：《中国鲁迅学史》，江苏文艺出版社，2021年，第81页。
② 李建东：《论茅盾早期对鲁迅的认识和评价》，《集美大学学报》（社会科学版），2001年第12期。

胜利……他们生活上也互相照顾，曾一起看病、购药、互赠食物，鲁迅还去茅盾家吃过乌镇的特色美食"野火饭"。

此外，茅盾继续撰文高度评价鲁迅作品。1929年1月，茅盾在《读〈倪焕之〉》中指出鲁迅小说真正表现了"现代中国的人生"，"表现了'五四'的精神"。1933年1月，茅盾又在《"阿Q相"》中认为"那么'阿Q相'也可以说是中国民族的民族性罢……'阿Q相'的别名也就可以成为'圣贤'相或'大人相'"。1936年5月，茅盾在《也是"想到什么就说什么"》中再次认为"在中国社会组织改变以前，'阿Q相'大概还要存在的；而在改变后的短时期内，'阿Q相'大概也还是不能消灭净尽罢"……

"茅盾是鲁迅最早的知音，是第一位自觉地奋起捍卫鲁迅的文学批评家。他最早认识到鲁迅及其作品的价值和意义，给予了鲁迅的《呐喊》《彷徨》等文学创作以高度的，然而是正确、公允、科学的评价。茅盾对鲁迅创作的评论既有宏观的整体综论，也有微观的单篇分析。他都能以十分深刻的，敏锐的目光，慧眼独识地发现鲁迅作品的思想光辉和艺术创造美，并且热情地加以肯定，从而捍卫了鲁迅的战斗业绩。"①

而对于茅盾及其作品，鲁迅虽然没有专门撰文评点，但也给予不少好评、支持。如他对茅盾主编的《小说月报》的支持，对茅盾辞去左联职务专心创作的支持，对茅盾为代表的文学研究会的肯定，对茅盾代表作《子夜》的肯定。"据不完全统计，鲁迅在日记、书信和文章中有10多处提到《子夜》。"②1933年茅盾长篇小说《子夜》出版之后一个月，鲁迅在《致曹靖华》的信中写道："国内文坛除我们仍受压迫及反对者趋势活动外，亦无新局。但我们这边，亦颇有新作出现；茅盾作一小说曰《子夜》，计三十余万字，是他们所不及的。"③当有文艺青年来信谈《子夜》缺点时，鲁迅在回

---

① 程凯华：《茅盾论鲁迅的文学创作》，《现代语文》，2017年第34期。
② 李继凯：《鲁迅与茅盾》，河北人民出版社，2003年，第284页。
③ 鲁迅：《书信·330209致曹靖华》，《鲁迅全集》第12卷，人民文学出版社，2005年，第368页。

信中说道:"《子夜》诚然如来信所说,但现在也无更好的长篇作品,这只是作用于智识阶级的作品而已。能够更永久的东西,我也举不出。"①另据许广平说:"每当遇到国外友人,询及中国知识界的前驱"时,鲁迅都"必举茅盾先生以告",鲁迅还曾推荐茅盾为日本著名刊物《改造》写了小说《水藻行》。

1936年鲁迅病重,史沫特莱请了美国医生给鲁迅看病,茅盾担任翻译。得知鲁迅病情非常严重后,茅盾等人劝说鲁迅住院或去外国疗养,鲁迅初始不肯,后来有所犹豫,在致茅盾的信中写道:"现已深秋,或者只我独去旅行以下,亦未可知。但成绩恐亦未必佳,因为无思无虑只休养法,我实不知道也。"②最终,鲁迅还是没有离开上海去外地疗养,于1936年10月19日病逝。

二、茅盾反对"神话"鲁迅

鲁迅病逝时,茅盾因为在老家乌镇痔疮发作不能动身,而没有参加鲁迅丧事,三四天赶回上海后即到鲁迅墓前致辞。此后,茅盾参加了鲁迅纪念委员会,参加了很多场纪念鲁迅的大会,参与出版《大鲁迅全集》《鲁迅全集》《鲁迅纪念集》。如茅盾被聘为日本改造社出版的《大鲁迅全集》顾问,还为其写了推广词《精神食粮》。茅盾更为第一部《鲁迅全集》做出重要贡献,如直接或间接提供资料,帮助与出版社接洽,出面催请蔡元培写序并题字,帮助筹措出版资金,亲自为其做广告和发行工作。③

茅盾还写了《"一口咬住"……》《学习鲁迅先生》《写于悲痛中》《研

---

① 鲁迅:《书信·331213致吴渤》,《鲁迅全集》第12卷,人民文学出版社,2005年,第516页。
② 鲁迅:《书信·360816致沈雁冰》,《鲁迅全集》第14卷,人民文学出版社,2005年,第127页。
③ 参见北塔:《茅盾与第一部中文版〈鲁迅全集〉》,《新文学史料》,2023年第4期。

究和学习鲁迅》《以实践"鲁迅精神"来纪念鲁迅先生》等三十多篇纪念、宣扬、研究鲁迅的文章。如他在《"一口咬住"……》一文中认为"鲁迅不仅是一位文学天才，而且是一位坚定的革命家。鲁迅的影响已遍及中国各个阶层……学习鲁迅，这是我们年青一代的一项重要的革命任务"；在《学习鲁迅先生》文中指出"不但要从他的遗著中学习文学创作的方法，尤其重要的，是学习他的斗争精神"；在《写于悲痛中》中痛惜道："但是我们太不宝贵鲁迅了，我们没有用尽方法去和鲁迅的病魔斗争，我们只让他独自和病魔挣扎，我们甚至还添了他病中精神上的不快"；在《精神食粮》中认为"鲁迅先生是思想家，同时也是艺术家，在现代中国，没有人能像他这样受到中国人民的热爱与拥戴……在某种程度上已经成长的既成作家，也正在从鲁迅的文学遗产中继续得到收益。比他年轻十五岁的我，不消说，是从他那吸取了精神食粮"；《以实践"鲁迅精神"来纪念鲁迅先生》一文强调"我们要保持'鲁迅精神'，要扩大要普遍'鲁迅精神'；我们要以'鲁迅精神'的发扬和普及，来保证抗战必胜，建国必成！"

"在30年代，茅盾写了十四五篇关于鲁迅的文章，主要写于鲁迅逝世之后，从量上看较前大有增加。大概是前一时期所写数量的三倍多。这时茅盾不再侧重评论作品而是着重阐述鲁迅精神，特别强调鲁迅的韧性战斗精神，这显然具有鲜明的针对性……到了40年代，茅盾的'鲁迅论'相对说来写得深厚一些，学术意识也突出一些。尤其是就学习与研究鲁迅的方法论问题作了较为深入的探讨，具有明显的指导研究工作的作用……在50年代，茅盾的鲁迅研究达到了相当的高度，理论色彩更浓厚一些了，尤其是在全国范围内发挥了指导作用，显得格外重要。文章长短皆有，涉及的问题也很广泛，但也受到了'左'的思潮的影响，文章中的一些地方留有明显的'左'的痕迹……在'文革'时期，鲁迅成了某些人的最为行之有效的工具，但茅盾却出人意料地沉默不语了……随着形势的发展，茅盾在鲁迅研究方面便开展了拨乱反正和填补空白的工作，他在《答〈鲁迅研究年刊〉记者的访问》中尖锐指出了'把鲁迅神话了'的严重问题,并在《我和鲁迅的接触》一文和长篇回忆录《我走过的道路》中,澄清了不少历史问题,对还原历史,恢复鲁迅及鲁迅精神的本来面貌作出了重要的贡献。"①

其中,茅盾1979年在《答〈鲁迅研究年刊〉记者的访问》中希望"《年刊》不要搞形而上学,不要神话鲁迅,要扎扎实实地、实事求是的研究鲁迅"。时任《鲁迅研究年刊》主编、西北大学教授阎愈新在文章《茅盾:反对"神化鲁迅"》中对此回忆道:"茅公旗帜鲜明地提出:反对'神化鲁迅'。他说:'鲁迅研究中有不少形而上学,把鲁迅神化了,把真正的鲁迅歪曲了。鲁迅最反对别人神化他。鲁迅也想不到他死了以后,人家把他歪曲成这个样子。大概有的人是为了显示自己研究鲁迅有特点,所以提出了稀奇古怪的"假说"……'访谈约一个半小时。我们拱手向茅公道别。茅公站在书房门口送我们。我说:'茅公反对'神化鲁迅'的谈话我们要发表。'茅公一手托着门框,一手挂着手杖,情绪激动,语调急促,大声说:'你们发表去,我不怕!'"②

其实,茅盾之前就对"神话鲁迅"有意见。如茅盾儿子韦韬写道:"爸爸认为当时鲁迅研究的某些方法有些偏,他说:'将鲁迅作品片言只语都认为有极大的政治意义,亦似太偏;鲁迅曾说一个人不能一天到晚,一言一语都是政治。'"③茅盾还认为鲁迅赏识的人不一定就好,他在《需要澄清一些事实》一文中举例说在胡风问题上鲁迅就"失察"过,"不但冯雪峰为胡风所利用,鲁迅亦为胡风所利用"④。不过,茅盾自己对"神话"鲁迅其实也有过"贡献",如他在1956年10月19日纪念鲁迅逝世大会上的

---

① 李继凯:《鲁迅与茅盾》,河北人民出版社,2003年,第290、291页。
② 阎愈新、阎喜:《茅盾:反对"神化鲁迅"》,文汇报,2016年8月15日。
③ 茅盾、韦韬:《茅盾回忆录》(下),华文出版社,2013年,第254页。
④ 茅盾:《需要澄清的一些事实》,《新文学史料》,1979年第2辑。

报告《鲁迅——从革命民主主义到共产主义》中认为，鲁迅"最终在中国共产党的思想领导下，坚决为人民服务"，"从而把鲁迅思想发展道路完全纳入了政治公式"①。

此外，"文革"后，茅盾还答复了很多鲁迅研究者的疑问，以及解答鲁迅作品注释中遇到的问题。如1977年4月，南京大学注释鲁迅的《集外集拾遗》时曾将初稿送茅盾审阅，该稿字数达30万字又都是小字。而茅盾当时左眼已经失明、右眼也只有0.3的视力，可茅盾还是历经五个月审阅完了书稿，认真提出了意见。

总之，茅盾作为最早的鲁迅研究者以及著名作家对鲁迅研究、宣传有独特、重要贡献。他一方面高度肯定了鲁迅及其作品的重要价值，"另一贡献是及时并且反复纠正了学习鲁迅、研究鲁迅过程中的种种疑虑、偏颇乃至错误倾向。他总是能够拨开迷雾，透过表象，看到问题的真相和实质，促进鲁迅接受和研究朝着正确、健康的方向发展。"②

三、"君子之交，和而不同"

鲁迅和茅盾是现代中国的文学大师、文坛领袖，非常值得对他们进行比较研究。对此，李继凯教授在著作《鲁迅与茅盾》中已有非常丰富、深刻的论述，他从"乡土之育""弄潮儿""文化姿态""同一目标""主体的重建""文体的选择""交友与婚恋""相知的评论""晚年与身后"等方面做了比较。其他很多研究者对鲁迅与茅盾的异同特别是两人"现实主义"的异同也有很多阐述，如学者陈敏认为"茅盾与鲁迅的现实主义文学都注重文学反映社会现实，他们在进行现实主义文学创作时都吸收了西方的创

---

① 张梦阳：《中国鲁迅学史》，江苏文艺出版社，2021年，第438页。
② 王卫平：《作为鲁迅研究者的茅盾》，《北京师范大学学报》（社会科学版），2024年第1期。

作方法，茅盾提倡自然主义的写作，鲁迅将象征主义融入小说创造中。二者有联系又有区别，但是他们创作推动了现实主义小说的创作和发展。"①也有学者认为茅盾的创作也受到鲁迅的影响，"茅盾受到鲁迅杂文的深刻影响，全面吸收了'五四'的现实主义传统，从最开始脱离现实的'革命文学'到后来的社会性批判，均体现出他的思想转型。"②

除了比较鲁迅、茅盾的异同外，这两个人的关系其实也非常值得探究，这不仅对于认识他们两人有重要意义，对于研究、处理好知识分子之间的关系也有重要启示。"都说'文人相轻'，读者也看到鲁迅曾毫不留情地抨击过一个又一个当时很有名气的作家，不免有些读者认为鲁迅是一个尖酸刻薄不容人的人，但从他与茅盾的交往来看，这种看法完全不合情理。茅盾在30年代的上海锋芒毕露，政治活动积极，文学创作也非常有才气，但鲁迅却把他当成同道中人，即便未细读《子夜》，也给予高度评价，这对茅盾无疑也是一个巨大的鼓励。在那样一个时局动荡、思想观念驳杂的年代，鲁迅的精神支持无疑是茅盾坚持左翼文学创作和活动的动力，而茅盾早年对鲁迅创作的评论也为读者能够更深入细致地了解鲁迅起到了引领的作用。"③

鲁迅和茅盾的关系，简单讲即"君子之交，和而不同"。两人之间的"和"，前文已有很多叙述，包括两个人的密切交往、并肩作战、互相评论等。史沫特莱曾称"茅盾是鲁迅最接近的一个同伴"，鲁迅、茅盾支持创办的《译文》编辑黄源也曾说："鲁迅的战斗锋芒指向那里，茅盾就起而有力地呼应配合。"鲁迅遇到一些事情经常会邀请茅盾过来商量，两人互相尊重、关怀、支持。这种相知相合相助的关系在鲁迅、茅盾与其他人

---

① 陈敏：《茅盾与鲁迅现实主义文学之比较》，《长江丛刊》，2018年第9期。
② 王婧莹：《看定现实，大步向前——鲁迅藏茅盾首部短篇小说集〈野蔷薇〉》，《鲁迅研究月刊》2023年第11期。
③ 金鑫：《鲁迅与茅盾的精神相依》，《鞍山师范学院学报》，2017年第6期。

交往中非常特别，茅盾不是鲁迅的学生也不是鲁迅的老友但却是鲁迅的同志、好友，茅盾一生为人谨慎，除了鲁迅似乎再也找不到关系这样密切的朋友了，更何况他们两人都是当时的文坛领袖。他们能不"相轻"，不像鲁迅和郭沫若一样互相攻击，不像茅盾和郭沫若一样彼此敬而远之，的确非常难能可贵。

但鲁迅和茅盾也有不同，比如鲁迅思想更深刻，茅盾政治性更强；鲁迅更关注"国民的灵魂"，茅盾更注重阶级性；鲁迅更豪情、率性，茅盾更理性、矛盾。因此，两人难以成为至交，一向谨言慎行的茅盾一生也没有至交。他们两个人的意见也有不一致，如"两个口号之争"中，鲁迅坚决反对周扬提出的"国防文学"；而茅盾刚开始则支持"国防文学"，后来则试图协调"国防文学"和"民族革命战争的大众文学"两个口号，在鲁迅和周扬的矛盾中试图搞平衡。

后来，鲁迅和茅盾关系也有疏远。1936年4月，鲁迅曾对回到上海的冯雪峰说："近年来，茅盾对我也疏远起来了。他没有搬家前，我们同住在一里弄，有的事当面一谈就可以解决，可就不当面商量。"对此，茅盾后来解释道："我直到看见冯雪峰六六年所写的材料中说，'鲁迅几次提到，近年来，茅盾对我也疏远起来了'，这才想起'疏远'的根源是在一九三五年下半年我也对鲁迅说过胡风形踪可疑，与国民党有关系，而且告诉鲁迅，这消息是从陈望道、郑振铎方面来的，他们又是从他们在南京的熟人方面听来的。但是鲁迅当时听了我的话，脸色一变，就顾左右而言它。从此以后，我就无法与鲁迅深谈了，即鲁迅所谓对他'疏远'了。我真不理解，胡风何以有这样的魅力，竟使鲁迅听不进一句讲胡风可疑的话。"①

后来，鲁迅与茅盾也有过矛盾。尤其是对于《译文》杂志换掉主编黄

---

① 茅盾：《需要澄清一些事实》，《新文学史料》第2辑。

源，鲁迅深为不满，认为茅盾对此也有参与，乃至在1936年5月3日致曹靖华信中说："此间莲姊家已散，化为傅、郑所主持的大家族，实则藉此支持《文学》而已，毛姑似亦在内。旧人颇有往者，对我大肆攻击，以为意在破坏。但他们形势亦不佳。"①其中的"毛姑"便是指"茅盾"。

对此，韦韬写道：茅盾晚年"也讲过鲁迅的'知人之明'，他说：'鲁迅立场坚定，旗帜鲜明，嫉恶如仇，但对无意间冒犯了他的同营垒中的人，缺少一点宽容。'如傅东华是同情左翼的，只因'休士事件'触犯了鲁迅，就再未得到鲁迅的谅解。又如为了《译文》停刊事，鲁迅甚至与邹韬奋、郑振铎、胡愈之产生了隔阂。另一方面，鲁迅对于在他周围的那些从不冒犯他的人，又有耳根软的毛病，在一些非原则性的是非问题上容易偏听偏信，且因此而发怒。所以30年代文艺界流传着这样一句话：'老头子又发火了'！连史沫特莱都发觉鲁迅的脾气不好。'不过'，爸爸说，'鲁迅这些缺点毕竟只是小节，无损于鲁迅的伟大。不是说，金无足赤，人无完人吗'？"②

如茅盾所言："鲁迅这些缺点毕竟只是小节，无损于鲁迅的伟大"，同样茅盾和鲁迅的这些不同乃至矛盾也无损他和鲁迅友谊的"伟大"。有人认为，"在鲁迅晚年，茅盾对他的态度不好，这是无可争辩的事实"，乃至举例说："身为治丧委员会成员的茅盾，却在离上海只有三四个小时火车路程的家乡安然度假，直到丧事过了三四天之后才回到上海，空着双手来看一看许广平，表示他知道发生了这件事。恰巧当时胡风在场，看到他那样难于开口的窘态，就告诉他，丧事情况胡愈之知道。于是他马上拿起帽子来说：'我找愈之去'，匆匆走了。事后也没见他写过追悼鲁迅的文

---

① 鲁迅：《书信·360503致曹靖华》，《鲁迅全集》第14卷，人民文学出版社，2005年，第85、86页。
② 茅盾、韦韬：《茅盾回忆录（下）》，华文出版社，2013年，第385页。

章。"①但这也不是"事实",茅盾当时的确是身患痔疮而无法动身参加鲁迅丧事,茅盾"难于开口的窘态"和"匆匆走了"恐怕并不是对鲁迅逝世不关心,而是内心因为未能参加鲁迅丧事而对许广平有所愧疚所致。茅盾后来曾谈到他为什么没有参加丧事:"上海打电报来,告诉我鲁迅病逝,要我立刻回上海,可是我的痔疮正大出血,躺在床上,动也不能动。四五天后,稍微好些,我就挣扎着赶回上海,可是鲁迅的丧事已经办好了。这在我的心里非常难过的。我没有能亲自参加在黑暗中一起携手战斗的亲密战友的丧仪。"②至于"事后也没见他写过追悼鲁迅的文章",就更不是事实了。

鲁迅晚年的确与茅盾有所"疏远",两人关系的确不像之前那样亲密乃至不能再"深谈",但总体上也还是好友。鲁迅去世前十天,茅盾还和鲁迅一起在上海大戏院看苏联电影《杜勃洛斯基》,茅盾还劝鲁迅赶紧转地疗养;鲁迅去世前七天,茅盾还给鲁迅写信告知他回家乡小住,鲁迅也回了信。

因此,鲁迅和茅盾的关系总体上还是"和而不同"。两人之间的这种关系在20世纪文坛中难能可贵,很值得研究,也很值得今天我们知识分子学习。

---

① 宁源声:《茅盾如何疏远晚年鲁迅》,《羊城晚报》,2002年8月17日。
② 金韵琴:《茅盾晚年谈话录》,上海书店出版社,2015年,第49页。

09 『旗帜』与『旗手』

鲁迅与周扬

鲁迅与周扬应该是20世纪中国最有代表性的两个左翼知识分子,他们一个曾经是"旗帜",一个是"旗手"。他们两人之间的关系非常典型地反映出左翼知识分子风貌以及文艺与政治的关系,非常有时代价值和现实意义。

一、周扬与鲁迅之争

周扬原名运宜,字起应,1907年11月7日出生于湖南益阳一个破落地主家庭中。1926年,周扬离开家乡到达上海,在上海国民大学、大夏大学学习。周扬当时也读过鲁迅作品但所受影响不大,否则可能就不会有周扬和鲁迅之后的矛盾。而他当时受郭沫若影响颇大,周扬后来回忆道:"我受了影响,开始看鲁迅、郭沫若和汪静之的作品,郭沫若的诗和散文给了我很大影响。"[1]

1930年从日本留学回来的周扬参加左联,他能力很强、干劲十足,很快在左联扎根立足。1933年5月,周扬接任左联党团书记,1935年升任文委书记,开始领导上海的左翼文化运动,而左联"盟主"本来是鲁迅,于是不可避免地周扬和鲁迅有了联系。

1932年11月,周扬主编的《文学月报》发表邱九如以"芸生"为笔名创作的长诗《汉奸的供状》,大骂"自由人"胡秋原、"第三种人"苏汶。在诗中,作者使用了大量侮辱、恐吓、粗俗的语言,如"×你的妈,当心,你的脑袋一下就会变做剖开的西瓜"。鲁迅看到后,认为语言太过低俗,随即以致《文学月报》编辑周扬信的形式,写出著名的《恐吓和侮辱绝不是战斗》一文。该文章指出:"现在有些作品,往往并非必要,而

---

[1] 荣天屿:《人生难得一知己——周扬与周立波》,《新文学史料》,2002年第3期。

偏要在对话里写上许多骂语去,好像以为非此便不是无产者作品似的……至于骂一句爹娘,扬长而去,还自以为胜利,那简直是'阿Q'的战法了……战斗的作者应该注重于'论争'……使敌人因此受伤或致死,而自己并无卑劣的行为,观者也不以为污秽,这才是战斗的作者的本领。"

  周扬的时任领导冯雪峰看到《汉奸的供状》一文后,也认为不妥,要求周扬在下一期的《文学月报》上公开自我批评,不再采取"谩骂"的方式对待异议者。周扬没有照办,只是将鲁迅的文章发表在了《文学月刊》第1卷第5、6期的合刊里。周扬似乎向鲁迅低了头,可次年2月3日左联的刊物《现代文化》出现了公开反驳鲁迅的文章,即《对鲁迅先生的〈恐吓和侮辱绝不是战斗〉有言》,讽刺鲁迅"带有浓厚的右倾机会主义色彩""无形中已对敌人陪笑脸三鞠躬"。鲁迅写信质问,但没有收到明确回复。由此,鲁迅开始了对周扬的怀疑与不满,周扬成为鲁迅晚年最主要的论敌。

  当时周扬虽然只有二十多岁,但颇有手腕,内部统一思想、广泛发动群众、最大限度孤立对手,很快团结了一大批支持者,并将不同意见者驱逐。如胡风原来是左联宣传部部长,与周扬关系不错,但后来,周扬发现他在工作中经常闹"独立性"。借穆木天被捕获释后报告说胡风是"内奸"之机,周扬让亲信任白戈取而代之。另外,周扬"戴了太厚重的面具"[①],他的老对头丁玲也说过,周扬长了一张做报告的脸。

  对于这样的周扬,性格直爽朴实的鲁迅自然不喜欢。而周扬当时年轻气盛,迷信苏俄理论,不太尊重鲁迅,不太去向鲁迅汇报工作,甚至后期连左联内部刊物《文学与生活》都不寄给鲁迅,两人矛盾逐渐激化。鲁迅后来找到这期刊物,发现其内容是1934年左联的工作总结报告,其中对左联工作缺点提得非常尖锐。身为左联"盟主"的鲁迅对此却一无所知,他自然恼火而在致曹靖华的信中写道:"这里的朋友的行为,我真不知道

---

① 陶方宣、桂严:《鲁迅的圈子》,东方出版社,2014年,第207页。

是什么意思,出过一种刊物,将去年为止的事情,听说批评的一文不值,但又秘密起来,不寄给我看。"①

对周扬的不满,在鲁迅私人通信中越来越多地表现出来。如他对萧军、萧红说:"敌人不足惧,最令人寒心而且灰心的,是友军中的从背后来的暗箭;受伤之后,同一营垒中的快意的笑脸。因此,倘受了伤,就得躲入深林,自己舐干,扎好,给谁也不知道。我以为这境遇,是可怕的。我倒没有什么灰心,大抵休息一会,就仍然站起来,然而好像终究也有影响,不但显于文章上,连自己也觉得近来还是'冷的'时候多了。"②

对于周扬,鲁迅主要不满他的霸道专横、热衷权力、官僚主义,"用手段""靠计策""玩花样"。他认为周扬乃是一个玩弄权术、气量狭窄的白衣秀士王伦式人物,将周扬一伙形象地比喻为"英雄""工头""奴隶总管""元帅","以鸣鞭为惟一的业绩",自己不做事还专责以别人不做事,对于不听指挥者动辄以"实际解决"相威胁。如1935年9月12日,鲁迅在致胡风信中写道:"以我自己论,总觉得缚有一条绳索,由一个工头在背后用鞭子打我,无论我怎么起劲地做,也是打,而我回过头去问自己的错处时,他却拱手客气地说,我做得好极了,他和我的感情好极了,今天天气哈哈哈……这真令我手足无措"③;如鲁迅1936年在致时玳的信中说道:"这爱放冷箭的病根,是在他们误以为做成一个作家,专靠计策,不靠作品的。所以一有一件大事,就想借此连络谁,打倒谁,把自己抬上去。"④鲁迅甚至对瞿秋白夫人杨之华说过:"像(周扬)这样的党员,你们为什么不清出去。"

此外,鲁迅也不满周扬领导下左联的激进、关门、宗派。左联本是文

---

① 鲁迅:《书信·350126致曹靖华》,《鲁迅全集》第12卷,人民文学出版社,2005年,第358页。
② 鲁迅:《书信·350423致萧军萧红》,《鲁迅全集》第12卷,人民文学出版社,2005年,第445页。
③ 鲁迅:《书信·350912致胡风》,《鲁迅全集》第13卷,人民文学出版社,2005年,第543页。
④ 鲁迅:《书信·360525致时玳》,《鲁迅全集》第14卷,人民文学出版社,2005年,第104页。

学组织，后来却成了"第二个党"，动辄上街游行示威、发传单、呼口号，创作上也简单化、教条化，唯无产阶级革命文学独尊，排斥、否定其他文学。鲁迅对人曾说过："他们实际上把我也关在门外了，岂止关在门外而已，还要鞭扑不止。"

鲁迅对周扬等人的不满明显体现在"四条汉子"说法的提出。鲁迅在万字长文《答徐懋庸并关于抗日统一战线问题》中提及他和周扬、田汉、夏衍、阳翰笙的一次见面："去年的有一天，一位名人约我谈话了，到达那里，却见驶来了一辆汽车，从中跳出四条汉子：田汉、周起应（即周扬），还有另外两个，一律洋服，态度轩昂。"鲁迅对周扬"四条汉子"的不喜非一日之寒，缘于鲁迅对周扬等人专权左联日积月累的不满。"四条汉子"的提法是鲁迅不满的总爆发，"四条汉子"提法就此出炉而流传甚广，后来甚至成为"四人帮"整"四条汉子"的鞭子。

随后，左联的解散更让鲁迅对周扬不满。左联的宗派主义、关门主义当时也引起了中共中央的注意，此时中共确定了建立抗日民族统一战线的政策，再关起门来单打独斗已不合时宜。1935年11月，鲁迅收到史沫特莱转交的中国共产党驻共产国际代表团委托萧三写给左联的信。信中认为左联已不能适应新的形势，最后建议"取消左联，发宣言解散它，另外发起、组织一个广大的文学团体"。已经很久不参加左联活动的鲁迅，将此信辗转交至周扬。与党中央失去联系已达九个月之久的上海文委接到这个指示后，立刻"毫不迟疑地决定解散左联和文委所属的各联盟，另行组织更广泛的文化、文艺团体"。而鲁迅赞成组建新的文学团体，但不赞成解散左联，后又提出如果实在要解散左联应发表一篇解散左联的对外宣言，声明左联的解散是在新的形势之下组织抗日统一战线的需要，以避免外界的各种猜测。周扬等人刚开始也同意发表声明，但后来并没有发表声明。鲁迅对此对冯雪峰说："就这么解散了，毫不重视这条战线"，甚至对日本《改造》杂志社社长山本实彦说："我本来也是左联的一员，但是这个团体的下落，我现在也不知道了。"这些话可见鲁迅之愤懑，周扬等人对鲁迅此事上的不尊重，无疑让鲁迅对周扬等人的不满雪上加霜。

鲁迅与周扬的直接论争体现在随后的"两个口号"之争中。当时，周扬等人从史沫特莱处看到巴黎《救国报》上刊登了中共的"八一宣言"，其中提出"停止内政，共同抗日救国，组织国防政府和抗日联军"。于是周扬根据"八一宣言"精神提出了"国防文学"的口号——"它是要号召一切站在民族战线上的作家，不问他们所属的阶层，他们的思想和流派，都来创造抗敌救国的艺术作品，把文学上反帝反封建的运动集中到抗敌反汉奸的总流"。"国防文学"口号提出后，得到广泛响应，"国防电影""国防诗歌""国防音乐"等口号也相继提出并迅速蔓延。但很快，也有人对此提出异议，认为此类口号没有鲜明的阶级立场，忽视无产阶级在统一战线中的领导作用，鲁迅和被周扬开除出左联领导层的胡风都持此意见。此时，参加完长征的冯雪峰被中共中央派回上海工作，他也认为这个口号没有清楚的阶级立场，让胡风提一个鲜明的左翼文学口号，于是他们和鲁迅商量提出了"民族革命战争的大众文学"这个新口号。新口号一经披露，便遭到"国防文学"论者猛烈攻击，两个口号之争由此开始，并愈演愈烈，当时几乎所有富有影响的作家都卷入了。

"两个口号"之争是鲁迅与周扬矛盾的又一次爆发。随后，鲁迅在《答徐懋庸并关于抗日统一战线问题》中直接批评周扬道："因此，我倒明白了胡风耿直，易于抱怨，是可接近的。而对于周起应（周扬的字）之类，轻易诬人的青年，反而怀疑以至憎恶起来。"这文章最后一句话则是："抓到一面旗帜，就自以为出人头地，摆出奴隶总管的架子，以鸣鞭为唯一的业绩——是无药可医，于中国也不但毫无用处，而且还有害处的。"这话自然也是指向周扬。不过，鲁迅对周扬也并未完全绝望，紧接着他写道："自然，周起应也许别有他的优点，也许后来不复如此，仍将成为一个真正的革命者。"

二、周扬对鲁迅的态度转变

1936年10月19日鲁迅去世后，被鲁迅公共点名批评过的周扬很难在上海继续开展文化工作，他自己后来也说过："主要原因是组织决定我去，再一个原因是对'国防文学'的论战和鲁迅的关系我处理得不好。因此，我在哪里的工作很难做……特别是鲁迅公开指名批评我以后。"①于是，周扬在1937年离开上海于8月到达延安。来到延安后，周扬向党中央和毛泽东汇报了几年来上海左翼文化界情况，受到毛泽东赏识、信赖。不满30岁的周扬被委任为陕甘宁边区文化界救亡协会主任、陕甘宁边区教育厅厅长等职，后来又被委任为以鲁迅命名的鲁迅艺术文学院院长。周扬对鲁迅的态度也有了很大转变，"面对新的革命形势，周扬抛弃左联时期对鲁迅的成见，从错误与挫折中重新认识与学习鲁迅。以《在延安文艺座谈会上的讲话》为分界线，延安时期周扬对鲁迅的阐释可分为两个阶段。《讲话》之前，周扬着重从精神层面阐释鲁迅对中国革命的意义，表现了更多的个人化的思考；《讲话》之后，周扬重点阐释鲁迅以及他所表征的话语力量对于毛泽东文艺思想的资源意义。"②

1938年10月，延安召开鲁迅逝世两周年大会，周扬在大会上作了长篇讲话《一个伟大的民主主义现实者的路》，认为鲁迅是一个伟大的现实主义作家、彻底的民主主义者，但他同时认为"因为鲁迅在生活上一向和农民有密切联系，和这个新的力量较为疏远，那时他还只能用'不胜辽远'的眼光，眺望这个新的阶级。由于时代的限制和他个人生活的特殊性的结果，现实主义者的鲁迅没有能够创造出积极的形象，正是很自然的事情"。周扬的这个观点或许受到毛泽东与他谈话的影响，毛泽东在1939年

---

① 赵浩生：《周扬笑谈历史功过》，《新文学史料》总第2辑，人民文学出版社，1979年2月。
② 谢保杰：《试析延安时期周扬对鲁迅的接受与阐释》，《文艺理论与批评》，2023年第5期。

11月7日致周扬的信中说:"我同你谈过,鲁迅表现农民着重其黑暗面、封建主义的一面,忽略其英勇斗争、反抗地主,即民主主义的一面,这是因为他未曾经验过农民斗争之故。"①

但毛泽东对鲁迅总体上非常推崇,这种推崇集中体现在他1940年所写的《新民主主义论》中。这篇文章对鲁迅的评价可谓至高无上:"而鲁迅,就是这个文化新军的最伟大和最英勇的旗手。鲁迅是中国文化革命的主将,他不但是伟大的文学家,而且是伟大的思想家和伟大的革命家。鲁迅的骨头是最硬的,他没有丝毫的奴颜和媚骨,这是殖民地和半殖民地人民最可宝贵的性格。鲁迅是在文化战线上,代表全民族的大多数,向着敌人冲锋陷阵的最正确、最勇敢、最坚决、最忠诚、最热忱的空前的民族英雄。鲁迅的方向,就是中华新文化的方向。"鲁迅从此一度登上"神坛",成为文艺思想的"旗帜"。

而周扬在延安文艺座谈会后,迅速在鲁迅艺术文学院掀起整风运动,检查文艺教育中的问题,并编辑出版第一本阐释毛泽东文艺思想的书《马克思主义与文艺》。1946年,周扬在他编著的《表现新的群众的时代》一书序言中明确表示,他愿意做毛泽东思想的"宣传者、解说者、应用者"。从此,周扬"拳拳服膺于毛泽东文艺思想,成为毛泽东文艺思想的权威阐释者,毛泽东文艺思想的坚决实践者"。鲁迅和周扬这两个对头竟然吊诡地、巧妙地"合流"了,鲁迅成为毛泽东文艺思想的"旗帜",周扬成为扛这面"旗帜"的首席"旗手"。

新中国成立后,周扬担任文化部副部长、宣传部副部长、作协副主席等职,成为新中国文艺战线的最高领导,一手抓文化建设,一手抓阶级斗争。在周扬的领导下,胡风、丁玲、冯雪峰、艾青、萧军等大批与鲁迅关系密切的左翼作家纷纷被批判被"打倒"。对鲁迅当年提出的"民族革命

---

① 中共中央文献研究室编:《毛泽东文艺论集》,中央文献出版社,2004年,第259-260页。

战争的大众文学"口号,周扬也认为这是"抗拒党的抗日民族统一战线的政策","制造进步文艺界的分裂和纠纷",可见他并未忘怀与鲁迅的恩怨。只是惧于鲁迅的"神坛"地位,周扬将仇火撒在了鲁迅当年的亲密战友冯雪峰、胡风等人身上。

"文革"结束后,此前入狱九年的周扬重新出任中共中央宣传部副部长、文化部副部长、作协副主席等职,但有了很多反思、改变,后于1989年9月5日病逝。在生病期间,鲁迅儿子周海婴多次看望周扬,对利用鲁迅的话作为打人的棍子很气愤,认为周扬对鲁迅一直很尊敬,新中国成立后所有纪念鲁迅的重要活动都由周扬组织。实际上,周扬虽然的确多次组织纪念鲁迅活动,但初期,周扬其实还是对鲁迅抱有偏见,鲜明体现在他对电影《鲁迅传》的意见上。

1961年,由陈白尘、叶以群、柯灵、杜宣、陈鲤庭等人集体创作的《鲁迅传》(上集)剧本发表于《人民文学》杂志。周扬多次对剧本发表意见,认为"现在有个倾向,写历史人物写得过分的革命化了。鲁迅当然是革命的了。但过分革命化的结果,就会不真实"。此话貌似客观,但言下之意是说不要把鲁迅写得太"革命"太拔高,可见他对鲁迅仍然含有不满之意。周扬又说:"鲁迅关于人民讲过两句话,'哀其不幸,怒其不争'。我很欣赏这两句话。这两句话一面说明了鲁迅的伟大,一面也表现了鲁迅的局限性。'哀其不幸'是他同情闰土、祥林嫂、阿Q……'怒其不争'则不尽然,人民在'争'。太平天国、义和团在'争'了,包括历代的农民起义。因为他没有看见这一点,因此他也没有能够表现这个方面。我们设想鲁迅如果参加了辛亥革命的起义,或者参加了北伐战争,参加了长征,他就可能写出表现农民伟大斗争的作品,当然更可能担任旁的任务去了。但鲁迅并没有参加,用他自己的话说,他没有投入革命漩涡的中心……"这话不但反对拔高鲁迅,还暗指鲁迅"没有投入革命漩涡的中心",明显体现了他对鲁迅的偏见。因为周扬的这些意见,《鲁迅传》下集剧本始终没有写成，电影更是不了了之。

"文革"之后，周扬对鲁迅、对自己与鲁迅的关系有了重新思考。他牵头成立了社科院鲁迅研究室，并发起成立了鲁迅研究会，亲任会长。1977年4月，周扬对采访者说："我和毛主席接触的时间很多，我们谈鲁迅的功劳，一个是对社会的了解深刻，一个是丰富的历史知识。这两条是很厉害的……"在1979年接受记者采访时，周扬回顾了他和鲁迅的关系："我参加'左联'以后才认识鲁迅，跟他通过信，见过面，但来往不多，这固然由于当时白色恐怖的环境所致，但主要还是由于我们在思想上是不尊重鲁迅，不认识鲁迅的伟大。鲁迅批评了我们的错误，并在一些文章和书信里确实反映出对我们的不满。我们在对待鲁迅的问题上，不管有什么缺点错误，但从没有搞过什么阴谋。"① 他还谈道："现在我们可以看得很清楚，鲁迅的伟大有他的天才条件……鲁迅除了天才以外，主要的在于他对中国社会的深刻了解。我们左联之中包括很多很好的同志，很有名的人，在这一点上是不如他的。鲁迅不但对整个社会非常了解，特别是对当时黑暗的政府他比谁都了解得深。"② 周扬还曾在1979年专程参观绍兴鲁迅故居，并写了四句诗来表达他对鲁迅的崇敬："横眉俯首，百代宗师，高山仰止，心向往之。"

而且，是周扬率先将鲁迅从"神坛"拉下还原成"人"，从"革命战士"还原为"启蒙主义者"。1980年，周扬在精心组织筹备鲁迅一百周年诞辰纪念大会时对人表示："30年代，因为年轻幼稚，对鲁迅不理解，不尊重，不能充分认识鲁迅的价值。后来，特别是遭难之后，重读鲁迅，才愈加认识到鲁迅在中国现代作家中是无人可比的，尤其是他对中国历史、中国社会，有深刻的认识，真是个天才。我们现在一定要继承鲁迅的传统。"在大会上，周扬作了题为《坚持鲁迅的文化方向，发扬鲁迅的战斗

---

① 陈漱渝：《鲁迅论争集》下卷，中国社会科学出版社，1998年，第1349—1350页。
② 赵浩生：《周扬笑谈历史功过》，《新文学史料》总第2辑，人民文学出版社，1979年2月。

传统》的长篇报告，称鲁迅为具有"革命精神与科学精神"的中国优秀知识分子的典型，提及乃至凸显了鲁迅启蒙主义者的身份，不仅认为鲁迅"对于民族精神的偏枯和国民性格的弱点怀着极其沉重的痛切之感"，还说"没有人像他这样对我们民族的消极方面作过如此痛切而深刻的解剖和批判"。

当时在人道主义路上探索的周扬，还强调了鲁迅的"立人"精神，认为这种精神旨在"寻求人的全面发展"，与自己的人道主义探索契合。"周扬对于'鲁迅传统'中'人'的要素的关注与推崇，导致'官方鲁迅传统'由内及外产生松动，使'人文鲁迅传统'启蒙方向上的构建成为可能。"①曾经满怀革命激情、嘲笑鲁迅人道主义落伍的周扬晚年实际上回到了鲁迅的路上，与鲁迅和解。他不再是文艺战线的领导者，而成了一个鲁迅倡导的真实的人。"久经苦海的周扬，最终在鲁迅的某些命题中停下脚步，那是他的宿命。他那一代人无论怎样的探求与摸索，终未跳出鲁迅形容的那个无物之阵。在情感的层面，他对鲁迅一直有些距离，可是在思想默想的那一刻，他意识到自己能拾到的只是鲁迅的牙慧。"②

三、结语

某种程度上，鲁迅与周扬是 20 世纪最有代表性、最有影响力的两个中国左翼知识分子，鲁迅长期以来是左翼文坛的"盟主""旗帜"，而周扬则长期是左翼文坛的实际领袖、"执旗手"。这种奇妙关系导致了两人之间的恩怨，两个人之间的恩怨也极大影响了左翼文化乃至整个 20 世纪中国的发展。

鲁迅和周扬本质上都是左翼知识分子，但他们两人在价值观、文学

---

① 朱君青、汪卫东：《论周扬复出后对鲁迅的重新阐释》，《鲁迅研究月刊》，2012 年第 12 期。
② 陶方宣、桂严：《鲁迅的圈子》，东方出版社，2014 年，第 287 页。

观、性格等方面有极大不同甚至可以说是截然对立,这也影响了两个人之间的关系。鲁迅刚直,而周扬则比较长袖善舞,最重要的是鲁迅认为文艺离不开政治但不能成为政治的工具,且鲁迅向来卓尔不群,因此他在"向左转"的同时又极大地保持了独立性;而周扬早年也"不主张文学成为政治的附庸",后来却赞同并践行"文艺为政治服务",因此逐渐被政治"异化"。另外,"鲁迅与周扬有着不同的'左翼文学'观念,体现出不同的文化追求。鲁迅所追求的是通过改变'吃人'的文化来改变人奴役人的现实,实现建立'人国'的理想;周扬所追求的是树立权威,不但自己崇拜权威,而且处处以权威来号令他人。"①但周扬毕竟也深受五四传统的影响,即客观上也受到鲁迅的影响,因此不免在政治与文艺中挣扎,最后终于觉醒,开始回到鲁迅倡导的"立人"传统。

---

① 聂国心:《鲁迅与周扬心目中不同的"左翼文学"》,《湘潭大学学报》(社会科学版),2015年第5期。

❿

「大弟子」
胡风与鲁迅

胡风是中国现代著名作家、文艺理论家,他与鲁迅的关系极其密切,被公认为鲁迅"大弟子"。"胡风与五四文学、与鲁迅先生的关联,应该成为胡风研究的基础。这是胡风之所以成为胡风的根本渊源。鲁迅先生作为胡风精神上和实践上的导师,对胡风精神世界和行为方式的定位定型有着决定性的影响。"①

一、"情投意合"

刚开始,胡风完全是鲁迅的崇拜者,在中学时代就深受鲁迅的影响。胡风自己曾说:"事实上,我是二十年代初进中学时就受到新文艺的影响的,而且是以鲁迅的影响为主。首先是在《晨报》副镌上读到了他的《〈呐喊〉自序》,受到了震动。以后,凡有他的新作,即使是在报纸副刊上化名的小杂感,也要搜出来看,猜测是不是他写的。到《语丝》出版,更是每期非把他的文章贪读不止的。他的人物,例如,闰土、祥林嫂、阿Q、孔乙己、子君、眉间尺……都经常活在我的心里。"②

后来,胡风离开南京东大附中而报考北大预科,也是在一定程度上冲着在北大任教的鲁迅去的,"他因为仰慕北大是新文化的中心,并可就近聆听鲁迅先生的教诲,便决定宁可牺牲两年的时间不进清华而上北大预科。"③胡风在北大听过鲁迅的"中国小说史略"课程而"感情上得到了一次满足",在北新书局遇见过鲁迅但没敢上前问候,还写信对鲁迅翻译的《苦闷的象征》译法提出自己的看法而获得鲁迅认真回信……总之,这时

---

① 龚旭东:《中流与测流之间》,陈思和、张业松编:《思想的尊严》,宁夏人民出版社,2008年,第246页。
② 胡风:《胡风评论集》,人民文学出版社,1985年,第376页。
③ 张晓风:《胡风传》,人民出版社,2015年,第24页。

期的普通"文艺青年"胡风和已成为著名作家的鲁迅完全是"粉丝"和偶像的关系,只能"高山仰止",如同当年鲁迅对于林纾。

再后来,鲁迅离开北京远赴厦门、广州,胡风也离开北京辗转家乡湖北蕲春、武汉、日本等地,他在家乡教书时也经常挑选鲁迅的文章讲给学生。等他们再相见是在1933年6月的上海,而且是鲁迅在周扬的陪同下来见胡风。身为左联"盟主"的鲁迅之所以会"屈尊"拜访左联"小将"胡风,是因为这时胡风已成为小有名气的文艺评论家,而鲁迅深感左联中真正能做事的人不多,因此他在和胡风谈话中两次希望胡风在文艺领域多做实际工作,胡风后来回忆说:"他谈话时的感情虽然是平静的,但不断地感到,他是关注着整个文艺领域上的斗争目标……他有两次提到:你可以在这方面做些工作。说得很随便,好像我当然会这样做的。这更使我感到惶恐,不能答话。我一无学历,二无资历,怎样能够参加这样复杂的斗争呢?送别时,望着他的步伐和姿态,心里感到了安慰。"①

胡风没有辜负鲁迅,在他担任左联宣传部部长、行政书记后,成立了理论、诗歌、小说三个研究会,出版了《文学生活》等杂志,团结了大批文学青年,将左联工作做得有声有色,鲁迅称之为"卖苦力的牛"。而且,胡风还负责了左联和鲁迅的联系工作,因此与鲁迅关系逐渐密切起来,经常通信、聚会。鲁迅出版的自己著作或印的他人书籍总要送本给胡风,有一次鲁迅还送过胡风一把水果刀,只因胡风夸了一句鲁迅平时削水果的刀子不错。胡风对此很不好意思地说:"再不好对周先生的东西说好话了",而鲁迅则风趣地回道:"我不愿送的东西,你再说好话我也不送的。"可见,鲁迅和胡风此时的关系不仅仅是同事亦是朋友。

但鲁迅和胡风的同事关系很快就结束了,因为1934年被捕的诗人穆木天出狱后对周扬等左联实际领导人说胡风是南京派来的奸细,胡风找到

---

① 胡风:《追忆鲁迅先生》,《鲁迅研究动态》,1985年第4期。

周扬要求澄清问题否则就辞职,而周扬对此不置可否,只是告诉胡风因为工作需要他要搬家了。胡风感到受到怀疑,于是便辞去了左联职务,不再参加左联的组织活动。而鲁迅早就对周扬等"奴隶总管"深感不满,对胡风的本性也很了解、欣赏,因而他根本不相信胡风是奸细,劝说胡风道:"只好不管他,做自己本分的事,多用用笔。"

半年后,鲁迅更是在《答徐懋庸并关于抗日民族统一战线问题》中对此直接说道:"去年的有一天,一位名人约我谈话了,到达那里,却见驶来了一辆汽车,从中跳出四条汉子:田汉、周起应,还有另外两个,一律洋服,态度轩昂,说是特来通知我:胡风乃是内奸,官方派来的。我问凭据,则说是得自转向以后的穆木天口中。转向者的言谈,到左联就奉为圣旨,这真使我口呆目瞪。再经几度问答以后,我的回答是:证据薄弱之极,我不相信……我也看人:即使胡风不可信,但对我自己这人,我自己总还可以相信的,我就并没有经胡风向南京讲条件的事。因此,我倒明白了胡风鲠直,易于招怨,是可接近的,而对于周起应之类,轻易诬人的青年,反而怀疑以至憎恶起来了。自然,周起应也许别有他的优点。也许后来不复如此,仍将成为一个真的革命者;胡风也自有他的缺点,神经质,繁琐,以及在理论上的有些拘泥的倾向,文字的不肯大众化,但他明明是有为的青年。"

鲁迅的信任让胡风深为感动,也让两人关系更为亲密,从同事关系转为亦师亦友。一方面,胡风积极撰文配合鲁迅并根据鲁迅精神进行文艺批评,如胡风先后发表了产生很大影响的《林语堂论》《张天翼论》。"作为'左联'时期重要的文艺理论家和批评家之一的胡风,是继茅盾、瞿秋白、冯雪峰之后,较早认识鲁迅精神和道路的人,1936年4月出版的第一本文艺评论集《文艺笔谈》,就是在鲁迅精神的指引下写就的。"[1]另一方面,

---

[1] 王树声:《谈鲁迅与胡风的友谊及其形成的原因》,《理论学习月刊》,1991年第12期。

胡风在鲁迅指导、支持下主编了《木屑文丛》《海燕》杂志，其中发表了鲁迅《出关》《阿金》等小说和杂文。此外，胡风义务帮助日本作家鹿地亘翻译鲁迅的杂文，发动夫人梅志完成鲁迅交代的任务——誊写瞿秋白译作《海上述林》，和鲁迅一起培养萧军、萧红、彭柏山等左翼青年作家，还担任了中央特科与鲁迅的联系人，方志敏狱中的信件就是胡风和鲁迅一起传递出来的。方志敏先是通过狱吏将密信送给内山书店转交鲁迅，鲁迅打开后看到的是几张白纸不明所以，于是又交给胡风处理。胡风则将此密信交给中央特科的吴奚如，在吴奚如的提醒下用碘酒擦拭信纸，方才出现字迹。

更重要的是，胡风和鲁迅并肩战斗，尤其是在"两个口号"论争中。1935年底，周扬等左联领导人提出了"国防文学"口号。胡风和鲁迅对这一口号都不以为然，认为这是投降主义，"'国防文学'不过是一块讨好敌人的招牌罢了。"[①] 等冯雪峰参加完长征来上海任中央特派员后，胡风和冯雪峰谈话时认为"国防文学"这个口号不妥，因而提出了"民族革命战争的大众文学"这一新口号，并征得了鲁迅的同意。胡风又奉冯雪峰之命，发表了反映这一新口号的文章《人民大众向文学要求什么？》。不料，这一新口号引发了周扬等人的猛烈攻击，引起了左翼作家内部"鲁迅派"和"周扬派"的激烈论争。虽然最终这场论争由鲁迅的文章《答徐懋庸并关于抗日民族统一战线问题》宣告结束，但就此埋下了"周扬派"和冯雪峰、胡风等"鲁迅派"之间的矛盾，也埋下了后者悲剧命运的伏笔。

总体上，这一时期，鲁迅和胡风的关系非常密切。"在不满三年的时间里，仅《鲁迅日记》记载的他们两人的通信往来、相会访问、互赠书刊、一起参加活动等，有一百二十多次。其中，胡风拜访鲁迅三十九次，

---

① 冯雪峰：《有关一九三六年周扬等人的行动以及鲁迅提出"民族革命战争的大众文学"口号的经过》，《新文学史料》，1979年第2期。

鲁迅到胡风家里回访两次。"①鲁迅去胡风家做客时,给胡风孩子带过日本制作的果酱夹心饼干、能摇摆的玩具鸭子和一个木制小鸟,两人谈话也非常亲密。"在书房里,更是谈笑风生,有时拿一本书翻翻看说几句,或是从一本杂志的文章中指指点点说了开去……一点没有客套话,也没有沉思不悦哑场的时候。这是一次愉快的真正朋友的谈话。"②

可见,这时候鲁迅和胡风亦师亦友,他们的关系在鲁迅和诸弟子中即使不是最亲密的,也一定是最亲密的之一。他们两人在年龄、身份等方面有巨大差异,为何会如此亲密呢?王树声在《谈鲁迅与胡风的友谊及其形成的原因》一文中认为主要有四个方面的原因:"从政治上说,鲁迅和胡风都坚定地信仰马克思主义,憧憬并追求人类最美好的理想……从文艺思想上说,鲁迅和胡风都有相似或相通的地方。他们都曾受过日本厨川白村的影响……从性格上说,他们也有一些相似之处,例如刚直、倔强……从情感上说,晚年鲁迅的心情是寂寞和孤独的,需要更多的友情,而胡风对他的友情则给了他极大的安慰。"③可以说,两人志向、性格、爱好等方面"情投意合",且鲁迅和胡风此时恰好互相需要,胡风需要鲁迅的指导、培养,鲁迅也需要胡风的支持、陪伴。

二、"始终活在他记忆中"

1936 年 10 月 19 日鲁迅逝世,胡风和鲁迅的亦师亦友关系也就此结束,胡风从此成为鲁迅精神、事业的传播者、传承者。从鲁迅去世到 1949 年,几乎每逢鲁迅逝世纪念日,胡风都会写文章或举办活动纪念鲁迅,阐

---

① 黄乔生:《鲁迅与胡风》,河北人民出版社,2013 年,第 114 页。
② 梅志:《在"皇宫"里招待鲁迅先生》,《鲁迅诞辰百年纪念集》,湖南人民出版社,1981 年。
③ 王树声:《谈鲁迅与胡风的友谊及其形成的原因》,《理论学习月刊》,1991 年第 12 期。

释、弘扬鲁迅思想、精神，在鲁迅诸弟子中是最多最有力者之一。

据笔者根据胡风著作不完全统计，这13年来，胡风写的专门论述鲁迅或鲁迅作品的文章有《悲痛的告别》《即令尸骨被炸成了灰烬》《鲁迅先生·日本·汪精卫》《如果一粒麦子死了》《关于鲁迅精神的二三基点》《作为思想家的鲁迅》《鲁迅的白话诗》《〈过客〉小释》《如果现在他还活着》《从"有一份热，发一份光"生长起来的》《以〈狂人日记〉为起点》等十余篇，提及鲁迅或鲁迅作品的文章大约占当时胡风文章的一半。

这些纪念鲁迅的文章对鲁迅思想、精神把握得都比较深刻、准确，尤其以三篇文章为代表。在1937年鲁迅逝世一周年之际，胡风写了《关于鲁迅精神的二三基点》，指出"鲁迅一生是为了祖国底解放、祖国人民底自由平等而战斗了过来的。但他无时无刻不在'解放'这个目标旁边同时放着'进步'的目标"；在1941年鲁迅逝世五周年之际，胡风写了《作为思想家的鲁迅》，认为鲁迅虽然没有创造出一个思想体系，"但却抓住了由市民社会底发生期到没落期所达到的正确的思想结论，比什么人更早，也比什么人更坚决地用这进行使祖国解放、使祖国进步的思想斗争，用这使祖国底解放斗争和进步斗争和全人类底解放斗争在一个方向上汇合。这正是他的作为思想界底领导者的最伟大的地方"；在1943年鲁迅逝世七周年之际，胡风写了《从"有一份热，发一份光"生长起来的》，介绍了鲁迅的人生经历和鲁迅在"五四运动"中的特点，最后指出"他底自处的态度，因为所抱着大，所爱者深，所以甘心做一木一石，'有一份热，发一份光'。"

几乎每年，胡风都会主办或参加鲁迅纪念会，尤其以1945年主办的纪念会最为盛大，周恩来、冯玉祥、邵力子、郭沫若、叶圣陶、老舍等各界名流都参加了。此外，胡风还帮助鹿地亘翻译《大鲁迅全集》，发表鲁迅的遗作，帮许广平讨要鲁迅著作版税……

1949年"时间开始了"后，胡风很快被打成"反革命"，他对鲁迅的纪念只能默默进行。他在狱中仿鲁迅的《惯于长夜过春时》写了二十多首《怀春室杂诗》《怀春室感怀》等诗歌，以此抒发自己对亲友的思念之情和心中抑郁之情，也以此默默纪念鲁迅。50年代，胡风在牢中给妻子梅志写信道："在我说，读鲁迅不是为向后看，反而是为了吸取向前看的力量。对于大多数党员文化战士和进步文化人，鲁迅是过时了，应该被跨过去，或已被或正被跨过去这是不用说的。但像我这样的人，还绝无资格把鲁迅埋掉。"在1965年胡风坐牢十年之际，胡风给妻子写了一封长信，让她多读多学鲁迅，"读鲁迅，是为了体验反映在他身上的人民深重的苦难和神圣的悲愤；读鲁迅，是为了从他体验置身于茫茫旷野、四顾无人的大寂寞，压在万钧闸门下面的全身震裂的大痛苦……"1965年底，胡风被"监外执行"时特意要求参观刚刚修成的鲁迅博物馆。

在近二十年的囚禁生活中，胡风还陆陆续续写了一些有关鲁迅的文章。出狱后不久的1981年，胡风在"宣告复出"的文章《向朋友，读者们致意》中鲜明地指出了自己和鲁迅的关系："30年代，我曾幸运的工作在先生身旁，亲聆过先生的教诲，感受过先生的坚深博大的胸怀"；并在同一年写了长篇文章《关于鲁迅的杂文》。1984年，胡风更是写了四万多字的《鲁迅先生》，"这篇回忆，将一个真实鲜活的鲁迅先生，始终活在他记忆中的鲁迅先生展现在读者面前。字字句句，充满了对先生浓烈的怀念和热爱。文章写完了，大家都很满意，他却说，不行，还有好些没写出来，以后再说吧。"[1]可惜，天不假年，胡风于次年去世，再也不能纪念鲁迅了。

---

[1] 张晓风:《胡风传》，人民出版社，2015年，第272页。

三、"不是一般意义上的继承者"

在纪念鲁迅、弘扬鲁迅精神的同时，胡风也一直在学习、践行鲁迅精神，传承、发展鲁迅事业。可以不夸张地说，胡风是鲁迅去世后"最像"鲁迅的弟子，这也正是胡风被认为是鲁迅"大弟子"最重要的原因，虽然胡风从未自称"鲁迅门人"。

首先，胡风学习并发展了鲁迅的一些文艺理论。胡风提出的"现实主义的路""主观战斗精神""精神奴役的创伤""到处都有生活"等理论都是在继承鲁迅文艺理论基础上的深化发展，如胡风的"到处都有生活"理论传承于鲁迅的反对"题材决定论"。其次，胡风学习鲁迅写了很多文化、社会批判方面的杂文，坚持现实主义创作，即使在抗战大敌当前之际，"胡风还是继续以鲁迅为榜样，坚持社会批评和文化批判立场，不断提醒人们注意鲁迅对中国社会作出的批判和预言……在胡风看来，鲁迅是一个坚决反对中国封建传统的斗士，他的远见卓识的品质完全来自自身实践和心灵体验的实感获得，并且对中国封建社会的清醒认识使他自始至终坚持对中国社会的批判姿态。因此，胡风及其追随者将鲁迅视为自己的精神支柱，在文坛上坚持批判现实主义道路。"[①] 最后，胡风在编辑出版、作家培养方面也发扬了鲁迅的精神、事业，他主编的《七月》《希望》杂志在践行"鲁迅精神"的同时培养出路翎、艾青、田间、丘东平、阿垅等大批作家、诗人，形成了文学史上赫赫有名的"七月派"。

更重要的是，胡风学习、传承了鲁迅的独立精神和"硬骨头"。"独立的知识分子对政治并不表现为一般性的参与，至多是以文章、学说等影响政治，以独立的姿态表现出对当时政治与现实的批判与疏离。这种典型

---

① 蔡洞峰:《胡风对"鲁迅传统"的建构及其实践》,《纪念鲁迅定居上海 90 周年学术研讨会论文集》, 2017 年。

的知识分子方式甚至为梁启超、章太炎这样在中国政治运动中起过关键作用的人物所采取，此后为胡适、鲁迅、周作人等五四先驱者所张扬，成为'五四'知识分子普遍认同的文化姿态。而鲁迅之后，在左翼文学界依然能坚持这种知识分子方式的，却是凤毛麟角，只以胡风最突出。"①

首先，胡风和鲁迅一样身份独立。自1927年后，他便主要以作家、理论家、编辑等知识分子身份参与文学、政治、生活。其次，胡风和鲁迅一样承认文艺有阶级性，但又都认为文艺应该有独立性，文艺不能完全从属于政治，也都践行了他们的主张。再次，胡风和鲁迅一样虽然是左翼作家，但有自己独立人格。如当时多数左翼文艺理论家主张文学文化要在"民族形式"基础上发展，而胡风则在《论民族形式问题》中认为各种"民族形式"理论都是"农民主义，民粹主义的死尸"，并点名批评从而得罪了郭沫若、周扬、陈伯达、胡绳等左翼文艺理论家。"胡风对鲁迅精神的守护构成了对当时意识形态领域整合当代文化的威胁，这是胡风悲剧的根本原因。从某种意义上说，这也是鲁迅精神和鲁迅文学方向的悲剧。"②另外，胡风在近20年的监禁中"心安理不得"，从未违心承认过自己文艺理论有错误，更不曾承认自己"反革命"等"罪行"，也没有对把他"打倒"后来自己也被"打倒"的周扬等人落井下石，鲜明地体现了鲁迅的骨气、正气。

因此，如胡风自认为的那般，在诸弟子中，胡风的确可以说是鲁迅最忠实的传承者。"胡风不是一般意义上的继承者，他是从人格、精神、事业、思想上全面地吸收、感应着鲁迅，将之完全融化成了自己的血肉生命，并且创造性地用鲁迅精神与现实世界碰撞、结合……胡风继承而且延

---

① 钱文亮：《文学与革命：胡风的现代性困境与悲剧》，陈思和、张业松编：《思想的尊严》，宁夏人民出版社，2008年。
② 李新宇：《胡风：鲁迅的嫡系传人》，《今晚报》，2016年12月23日。

伸了鲁迅精神的某一向度,他对鲁迅具有某种'超越'和'激活化'。"①当然,另一方面,"对鲁迅的信念与情感成就了胡风,但同时也在一定的程度上局限了胡风,使他走不出鲁迅的光影而有更加超拔的创造和突破。"②

四、结语

从"粉丝"到同事再到学生、朋友最后到传播者、传承者,胡风在鲁迅诸弟子中与鲁迅关系非常亲密,纪念鲁迅、弘扬鲁迅精神很多,学习、传承鲁迅有力,甚至继承了鲁迅的恩怨,因此胡风被公认为鲁迅"大弟子",胡风一生毁誉也因此而来。当然,探析胡风是不是鲁迅"大弟子"本身意义并不大,而是希望借此来说明胡风的重要性。今天,我们当然不能遗忘鲁迅,也不能遗忘鲁迅大弟子胡风。

---

① 谢长安:《对鲁迅的基本看法》,陈思和、张业松编:《思想的尊严》,宁夏人民出版社,2008年,第63页。
② 龚旭东:《中流与测流之间》,陈思和、张业松编:《思想的尊严》,宁夏人民出版社,2008年,第246页。

11 「是我的父辈」

萧军萧红与鲁迅

萧军、萧红是 20 世纪中国作家中的"神雕侠侣",也是鲁迅一手培养出的作家。鲁迅对萧军、萧红有着重要影响,不仅是生活、事业方面的直接帮助,更有思想、人格、作品等方面的间接影响。而萧军、萧红在鲁迅去世后也一直在纪念鲁迅,传承、弘扬鲁迅精神。不同的是,萧军更多的是在人生方面传承,萧红更多的是在作品方面传承。

一、"付出了多么大的热情和挚爱"

1927 年,萧军在吉林当骑兵时,有一次逛公园遇到了诗人徐中玉。徐中玉指着萧军刚买还没裁开的《野草》说:"这才是真正的诗!尽管它是用散文写的,它不押韵、不分行……但它是真正的诗啊。"于是,萧军对鲁迅及其《野草》等作品有了深刻印象,"《野草》是我读的第一本鲁迅先生的书,它给予我的感受,恰如松花江那明净的秋天,给予我思想和感情上的影响,也如那明净的秋天,它引起我一种深深的哀思和默默的惆怅。"① 而比萧军小四岁的萧红中学期间就喜欢读鲁迅作品,尤其是《野草》,她常和同学们在一起背诵其中片段。

1934 年 6 月,合作出版了小说集《跋涉》的萧军、萧红离开哈尔滨前往青岛,投奔好友舒群。在青岛,一直穷苦潦倒颠沛流离的两人终于过上了比较安适的生活,萧红写出了长篇小说《生死场》,萧军完成了小说《八月的乡村》。写完之后,两人"不确切知道我们的小说所取的题材,要表现的主题积极性与当前革命文学运动的主流是否合拍"②,恰好他们的朋友孙乐文曾在上海内山书店见过鲁迅,便建议他们给鲁迅写信请教。

萧军、萧红便给鲁迅写了封信,请教时代需要什么作品,希望鲁迅指

---

① 萧军:《鲁迅给萧军萧红信简注释》,金城出版社,2011 年,第 10 页。
② 萧军:《鲁迅给萧军萧红信简注释》,金城出版社,2011 年,第 9 页。

教他们的小说。出乎意料的是，鲁迅很快回了信，答复他们道："不必问现在要什么，只要问自己能做什么。现在需要的是斗争的文学，如果作者是一个斗争者，那么，无论他写什么，写出来的东西一定是斗争的"①，并让他们把书稿寄去"我可以看一看的"。萧军、萧红收到信后非常激动，"仅从'即复'这一点上来看，这位伟大的人，他对于一个素不相识的青年是何等的关心，何等的热情，何等的真挚，何等的信任啊！"②

因为鲁迅的回信，萧军、萧红决定前往上海，希望当面向鲁迅多多请教。到达上海后，萧军、萧红立即写信要求和鲁迅见面，鲁迅却回复道："见面的事，我以为可以从缓，因为布置约会的种种事，颇为麻烦，待到有必要时再说罢。"因为当时社会环境的"麻烦"，也因为鲁迅对青年有些失望，鲁迅那时已经不太和青年轻易见面了。况且鲁迅当时还生了病，但经过胡风等人的"侧面"了解及和萧军、萧红继续书信交往的直接了解，鲁迅终于同意和萧军、萧红见面了。

1934年11月30日，鲁迅与萧军、萧红在内山书店见面，见面前还详细向他们交代了到书店的路线："那书店，坐第一路电车可到。就是坐到终点（靶子场）下车，往回走，三四十步就到了。"萧军、萧红到达书店后，鲁迅已在书店内等他们，随后带他们去了附近一家外国人开的咖啡馆，许广平带着周海婴一会也到了。关于这次见面，许广平后来在文章《忆萧红》中回忆道："他们爽朗的话声把阴霾吹散了，生之执着、战、喜悦，时常写在脸面和音响中，是那么自然、随便、毫不费力。"见面结束后，鲁迅还掏出零钱给萧军、萧红乘电车用。

不久后的12月19日，鲁迅又在梁园豫菜馆请客，介绍茅盾、聂绀弩夫妇、胡风夫妇、叶紫与萧军、萧红认识，并特别让叶紫做两人的"向导和监护人"。多年之后，萧军对此感慨道："仅从这一次宴会的措施，可以

---

① 鲁迅：《书信·341009致萧军》，《鲁迅全集》第13卷，人民文学出版社，2005年，第224页。
② 萧军：《鲁迅给萧军萧红信简注释》，金城出版社，2011年，第13、14页。

充分显示了这位伟大的人，具有伟大灵魂的人，伟大胸怀的人……对于后一代青年人，对于一个青年文艺工作者是表现了多么深刻的关心，付出了多么大的热情和挚爱啊！"①

与鲁迅见面后，萧军、萧红和鲁迅交往密切。除了经常到鲁迅家拜访外，萧军、萧红还一直和鲁迅保持着书信往来，鲁迅共给萧军、萧红写过53封书信，鲁迅日记中关于他们的记载达150余处。"如此密集地通信，在鲁迅的整个书信之中是不多见的。而且，信中处处流露着鲁迅对他们的关心，试图消除两人在陌生的土地上的生活的不安……但是给鲁迅送作品、写信的年轻人很多，为何他会携带家人，如此亲密地对待萧军和萧红呢？不用说，他对两人的才华和未来寄予了期望，另一方面，这也与他们作为被侵略者的经历有很大关系。"②如许广平在《忆萧红》中称萧军、萧红为"两个北方来的不甘做奴隶者"。直到后来萧军、萧红搬到离鲁迅家较近的北四川路居住，他们之间的通信才中断，"我们搬到北四川路底来住，原因有两个：一个是我们不想再分散先生的精力，免得总要让他给我们回信，有些琐事顺便和线上谈一下就随时可以解决了；第二个原因是我们的内心想法……能有所尽力，帮助他家一下……但鲁迅先生和许广平先生什么事全要'自力更生'，不愿有'求'于人，因此实际上我们几乎是什么'忙'也没能够帮上。"③虽然"什么'忙'也没能够帮上"，但可见鲁迅与萧军、萧红关系之亲密，也可见萧军、萧红对鲁迅的感恩之情。

鲁迅除了推荐萧军、萧红的文章在杂志上发表外，还支持萧军、萧红和叶紫成立奴隶社，自费出版了萧军的长篇小说《八月的乡村》、萧红的中篇小说《生死场》，并亲自为两书作序给予高度评价。如他评价《八月的乡村》道："这《八月的乡村》，即是很好的一部，虽然有些近乎短篇的

---

① 萧军：《鲁迅给萧军萧红信简注释》，金城出版社，2011年，第100页。
② 崔莉、梁艳萍译，平石淑子著：《萧红传》，中国人民大学出版社，2017年，第144页。
③ 萧军：《鲁迅给萧军萧红信简注释》，金城出版社，2011年，第2页。

连续，结构和描写人物的手段，也不能比法捷耶夫的《毁灭》，然而严肃，紧张，作者的心血和失去的天空，土地，受难的人民，以至失去的茂草，高粱，蝈蝈，蚊子，搅成一团，鲜红的在读者眼前展开，显示着中国的一份和全部，现在和未来，死路与活路。凡有人心的读者，是看得完的，而且有所得的"；鲁迅评价萧红的《生死场》道："但却看见了五年以前，以及更早的哈尔滨。这自然还不过是略图，叙事和写景，胜于人物的描写，然而北方人民的对于生的坚强，对于死的挣扎，却往往已经力透纸背；女性作者的细致的观察和越轨的笔致，又增加了不少明丽和新鲜。"鲁迅的推荐，让《八月的乡村》《生死场》出版后反响强烈，萧军、萧红因此成名，尤其是萧军的《八月的乡村》一连五版皆销售一空。

在生活中，鲁迅对萧军、萧红也非常关心。"例如嘱咐两萧寄信要挂号以免丢失，信末问一声'俪安'什么的，叮嘱萧军不可跟那些俄国男女讲话，关心'吟太太'是否仍要困早觉，请客的前一天冒雨去餐馆订菜，当然还有携家人对拉都路351号的'突访'……"①

二、"我们要承继他这把刀"

可惜，鲁迅很快于1936年10月19日去世。得到消息的萧军立即赶到鲁迅家里，扑在鲁迅身上放声痛哭。这让当时还小的周海婴印象深刻，"忽然，我听到楼梯咚咚一阵猛响，我来不及猜想，声到人随，只见一个大汉，没有犹豫，没有停歇，没有客套和应酬，直扑父亲床前，跪倒在地，像一头狮子一样石破天惊般地号啕大哭。他伏在父亲胸前好久没有起身，头上的帽子，沿着父亲的身体急速滚动，一直滚到床边，这些他都顾

---

① 袁权：《萧红与鲁迅》，华文出版社，2014年，第269页。

不上，只是从肺腑深处旁若无人地发出了悲痛的呼号。我从充满泪水的眼帘之中望去，看出是萧军。"①

随后，萧军为鲁迅守灵三天三夜，并担任了出殡总指挥、"抬棺者"，代表治丧办事处同人及鲁迅支持的刊物《译文》《作家》《中流》《文季》在安葬鲁迅时作了简短致辞："鲁迅先生的死是一把复仇的刀子……我们要承继他这把刀……要用我们的血和敌人的血，把它喂饱！我们要复仇和前进！"

鲁迅去世后，萧军帮许广平出版了鲁迅著作《且介亭杂文》，《鲁迅先生纪念集》的组稿、校对、编订等工作及其中《鲁迅先生逝世经过略记》一文撰写也均由萧军完成。鲁迅去世后，萧军每周都去鲁迅墓地祭拜。一个月后，萧军还带着刊载纪念鲁迅文章的《译文》《作家》《中流》杂志到鲁迅墓前焚化，并因此和讽刺萧军是"鲁门家将""孝子贤孙"的张春桥、马蜂等人打了一架。双方各自宣称"决斗"胜利，但结果是之后再也没有讽刺萧军的文章出现。

萧军还于1936年、1947年和1948年及20世纪70年代末三次注释鲁迅致萧军、萧红的书信，使得该书信成为研究鲁迅及其和萧军、萧红关系的重要史料。对此，萧军声明说："注释者本人是崇敬鲁迅先生的，也是当年曾被这位伟大的人所哺育、教育……过的千百万文艺青年之一，吮他的'乳'和'血'而成长起来的青年之一。因此，我只能尽我所能尽的力量，与崇敬鲁迅先生的人——无论老年或青年——而为他所奠基的中国革命文学事业，革命战斗精神，有所发扬和光大。"②

1940年，到延安后，萧军主编出版了《鲁迅研究丛刊》第一辑，第二辑也编辑完成可惜未能出版。当时，萧军一度和毛泽东密切交往，毛泽东有关鲁迅的论说也受到萧军影响，"毛泽东讲话引用最多的当属鲁迅给

---

① 周海婴：《直面与正视：鲁迅与我七十年》，作家出版社，2019年，第60页。
② 萧军：《鲁迅给萧军萧红信简注释》，金城出版社，2011年，第5页。

萧军的信简,由此来论证坚持革命斗争的必要。"① 萧军还写了很多纪念鲁迅的诗及文章,参加了很多纪念鲁迅的活动,如他写了《周年祭》《不同的献祭》《鲁迅先生给与中国新兴文学工作者的"路"》,如他在成都参加了鲁迅逝世二周年、三周年纪念大会,如他1979年写诗道:"化雨师恩酬几许?他山故谊怅何及!""强化自己的鲁迅弟子身份,积极组织和投入各种纪念活动,凸显鲁迅的战士品格和斗争精神,强调把纪念鲁迅和战斗实践结合起来,成为萧军之后很长时间纪念鲁迅、宣扬鲁迅的主题,也是他的'鲁迅论'的主旨所在。"②

晚年,萧军仍然对子女说道:"鲁迅先生,是我平生唯一钟爱的人,一直到我死的那一天,我都钟爱他。"③1981年8月22日至28日,萧军应邀前往美国加州参加纪念鲁迅一百周年诞辰的一个会议。会议中,一位西方学者说鲁迅功利性太大、气量狭小等。萧军听闻反驳道:"请问,今天在座的诸位,谁没有功利性?自私自利多多少少都有点吧?如果说鲁迅先生有功利性的话,那也是从我们全无产阶级劳苦大众的利益出发的,从全民族的利益出发的功利性。鲁迅不但是用笔,而且是用自己的鲜血和生命唤起民众的。他所培养的青年中,我就是其中一个。"可见,萧军一直对鲁迅充满崇敬、感激之情,如萧军女儿萧耘所言:"'鲁迅先生是我一生所钟爱的人……'父亲生前不止一次地对我们讲",萧军自己也说过:"鲁迅是我的父辈"。萧军临终前还叮嘱儿女要永远纪念鲁迅,其后人主持的中国萧军研究会也大力支持鲁迅研究。

"我好比一缸豆汁,鲁迅先生好比石膏或卤水,经过了他的指点,我才成了形,结了晶。"④ 萧军不仅对鲁迅充满崇敬、感激,更以自己的人生

---

① 张武军:《"鲁门弟子"萧军与"革命鲁迅"形象建构》,《鲁迅研究月刊》,2023年第2期。
② 张武军:《"鲁门弟子"萧军与"革命鲁迅"形象建构》,《鲁迅研究月刊》,2023年第2期。
③ 贺金祥:《彭真与作家萧军》,《文艺报》1997年9月11日。
④ 萧军:《萧军全集》,华夏出版社,2008年,第21页。

践行、传承着鲁迅精神,做到了他自己所言的"要站在比较自由的地位,监督革命前进——这就是我的责任"。这既是萧军的幸,也是他的不幸,"这个自称鲁迅学生的人,一直有种情结,那就是做鲁迅的护法者。这个资本既使其名震文坛,也带给他诸多的不幸。"①

鲁迅去世后,萧军先是和胡风、萧红等人编辑杂志《七月》,后教书、写作并参加中华全国文艺界抗敌协会工作,秉承鲁迅精神继续创作、"战斗"。在延安,萧军成为陕甘宁边区文化协会专业作家,还担任鲁迅研究会主任干事、《文艺日报》编辑、《鲁迅研究丛书》主编等职务。

1945年11月,萧军离开延安回到东北。刚开始,他担任东北大学鲁迅文学院院长,四处演讲,创办了《文化报》,担任东北大学鲁迅艺术学院院长等。但很快厄运来临,萧军一度消失于文坛,一度学医要当医生。直到1979年,被"埋"了三十年的"出土文物"萧军被定性为"有民族气节的革命作家",迎来了自己"春天的开端",被聘为全国政协委员、中国作协顾问等,还曾作为中国作协代表团团长赴香港、澳门访问,最后于1988年逝世。

"性格决定命运",萧军此后的"悲剧"命运和他的个性十足桀骜不驯的性格也即"野气"密不可分。而鲁迅虽然欣赏萧军这种性格但也有担心,他在1935年3月13日致萧军的信中写道:"这'野气'要不要故意改它呢?我看不要故意改……但是,装假固然不好,处处坦白,也不成,这要看是什么时候。和朋友谈心,不必留心,但和敌人对面,却必须刻刻防备。"②实际上,鲁迅自己也个性十足桀骜不驯即也有"野性",但同时又非常注意保护自己,注重"韧战",这正是他欣赏和担心萧军的原因。可惜,萧军只传承了鲁迅性格的前一方面,导致了他后半生的悲剧。

---

① 孙郁:《鲁迅遗风录》,江苏凤凰文艺出版社,2016年,第19页。
② 鲁迅:《书信·350313致萧军萧红》,《鲁迅全集》第13卷,人民文学出版社,2005年,第408页。

萧军与鲁迅的关系，总体上如南开大学李新宇教授所言："与鲁迅晚年交往的年轻人中，萧军受鲁迅的关怀和帮助最多，对鲁迅的感情也深，表达也最强烈。因此，在鲁迅去世之后，他自然得到了一笔丰厚的遗产——不是物质财富，而是精神遗产和'鲁迅大弟子'所带来的声誉和地位。然而，这是萧军的幸运，却也是他不幸的根源……"[1]

三、"'父'与'女'两代人的会合"

鲁迅去世时，萧红因为和萧军有矛盾而分居去了日本东京。临行前，她将自己的东西交给许广平保管，后来许广平将其与鲁迅遗物一起捐赠给北京鲁迅博物馆，"她成为先生遗产不可分割的一部分"[2]。鲁迅则抱病设宴为萧红送行，还特意叮嘱说："每到码头，就有验病的上来，不要怕，中国人就专会吓呼（唬）中国人……"

刚开始看到鲁迅去世的消息，萧红还不敢相信，她在1936年10月24日致萧军的信中写道："关于周先生的死，二十一日的报上，我就渺渺茫茫知道一点，但我不相信自己是对的……昨夜，我是不能不哭了。我看到一张中国报上清清楚楚地登着他的照片，而且是那么痛苦的一刻。可惜我的哭声不能和你们的哭声混在一道。现在他已经是离开我们五天了，不知现在他睡到哪里去了？"这封信后来刊登在《中流》杂志上，成为萧红纪念鲁迅的第一篇文章。五天后，萧红又写信给萧军道："其实一个人的死是必然的，但知道那道理是道理，情感上就总不行。我们刚来上海的时候，另外不认识更多的一个人了。在冷清清的亭子间里读着他的信，只有他，安慰着两个漂泊的灵魂！……写到这里鼻子就酸了。"

---

[1] 李新宇：《鲁迅的遗产与萧军的命运》，《关东学刊》，2017年第1期。
[2] 姜异新：《别样的鲁迅》，人民文学出版社，2023年，第243页。

之后，萧红写了《拜墓诗》《在东京》《鲁迅先生记》《回忆鲁迅先生》等纪念鲁迅的文章，积极给《鲁迅风》杂志投稿，还打算创办名为《鲁迅》的刊物。萧红的这些文章别有风味，尤其是《回忆鲁迅先生》以一个女作家特有的细腻、感性笔触，生动地记录了日常生活中的鲁迅以及萧红与鲁迅的交往，对于了解鲁迅、萧红和他们的关系有着非常独特、重要的价值，"创造了通过生活化鲁迅的刻绘来纪念鲁迅的经典"①。对于这篇文章，鲁迅孙子周令飞称："我以为是史上最为真实、最为详尽、最为精彩的回忆鲁迅生活的经典，我确信她的文章就像一只生命之手，一百年后，五百年后，仍然可以触摸到鲁迅先生的体温。"②如《回忆鲁迅先生》描绘了鲁迅日常饮食、工作情景及对待孩子等生活情形，反映出鲁迅幽默、可爱、"平凡"的另一面，也反映出鲁迅与萧红关系比较亲密。例如萧红单独去鲁迅家的次数很多，宛如鲁迅家人一般做饭、谈天，深夜十二点还和鲁迅聊天，乃至许广平曾和胡风夫人梅志诉苦道："萧红又在前厅……她天天来一坐就是半天，我哪来时间陪她，只好叫海婴去陪她"③；鲁迅还经常和萧红开玩笑，并为萧红的衣着打扮提建议。如萧红在这文章中写道："许先生忙着家务跑来跑去，也没有对我的衣裳加以鉴赏。于是我说：'周先生，我的衣裳漂亮不漂亮？'鲁迅先生从上往下看了一眼：'不大漂亮。'过了一会又加着说：'你的裙子配的颜色不对，并不是红上衣不好看，各种颜色都是好看的，红上衣要配红裙子，不然就是黑裙子，咖啡色的就不行了；这两种颜色放在一起很混浊……"

鲁迅和萧红到底是什么关系？有传言说两人关系暧昧。鲁迅的确应该喜欢、欣赏萧红，但这种喜欢、欣赏不是男女恋人之间的喜欢、欣赏，更

---

① 杨华丽：《萧红〈民族魂鲁迅〉的写作、演出与发表考论》，《鲁迅研究月刊》，2022 年第 12 期。
② 周令飞：《在纪念萧红诞辰百年学术研讨会上的致辞》，《百年视域论萧红》，黑龙江人民出版社，2013 年，第 14 页。
③ 梅志：《"爱"的悲剧——忆萧红》。

多的应该是父亲对女儿般的喜欢、欣赏。如鲁迅1935年在致萧军、萧红最后一封信中感慨道:"这位太太,到上海以后,好像体格高了一点,两条辫子也长了一点了,然而孩子气不改,真是无可奈何。"① 缺乏父爱的萧红潜意识里更是把鲁迅当作自己的父亲或祖父尤其是精神上的父亲,"从先生的身上,萧红不仅得到了导师的教导和支持,也得到了慈父般的关怀和爱抚。"② 曾有一位朋友同萧红聊天时感慨:"鲁迅先生待你们,真像慈父一样哪!"感受过祖父慈爱的萧红立即回道:"不对!应该像祖父一样。没有那么好的父亲。"钱理群也指出萧红和鲁迅的相遇,"毋宁说这是中国现代文学史上'父'与'女'两代人的会合。——他们之间整整相距了三十年;但却有着最亲密的文学的血缘关系。"③

1940年,萧红创作了非常独特的纪念鲁迅作品哑剧《民族魂》,展现了鲁迅"踢鬼"等丰富细节,表现了鲁迅象征着"民族魂"。从这部作品中也可见萧红与鲁迅的精神相知心心相印,"此剧是为纪念鲁迅诞辰六十周年的纪念性作品,风格上一反过去的模式,天才的感悟力,传神的场景,形成对于鲁迅精神的特殊注解性文本……这部哑剧抵达的是鲁迅精神哲学的微妙的部分,整个作品带有《野草》式的清寂与荒凉……萧红关于鲁迅的叙述,开启了一条神灵相遇而默默对话的新途。"④

与萧军以自己的人生践行鲁迅精神不同,萧红更多地是以自己的创作传承、发扬甚至试图超越鲁迅。"在左翼作家里,她可能是最深味鲁迅文本的人。冯雪峰、胡风在批评的路上衔接鲁迅传统,聂绀弩等人模仿着鲁迅的杂文投入文化的激流,而萧红则在小说和戏剧里,传递着《呐喊》《彷

---

① 鲁迅:《书信·351116致萧军萧红》,《鲁迅全集》第13卷,人民文学出版社,2005年,第583页。
② 章海宁:《伤残的花》,黑龙江大学出版社,2011年,第251页。
③ 钱理群:《"改造民族灵魂的文学"——纪念鲁迅诞辰一百周年与萧红诞辰七十周年》,《十月》,1982年第1期。
④ 孙郁:《鲁迅遗风录》,江苏文艺出版社,2016年,第78-80页。

徨》《野草》的能量。"①实际上,鲁迅对萧红的创作才华非常欣赏。1936年5月3日在接受美国记者埃德加·斯诺的访谈时,鲁迅认为"田军的妻子萧红,是当今中国最有前途的女作家,很可能成为丁玲的后继者,而且,她接替丁玲的时间,要比丁玲接替冰心的时间早得多"②。鲁迅也经常向他人推荐萧红,"认为在写作前途上看起来,萧红先生是更有希望的"。③

对于鲁迅的评价,聂绀弩在文章《回忆我和萧红的一次谈话》中写道:"我们也谈到鲁迅。对于鲁迅,她有很独到而精辟的看法,出乎我的意外。话是这样谈起的。我说:'萧红,你会成为一个了不起的散文家,鲁迅说过,你比谁都更有前途。'她笑了一声说:'又来了!你是个散文家,但你的小说却不行!''我说过这话么?''说不说都一样,我已听腻了。有一种小说学,小说有一定的写法,一定要具备某几种东西,一定写得像巴尔扎克或契诃夫的作品那样。我不相信这一套。有各式各样的作者,有各式各样的小说。若说一定要怎样才算小说,鲁迅的小说有些就不是小说,如《头发的故事》《一件小事》《鸭的喜剧》等等。''我不反对你的意见。但这与说你将成为一个了不起的散文家有什么矛盾呢?你又为什么这样看重小说,看轻散文呢?''我并不这样。不过人家,包括你在内,说我这样那样,意思是说我不会写小说。我气不忿,以后偏要写!''写《头发的故事》《一件小事》之类么?''写《阿Q正传》《孔乙己》之类!而且至少在长度上超过他!'我笑说:'今天你可把鲁迅贬够了。可是你知道,他多喜欢你呀!'她笑说:'是你引起来的呀!说点正经的吧,鲁迅的小说的调子是很低沉的。那些人物,多是自在性的,甚至可说是动物性的,没有人的自觉,他们不自觉地在那里受罪,而鲁迅却自觉地和他们一齐受罪。如果鲁迅有过不想写小说的意思,里面恐怕就包括这一点理

---

① 孙郁:《鲁迅遗风录》,江苏文艺出版社,2016年,第79页。
② 斯诺整理、安危译:《鲁迅同斯诺谈话整理稿》,《新文学史料》,1987年第3期。
③ 景宋(许广平):《追忆萧红》。

由。但如果不写小说,而写别的,主要的是杂文,他就立刻变了,从最初起,到最后止,他都是个战士、勇者,独立于天地之间,腰佩翻天印,手持打神鞭,呼风唤雨,撒豆成兵,出入千军万马之中,取上将首级如探囊取物!即使在说中国是人肉的筵席时,调子也不低沉。因为他指出这些,正是为反对这些,改革这些,和这些东西战斗。'我笑说:'依你说,鲁迅竟是两个鲁迅。'她也笑说:'两个鲁迅算什么呢?中国现在有一百个,两百个鲁迅也不算多。'"这段话反映出萧红对于鲁迅作品独特的理解,她虽然崇敬鲁迅但并未完全崇拜鲁迅,她想传承乃至超越她所理解的鲁迅。

萧红认为"鲁迅的小说有些就不是小说,如《头发的故事》《一件小事》《鸭的喜剧》等等",以及"鲁迅的小说的调子是很低沉的。那些人物,多是自在性的,甚至可说是动物性的,没有人的自觉,他们不自觉地在那里受罪,而鲁迅却自觉地和他们一齐受罪"。而她自己的小说《生死场》《呼兰河传》也有这样的特点,都是散文式小说,人物"多是自在性的,甚至可说是动物性的",如胡风在《生死场》后记中所言:"蚁子似地生活着,糊糊涂涂地生殖,乱七八糟地死亡。"

萧红的这种创作特点应该是自觉或不自觉地受到鲁迅的影响,否则她不会那么鲜明地指出鲁迅创作的这些特点。除了这个影响之外,萧红创作还受到鲁迅作品家国情怀、乡土面向、诗性语言、强烈抒情、风情描写、结构独特、形式创新、左翼立场等的影响,尤其是对鲁迅作品"国民性批判"主题有自觉传承与弘扬。"萧红的作品继承了鲁迅的国民性批判:她跟随老师的脚步猛烈抨击了国民的愚昧麻木,描绘了深受压迫妇女的悲惨命运,揭露了封建礼教'吃人'的本质,以期引起'疗救'的注意;但这并不意味着萧红在'机械'地摹仿鲁迅,她在继承的基础上又发扬了自己的写作个性,以女性细腻的笔触充分展现了独特人生体验与丰富情感:自发地将矛头指向'人类的愚昧',着重于表现深受男权压迫与生育苦难之下的女性命运,在她的笔下,还有一种鲁迅所没有的韧性战斗精神,一种坦然于人生忧患与生命感悟的精神。"①

除了萧红对鲁迅"国民性批判"的创新之外，萧红作品也有不少方面的确超越了鲁迅小说，"萧红的文学成就在许多方面确实是鲁迅所无法涉足的，比如生殖的叙事、女性的生命体验等等。"②尤其是萧红最后创作了长篇小说《马伯乐》，虽然这篇小说有模仿《阿Q正传》的痕迹，但其主题、形式、语言都非常特别，"与其他作品相比，这部小说有以下三个特征：是一篇以一个人物为轴展开故事的长篇。没有突出表现出作者对出场人物的同情和共鸣。有意识地创作具有讽刺效果的社会小说。"③

"就文学创作而言，萧红的确具有卓越的天赋。她面对生活和文字特有的敏感、聪睿与才情，她描写场面、细节和景物每见的出奇制胜和超凡脱俗，都不是一般的同行所能及。"④可惜的是天不假年，萧红于1942年去世，她创作的《马伯乐》并未完稿，萧红对鲁迅的传承尤其是超越也只能戛然而止了。否则，以萧红的才华、生活体验和有志于超越鲁迅的"野心"，萧红在小说创作上进一步传承和超越鲁迅并非不可能，而这应该是其"精神之父"鲁迅最希望看到的。临终前，萧红还嘱托道："我活不长了，我死后要葬在鲁迅先生墓旁。现在办不到，将来要为我办……"

总体上，鲁迅对萧红的影响，如学者季红真所言："鲁迅对她的直接影响主要是新体白话文学写作的启蒙，在和家庭决裂之后的挣扎奔逃与奋斗中，作为革命文学的旗帜，鲁迅始终是她精神的引领者，也是她后来进入文坛的重要推手。但是由于性别、文化背景、经历、处境等原因，萧红一直和鲁迅保持着心理的距离，并且想超越他。他们之间的关系更多是超越年龄、性别的精神默契，民族国家的巨大危机与国际视野的人类情怀、

---

① 廖晋芳：《论萧红对鲁迅"国民性"主题的继承与创新》，《齐齐哈尔师范高等专科学校学报》，2017年第4期。
② 季红真：《鲁迅对萧红的影响》，《济南大学学报》，2017年第4期。
③ 崔莉、梁艳萍译，平石淑子著：《萧红传》，中国人民大学出版社，2017年，第301页。
④ 古耜：《遥望文学的昨天》，中国言实出版社，2024年，第173页。

共同被原罪诅咒的出身宿命、包办婚姻的苦难和身体的病痛,对于文学创作宗教式的献身精神和对汉语自身魅力的独特领悟,是他们深厚的思想基础。萧红在继承鲁迅精神遗产的同时,又以女性独特的生命体验,特别是生殖的体验,开拓出属于自己的艺术园地,补充了鲁迅和所有男性作家无法抵达的表现领域。她接续着鲁迅的文学精神,在史传文学、哀祭文体、修辞等诸多方面,为汉语写作的现代转型做出了自己独特的贡献。"① 尤其是萧红在鲁迅的影响下,在时代潮流中保持着自己独特的文学观念、创造主张和人生选择,她不缺少阶级意识但认为作家不属于某个阶级,她身为抗战作家但主张宣传抗日要从各自经验出发因人而异②,她最终也未和萧军、丁玲等左翼作家一样去延安而是去了香港。

鲁迅曾在《娜拉走后怎样》中提出一个重要命题:"娜拉出走家庭之后会会怎样?"萧红以自己的人生、作品做出了回答。她一方面追求个人独立、性别觉醒,通过作品成就了自我;另一方面,即使是天才般的萧红也难以靠自己真正立足,反映了在旧时代女性的自我独立太过艰难。

四、结语

总而言之,鲁迅对萧军、萧红有着直接和间接的重要影响,而萧军、萧红在鲁迅去世后也一直在纪念鲁迅、传承鲁迅。不同的是,萧军更多的是以自己的人生践行着鲁迅精神,而萧红更多的是以自己作品弘扬着鲁迅精神。但无论如何,萧军、萧红都将鲁迅视为自己的"父亲",鲁迅有这样的"儿女"也足以欣慰。

---

① 季红真:《鲁迅对萧红的影响》,《济南大学学报》,2017年第4期。
② 参见古耜:《遥望文学的昨天》,中国言实出版社,2024年,第184页。

⑫ "是我的老师"

巴金与鲁迅

巴金和鲁迅虽然相识时间不长，但巴金称"鲁迅先生永远是我的老师"，鲁迅对巴金也非常欣赏、爱护。鲁迅去世后，巴金在不断纪念鲁迅之余，也在传承鲁迅精神、事业。探析巴金与鲁迅的关系尤其是巴金对鲁迅的传承，既有着一定的学术价值，更有着强烈的现实意义。

一、"给我照亮道路"

像当时很多文学青年一样，巴金在未见鲁迅之前就已阅读过鲁迅作品，就已受到鲁迅的很大影响。1926年8月，巴金到北京考大学，因为生病在公寓里住了半个月，陪伴他的就是《呐喊》，巴金在文章《忆鲁迅先生》中回忆道："我早就读过了它，我在成都就读过在《新青年》杂志上发表的《狂人日记》和别的几篇小说。我并不是一次就读懂了它们。我是慢慢地学会了爱好它们的。这一次我更有机会熟读它们。在这苦闷寂寞的公寓生活中，正是他的小说安慰了我这个失望的孩子的心。我第一次感到了、相信了艺术的力量。以后的几年中间，我一直没有离开过《呐喊》，我带着它走过好些地方，后来我又得到了《彷徨》和散文诗集《野草》，更热爱地读熟了它们。我至今还能够背出《伤逝》中的几段文字。我有意识和无意识地学到了一点驾驭文字的方法。现在想到我曾经写过好几本小说的事，我就不得不感激这第一个使我明白应该怎样驾驭文字的人。"也就是说，是鲁迅第一个让巴金明白了"应该怎样驾驭文字"。巴金在该文中甚至说："没有他的《呐喊》和《彷徨》，我也许不会写出小说。"

1929年巴金在《小说月报》发表《灭亡》后逐渐成名，尤其是1933年出版代表作《家》之后成为当时文坛上的重要作家。同年，巴金在《文学》社举办的宴会上第一次与鲁迅相见，"那天晚上在座的有十几个人，都是作家。谈话自然围着本行转，谈到我们的工作、作品、文人。鲁迅比谁都说得多，笑得多。他说话极其朴素、自然，用辞简短、鲜明而又富于表现力，不时露出温和、慈祥的微笑。"①

1934年10月6日，《文学》社为巴金赴日本举行饯别宴会。鲁迅在席上不仅向巴金介绍了日本的风土人情，也为巴金解答了文学观念上发生的重要变革以及新文学的坚持等，鼓励巴金到日本后也要多写文章。此时，鲁迅和巴金其实并没有多少深交，但鲁迅愿意出席为巴金饯行，可见他对巴金的欣赏。

1935年8月巴金回国，担任刚成立的文化生活出版社总编辑，与鲁迅有了更多工作上的联系。巴金主编的《文学生活丛刊》收录了鲁迅翻译的高尔基著作《俄罗斯童话》，主编的《文学丛刊》第一辑收录了鲁迅著作《故事新编》。巴金后来回忆说："我第一次编辑一套《文学丛刊》，见到先生向他约稿，他一口答应，过两天就叫人带来口信，让我把他正在写作的短篇集《故事新编》收进去。《丛刊》第一集编成，出版社刊登广告介绍内容，最后附带一句：全书在春节前出齐。先生很快地把稿子送来了，他对人说：他们要赶时间，我不能耽误他们（大意）。其实那只是草写广告的人的一句空话，连我也不曾注意到。这说明先生对任何工作都很认真负责。"②

此外，鲁迅答应了巴金《文学丛刊》第四辑的约稿，打算编辑出版自己的散文集《夜记》，还将自己主持的《译文》丛书、编辑的国外画册和翻译的果戈理选集等著作交给文化生活出版社出版，并推荐萧军、萧红等作家给文化生活出版社，给予该社很大支持，因此巴金说："文化生活出版社，要是没有他的帮助，就不会有以后的发展。"鲁迅还将巴金的小说《将军》选入应美国伊罗生之邀编选的短篇小说集《草鞋脚》，并发表《论"第三种人"》《又论"第三种人"》等文章回应胡风对巴金是"第三种人"的攻击，认为"左翼作家并不是从天上掉下来的神兵，或国外杀进来的仇

---

① 巴金：《鲁迅》，《巴金全集》第19卷，人民文学出版社，1993年，第462页。
② 巴金：《怀念鲁迅先生》，《随想录》，人民文学出版社，1980年，第317页。

敌,他不但要那同走几步的'同路人',还要招致那站在路旁看看的看客也一同前进。"

巴金也开始追随鲁迅战斗,将自己的译作和短篇小说选集送给鲁迅,他主编的《文学丛刊》《文季月刊》《二十人所选短篇佳作集》收录了萧红、丁玲等很多左翼作家作品,与鲁迅一起停止为《文学》杂志供稿,和鲁迅一起签名《中国文艺工作者宣言》……巴金后来回忆道:"《中国文艺工作者宣言》是我和黎烈文起草的。当时《中国文艺家协会宣言》已经发表,鲁迅、黎烈文、黄源和我都没有签名。我和黎烈文都认为我们也应该发一个宣言,表示我们的态度。这样,就由我和黎烈文分头起草宣言,第二天见面时我把自己起草的那份交给黎烈文。鲁迅当时在病中,黎烈文带着两份宣言草稿去征求鲁迅的意见,在鲁迅家中把它们合并成一份,鲁迅在宣言定稿上签了名。"①

正因为紧跟鲁迅,巴金被视为鲁迅派而受到一些攻击,尤其是被徐懋庸在致鲁迅的信里嘲笑道:"况集合在先生左右的'战友',既然包括巴金和黄源之流……"并攻击巴金道:"我从报章杂志上,知道法西两国'安那其'之反动,破坏联合战线,无异于托派,中国的'安那其'的行为,则更卑劣。"鲁迅在《答徐懋庸并关于抗日统一战线问题》一文中对此回应道:"巴金是一个有热情的有进步思想的作家,在屈指可数的好作家之列的作家,他固然有'安那其主义者'之称,但他并没有反对我们的运动,还曾经列名于文艺工作者联名的战斗的宣言。黄源也签了名的。这样的译者和作家要来参加抗日的统一战线,我们是欢迎的,我真不懂徐懋庸等类为什么要说他们是'卑劣'?难道因为有《译文》存在碍眼?难道连西班牙的'安那其'的破坏革命,也要巴金负责?"

鲁迅的这篇文章本是冯雪峰拟稿后由鲁迅修改完成,其中关于巴金

---

① 上海师大中文系鲁迅著作注释组:《访问巴金同志——谈〈中国文艺工作者宣言〉起草经过及其他》,《新文学史料》第1辑,1977年12月。

的话由鲁迅亲自所加,可见鲁迅对巴金的器重、呵护。鲁迅和巴金相识时间不长,鲁迅又比巴金年长许多,两人思想观念也不完全一致,为什么鲁迅对巴金这般器重、呵护呢?一方面当然是因为鲁迅欣赏巴金的作品,更重要的可能是鲁迅欣赏巴金做人真诚做事认真。日本学者增田涉曾师从鲁迅而经常在鲁迅家里学习、聊天,他曾当面问过鲁迅这个问题。"鲁迅在性格上是诚实的,对于别人也喜欢那种认真的人——例如某些时候他要和一位倾向很不同的青年作家一道搞工作,问他为什么要和那样的人一道工作,他用信任的口气说,那个人比别人更认真。认真——诚实是他最喜欢的。"① 的确,鲁迅最看重人的真诚、认真,因此巴金像柔石、胡风、萧军、冯雪峰、黄源等人一样获得鲁迅欣赏。据学者陈子善考证,巴金与鲁迅至少见过五次面,大多与中国现代文学的重要历史事件有关,如1936年5月3日的会面,巴金将萧乾介绍给鲁迅。②

1936年10月19日,巴金和曹禺如约去拜访鲁迅,不曾想鲁迅已于两小时前不幸逝世。巴金和黄源、黎烈文、萧军等人自愿担任了鲁迅治丧办事处工作人员,并成为10月22日鲁迅安葬时的抬棺人之一。巴金后来回忆当时的心情:"我们大家所敬爱的导师,这十年来我一直崇拜着的那位老人永远离我们而去了。旁边花圈上一条白绸带写着'先生精神不死'。然而我心上的缺口却是永远不能填补的了。"③

鲁迅去世不久,巴金写了《悼鲁迅先生》《一点不能忘却的记忆》《片段的感想》等文章纪念鲁迅,"这个老人的逝世使我们失去了一位伟大的导师,青年失去了一个爱护他们的知己的朋友,中国人失去了一个代他们说话的人,中华民族解放运动失去了一个英勇的战士。这个缺额是无法填

---

① 增田涉:《鲁迅的印象》,钟敬文译,湖南人民出版社,1980年,第19页。
② 陈子善:《中国现代文献学十讲》,复旦大学出版社,2020年,第390页。
③ 巴金:《永远不能忘记的事情》,《巴金全集》第13卷,人民文学出版社,1993年,第60页。

补的。"①1949年10月11日，巴金又写了《忆鲁迅先生》纪念鲁迅，"这些年来我就没有忘记过他。这些年来在我困苦的时候，在我绝望的时候，在我感到疲乏的时候，我常常想到这个瘦小的老人，我常常记起他那些含着强烈的爱憎的文章。"1981年9月，巴金在《怀念鲁迅先生》中写道："但是几十年中间用自己的燃烧的心给我照亮道路的还是鲁迅先生。我看得很清楚：在他，写作和生活是一致的，作家和人是一致的，人品和文品是分不开的。他写的全是讲真话的书。他一生探索真理，追求进步。他勇于解剖社会，更勇于解剖自己；他不怕承认错误，更不怕改正错误。他的每篇文章都经得住时间的考验，他的确是把心交给读者的。""在巴金怀人散文中，写到最多的是鲁迅。自1936年《永远不能忘记的事情》到1981年《随想录》，巴金写了15篇怀念鲁迅的文章。"②

在"文革"期间，巴金还坚持阅读鲁迅作品，做了不少读书笔记。1994年，巴金再见到黄源时，"想说的话很多，但坐下来握着他的手，六十几年的旧事都涌上我的心头，许多话都咽在肚里。我只想着一个人，他也想着一个人：就是鲁迅先生，我们都是他的学生，过去如此，今天还是如此。"③1997年10月，93岁的巴金还为上海鲁迅纪念馆题写"朝花文库"，并在病房中背诵十余首鲁迅诗。

此外，巴金将鲁迅原来主持的《译文丛书》继续坚持编辑出版，推出了50多种世界名著，晚年还为鲁迅著作注释提出了很多意见。"巴金对鲁迅著述注释的本子，看过有多种。仅从与王仰晨的通信中看，提出意见的就有：《呐喊》《彷徨》《伪自由书》《且介亭杂文》《且介亭杂文末编》《华盖集》《鲁迅书信集》《鲁迅日记》《而已集》等等。其中除去对文中注释表达看法外，还对如何处理某些注释的技术方面，提出了建设性意见和建

---

① 巴金：《卷头语》，《文学季刊》第1卷第6期，1936年11月1日。
② 解淑娟：《巴金与他心中的"鲁迅先生"》，《课外语文》，2024年第3期。
③ 巴金：《我们都是他的学生》，《再思录》，作家出版社，2011年，第108页。

议；还帮助查询作家、出版家的生卒时间，鲁迅书信线索……从结果看，许多都被采用或引起调整。应当说，功劳是很大的。但是，因为巴金并非专门的鲁迅著作注释者，并且注释又并不标明作者名字，所以似乎很少人注意到他这方面的贡献。"①

二、"追寻鲁迅的道路"

如巴金所言："鲁迅先生永远是我的老师"，鲁迅去世后，巴金除了纪念鲁迅外，更以身作则学习、传承了鲁迅精神，继承了鲁迅未竟的事业，如他自己在《怀念鲁迅先生》中所说："几十年中间用自己的燃烧的心给我照亮道路的还是鲁迅先生。"

第一个方面的传承是巴金像鲁迅一样关爱读者，尤其是甘做青年人的朋友、导师。"作为鲁迅最忠实的学生，巴金不仅是文学青年的朋友和园丁，更是青年读者的知心朋友。巴金感激读者的友谊和信任，并把它当做鼓舞自己的源泉。他把心交给读者，读者也把心交给他。许多相识的和陌生的读者常常给他写信，把自己的苦恼、困难、要求、希望毫不隐瞒地告诉他……像巴金这样与读者有如此广泛而紧密联系，在作品之外继续以自己的经验、学识和体会真挚地安慰和鼓舞读者的作家，还是不多的。热爱读者，关心读者，敞开心扉与读者交流，成为了巴金走上文学道路后贯穿一生的最显著的特点之一。"②其中，像许广平和鲁迅一样，原本是读者的萧珊也因为仰慕巴金后来成了巴金夫人，巴金还像鲁迅一样作为编辑培养了不少后辈作家。

第二个方面的传承体现为巴金对鲁迅反封建传统的继承。"南京大学

---

① 杨建民：《巴金对注释鲁迅著作的态度》，《人民政协报》，2008年2月22日。
② 李存光：《巴金传》，团结出版社，2018年，第150页。

学者汪应果认为，巴金在中国现代文学史上的最大贡献之一，在于他把中国封建社会的形态通过文学形式揭示得最全面，将反封建的方法、道路寻找得最正确，并对中国的反封建的任务坚持得最持久的一位作家。他继承了鲁迅反封建的战斗传统。"① 巴金对鲁迅反封建传统的继承体现在他早期的《家》《春》《秋》《憩园》《寒夜》等代表作品中，也体现在他晚年《随想录》中的一些散文里。如巴金在 1979 年 4 月 18 日发表的《五四运动六十周年》中写道："今天还应当大反封建，今天还应当高举社会主义民主和科学的大旗前进。上一代没有完成的任务下一代一定能够完成"；他在 1984 年 3 月 21 日发表的《买卖婚姻》中写道："为了反对买卖婚姻，为了反对重男轻女，为了抗议；父母之命，媒妁之言，我用笔整整战斗了六十年，而我的侄女今天面对着买卖婚姻还是毫无办法……从二十年代到五十年代反封建的传统到哪里去了？怎么到了今天封建传统还那么耀武扬威"；他在 1986 年 3 月 5 日发表的《衙内》中写道："是的，要反封建主义，不管它穿什么样的新式服装"……

第三个方面的传承体现在巴金像鲁迅一样勇于说真话。这在巴金晚年著作《随想录》体现得非常明显。巴金一方面在提倡说真话，专门写了五篇文章"论讲真话"，认为"人只有讲真话，才能够认真地活下去"；另一方面则以身作则说真话，"以说真话为自己晚年奋斗的目标"。的确，《随想录》中的大部分文章都在说真话，这也是《随想录》产生巨大反响和赢得高度赞誉的主要原因所在。"巴金的《随想录》的出现十分重要，因为它终结了新文学此前数十年的单面发展，使之重新接续了'鲁迅文学'的深邃性，成为直面'新文化后果'、探触中国乃至整个东亚社会的'现代性困境'的利器……而《随想录》也是旧时代作家进入新时期后留下的惟

---

① 光明网：《巴金是鲁迅精神的当代传承者》，http://news.sina.com.cn/c/2005-10-28/03037293943s.shtml，2005 年 10 月 28 日。

一一部重要的著作。"①

第四个方面的传承体现在巴金像鲁迅一样充满自省、忏悔精神，敢于"抉心自食"。众所周知，鲁迅不仅对社会充满批判精神，对自己也一样；巴金也是对自己尤其是自己在"文革"中的经历解剖、忏悔不已，进而推及社会批判、文化批判。这在《随想录》中体现得非常明显，类似内容在《随想录》中几乎是随处可见，无须一一列举。"巴金创作有一个基本的手法，那就是通过自我揭露和自我批判，通过以己推人的形式来达到对社会的深刻批判。"② 也正因为由对自己的批判推及社会批判、文化批判，让巴金像鲁迅一样生命、作品有了深度、高度、亮度。他们自我批判、忏悔的内容也许会时过境迁，但其"赤子之心"永远像钻石般闪耀。

第五个方面的传承也是最重要、最根本的传承，即巴金像鲁迅一样本质上是个"战士"，如巴金所言："我写小说是为了安慰我的寂寞的心，是为了发散我的热情，宣泄我的悲愤，是为了替那些被不合理的社会制度逼迫着做了牺牲的年轻人呼吁，叫冤。因为我不能做别的有用的事情，因为我没别的武器，我才拿起笔用它做武器，来攻击我的敌人。"③ 而且，巴金大多数时候都像"荷戟独彷徨"的鲁迅一样是有着自己独立精神世界、独立人格的"战士"，"那美好的仗我已经打完了，应行的路我已经行尽了，当守的道我守住了"。

当然，巴金对鲁迅的这些传承不一定是刻意的，中间也有波动。1949年到1978年这近三十年的时间里，巴金有过不少动摇、妥协。巴金自己说过："我相信过假话，我传播过假话，我不曾跟假话作过斗争。别人'高举'，我就'紧跟'；别人抬出'神明'，我就低首膜拜。即使我有疑

---

① 陈思和：《从鲁迅到巴金:〈随想录〉的渊源及其解读——试论巴金在现代文学史上的意义》，《巴金研究》，2006年第2期。
② 陈思和：《从鲁迅到巴金:〈随想录〉的渊源及其解读——试论巴金在现代文学史上的意义》，《巴金研究》，2006年第2期。
③ 巴金：《关于两个〈三部曲〉》，《抗战文艺》第7卷第2-3期合刊，1941年3月20日。

惑，我有不满，我也把它们完全咽下。我甚至愚蠢到愿意钻进魔术箱变'脱胎换骨'的戏法。"①但庆幸的是，巴金在晚年重新走在"追寻鲁迅的道路"上。

"巴金在文学写作的道路上，有许多地方都与鲁迅相似。他们在走上文坛前都接受过某些西方的社会思潮，并且以此为旗帜投身于社会运动，也都曾经因为理想的失败而陷入深刻的绝望。后来他们以小说创作著称于文坛，成为新文学传统中的重要作家。然而在他们生命的最后阶段，他们各自的社会理想又重新鼓舞他们离开文学创作，转而写作反思社会历史、反思民族弱点的战斗性杂文，在无情的批判与自我批判中成为当代中国良知的代表。"②

当然，巴金和鲁迅也有些不同，"鲁迅在社会理想方面持现实的战斗态度，他渴望与先锋性的社会思潮结成同盟，从他者的理想中寻求未来道路；而巴金很早就接受并研究了国际共产主义运动的历史，自以为是接受了先进的无政府共产主义社会理想，因此对于别的社会思潮更多的是持批判态度。"③另外，鲁迅"深"，巴金"浅"；鲁迅"冷"，巴金"热"；鲁迅"硬"，巴金"软"……"巴金与鲁迅的文风有着迥然的差异，一个是黑脸的张飞，将那丈八蛇矛耍得亢啷啷响。一个是粉面的青衣，水袖悠悠的，甩得银汉迢迢白云飞渡。"④

---

① 巴金：《怀念鲁迅先生》，《随想录》，人民文学出版社，1980年，第217页。
② 陈思和：《从鲁迅到巴金：〈随想录〉的渊源及其解读——试论巴金在现代文学史上的意义》，《巴金研究》，2006年第2期。
③ 陈思和：《从鲁迅到巴金：〈随想录〉的渊源及其解读——试论巴金在现代文学史上的意义》，《巴金研究》，2006年第2期。
④ 陶方宣、桂严：《鲁迅的圈子》，东方出版社，2014年，第211页。

三、"知识分子的良心"

总体而言，巴金不愧为鲁迅的学生、传人，不愧为"知识分子的良心"，他的好友曹禺甚至说巴金是20世纪的良心。"可以看出，巴金这一生，特别是'文革'后的晚年，始终坚守的，就是这样的鲁迅开创的现代中国知识分子精神，巴金理所当然地成了鲁迅的精神传人之一，他是继鲁迅之后最重要的中国知识分子的代表。在1980年代，人们把巴金视为'知识分子的良心'，他是当之无愧的。"[①]

总结、探究巴金和鲁迅的关系，尤其是巴金对鲁迅的传承，既有着一定的学术价值，更有着强烈的现实意义。我们今天依旧需要巴金、鲁迅这样的"知识分子的良心""人民作家"，依旧需要说真话需要呐喊。

---

① 钱理群：《读巴金〈随感录〉五卷本》，《文艺争鸣》，2019年第8期。

⑬ 「鲁迅派」

老舍与鲁迅

国民性书写谁家强？那自然是鲁迅，鲁迅之后可能则是老舍。研究鲁迅与老舍的关系似乎有些勉强，他们之间似乎差别太多也没有多少直接联系。但仔细探究，鲁迅与老舍也有可以相提并论之处，尤其是在国民性书写方面。

一、老舍与鲁迅的交往

老舍原名舒庆春，父亲作为满族的一名护军在八国联军侵华时阵亡，全家靠母亲为人缝洗衣服维持生活。老舍在北京师范学校毕业后当过小学校长、教育局官员，后赴英国伦敦大学教汉语，并开始写作出版《老张的哲学》《赵子曰》《二马》等小说而逐渐成名，1936年发表代表作《骆驼祥子》。

老舍的第一篇小说《老张的哲学》写完后，他寄给好友罗常培。罗常培曾转呈给鲁迅看，"鲁迅的评价是地方色彩颇浓厚，但技巧尚有可以商量的地方"。① 老舍刚开始写作时提倡"幽默"，被定位为"幽默作家"，并经常向同样倡导"幽默"的林语堂主编的《论语》《宇宙风》等杂志投稿。因此老舍被批评林语堂"将屠户的凶残，使大家化为一笑，收场大吉"②的鲁迅所轻视，鲁迅在1934年6月18日致台静农的信中说："文坛，则刊物杂出，大都属于'小品'。此为林公语堂所提倡，盖骤见宋人语录、明人小品，所未前闻，遂以为宝，而其作品，则已远不如前矣。如此下去，恐将与老舍半农，归于一丘。其实，则真所谓'是亦不可以已乎'者也。"③

---

① 徐德明、易华注释：《老舍自述》，现代出版社，2018年，第70页。
② 鲁迅：《论语一年》，《南腔北调集》，《鲁迅全集》第4卷，人民文学出版社，1981年，第567页。
③ 鲁迅：《书信·340618 鲁迅致台静农》，1934年6月18日，《鲁迅全集》第12卷，人民文学出版社，1981年，第459页。

可见，刚开始鲁迅对老舍评价并不高，将他与刘半农归为"一丘之貉"。但1936年5月，鲁迅在接受美国记者斯诺采访时则明确说沈从文、郁达夫、老舍是中国当时"最优秀的短篇小说家"。这可能是因为鲁迅后来看了老舍后期发表的一些作品而对老舍有了本质性改观，鲁迅毕竟眼光准确、评价客观、胸怀宽广。

鲁迅对老舍也有一些影响。老舍对鲁迅一直非常敬仰。老舍在文章《"五四"给了我什么》中曾写道："五四给了我一个新的心灵，也给了我一个新的文学语言……感谢'五四'，它叫我变成了作家。"虽然没有直接点名鲁迅，但作为"五四"文学"主将"的鲁迅肯定给老舍一些潜移默化的影响。老舍后来坦承："因为像阿Q那样的作品，后起的作家们简直没法不受他的影响；即使在文学与思想上不便去摹仿，可是至少也要得到一些启示与灵感。它的影响是普遍的。一个后起的作家，尽管说他有他自己的创作的路子，可是他良心上必定承认他欠鲁迅先生一笔债。鲁迅先生的短文与小说才真使新文艺站住了脚，能与旧文艺对抗。这样，有人说我是'鲁迅派'，我当然不愿承认，可是决不肯昧着良心否认阿Q的作者的伟大，与其作品的影响的普遍。"①

1934年老舍去上海，有朋友约他和鲁迅一起吃饭。可惜，鲁迅第二天派人送信给老舍说："昨天的信送到的太晚了。"之后，老舍匆匆北返，在鲁迅生前再也没到过上海，最终未能与鲁迅相见。鲁迅去世后，1938年10月，老舍发表文章《鲁迅先生逝世两周年纪念》，对鲁迅的学问、创作、翻译、爱护青年等给予了高度评价，尤其指出："据我看，鲁迅先生的最大成就便是小品文。我敢说，他的学问限制不了后起者的更进一步，他的小说也拦不住后起者的猛进直前。小品文，在五十年内恐怕没有第二把手，来与他争光……他以最大的力量，把感情、思想、文字，容纳在一两

---

① 老舍：《鲁迅先生逝世两周年纪念》，原载1938年10月16日《抗战文艺》第2卷第7期。

千字里，像块玲珑的瘦石，而有手榴弹的作用。只写了些短文么？啊，这是前无古人，恐怕也是后无来者的，文艺建设！"

1945年，在重庆知识界纪念鲁迅大会上，老舍朗读了《阿Q正传》片段。谷林在文章《鲁迅纪念会》中对此描述道："说是朗读，但是发音不高，也没有那种墨客派头的抑扬顿挫，显得沉寂温雅，字句却特别清楚，听来直沁心脾。几十年过去了，犹若余音绕梁，生平时机，仅此一遭。《阿Q正传》固然无人不晓，小说里本来很有些逗乐逼真的描写，意想不到的是经由老舍口授，旧篇恍成新章，一座尽靡，无不舒怀绝倒。朗读以前，老舍还有一段开场白，也是一样声腔，反响热闹如潮，他说罢一句，满座便是一阵轰笑，老舍则岿然不动，少俟片霎，再以夷易的声调，续发蕴藉的妙绪，递推以迄终场。"学者孙郁在文章《老舍谈鲁迅》中对此评价道："从传神的回忆里我们能够领略到老舍对鲁迅精神的呼应。他的幽默的心理与惆怅的笔触，因为鲁迅的存在而延伸出奇异的流彩。鲁迅之于后来文人的心史，由此能够找到一点痕迹。"

1946年，老舍在美国用英文发表了一篇讲演《中国现代小说》，对鲁迅又给予了高度评价："这一时期最杰出的人物是鲁迅。他是浙江人，约于九年前去世。哥伦比亚的王教授曾将一本中国当代短篇小说译成英文，1945年由哥伦比亚大学出版社出版，其中就有一些鲁迅的短篇。这些短篇讲的是中国普通老百姓的事情，中国现代作家对之评价很高；事实上，他在中国现代文学中之地位，类似高尔基在俄罗斯文学中的地位。"1949年，老舍在美国纽约讲学、创作期间，曾经有留学生问："您的作品，一挥而就，一字不改。鲁迅作品，改了又改，最少十次。公与鲁迅，孰优？"老舍回答："鲁迅作品一字不能动，我的作品可以改得一字不留。""由此可见老舍对鲁迅深厚文字功底的由衷敬佩，以及对其高质量、高水平作品、著作的极度推崇。"①

1965年老舍访日时曾在仙台鲁迅墓前献诗,题为《仙台鲁迅碑献花》:"青叶山前鲁迅碑,永铭俯首与横眉。拚将野草滴成乳,敢怨春花雨若丝。红白旗开严敌我,轩辕血荐决雄雌。林边东海潮仍急,忍听荒城晚翠词。"1966年8月24日,老舍自杀,践行了他在《鲁迅先生逝世两周年纪念》所写:"一个人的精力与天才永远不能完全与他的志愿与计划相配合,人生最大的苦痛啊!只有明知这苦痛是越来越深,而杀上前去,以身殉志的,才是英雄。"

"由于时代变迁和个人思想观念的变化,老舍心目中鲁迅形象的具体内涵有所不同。抗战时期,'救亡图存'成为时代主流,老舍对鲁迅形象的言说,兼顾抗战宣传和文艺发展。抗战胜利后,面对'和平建国'的时代呼声,老舍借助鲁迅的文坛号召力,团结文艺界同仁反对内战。在海外讲学期间,老舍为了向美国介绍中国新文艺的发展,他主要突出鲁迅文学成就的一面,对鲁迅的评价具有世界眼光。进入中华人民共和国时期,老舍对鲁迅的评价自觉与主流保持呼应,增加其对鲁迅革命形象的言说。"②

二、老舍与鲁迅的异同

鲁迅与老舍当然有很多不同,但也有相似之处,他们的作品都聚焦于传统历史文化尤其是国民性批判。鲁迅清晰地以"立人"为目标,老舍则以"两个十字架"为使命,如他在《双十》一文中所说:"我们每个人须负起两个十字架——为破坏、铲除旧的恶习、积弊,与像大烟瘾那样有毒的文化,我们必须牺牲,负起一架十字架。同时,因为创造新的社会与文

---

① 村夫、王德俊:《老舍与鲁迅两人作品"孰优"》,《党史博览》,2024年第2期。
② 庞春、尹奇岭:《论老舍心目中的鲁迅形象》,《重庆第二师范学院学报》,2023年第6期。

化，我们必须准备牺牲，再负起一架十字架。"

鲁迅和老舍两人目标本质上是一致的，都有旨在文化方面有破有立进而救国救民。因此，老舍成名后不久，就有人说他受到了鲁迅的影响，如老舍在文章《鲁迅先生逝世两周年纪念》中所言当时有"鲁迅自成一家，后起摹拟者有老舍等人"的说法。但老舍自己实际上并不太认同这种说法，他承认与鲁迅有相通但又认为也有差异，他对鲁迅的作品实际上也有些意见。"在老舍看来，鲁迅的作品虽然辛辣深刻，但也有他不太赞同之处，比如，从高处俯视民众的姿态、否定传统的偏激、讽刺有余宽厚不够，以及由于缺乏对底层生活深切的体验而带来的艺术上不足等。因此，他不得不感慨'新文艺并没有在民间生了根'，始终'与一般人中间隔着一层板'：'五四以来，一切都写新的，文艺只在学生队伍里，只知道鲁迅、茅盾、《呐喊》、阿Q等名字，要是到了乡里，谁也不知道这些人与这些作品了'。"①

这就说明鲁迅与老舍对国民性的书写有很多不同。鲁迅以"战士"姿态集中于对国民性的批判，以整个中国历史文化为背景，"意思是在揭出病苦，引起疗救的注意"。而老舍对国民性既有批判也有肯定，主要以北平市民文化为背景，对国民性的揭露、批判力度、深度自然不及鲁迅。但老舍对国民性的书写也有突破之处，他有更多的国际比较视野，有更温厚包容的情怀，更注重平民角度。

在书写手法上，鲁迅主要以"讽刺"为利器，而老舍则主要以"幽默"为工具。"幽默"与"讽刺"有相近之处也有不同，讽刺需要幽默但比幽默更犀利更深刻，如老舍在《谈幽默》一文中所言："讽刺因道德目的而必须毒辣不留情，幽默则宽泛一些，也就宽厚一些，它可以讽刺，也可以不讽刺，一高兴还可以什么也不为而只求和大家笑一场。""老舍的幽

---

① 沈蕊：《老舍对"国民性"书写的开拓与反思》，《社会科学文摘》，2016年第8期。

默相比于鲁迅更显宽容性、温厚性、俏皮性。如果用颜色来区分二者的幽默风格，那么鲁迅的'幽默'是黑色，而老舍的'幽默'是灰色。"①

以鲁迅和老舍两人的代表作为例，鲁迅的《狂人日记》《阿Q正传》《药》《祝福》等代表作基本上都是站在历史高度批判国民性，可以说几乎没有一个"正面人物"，嬉笑怒骂讽刺力度可谓空前绝后。而老舍的《骆驼祥子》《离婚》《我这一辈子》《四世同堂》等代表作对其中的主人公更多的是同情，甚至对祥子的踏实肯干、钱默吟的英勇刚正等持赞同欣赏态度，对他们的"劣根性"更多地也是持"幽默"温和态度。

总之，"对于'国民性'的书写，老舍有着与鲁迅不同的思考和路径。与后者那种辛辣的讽刺和'挖病根'式的刻画不同，老舍更推崇温和的幽默和对种种'坏现象'本身的关切和表现。这种差异的形成，除了源自老舍的宽厚心态之外，主要是由于老舍对国民性的不同认识、他的市民主义的大众立场以及重情感的文学观念等原因。"②

"性格决定命运"，性格很大程度上也决定着作品。鲁迅与老舍对国民性的书写都源于他们对这片土地上国民的爱，都寄希望于国民性的改造，都充满悲悯情怀。"那么多左翼作家写底层，还不及其一部《骆驼祥子》参透之深，乃大的境界使然。就精神的痛楚与悲悯之心的广大而言，他和鲁迅有着共同的语言。"③但鲁迅"外冷内热"，他犀利、冷静的笔触下掩盖着他炽热的感情；而老舍"外热内冷"，他幽默、温和的笔端中蕴藏着他坚硬的性格，也致使了他最终宁折不弯而自杀。

---

① 曾丽琼：《鲁迅和老舍两者作品幽默风格的比较》，《文学教育》，2019年第8期。
② 沈蕊：《老舍对"国民性"书写的思考及与鲁迅的差异》，《中国现代文学研究丛刊》，2016年第7期。
③ 孙郁：《鲁迅遗风录》，江苏凤凰文艺出版社，2016年，第110页。

三、结语

上述可见，老舍与鲁迅在作品、精神等方面还是有些密切联系，尤其是都聚焦于国民性的书写，他们应该可以说是 20 世纪最关注国民性的两位中国作家了。而对国民性的关注、批判、改造在今天依旧有着非常重要的现实意义，因此今天探究鲁迅与老舍的关系，尤其是探究鲁迅与老舍在书写国民性方面的异同，既有一定的学术价值，更有着重要的现实意义，本文仅在"抛砖引玉"。

⑭ 『作品哺育了我』

曹禺与鲁迅

"鲁郭茅巴老曹",其中排名第一的鲁迅和排名最后的曹禺似乎关系不太密切,相关研究也比较少。但仔细探究他们之间的关系颇有意味,也可以从中看出鲁迅对曹禺的重要影响。

一、"一生最大的憾事"

曹禺原名万家宝,1910 年出生于一个没落的官僚家庭。1922 年,曹禺考入南开中学,深受五四新文学影响,广泛阅读了《语丝》《创造》《小说月报》等"新潮"杂志及鲁迅、郭沫若、郁达夫等人著作。

曹禺曾在晚年谈到他阅读鲁迅作品的经历:"我 13 岁就读了鲁迅的《呐喊》。我正因病休学,一度住在北京,正赶上《呐喊》问世。记得是托北大的一位大学生替我买的,价钱很贵,红皮面,黑字,毛边,现在印象还很深。我很爱读,有的能读懂,有的就不理解了。《狂人日记》当时没有读懂,《孔乙己》《社戏》《故乡》《祝福》就给我以深深的感染。还让我联想起段妈讲的故事,《祝福》中砍门槛的细节还记得。读《阿Q正传》觉得写得很好玩,觉得其中有些什么,但琢磨不透。《药》中的人血馒头也没有弄明白,但《呐喊》却让我更同情劳动人民。"[①] 鲁迅和周作人翻译的《域外小说集》出版后,曹禺立即购买阅读,还每期必买以鲁迅为"精神领袖"的《语丝》杂志。曹禺还读了鲁迅翻译的日本学者厨川白村的《苦闷的象征》,那是他读的第一本文艺理论书。可见,曹禺读的鲁迅作品较多,鲁迅作品对曹禺在情感、思想上也很有影响,像对当时其他文学青年一样有启蒙之功,鲁迅可以说是曹禺引路人之一。

中学毕业后,曹禺被保送到南开大学政治系,后又因为不喜欢所读专

---

① 田本相:《曹禺传》,北京十月文艺出版社,1988 年,第 44 页。

业而转学清华。在清华，曹禺沉浸在图书馆的"世界艺术长廊"里，阅读了几百部中外剧作，并开始导演《娜拉》《马百计》《罪》等戏剧，还历经五年酝酿在1933年写出了他的成名作《雷雨》。1934年《雷雨》在《文学季刊》发表后逐渐引起广泛关注，曹禺又相继写出了《日出》《原野》《北京人》等杰出作品而成为一代戏剧大师。当时，鲁迅也在关注着曹禺，他收藏了三本《雷雨》，三本都是最初版本。其中两本为日译本，一本为中文本。两本日译本中一本为曹禺所赠，一本为鲁迅在发行后的第九天所购，可见他对《雷雨》的关注。"这年4月份，鲁迅同美国记者埃德加·斯诺谈话中，介绍中国剧作家时说：'最好的戏剧家有郭沫若、田汉、洪深和一个新出现的左翼戏剧家曹禺。'"①鲁迅特意称曹禺为"左翼戏剧家"，可谓眼光准确犀利，他已看出曹禺作品中流露出的左翼倾向，虽然此时曹禺自己思想并不清晰："我是爱国主义者，希望人民过好生活，对黑暗的东西，一切的坏事情深恶痛绝。只是有这么一种想法，至于中国社会应变成什么样子，我也没想到。"②

当时，张春桥躲在租界写文章《我们要执行自我批判》攻击无人批评萧军、曹禺，称"《雷雨》从发表到现在一年多了，《八月的乡村》《生死场》发表也快三四个月了，我们见到一个较详细的批评吗？《雷雨》在国外演出多次了，《八月的乡村》《生死场》也得到很多读者了，难道我们的批评家还没有得到阅读的机会？不会吧？或者是满意了那些作品吗？也未必吧！或者说：为了要鼓励作者，对于他们严厉的批评，是不合适的。或者说：等些时自然有人写的。然而，这是多么错误的事！"对此，鲁迅写了《三月的租界》为萧军、曹禺辩护："自然，狄克先生的'要执行自我批判'是好心，因为'那些作家是我们底'的缘故。但我以为同时可也万万忘记不得'我们'之外的'他们'，也不可专对'我们'之中的'他们'。

---

① 田本相：《曹禺传》，北京十月文艺出版社，1988年，第189页。
② 田本相、刘一军：《曹禺访谈录》，百花文艺出版社，2010年，第57页。

要批判，就得彼此都给批判，美恶一并指出。如果在还有'我们'和'他们'的文坛上，一味自责以显其'正确'或公平，那其实是在向'他们'献媚或替'他们'缴械。"①

鲁迅和曹禺本来有机会见面且已约好见面，经曹禺好友巴金联系，鲁迅和曹禺约定于1936年10月19日见面。可是，第二天早上，鲁迅不幸于清晨五点二十五分与世长辞，曹禺听闻噩耗像被电击般震动得说不出话来。曹禺最终只能前去瞻望鲁迅遗容和送葬。"每当曹禺说起这次未能得以实现的生前会见，就感慨万分。他说：'这是我一生最大的憾事！'鲁迅先生的逝世，给他以激励，要像鲁迅先生那样用自己的笔为人民而创作。"②后来，曹禺在鲁迅日记中看到鲁迅与埃德加·斯诺谈话中对自己的评价，非常感动。

鲁迅去世后，曹禺虽然没太写过专门的文章纪念，但对鲁迅一直很有感情，在晚年谈话中多次提及鲁迅。如1982年3月29日，他对田本相谈道："我接受了新文学多方面的影响，影响最深的，恐怕要数鲁迅的作品了。鲁迅的作品我接触的最早，印象也最深刻……鲁迅的作品有一种他特有的风格，特有的深度。特别是他的作品思想的震撼力，像《狂人日记》，真是振聋发聩，石破天惊。我的剧本没有法子模仿鲁迅，但是鲁迅的深刻性，一直是我所向往的艺术境界。我这个人，对理论没有兴趣，但是，在欣赏作品时，似乎对写得深邃的作品格外喜欢。像契科夫、托尔斯泰、鲁迅。《阿Q正传》写得多么深刻，他能写得让你大笑，让你笑出泪来，笑到痛哭不已，直到连哭也哭不出来了。在中国，现代的戏剧大师应当是鲁迅，他才是嬉笑怒骂皆成戏剧的大师。你看，他的小说，一部部被拍成电影了，也被搬上舞台了，为什么，因为他的小说中有戏。"③

---

① 鲁迅：《三月的租界》，《鲁迅全集》第六卷，人民文学出版社，2005年，第532页。
② 田本相、刘一军：《曹禺访谈录》，百花文艺出版社，2010年，第194页。
③ 田本相、刘一军：《曹禺访谈录》，百花文艺出版社，2010年，第94、95页。

二、"他的作品哺育了我"

从上述曹禺晚年关于鲁迅的这段谈话中，也能看出鲁迅对曹禺的影响，虽然曹禺与鲁迅交往不多。曹禺自己说过："我虽然失去了亲自聆听鲁迅先生面教的机会，但是，他的作品，对我说了一辈子的话。他的作品哺育了我。"①

学者曹树钧曾撰文《鲁迅精神哺育了戏剧大师曹禺》，比较系统地总结了鲁迅对曹禺的影响或者说是"哺育"，主要包括："一、鲁迅的作品以潜移默化的力量引导曹禺，为人要有正义感，要热爱人民，同情人民的痛苦，憎恨为富不仁的吸血鬼，鞭挞吃人的压迫者……二、受鲁迅创作思想和经典作品的影响，曹禺在他的剧作中尤其领悟艺术创作的这一真谛：人物要注重内心世界的开掘，要显示人物灵魂的深邃……三、艺术创作方法上，曹禺向鲁迅学习，坚持现实主义的创作方法，同时又不拘一格'博采众家之长'，熔为一炉，引出自己的新的创造来"②。这些影响有些是直接的，如曹禺曾说过："鲁迅的深刻性，一直是我所向往的艺术境界"③"我的正义感是从哪儿来的呢？这是读了'五四'运动之后的新书，读鲁迅的作品，读郭沫若的作品：使我受到教育，觉得写作就要像他们那样，追求进步，追求正义"④，更多的应该是间接的、潜移默化的。

除了曹树钧所指出的这些"宏观"影响之外，鲁迅和曹禺的作品还有不少具体共同点，从这些共同点中也可以看出鲁迅对曹禺的一些影响。

第一，对丑恶的批判。众所周知，鲁迅的作品充满了对社会黑暗、对

---

① 曹禺：《学习鲁迅》，《剧本》，1981年10月。
② 曹树钧：《鲁迅精神哺育了戏剧大师曹禺》，《上海鲁迅研究》，2012年第1期。
③ 田本相、刘一军：《曹禺访谈录》，百花文艺出版社，2010年，第94页。
④ 曹禺：《我的生活和创作道路》，《戏剧论丛》，1981年2月。

封建礼教、对国民劣根性等丑恶的批判，曹禺也"对黑暗的东西，一切的坏事情深恶痛绝"①。因此曹禺1949年之前的作品对丑恶有很多很深的批判，如《雷雨》对专制家庭的鞭挞，《日出》对"损不足以奉有余"的揭露，《原野》对底层恶霸的痛恨，《北京人》《家》对封建礼教的嘲讽，《蜕变》对官僚阶级丑陋的刻画。也正因如此，鲁迅称曹禺为"左翼戏剧家"。

第二，对"存在"的挖掘。"在中国现代的作家中，鲁迅在他的作品中，不仅揭示人的'生存'的问题，更深刻地揭示人的'存在'问题，这几乎是现当代伟大作家的一个共同的特质。五四之后，承继鲁迅这一伟大传统的首推曹禺。他是中国现代第一个也几乎是少数几个把探索人类的'存在'作为艺术追究的剧作家。热烈激荡的情思同形而上的哲思的交融，构成曹禺剧作的深广厚重的思想特色。"②曹禺作品对人的生命"存在"的挖掘、展现非常深邃甚至吓人，如《雷雨》中那无可摆脱的"命运"，《日出》中富有深刻含义的"太阳不是我们的，我们要睡了"，《原野》中那激烈洋溢的"原始情绪"，《北京人》中那既是原始人类又象征人类未来的"北京人"。

第三，对"人性"的刻画。众所周知，鲁迅以深刻笔法刻画人性惟妙惟肖，每篇小说中人物的人性都非常复杂、微妙。而曹禺作品对人性的刻画也颇见功力，《雷雨》《日出》《原野》《北京人》等曹禺经典作品中每个人物的人性也都非常丰富、精彩，尤其是其中蘩漪、陈白露、花金子、愫方等女主角。可以说，曹禺是继鲁迅之后刻画人性最见长的作家之一，他们对人性既有批判也有悲悯，既"怒其不争"又"哀其不幸"。

曹禺和鲁迅作品的这些共同点，有些可能源于鲁迅对曹禺的影响，有些可能源于他们两人的共同之处。他们都在逐渐"向左转"，都同情民众

---

① 田本相、刘一军：《曹禺访谈录》，百花文艺出版社，2010年，第57页。
② 田本相：《伟大的人文主义戏剧家——曹禺》，《纪念曹禺诞辰一百周年国际学术研讨会论文集》，中国戏剧出版社，2013年，第253页。

痛恨丑恶，都对中国现代文学有开创性贡献。而且，两人因为家庭和人生经历的复杂，而对人性对生命"存在"都有着深刻体悟。

当然，鲁迅与曹禺两人也有很多不同，如鲁迅更冷酷，曹禺较热烈；鲁迅更坚定，曹禺较犹疑；鲁迅在戏剧之外的其他文学体裁都取得斐然成就，曹禺则专攻戏剧；鲁迅厚积薄发，为《新青年》杂志撰文之后笔耕不辍战斗不息；曹禺则"先声夺人"，改编完巴金的《家》之后再无经典作品。

三、结语

总体上，虽然鲁迅与曹禺有很多不同，虽然鲁迅与曹禺没有直接交往，但鲁迅对曹禺还是有着重要影响，曹禺传承了鲁迅的深刻性、正义感等。他们之间的关系值得我们更多更深地探究，尤其是他们对"存在"的挖掘。

⑮ 『吃鲁迅的奶长大』

丁玲与鲁迅

"如磐遥夜拥重楼，剪柳春风导九秋。湘瑟凝尘清怨绝，可怜无女耀高丘。"这是鲁迅在 1933 年 6 月 28 日误以为丁玲去世时写的诗，表达了他对丁玲"去世"的悲痛。丁玲与鲁迅直接交往不多，但也深受鲁迅影响，如她自己所言"我便是吃着鲁迅的奶长大的"①，并在作品和人生中践行着鲁迅精神。

一、"他成了唯一安慰我的人"

丁玲 1904 年 10 月 12 日出生于湖南临澧佘市，四岁时父亲去世，她在母亲的启蒙下从小便阅读了大量文学作品。"五四运动"爆发时，丁玲正在读中学，她如饥似渴地寻找《新青年》等新潮杂志阅读，还剪掉辫子，参加了湖南"驱张运动"等。"'五四'运动对丁玲的人生道路产生了决定性影响。她回顾道：'这次运动给了我很大的启发'，它把我从狭小的天地，即以为读书只是为了个人的成就，可以独立生活，可以避免寄人篱下，可以重振家声，出人头地的浅陋的思想境界中解放了出来，认识到应以天下为己任，要出人民于水火，济国家于贫困，要为中华祖国挣脱几千年来的封建枷锁和摆脱百年来半殖民地的地位而奋斗。"②而鲁迅则是《新青年》杂志的"主将"，丁玲那时就读过鲁迅的短篇小说，只是并没有引起她的特别注意。

后来，丁玲来到共产党创办的上海平民女学、上海大学读书，认识了瞿秋白、施存统、柯庆施等很多共产党员。再后来，她离开上海到北京"北漂"。在此期间，她开始大量阅读鲁迅作品。"'鲁迅'成了两个特大的字，在我心头闪烁。我寻找过去被我疏忽了的那些深刻的篇章，我从那里

---

① 丁玲：《我便是吃鲁迅的奶长大的》，《丁玲全集》第 8 卷，第 204 页。
② 蒋祖林：《丁玲传》，人民文学出版社，2016 年，第 37 页。

认识真正的中国，多么不幸，多么痛苦，多么黑暗！啊，原来我身上压得那样沉重的就是整个多难的祖国，可悲的我的同胞呵！我读这些书是得不到快乐的。我总感到呼吸迫促，心里像堵着一堆什么，然而却又感到有所慰藉。鲁迅，他怎能这么体贴人情，细致、尖锐、深刻地把中国社会，把中国人解剖得这样清楚，令人凄凉，却又使人罢手不得。难道我们中华儿女能无视这个有毒的社会来侵袭人，迫害人，吞吃人吗？鲁迅，真是一个非凡的人吧！我这样想。如饥似渴地寻找他的小说、杂文，翻旧杂志，买刚出版的新书，一篇也不愿漏掉在《京报副刊》《语丝》上登载的他的文章，我总想多读到一些，多知道一些，他成了唯一安慰我的人。"①

当时的丁玲非常苦闷，生活没太有着落，又不知道人生该何去何从，于是便"带着无边的勇气和希望"写了一封信给鲁迅，请求鲁迅的指教、帮助。因为当时丁玲并未出名，鲁迅以为丁玲的信是沈从文化名所写，便未回信。几天后，正在追求丁玲的胡也频拿了一张"丁玲的弟弟"名片拜访鲁迅，鲁迅则大声地说："我不在家。"后来，鲁迅致信钱玄同对此解释说："且夫'孥孥阿文'，确尚无偷文如欧阳公之恶德，而文章亦较为能做做者也。然而敝座之所以恶之者，因其用一女人之名，以细如蚊虫之字，写信给我，被我察出为阿文手笔，则又有一人扮作该女人之弟来访，以证明实有其人。"②所谓"孥孥阿文""阿文"即指沈从文。后来，得知真相并听说丁玲已回老家湖南后，鲁迅很抱歉地说："她赶着回湖南老家，那一定是在北京活不下去了。青年人大半是不愿回老家的。她竟回老家，可见是抱着痛苦回去的。她那封信，我没有回她，倒觉得不舒服。"③

鲁迅没有回信，并没有影响丁玲对鲁迅的崇敬。她继续阅读鲁迅作品，包括鲁迅翻译的马克思主义文艺理论著作，并关注着鲁迅和创造社等

---

① 丁玲：《鲁迅先生于我》，《新文学史料》，1981年第3期。
② 鲁迅：《书信·250720 致钱玄同》，《鲁迅全集》第11卷，人民文学出版社，2005年，第510页。
③ 艾云：《鲁迅所关怀的丁玲》，《新华日报》，1942年7月22日。

的论战。"眼看着鲁迅既要反对当权的国民党的新贵,反对复古派,反对梁实秋新月派,还要不时回过头来,招架从自己营垒里横来的刀斧和射来的暗箭,我心里为之不平。我又为鲁迅的战斗不已的革命锋芒和韧性而心折。而他还在酣战的空隙里,大力介绍、传播马克思的无产阶级革命理论。我读这些书时,感到受益很多,对鲁迅在实践和宣传革命文艺理论上的贡献,更是倍加崇敬。我注视他发表的各种长短文章,我丝毫没有因为他不曾回我的信而受到的委屈影响我对他的崇拜。我把他指的方向当作自己努力的方向,在写作的途程中,逐渐拨正自己的航向。"① 此时,丁玲出版了《梦珂》《莎菲女士的日记》《韦护》等作品在文坛已经出名,并受邀为左联主持机关刊物《北斗》。作为左联"盟主"的鲁迅自然给丁玲很多支持,推荐了珂勒惠支的版画给《北斗》杂志,在《北斗》发表了杂文、译文十多篇,包括著名的《答〈北斗〉杂志社问》,还曾将《北斗》赠送给日本朋友。

1931年5月,丁玲在参加一次左联会议时第一次见到了鲁迅。她五十年后回忆道:"会开始不久,鲁迅来了,他迟到了。他穿一件黑色长袍,着一双黑色球鞋,短的黑发和浓厚的胡髭中间闪烁的是一双铮铮锋利的眼睛,然而在这样一张威严肃穆的脸上却现出一副极为天真的神情,像一个小孩犯了小小错误,微微带点抱歉的羞涩的表情。我不须问,好像他同我是很熟的人似的,我用亲切的眼光随着他的行动,送他坐在他的座位上。"②1931年7月30日,在冯雪峰的带领下,丁玲穿上自己最喜欢的连衣裙去鲁迅家拜访,鲁迅对她的印象是"丁玲还像一个小孩子"。

后来,丁玲和鲁迅的直接交往并不多。她曾对鲁迅说她有脾气,鲁迅说:"有脾气有什么不好?人嘛,总应该有点脾气的。我也是有脾气的,有时候,我还觉得有脾气也很好。"鲁迅也向丁玲赠送过自己的书,还向

---

① 丁玲:《鲁迅先生于我》,《新文学史料》,1981年第3期。
② 丁玲:《鲁迅先生于我》,《新文学史料》,1981年第3期。

丁玲索要了十多本她大受好评的《水》单行本,并对冯雪峰说:"《水》很好。丁玲是个有名的作家了,不需要我来写文章捧她了。"鲁迅在1933年回答斯诺提问"最好的短篇小说家是谁?"时还说:"茅盾、丁玲、郭沫若、张天翼、沈从文、郁达夫、田军。"

"左联"作家冯润璋在著作《九十忆旧》中有篇回忆鲁迅的文章写道:"1930年冬,左联需要开一次盟员大会,在严重的白色恐怖下,没有一个适当的安全地方,我去找鲁迅先生,他给我们在北四川路一条小巷子里借到一家住户院内的一间房子(那个院子好像是中国住户又像是日本住户。当时有一条纪律,互相不准询问姓名、住址)。到会的人不多,大约有二十多人,鲁迅先生也参加了。开完会以后,鲁迅先生亲切地问胡也频(那时丁玲生产不久)母子的健康如何?孩子的奶够不够吃?胡也频同志一一做了回答。"此事虽小,也足见鲁迅对丁玲的关心。

1933年5月14日,丁玲在家中被国民党秘密绑架,并由此被软禁。丁玲被捕后一周,鲁迅对朝鲜《东亚日报》记者说:"丁玲女士才是唯一的无产阶级作家。"丁玲后来在文章《鲁迅先生与我》的"补记"中说:"鲁迅先生为什么对一个外国的访问者作这样溢美的评价呢?我正是在他们这次会见的八天之前被国民党秘密绑架的,存亡未卜。出于对一个革命青年的爱惜,才使鲁迅先生这样说吧。因为我是一个左翼作家,才使鲁迅先生这样说的吧。因为我是一个左翼作家,是一个共产党员,是因为从事革命活动而陷入险境,鲁迅先生才对我关切备至,才作了过分的揄扬。"

鲁迅对丁玲的失踪很悲愤,联名知名人士向国民党当局提出抗议,在著作及与人书信来往中几次提到过丁玲。如1933年6月26日致王志之信说:"丁事的抗议,是不中用的,当局哪里会分心于抗议。现在她的生死还不详"①;1933年6月30日在《我的种痘》中写道:"整整的五十年,

---

① 鲁迅:《书信·330626致王志之》,《鲁迅全集》第12卷,人民文学出版社,2005年,第411页。

从地球年龄来计算，真是微乎其微，然而从人类历史上说，却已经是半世纪，柔石丁玲他们，就活不到这么久"；1933 年 8 月 1 日在致科学新闻社信中说："至于丁玲，毫无消息，据我看来，是已经被害的了，而有些刊物还造许多关于她的谣言，真是畜生之不如也"①……

后来鲁迅一度以为丁玲像外界传说的那样遇害，于是在 1933 年 6 月 28 日写下了那首"悼念"丁玲的诗，后来将其题为《悼丁君》公开发表。1934 年鲁迅与茅盾编选英译本中国短篇小说集《草鞋脚》时选编了丁玲的《莎菲女士的日记》《水》等小说，帮斯诺编选另外一本中国现代短篇小说选《活的中国》时也选编了丁玲的《水》《消息》，还建议赵家璧尽快出版丁玲未完成的长篇小说《母亲》，"书出得越快越好。出版时要在各大报上大登广告，大事宣传，这也是对国民党反动派的一种斗争方式"。《母亲》出版后大为畅销，鲁迅又查到丁玲母亲通信地址，并建议赵家璧"但又闻她的周围，穷本家甚多，款项一到，顷刻即被分尽，所以最好是先寄一百来元，待回信到后，再行续寄为妥也"②，可见鲁迅对丁玲的关怀。后来，鲁迅得到丁玲被软禁以及想逃离的消息，将其告诉了冯雪峰，从而帮助丁玲逃离软禁。

1935 年秋天，丁玲得知鲁迅对她的关心时非常感动而热泪盈眶。丁玲逃离软禁后见到冯雪峰，想去看望鲁迅。冯雪峰说鲁迅身体很不好不宜见客，丁玲便写了一封信问候，1936 年 7 月 18 日的《鲁迅日记》记载道："午后得丁玲信。"1936 年 10 月 20 日，丁玲从报纸上得到鲁迅去世的消息，她立即给许广平写了一封信悼念，其中写道："我是今天下午才得到这个最坏的消息的！无限的难过汹涌在我心头。尤其是一想到几十万的青年骤然失去了最受崇敬的导师，觉得非常伤心。我两次到上海，均万分想

---

① 鲁迅：《书信·330801 致科学新闻社》，《鲁迅全集》第 12 卷，人民文学出版社，2005 年，第 429 页。
② 鲁迅：《书信·340122 致赵家璧》，《鲁迅全集》第 13 卷，第 15 页。

同他见一次，但为了环境的不许可，只能让我悬想他的病躯，和他扶病力作的不屈精神！现在却传来如此的噩耗，我简单不能述说我的无救的缺憾了……这哀恸真是属于我们大众的，我们只有拼命努力来纪念着这世界上一颗陨落了的巨星，是中国最光荣的一颗巨星！"这封信署名"耀高丘"，便取自鲁迅《悼丁君》诗中的"可怜无女耀高丘"。

二、"永远是指引我道路的人"

鲁迅去世后，丁玲于1940年8月发表了文章《"开会"之于鲁迅》。其中，描述鲁迅参加"左联"会议时的情景："鲁迅先生结果总是说，'我们要做起来，我们要一点一点做起来，我们就照着这些意见切实的做吧'。"1941年10月，在鲁迅逝世五周年之际，丁玲写了《我们需要杂文》纪念鲁迅，"今天我们以为最好学习他的坚定的永远的面向着真理：为真理敢说，不怕一切。"后来，她又写了《我便是吃鲁迅的奶长大的》，详细介绍了她和鲁迅的"渊源"，其中写道："鲁迅先生说他自己吃的是草，挤出来的是奶。我便是吃鲁迅的奶长大，以至于成熟起来的。"1951年，丁玲创办并主持了中央文学研究所，即现在鲁迅文学院前身，也算是她和鲁迅的"缘分"。

1951年9月24日，鲁迅七十周年诞辰前一天，丁玲陪同来华访问的爱伦堡夫妇和聂鲁达夫妇到上海参观了鲁迅故居，瞻仰了鲁迅墓地，参观了鲁迅纪念馆，并在纪念册上题词道："以最沉痛的心情来到这最严肃的圣地。"① "上海鲁迅纪念馆珍藏着丁玲一些珍贵的手稿、书信、照片等文物，这些文物是谢旦如在1960年代初期、陈明在本世纪初期先后捐赠

---

① 王增如：《丁玲与谢旦如》，《新文学史料》，2021年第4期。

的。"① 这些文物也是鲁迅和丁玲关系的珍贵见证。

后来，鲁迅的文字在20世纪五六十年代曾被作为丁玲"自首"的"证据"，因为1934年11月12日鲁迅在致萧军、萧红信中说："丁玲还活着，政府在养她。"② 这话被作为丁玲"自首"的"证据"其实是误解了鲁迅，鲁迅这话只是在陈述客观事实。鲁迅还曾于1934年9月4日致王志之信中说："丁君确健在，但此后大约未必再有文章，或再有先前那样的文章，因为这是健在的代价。"③ 鲁迅这话也只是在讲述可能的事，并未对丁玲有道德判断，更未表示丁玲"自首"。

据北平左联成员吴山所写的《铁棚车中追悼鲁迅记》记载，鲁迅在谈及几个被捕后释放的作家态度时说："只有丁玲的态度还算不错，她始终不屈地保持着沉默。"唐弢在1986年3月16日发表的文章《感谢你，丁玲同志》中回忆说："我记得鲁迅先生是这样谈到丁玲同志的。他说，按照她的性格，决不会安于南京那样的生活，她会反抗的。也许先生已经知道丁玲同志有出奔的意思了吧……鲁迅先生述说这些故事的时候，带着赞扬和引以为豪的口气，双目发光，炯炯有神，仿佛在说：看，我们有多么好的同志啊！"可见，鲁迅并没有认为被软禁的丁玲"自首"，反而还比较赞许丁玲，否则也不会给丁玲找党的关系。

丁玲对此非常感激，她在1981年1月历时近一个月写了《鲁迅先生于我》，于同年8月22日在《新文学史料》杂志发表，还被收录进同年出版的《鲁迅先生诞辰百年纪念集》。这篇文章总结了她和鲁迅的交往，在文章最后写道："现在纪念鲁迅先生诞辰一百周年，我想我还是鲁迅先生的忠实的学生。他对于我永远是指引我道路的人，我是站在他这一面的。"

---

① 王增如：《丁玲与谢旦如》，《新文学史料》，2021年第4期。
② 鲁迅：《书信·341112致萧军萧红》，《鲁迅全集》第13卷，人民文学出版社，2005年，第256页。
③ 鲁迅：《书信·340904致王志之》，《鲁迅全集》第13卷，第206页。

在文中，她还特意摘抄了她当年被捕时鲁迅为她说的话，"我真感谢鲁迅并没有因为这一些谣言或传说而对我有所谴责"。

三、"逐渐拨正自己的航向"

鲁迅对丁玲有着重要影响，如丁玲自己所言："我把他指的方向当作自己努力的方向，在写作的途程中，逐渐拨正自己的航向。"① 一方面丁玲的人生像鲁迅一样逐渐"向左转"，"飞蛾扑火"般参加革命追求"新生"，但同时又保持着自己的独立性；另一方面，丁玲在作品中遵循鲁迅提倡的现实主义，尤其是发扬光大了杂文。

"当我知道了鲁迅参加并领导左翼作家联盟工作时，我是如何的激动啊！我认为这个联盟一定是最革命最正确的作家组织了"，所以丁玲加入了"左联"。丁玲也曾和鲁迅联名发表《上海文化界告全世界书》《高尔基的四十年创作——我们的庆祝》等文章，并与鲁迅一起参加声援日本作家小林多喜二的募捐活动。

鲁迅去世后，丁玲来到解放区，成为第一个来到解放区的国统区著名作家，受到毛泽东及中共的高度重视。丁玲先后主持了中国文艺协会、陕甘宁边区文化协会工作，担任中央警卫团政治处副主任、西北战地服务团主任、共产党中央机关报《解放日报》文艺版主编等职，1949年后被任命为全国文联党组副书记、全国文协党组书记、全国文联机关报《文艺报》副主编，后来还任中央文学研究所所长、中宣部文艺处处长。

在积极投身革命的同时，丁玲也像鲁迅一样保持了自己的独立性。如她在任《解放日报》文艺版主编时编发了王实味所写的《野百合花》和丁

---

① 丁玲：《鲁迅先生于我》，《新文学史料》，1981年第3期。

玲自己写的揭示延安女性困境的文章《三八节有感》，在《我在霞村的时候》《在医院里》《太阳照在桑干河上》等"革命文学"中也保持着"自我意识"，1949年后曾几次要求辞去"高官"专心写作，80年代复出后依旧敢于臧否褒贬"要做战士，不做隐士"。丁玲的骨子里始终藏有鲁迅那般傲气、骨气，当然，丁玲的独立性不能和鲁迅相提并论，她保持独立性更多的是客观上"本性难移"，丁玲主观上在"文学与政治的歧途"中更多地服从了"政治"。

丁玲的作品尤其早期作品也遵循着鲁迅方向，闪耀着启蒙、人道、个性独立、批判现实等"五四文学"精神光辉，"着眼于改造国民灵魂和探求中国道路，丁玲的小说和鲁迅的小说，都'写平凡的人生故事'，特别注重写'几乎无事'的悲剧和表现人的精神生活的悲剧性"。① 如她早期作品《梦珂》《莎菲女士的日记》《韦护》喊出了女性解放的时代最强音，和鲁迅的《伤逝》《离婚》等作品一起在探索"娜拉出走之后怎么样"。特别是丁玲发扬了鲁迅的杂文传统，如她1941年10月在《我们需要杂文》中认为仍然需要杂文，并在担任《解放日报》文艺版主编时发表了大量杂文，她自己也写了《三八节有感》《干部衣服》《适合群众与取媚群众》等杂文。

20世纪80年代复出后，丁玲又写了《关于杂文》，再次呼唤"我们需要杂文"，并继续身体力行写了一些杂文。当然，随着丁玲的主动"改造"和一度被"打倒"，丁玲的后来作品越来越倾向于"革命文学"。"在丁玲漫长的创作生涯中，走向革命与向往自由，追随主流政治与尊重自我，张扬革命文学传统与继承'五四'文学传统，形成了一组解不开的矛盾。"② 但总体上，丁玲还是遵循着鲁迅的现实主义文学方向，也因此她晚年会批判"现代派"和"自然主义"。

① 林伟民：《我便是吃着鲁迅的奶长大的》，《妇女学苑》，1991年第3期。
② 秦林芳，《丁玲评传》，南京大学出版社，2012年，第537页。

"鲁迅先生给过我的种种鼓励和关心,我只愿深深地珍藏在自己心里。经常用来鼓励自己而不愿宣扬,我崇敬他,爱他。"① 相对于冯雪峰、胡风、萧军、萧红等"鲁门弟子",鲁迅对丁玲实际上给予的"鼓励和关心"并不太多,但丁玲一直"珍藏在自己心里"并"经常用来鼓励自己","崇敬他,爱他"。

---

① 丁玲:《鲁迅先生于我》,《新文学史料》,1981年第3期。

⑯ 『性相近』
艾青与鲁迅

"作为中国现代文学的奠基人,鲁迅的创作成就和思想伟力深刻地影响了整整几代的现代作家。如果说鲁迅对老一代现代作家如茅盾、叶圣陶、郑振铎等人的影响主要是通过长期交往或共事而产生的直接教育,那么,他对比茅盾等人还年轻一辈的现代作家的影响,则大半是由于其社会声望及文学精神所产生的间接感染。鲁迅与艾青的关系便是如此。"① 鲁迅与艾青直接交往不多,但艾青的人生和作品中也有鲁迅影响的印迹。

一、艾青与鲁迅的交往

　　1910年3月27日,艾青出生于浙江金华一个地主家庭。因为出生时母亲难产,被一个算命先生称之为"克父母的命",他便从小被送到了乳母"大叶荷"家里生活,直到五岁时才被接回家里。大叶荷家里非常穷苦,因此艾青"与中国的穷苦农民结下了不解之缘"②,也决定了艾青一生将自己的诗歌呈献给"大地上一切的我的大堰河般的保姆和他们的儿子"。

　　1924年"国民大革命"发生后,艾青正在省七中读书,他当时阅读了《新青年》《向导》《洪水》《创造周刊》《赤光》等大量进步刊物及胡适、蔡元培、梁启超、郭沫若等人作品。他当时写了一篇名为《一个时代有一个时代的文学》的文章,却被老师批评道:"一知半解,不能把胡适、鲁迅的话当金科玉律。"可见艾青这篇文章引用了鲁迅的话,他已阅读过鲁迅的一些文章,也可见他对鲁迅的尊敬。

　　1932年从法国回国后,艾青很快参加了中国左翼美术家联盟,和江丰等人创办了左翼社团"春地艺术社",鲁迅捐资二十元支持"春地艺术社"的创办。"春地艺术社"于1932年6月17日举办"春地画展",鲁迅派人

---

① 贺锡翔:《谈谈鲁迅与艾青的关系》,《鲁迅诞辰一百一十周年纪念论文集》,1991年。
② 《艾青性格心理调查表》,《丑小鸭》,1982年第8期。

送去自己收藏的德国画家珂勒惠支的《织工暴动》《农民战争》等五六十幅版画以表支持。6月26日下午，正当艾青值班时，鲁迅携许广平前来参观画展。他在艾青的陪同讲解下参观了画展，购买木刻十余幅并捐款五元，临别时还环顾了一下画展说："很好！总算是打出去了！"参观中，鲁迅曾指着艾青的一幅画问："这是原作还是复制品？"艾青回道："是原作"，鲁迅说："是原作那就算了。"事后，艾青恍然大悟后悔道："看来，假如是复制品他就想把它要去。但是我当时的反应很迟钝。多少年来我一直后悔没有把那张画送给他。"①

画展结束不久，艾青、江丰等人却被捕了，后被判"危害民国罪"而入狱。艾青和江丰联名给鲁迅写信索书和求助，鲁迅派人送去了珂勒惠支的画册，并于1932年12月31日的日记中写道："下午得介福、伽等信。为知人写字五副，皆自作诗。""自作诗五首依次为《所闻》、《无题二首——其一》、《无题二首——其二》、《无题》（"洞庭木落楚天高"）、《答客诮》，分赠内山夫人、滨之上学士、坪井学士、郁达夫等。表面上，这纯属朋友间的应酬场合，但细读给郁达夫的那幅字，又见出其中蹊跷，诗云：'洞庭木落楚天高，眉黛猩红涴战袍。泽畔有人吟不得，秋波渺渺失《离骚》'。得知青年画家遇险的消息，鲁迅的心显然被深深揪痛了，所以才有'洞庭木落楚天高'的愤懑不平之气，有近于茫然的'离骚'"。②

鲁迅和艾青的直接交往就这么多，艾青1935年出狱后不久鲁迅就去世了。但艾青一直敬佩鲁迅，积极参加各种纪念鲁迅活动，写文章赞扬、宣传鲁迅。如1940年6月初，艾青在重庆参加中华全国文艺界抗敌协会召开的"民族形式座谈会"时指出："鲁迅的《阿Q正传》，茅盾的《子夜》，以及沙汀的小说，都是我们民族形式发展中宝贵的收获。"1940年鲁迅逝世四周年之际，艾青写了诗歌《鲁迅——写在他逝世的四周年》歌

---

① 艾青：《母鸡为什么下鸭蛋》，《艾青说诗意人生》，中国青年出版社，2007年，第237页。
② 程光炜：《艾青评传》，南京大学出版社，2015年，第103页。

颂鲁迅道:"人中的完全人,战士中之最勇猛者,无比准确的射击手,永不弯曲的标枪。"不久,艾青又写了《播种者——为鲁迅先生逝世四周年纪念而作》一诗,称赞鲁迅"以辛勤的臂和温热的汗,垦殖而又灌溉,把种子夹着希望播散"。

  1941年3月,艾青奔赴延安后不久便参加了延安成立的鲁迅研究会,出席该会召开的多次纪念鲁迅会议。1944年6月,艾青赴鲁迅文艺学院任教,并担任了文学系主任。1980年2月12日,艾青在文章《母鸡为什么下鸭蛋》中回忆了他和鲁迅那唯一一次见面,称鲁迅为"我们时代的最善于战斗的勇士"。1981年4月,艾青担任了鲁迅100周年诞辰纪念委员会委员。1981年10月,艾青多次出席了纪念鲁迅100周年诞辰大会。1990年2月4日,《文艺报》发表苏联作家萨·丹古洛夫所作长文《老舍、郑振铎、茅盾、艾青、曹靖华谈鲁迅及其他》,其中透露了艾青对鲁迅的总体评价:"他作为一个改革者出现在我国的文学史上,在这里他通过两条途径进行改革。第一,他改革文学语言,使它彻底地从古文中解放出来,接近于人民口头的语言。第二,他拿普通的中国人作为他的作品的主人公,是他们的双手创造了我国的一切财富。换句话说,这已经不是改革,而是革命。正如他在生活中也是一位革命者一样。这一人格的完整性,看来就是鲁迅的突出的特点。"

二、艾青与鲁迅的共同点

  除了艾青与鲁迅的交往外,艾青的作品和鲁迅的作品也有一些共同点,从中也可以看出鲁迅的影响印记,虽然他们一个是诗人,一个很少写诗。比如他们在创作手法上都坚持现实主义。鲁迅坚持现实主义无须赘言,"艾青一生遵循的创作原则也是以现实主义为主,其作品既忠实于现存事实，又憧憬着社会理想。比如《大堰河——我的保姆》《我的父亲》《火把》《雪里钻》《在浪尖上——给韩志雄和他同时代的青年朋友》等各作中的人物形象，都是生活原型的深化结果。艾青的名诗是植根于中国社会生活土壤里的一棵根深叶茂的文学大树。"① 在坚持现实主义的前提下，他们在创作手法上又吸收了浪漫主义、象征主义、现代派等流派手法，融会贯通自成一家，气象开阔、格局宏大，将"革命性"与"艺术性"比较完美地结合。

更重要的是鲁迅与艾青两人作品都充满了对民众的悲悯与大爱，就像艾青的诗歌所言："为什么我的眼里常含泪水，因为我对这土地爱得深沉。"鲁迅对民众的爱无须赘述，而艾青正如他自己所言："我写作是为了人民。我一生的路我看得清清楚楚，我歌颂苦难的人民，悲哀的人民。"② 艾青写得最好的诗歌如《大堰河——我的保姆》《雪落在中国的土地上》《我爱这土地》大多都是关于"苦难"、人民、土地，所以艾青与聂鲁达、希克梅特被并称为20世纪三大"人民诗人"。

而且可以说，鲁迅与艾青本质上都是时代的"战士"。鲁迅是"战士"无须多言，艾青早期也以"战士"的姿态吹出时代战斗的"号角"，吹着热烈、激昂、呐喊助威的冲锋号，不过后来越来越多地转变为唱颂歌，直到晚年又创作了《在浪尖上》《礁石》《鱼化石》《光的赞歌》《古罗马的大斗技场》等大量好诗，重新归来唱出了自己的声音。其中，揭露"四人帮"罪行的《在浪尖上》《光的赞歌》等诗尤其显示了艾青的"战士"本色。

最后一点，艾青也像鲁迅一样虽然"左倾"但基本保持了自己的独立性。如他在四十年代写的《了解作家·尊重作家》文章中称："作家并不是百灵鸟，也不是专门唱歌娱乐人的歌妓……作家除了自由写作之外，不

---

① 贺锡翔：《谈谈鲁迅与艾青的关系》，《鲁迅诞辰一百一十周年纪念论文集》，1991年。
② 骆寒超：《艾青传》，人民文学出版社，2009年，第421页。

要求其他的特权。他们用生命去拥护民主政治的理由之一，就因为民主政治能保障他们的艺术创作的独立的精神"；他在批判"丁、陈反党集团"时还为丁玲辩护道："对于丁玲的斗争是过火的、残忍的，对同志不能一棍子打死，无限上纲，不能搞宗派"；他在"文革"结束后提倡"诗要说真话"……

三、艾青与胡风

另外，还可以从艾青和胡风的亲密关系角度来更好地理解艾青与鲁迅，因为胡风是鲁迅去世后传承鲁迅精神、事业最得力的。艾青的第一本诗集《大堰河》出版后，胡风很快写了评论《吹芦笛的诗人》给予高度评价，对于艾青的成名起到了极大的推动作用，可以说是胡风带艾青步入文坛。此后，他们两人交往密切，艾青的很多诗作发表在胡风主编的《七月》等杂志上，"艾青是在《七月》上发表诗作最多的一位诗人，七月诗丛收有艾青的《向太阳》《北方》两个诗集，此外还有艾青的两篇散文，一幅浮雕照片及艾青致胡风的一封信。艾青在武汉期间还参加了'七月'社主办的'抗敌木刻画展览会'、'抗敌以来的文艺动态和展望'座谈会、'现实文艺活动与《七月》'座谈会。"①

胡风的文艺思想对艾青有很大影响，艾青的诗歌创作对以胡风为首的"七月派"也有影响。"艾青诗论的形成受到胡风理论强有力的影响，并在诗歌领域对胡风的理论进行了丰富和发展，校正了胡风理论的一些偏狭之处，形成了一个全面、系统、开放的现实主义诗歌理论体系，并对抗战时期的诗歌创作，特别是'七月派'产生了巨大的影响力。而胡风的许多理

---

① 王勇：《艾青与胡风文艺思想之比较》，《海南师范学院学报》，2002年第1期。

论主张,如以'敏锐的生活感受力'、'燃烧的热情'、'深遂的思想力量'为主要构成要素的'主观战斗精神理论'也在艾青的诗歌创作中得到了体现。"①

也因为和胡风的密切关系,后来艾青虽然侥幸没有被打入"胡风反革命集团",但还是被打成"右派"。"文革"结束后,艾青每次见到胡风都和他"枯坐"在一起,"每逢文艺界开会,他得到通知就来参加,总是坐在远远的地方,我只要看见他就走上去和他坐在一起,只是默默地相对无言,像两块化石。"②在胡风去世时艾青前去送行,后来又写了文章《思念胡风与田间》以作纪念。艾青和鲁迅"大弟子"胡风的密切关系,也从某个侧面反映了艾青和鲁迅的关系,他们本质上"性相近"。

四、结语

艾青与鲁迅的直接交往虽然不多,但艾青对鲁迅一直非常敬重、感念。艾青与鲁迅的作品也有很多共同点,尤其是艾青与鲁迅"大弟子"胡风关系密切,从中可以看出艾青作品和人生中鲁迅的影响印迹。

---

① 王勇:《艾青与胡风文艺思想之比较》,《海南师范学院学报》,2002年第1期。
② 艾青:《思念胡风与田间》,《艾青说诗意人生》,中国青年出版社,2007年,第98页。

⑰ 两个『方向』

鲁迅与赵树理

赵树理与鲁迅虽然没有直接交往，但赵树理也非常热爱鲁迅作品，对鲁迅充满敬仰。他的作品也与鲁迅有很多相同相通，他和鲁迅作为两个"方向"的精神联系尤其值得研究。

一、赵树理与鲁迅的关系

赵树理于 1906 年 9 月 24 日出生在山西省晋城市沁水县尉迟村，传说唐朝开国大将尉迟恭抛弃高官厚禄后在此村隐居。母亲培养了他讲故事的兴趣，爱好弹唱的父亲则让他爱上了民间艺术，因为家庭贫困他自小赶着毛驴驮炭，了解了民间疾苦。

1925 年夏，赵树理考入山西省立第四师范学校，阅读了很多新文学作品，并开始模仿创作诗歌、小说。当时他的同窗好友王春向他推荐了鲁迅的《呐喊》，"王春接过他抱着不放的书，一面挑，一面介绍道：'这本《呐喊》你要先看。它是鲁迅先生写的，里面全是最优秀的新小说。'第一篇《狂人日记》深刻极了，一针见血地揭示出中国四五千年的文明史实际上就是吃人的历史。还有那篇《阿Q正传》，你非看不可。它是写农民的，你刚读时会笑起来，但后来就笑不出来了，你会悲愤得掉眼泪的……"[①]因此，赵树理大量阅读了鲁迅作品，他感动于鲁迅作品中农民的悲惨命运，因此暑假时特意将《阿Q正传》读给父亲听，但父亲却不感兴趣，"得了！得了！收起你那一套吧。我听不懂！"这让赵树理开始思考为何农民竟然不喜欢描写他们的新文学作品。

但赵树理依旧不改对鲁迅作品的热爱，他 1933 年在太谷县县立第五高级小学任教时还向学生推荐鲁迅作品。据当年同事、曾任中央美术学院

---

① 戴光中：《赵树理评传》，南京大学出版社，2013 年，第 38 页。

副院长的张启仁回忆，赵树理那时候最喜爱的作家就是鲁迅，最爱读的小说是《呐喊》尤其是其中的《阿Q正传》。他推荐学生们多读鲁迅的作品，还曾送给学生王锡珏一本《呐喊》。①

在当时"文艺大众化"的争论中，鲁迅发表了《门外文谈》《关于新文字》《汉字和拉丁化》《人生识字糊涂始》等文章提倡"大众化"。赵树理对此很关注，写了许多文章发表在太原的报纸上呼应鲁迅，也由此埋下了赵树理后来践行"文艺大众化"的伏笔。

至于赵树理和鲁迅有没有直接交往，大多数学者认为没有，而学者董大中在文章《赵树理与鲁迅》中认为两人有过交往②。因为《鲁迅日记》1936年7月8日写道："得赵树笙信并诗。"③董大中认为"赵树笙"即赵树理，鲁迅的确得过赵树理的信。

1940年鲁迅去世五周年之际，赵树理专门写了文章《多看看——纪念鲁迅先生去世五周年》，认为"假如鲁迅先生健在，他看到这样的新社会，说不定已有一部比《阿Q》更伟大的作品问世了。然而他老人家已经离开我们五年了，为了使我们能够有新的杰作出现，大家自然该喊一句'在创作上学习鲁迅先生'的口号"，并列举了两条学习鲁迅的经验："一、留心各样的事，多看看，不是看到一遍就写。二、写不出的时候不硬写。"后来，赵树理也多次谈到鲁迅作品，"后来在回忆自己在1937—1939年间所写的短文时，赵树理还颇为自得地说道：'老实说我是颇懂一点鲁迅笔法的。'在新中国成立后，赵树理也多次谈到鲁迅对阿Q形象的塑造。"④

---

① 董大中：《赵树理评传》，百花文艺出版社，1986年，第59页。
② 董大中：《赵树理与鲁迅》，《山西文学》，1982年第3期。
③ 人民文学出版社2005年版《鲁迅全集》中该日记为"得赵树笙信并诗"，鲁迅：《日记·十四〔一九二五年〕四月》，《鲁迅全集》第16卷，人民文学出版社，2005年，第611页。
④ 钱理群：《岁月沧桑》，东方出版中心，2016年，第85页。

二、赵树理与鲁迅比较

赵树理和鲁迅虽然交往联系不多，但正如著名学者钱理群所言，"他和鲁迅之间的精神联系，是颇值得注意的"，他甚至认为"赵树理的出现，也正是在鲁迅的期待中的"。① "鲁迅在1932年就说过：'我相信，从唱本说书里可以产生托尔斯泰、佛罗佩尔的。'十五年后，赵树理的创作印证了鲁迅的预言，他就是从唱本说书中产生出来的时代的歌手。在现代中国的文学史上，如果说是鲁迅首先把外国文学的新鲜血液注射进中国小说已经僵化的动脉，使之返老还童的话，那么赵树理便是第一个让新文学呈现出刚健清新的民间风格，使之由洋而土的艺术家。"② 的确，赵树理和鲁迅有很多相同相通，也有很多传承及不同，比较两人作品及命运颇有意味。

首先，赵树理应该是文艺大众化最为成功的实践者，而这正是"对鲁迅等前辈作家创作局限的触发，是对鲁迅民族化、大众化理论主张的实践，是对鲁迅理论主张的补充、应用与呼应"。③ 鲁迅一直在倡导文艺大众化，在《文艺的大众化》《门外文谈》等作品中强调文艺作品既要通俗化又要"提高大众"，而赵树理的作品在这两个方面非常完美地践行了鲁迅的主张，甚至可以说在这两个方面超越了鲁迅的作品。

其次，赵树理是继鲁迅之后对农民书写最为成功的作家，既传承了鲁迅也在一定程度上超越了鲁迅。"在现代文学史上，赵树理是继鲁迅之后最了解农民的作家。赵树理深切地懂得旧中国农民的痛苦不仅仅在政治上受压迫、经济上受剥削，而且在于精神上的被奴役，他最懂得农民摆脱旧的文化、制度、习惯束缚的极端艰巨性。这样，赵树理在观察表现中国农

---

① 钱理群：《岁月沧桑》，东方出版中心，2016年，第85页。
② 戴光中：《赵树理评传》，南京大学出版社，2013年，第220页。
③ 庄汉新：《鲁迅+赵树理=当代农民文学的新方向》，《理论与创作》，1990年第12期。

民社会时，就有了与鲁迅大体相同的角度，即从农民的精神面貌、心理状态以及人与人的关系的角度去进行历史的考察。"①

赵树理传承了鲁迅作品的启蒙、批判色彩，继续批判农村中的"封建主义"，继续反映农民的愚昧悲苦"哀其不幸"。"鲁迅笔下的农民形象是清一色的老中国儿女的形象，他们虽忠厚勤劳，坚忍不拔，却愚昧落后，自甘为奴。在赵树理笔下，这类老中国儿女的形象依然是不绝如缕，阿Q与陈小元、闰土与老秦、九斤老太与李成娘等等人物身上，其思想观念、意识形态的历史承传性是一目了然的。"②当然，赵树理与鲁迅对农民的书写也有不同，"简言之，如果说，鲁迅的思想启蒙的指向是具有独立人格的现代'新人'，'人'本身就是'目的'，并且主要指向这一'目的'的话，那么，赵树理所要造就的是'阶级战士'，'农民'本身也是'目的'，同时还是实现一种权力话语的工具。赵树理和鲁迅都选择乡土小说作为揭示民族文化心理的切入点，但鲁迅是以悲剧的形式来揭示民族心理的疮疤，赵树理则是以喜剧的形式来揭示那生长着的具有生命力的民族心理的活力，轻松愉快地向旧世界告别。"③

鲁迅对农民更多的是"怒其不争"，如毛泽东所批评的没有写出农民的"争"来。毛泽东曾于1939年11月7日在周扬信中写道："我同你谈过，鲁迅表现农民着重其黑暗面，封建主义的一面，忽略其英勇斗争、反抗地主，即民主主义的一面，这是因为他未曾体验过农民斗争之故。"④而赵树理则写出了农民的觉醒斗争，塑造了小二黑、小芹、孟祥英、金桂等很多农村新人形象，作品更具喜剧性、广阔性、细致性。"赵树理对笔下人物现实处境的描写比鲁迅对笔下的人物的交代更清晰，赵树理所写的人物

---

① 钱理群、温儒敏、吴福辉：《中国现代文学三十年》，北京大学出版社，1998年，第369页。
② 吴洁菲：《论鲁迅、赵树理笔下农民形象的传承性》，《学术交流》，2007年第3期。
③ 丁帆：《中国乡土小说史》，北京大学出版社，2007年，第168页。
④ 中共中央文献研究室编：《毛泽东文艺论集》，中央文献出版社，2004年，第259-260页。

细节更多，描绘得更具体。"①且更重要的是，赵树理是完全站在农民立场，为了解决当时农村中存在的实际问题而写作，如赵树理自己所言："我在做群众工作的过程中，遇到了非解决不可而又不是轻易能解决了的问题，往往就变成了所要写的主题。"即赵树理的写作更多是服务政治需要，如他所言他首先是为党工作的党员，然后才是作家。

再次，赵树理是继鲁迅之后的第二个文艺界"方向"，也只有他们两个人成为文艺界"方向"。1947年晋冀鲁豫边区文联召开座谈会认为"应该把赵树理同志的方向提出来，作为我们的旗帜，号召边区文艺工作者向他学习、看齐！为了更好地反映现实斗争，我们就必须更好地学习赵树理同志！大家向赵树理的方向大踏步前进吧！"②这个讲话后来发表在《人民日报》上，从此"赵树理方向"继"鲁迅方向"之后被确立起来，赵树理和鲁迅一样成为文艺思想的"旗帜"。

但与鲁迅"旗帜"一直屹立不倒不同的是，赵树理于1959年"反右倾斗争"中开始受到批判，"文革"中更是被批斗致死。其根本原因在于赵树理被确立为"毛泽东文艺思想标兵"并非其主动靠拢的结果而是"不谋而合"，当两者不一致时"标兵"便会被抛弃。"在新中国的政治要求和文艺路向发生了微调和变动之后，赵树理并没有对自己的创作理念和书写方式做出相应的改变和调整，依然葆有'文摊文学家'的理想，坚定地站在农民的立场之上，固守'问题小说'的创作路向。这种变与不变之间的错动，使得赵树理与主流文艺之间的裂隙开始显现，并且随着政治和文艺路线的不断激进化，二者之间的龃龉就变得不可避免。"③

实际上，赵树理还像鲁迅一样是有着独立人格有硬骨头的"战士"。

---

① 黄乔生：《"树人"到"树理"——略谈鲁迅与赵树理的比较》，《长治学院学报》，2023年第6期。
② 陈荒煤：《向赵树理方向迈进》，《人民日报》，1947年8月10日。
③ 陈黎明：《时代激流中的闯入者》，《山西大学学报》，2019年第5期。

如赵树理刚开始对农业合作化是赞成歌颂的，但随着农业合作化的推进尤其是"大跃进"、高级社的出现，赵树理发现了农业合作化越来越多的问题，并在给长治地委领导、陈伯达、中国作协党组书记邵荃麟等人的信中将问题指了出来，认为存在粮食供应不足、农民缺乏生产积极性、集体与个体矛盾等问题。他的作品也"没有能够用饱满的热情描写出革命农民的面貌"，没有塑造出"党的英雄形象"。因此赵树理已不合时宜而受到批斗，在批斗中赵树理也从来没有屈服，从来没有承认"反党""反对毛泽东思想"，也没有改变自己对农村问题的观点，以至于最后被批斗致死。

总体上，基本上可以说，"赵树理方向"传承了"鲁迅方向"，但随着时代风气又有所变向。"鲁迅代表的是现代文学诞生期的席卷天下、并吞八荒的开天辟地的创新开拓者的气象，而赵树理代表的则是现代文学实践期由精英下沉到民众的道德守恒者形象，前者写作的是一种作者重心型小说，而后者写作的则是一种读者重心型小说。"①

三、结语

作为文艺界的两个"方向"，赵树理与鲁迅可比较、研究的还有很多，本文仅为抛砖引玉。如今，鲁迅"方向"虽然换了方向但依旧屹立不倒，而"赵树理方向"却基本不在，这其实也很值得探究。"树人"还是"树理"？我们今天还需不需要学习赵树理，又该学习赵树理哪些方面呢？

---

① 耿传明：《鲁迅、赵树理与中国现代文学的现代性进程》，《长治学院学报》，2023 年第 6 期。

⑱『精神上的导师』
鲁迅与孙犁

孙犁与鲁迅貌似风格迥异,一个诗情画意,一个冷酷刚烈。但孙犁与鲁迅其实也有着密切关系,孙犁也深受鲁迅的影响。

一、孙犁与鲁迅的关系

孙犁读中学时就开始阅读鲁迅的作品,尤其是鲁迅翻译的《艺术论》《文艺政策》《毁灭》等苏联作家作品。这些作品帮助孙犁增长了鉴赏力,"至于孙犁,他在这方面是得到鲁迅文章的许多帮助的,因为鲁迅先生经常揭露这些貌似革命或伪装成马列的骗子"。[①] 孙犁对鲁迅的杂文也有广泛阅读,认为那是传之千古的名作。他甚至能辨认出鲁迅的化名文章,每读鲁迅的《忘了忘却的记念》常常落泪。

中学毕业在北京工作后,孙犁经常购买鲁迅编辑的《奔流》《萌芽》等杂志,对当时鲁迅参与的左翼论战也很关注,还写文章参与论战,只是没有被发表。1937年全面抗战爆发后,孙犁开始从事抗日宣传工作,陆续发表作品和担任编辑。他在《冀中导报》上发表了文章《鲁迅论》,出版了《少年鲁迅读本》《鲁迅,鲁迅的故事》等书。其中《鲁迅,鲁迅的故事》的"材料分成了两部分,一部分是由鲁迅的小说缩编。使读者能从这些作品里,看到鲁迅思想上,生活上走过的道路。也为的是叫读者从小说里对中国社会多得一些知识和教训。一部分是编配一些人对鲁迅的回忆,或编者个人对鲁迅的感触,算是对那一部分的补充"[②]。

孙犁之所以编写《少年鲁迅读本》《鲁迅,鲁迅的故事》等书,是因为他想普及鲁迅。如他在《关于鲁迅的普及工作》中写道:"边区已经有许多同志开始鲁迅的研究工作,但我想这种研究工作的目的,应该使鲁迅

---

① 郭志刚、章无忌,《孙犁传》,北京十月文艺出版社,1990年,第48页。
② 孙犁:《孙犁全集》第10卷,人民文学出版社,2004年,第398页。

普及，普及到农村，使男女老幼对鲁迅都有一个清醒的人生，使他们很熟悉鲁迅，像他们熟悉孔子一样。这种认识和熟悉，是要在人民中间散发一种力量，一种打下新民主主义文化的根基力量。"[1]

此后，孙犁又写了《人民性和战斗性——纪念鲁迅逝世十三周年》《鲁迅的小说——纪念先生逝世十六周年》《"五四"运动与中国文学遗产》《论通讯员写作诸问题》《作家与道德》等有关鲁迅的文章，对鲁迅进行了全面论述与高度赞扬。如在《人民性和战斗性——纪念鲁迅逝世十三周年》中，他指出："鲁迅不只是中国人民革命文化的伟大启蒙者、思想家和作家，他是中国人民革命战争年代坚强的旗手和严肃的战士。"

孙犁在战争行军中一直携带着鲁迅的《呐喊》《彷徨》等书，他也受鲁迅精神鼓舞写下许多作品。"他说，他因此而受到'引动'，抱着向鲁迅学习的想法，写下了那些散文和短篇小说。"[2] 孙犁还受鲁迅引导而阅读契科夫等苏联作家作品，"我在文学方面所受的教育，有很重要的一部分，是从俄罗斯和苏联那里来的。这也是鲁迅先生的教导，他介绍什么，我就学习什么。"[3] 在写理论作品时，孙犁也常常引用鲁迅的文章或以鲁迅本人为例。

1949年之后，孙犁"十年荒于疾病，十年废于遭逢"，但也写了《人民性和战斗性——纪念鲁迅逝世十三周年》《鲁迅的小说——纪念先生逝世十六周年》《全面的进修——纪念鲁迅先生逝世十七周年》等文章纪念鲁迅。1977年孙犁重新创作后格外珍惜时光，他申请了离休，辞去了所有的职务，基本不外出，见客一般限制在十分钟内，"这样就可以集中剩余的一点精力，读一点书，写一点文章了"。[4] 他也格外珍惜读书，参阅《鲁迅

---

[1] 孙犁：《孙犁全集》第10卷，人民文学出版社，2004年，第398页。
[2] 郭志刚、章无忌，《孙犁传》，北京十月文艺出版社，1990年，第140页。
[3] 孙犁：《在苏联文学艺术的园林里》，《孙犁文集》第六卷，百花文艺出版社，1982年。转引自郭志刚、章无忌：《孙犁传》，北京十月文艺出版社，1990年，第193页。
[4] 孙犁：《和青年作家李贯通的通信》，《陋巷集》，百花文艺出版社，1987年。

日记》中的"书账"买了很多书,"他的线装旧书,见于'书账'者十有七八,版本亦近似。"① 如因为鲁迅"书账"中提到《金石苑》而没提《金石索》,孙犁便买了《金石苑》而没买《金石索》,后来得知鲁迅也提到过《金石索》便又买了此书。

二、孙犁对鲁迅的感情

孙犁最为推崇的作家就是鲁迅,自认鲁迅为他精神上的导师,认为鲁迅的道路是唯一正确的文学道路。他将鲁迅的《朝花夕拾》作为案头书,抄了很多鲁迅作品段落篇章背诵,保存鲁迅照片及《鲁迅书简》《鲁迅日记》《鲁迅书信集》等有关鲁迅著作,收藏了整整一箱鲁迅主编的《译文》,对鲁迅作品非常熟悉。据作家冉淮舟回忆,有一次,当他谈起姚蓬子的一件事时,孙犁当即说出在鲁迅某年某月的日记中有记载。

孙犁视鲁迅为"真正的一代文宗"②,认为"书,一经鲁迅作序,便不胫而走;文章,一经他入选,便有了定评,能进文学史;名字,一在他的著作中出现,不管声誉好坏,便万古长存。鲁门,是真正的龙门"。他在《晚华集》的后记里坦言:"鲁迅先生的思想、感情、文字,看来我这一生一世,只能是望尘莫及、望洋兴叹,学习不来了。"

"就是晚年,他也多次在文章中评论、赞赏鲁迅,经常性地引用鲁迅的观点,并以鲁迅为榜样,主张作家要有强烈的责任感,要以弘扬和捍卫真善美为己任,要重视文学的道德力量和社会意义。"③ 如孙犁在《无为集·谈杂文》中写道:"学习鲁迅,应该学习他的四个方面:他的思想、

---

① 郭志刚、章无忌:《孙犁传》,北京十月文艺出版社,1990年,第465页。
② 孙犁:《耕堂散文(续编)》,海燕出版社,2017年,第260页。
③ 文彦群:《孙犁与鲁迅全集》,《天津日报》,2012年6月18日。

变化及发展，他的文化修养，读书进程，他的行为实践，他的时代。不能把鲁迅树为偶像。也不能从他身上，各取所需，摘下一片金叶，贴在自己的著作、学说之上。"①

孙犁还经常用鲁迅的话来教育子女，曾将一本《鲁迅1881—1936》照片集送给女儿孙晓玲说："看看这个！这个好！"孙晓玲对此回忆说："父亲对鲁迅先生的那种由衷热爱与崇敬实在令我难忘……鲁迅先生伟大的人格，对民族热烈的责任心，嫉恶如仇、爱憎分明的战斗精神，对文学事业至死不渝的耕耘努力，是父亲一生学习的楷模。"②

三、孙犁受到的鲁迅影响

孙犁自称他一生受鲁迅影响最大。那孙犁与鲁迅有哪些相同相通，孙犁受到鲁迅哪些影响呢？

首先，孙犁作品虽然充满诗情画意貌似浪漫主义，但他本质上还是像鲁迅一样是现实主义作家。孙犁的作品本质上反映的其实还是当年的"革命现实""农村新人"，将文学和民族的命运及时代密切联系，只不过更突出了人情人道人性。孙犁早年说过"我所走的文学道路，是现实主义的"③，认为鲁迅"他的作品能够永久存在，使读者什么时候读，什么时候感到新鲜，受到教育，是因为他对待生活的认真态度，和严格的现实主义的方法"④，在晚年也大力倡导现实主义而很少谈浪漫主义。如他晚年曾说："我以为在文学创作上，我们当前的急务，是恢复几乎失去了的现实主义

---

① 孙犁：《孙犁全集》第10卷，人民文学出版社，2004年，第333页。
② 孙晓玲：《逝不去的彩云——我与父亲孙犁》，百花文艺出版社，2013年，第141页。
③ 孙犁：《文集自序》，人民日报，1981-09-02。
④ 孙犁：《孙犁全集》第10卷，人民文学出版社，2004年，第8页。

传统。现实主义是古今中外文学创作的主流，它可以说是浪漫主义的基础。失去了现实主义，还谈什么浪漫主义？"①

其次，鲁迅的思想、观念、叙事手法等对孙犁有潜移默化的影响，导致孙犁作品逐渐从清新转为沉郁，批判精神也渐多，尤其是在孙犁晚年的作品中体现明显。"孙犁《荷花淀》等早期作品中的'鲁迅遗风'较为抽象，是整体性、精神性的，而《芸斋小说》中的'鲁迅遗风'很具体，可以在小说主题、构思、人物等层面进行确认。"②学者孙郁则指出："《芸斋小说》是晚年孙犁审美意识的一次跃进，其品味依然有旧时的印记，而多了鲁迅式的苦楚。鲁迅小说写了畸形的人生和失败的文人，天地是灰色的。孙犁的《芸斋小说》写'文革'悲剧，差不多也是这样的题旨。他的挫折感、失败感以及死亡意识，那么浓烈地汇聚于此。"③也有学者指出，早年孙犁在撰写《少年鲁迅读本》《鲁迅，鲁迅的故事》后其实也受到鲁迅的重要影响，"以救亡道义为心，以抒情彩笔为术，是孙犁早年学习鲁迅的方法。这种方法一旦形成便成其创作的主体骨骼，至晚年未变"。④如孙犁的代表作《白洋淀》在"认识新的人群""表现和推进"及"诗话现实主义"等方面都受到鲁迅的影响⑤。也有学者认为，中年孙犁身上也有鲁迅的影子并对鲁迅有独特的阐释，尤其是着重阐释鲁迅强调"深入生活"的重要性，"细察孙犁对鲁迅创作的解读，就会发现，其中属于鲁迅个人特点的部分甚少。孙犁不是以研究者的心态，解读鲁迅，而更像是从创作

---

① 孙犁：《耕堂读书记》，《孙犁文集》第七卷，百花文艺出版社，1982年。转引自郭志刚、章无忌：《孙犁传》，北京十月文艺出版社，1990年，第402页。
② 董炳月：《孙犁的"鲁迅遗风"与〈芸斋小说〉》，《鲁迅研究月刊》，2017年第8期。
③ 孙郁：《鲁迅遗风录》，江苏凤凰文艺出版社，2016年，第195页。
④ 熊权、吉媛园：《从学习鲁迅到建构自我》，《鲁迅研究月刊》，2022年第10期。
⑤ 参见蒋荠樊、朱媛熙：《从〈白洋淀纪事〉入手探讨鲁迅对孙犁抗战文学写作的影响》，《名作欣赏》，2023年第35期。

者的角度,借由鲁迅这一个话语符号,表达自己意欲倾吐的文学经验。"①

再次,孙犁像鲁迅一样非常重视编辑作品和培养青年作家。抗战时期,孙犁在编辑刊物时就很注意参考鲁迅编刊物的经验:"从鲁迅编辑的刊物中,我们可以学到:对作者的态度;对读者的关心;对文字的态度;对艺术的要求。"②1949年之后,他长期主编《天津日报》的《文艺周刊》,非常注重稿件质量,培养了刘绍棠、从维熙、韩映山等年轻作家。1978年复出后,他对铁凝、贾平凹等后辈作家也提携很大。

最后,孙犁像鲁迅一样卓尔不群特立独行。"孙犁以鲁迅的所言所行为自己行动思考的指引。在《书衣文录》的各处,都能找到孙犁谈鲁迅、爱鲁迅,以鲁迅为方向的文字。"③毛泽东曾评价孙犁"这是一个有风格的作家",孙犁不仅作品有独特风格,其性格、为人处世方式也比较独特。孙犁十分强调作家的"立命修身之道",坚守自己的信仰、原则,甘于一个"布衣作家"的淡泊和风骨。他从不追逐官场、文场,即使在80年代复出后也依然如此,很少接受采访和参加各种活动。如作家莫言所感慨的:"中国只有一个孙犁。他既是一个大儒,又是一位'大隐'。按照孙犁的革命资历,他如果稍能入世一点,早就是个大文官了;不,他后半生偏偏远离官场,恪守文人的清高与清贫。这是文坛上的一声绝响,让我们后来人高山仰止。"

而本质上,孙犁像鲁迅一样是"战士"。他既是早年革命实际工作中的战士,也是以笔为枪的"战士",像鲁迅一样与社会黑暗作战不息,他在最后一本书《芸斋梦余》中也把自己定位为"战士"。20世纪50年代,在批判俞平伯《红楼梦研究》运动中,孙犁曾对朋友大声吼道:"打不

---

① 刘晓航:《"生活"的意义——20世纪50年代孙犁对鲁迅的阐释》,《上海鲁迅研究》,2023年第2期。
② 孙犁:《编辑笔记(续一)》,《孙犁文集》第七卷,百花文艺出版社,1982年。转引自郭志刚、章无忌:《孙犁传》,北京十月文艺出版社,1990年,第216页。
③ 徐敏:《论孙犁书话与其晚年文学互动的互文性》,《中国现代文学研究丛刊》,2022年第9期。

倒！"在参加批判丁玲的大会上，孙犁也以有病为由保持沉默。晚年，孙犁对社会风气、文坛现状依旧有很多批评，如他曾说："近年来，尤其令我失望，当然，首先是社会风气，其次是文坛现状。"

四、结语

对于孙犁与鲁迅之间的联系，很多学者也有发现、强调，认为孙犁是鲁迅的传承人。如作家徐光耀认为，孙犁是当代作家中学鲁迅学得最好的一位；评论家阎庆生认为孙犁是20世纪下半叶的文化战士，从他身上可以看到鲁迅先生的影子。而孙郁则认为"现代作家，忠实于鲁迅传统的，他算最有代表性的一个"，"不管从哪个层面看，孙犁都可说是鲁迅的知音。他的内觉与自己的精神导师暗合，气质也有交叉的地方。战士鲁迅与战士孙犁是在一个逻辑的延伸线上的。只不过鲁迅的西学本领他无法企及，那是时代环境使然，无可奈何。就少了鲁夫子的狂狷、深广和阔大的东西方知识分子的语境。比较二人，鲁迅古今情怀里有中外思辨；孙犁则得其前者而续之，少了后一维度。鲁迅之后的作家，能有这样丰富维度者不多。孙犁知道自己的限度，故老老实实地做人，老老实实地写作，不求完美，而人格不倒。这也可看出鲁迅遗风的另一种。从革命的路，到鲁迅的路，孙犁找到了一个交叉点。此点衔接了历史也衔接了现实及艺术的美质。我们这些后来者凝视于此，确有深意的。"[①]

也或因此，孙犁获得过四次鲁迅文艺奖，第一次是在20世纪40年代，1983年至1988年则连续三次获得。可以说，孙犁虽然和鲁迅没有直接交往，但他的确师承鲁迅。

---

① 孙郁：《鲁迅遗风录》，江苏凤凰文艺出版社，2016年，第202页。

⑲『原典』鲁迅与聂绀弩

鲁迅之后，聂绀弩的杂文被公认为最具"鲁迅风"，实际上他的狂傲人生也颇具"鲁迅风"。鲁迅成了聂绀弩思想、人生的"原典"，聂绀弩成了胡风、萧军、巴金之外的又一真正传人。

一、"文奇诗奇遇更奇"

"悲真喜真怒更真，文奇诗奇遇更奇"，聂绀弩的人生很传奇。他于1903年1月28日出生于湖北京山县一个破落地主家庭，私塾老师是后来成为国民党元老的孙铁人。高小毕业后，因为家里没钱继续上学，聂绀弩便辍学干起了"跑契税"的工作，还拜一个商店的管事为师学习旧体诗词写作。后来，聂绀弩在武汉的《大汉报》上发了一些文章，被私塾老师孙铁人看到后便邀请他来上海发展，孙铁人此时已是国民党党务部代理部长。到上海后，孙铁人介绍聂绀弩到英文学校学习英语，又介绍他加入了国民党，还介绍他到国民党"东路讨贼军"前敌总指挥部司令何成浚手下当了一名录事。

孙铁人后来又介绍聂绀弩去新加坡工作，聂绀弩到达新加坡后先是在一所小学当老师，又到仰光《觉民日报》做编辑。聂绀弩一边办报一边自学，读完了《新青年》合订本，也在《新青年》上读到了鲁迅小说《狂人日记》。《狂人日记》让他耳目一新但还是看不太懂，"但是不懂鲁迅，特别是《狂人日记》，怎么仁义道德字逢里是吃人？"①聂绀弩那时最喜欢看的是《新青年》上吴虞的文章，"我看重鲁迅是从陈独秀推尊吴虞，吴虞又在文章里提起《狂人日记》一步一步来的。"②后来，聂绀弩因为读多了吴虞的文章，才渐渐地对鲁迅《狂人日记》等文章有了更深刻的理解。"他

---

① 聂绀弩：《仰光当编辑》，周健强编：《聂绀弩自叙》，团结出版社，1998年，第175页。
② 聂绀弩：《仰光当编辑》，周健强编：《聂绀弩自叙》，团结出版社，1998年，第175页。

本来就是从'旧营垒'中走出来到叛徒，对于在传统礼教下'被吃'的命运感同身受，因此也更深刻地理解了鲁迅的小说，理解了鲁迅。这些都为他以后杂文创作的'鲁迅风'打下了最初的思想根基。"①

但刚开始，聂绀弩对他阅读的第二篇鲁迅小说《在酒楼上》有些不以为然。作为黄埔军校二期生东征陈炯明时，聂绀弩在一家书店买了本刊有《在酒楼上》的《小说月报》，读完后觉得这篇文章故事很无聊，"这算什么呢？"后来，他又读了第二遍更愤怒了，认为"这不是一篇好文章，悲观、颓伤、抑郁，无论是作者和作者所写的人，都没有一点年轻人的发扬蹈厉的精神"。②可是之后聂绀弩总是无理由地想起《在酒楼上》，觉得自己就是吕维甫，直到八年后他终于认识到这篇文章的深刻含义。如他在《读〈在酒楼上〉》中写道："鲁迅实在是理解人，理解人的感情，理解他的时代，而他自己似乎就是饱经伤难的，所以《在酒楼上》就这样地吸引我了。"

后来，聂绀弩的经历非常复杂、传奇。他考入莫斯科中山大学，回国后担任国民党中央党务学校训育员，还担任过国民党中央宣传部总干事、南京"中央通讯社"副主任，后脱离国民党东渡日本。在日本时，聂绀弩结识胡风并经胡风介绍加入左联，发表了《高尔基的作家生活四十年》《苏联文坛最近的理论斗争》《关于社会主义的写实主义》等苏联译作，自己创作了《鲁迅之时代及其作品》《社会主义等写实主义与革命等浪漫主义》《电影与写实》等文艺作品，渐具鲁迅的战斗风采及鲁迅杂文风范。其中《鲁迅之时代及其作品》认为鲁迅的创作是在"五卅"以后发生转变的，"鲁迅如果是伟大的，他的伟大，决不在于转变以前，已经写出这么多的'普罗'作品；刚好相反，而是在他能够忠实地反映出从'五四'到'五卅'这一时期中的土著资产阶级的整个意识。"

---

① 刘保昌：《聂绀弩传》，崇文书局，2008年1月，第47页。
② 聂绀弩：《读〈在酒楼上〉》。

1933年6月15日，聂绀弩回到上海，一方面加入了"上海反帝大同盟"积极参加抗日集会，另一方面继续努力创作，发表了许多介绍苏联文学理论的文章，被当时左联负责人周扬夸赞："写得很'红'。"不久后，聂绀弩应邀创办、主编了《中华日报》副刊《动向》，并由此和鲁迅相识。当时，聂绀弩在一篇自由来稿中发现一篇稿子的文体和气势很像鲁迅写的，但这篇稿子没有署名也没有通信地址。于是，他就找和鲁迅很熟悉的叶紫询问，叶紫一看就认定"肯定是老头儿的稿子"。为慎重起见，聂绀弩又让叶紫写信询问鲁迅可否接见他们，鲁迅第二天就回信同意在内山书店见面。

　　见面后，鲁迅在内山书店会客室请聂绀弩、叶紫喝咖啡畅谈。"大家一起谈天，交流对世界文学思潮和革命文学理论的看法，天上地下，无所不谈。这是聂绀弩第一次亲耳聆听'老头儿'的教诲，刚开始在这位名满天下的文学前辈面前，他还十分拘谨，不到一会儿，却被他崇高的品格，渊博的知识，幽默的谈吐，亲和的风度所折服，态度自然也放松了许多。"①

　　从此，聂绀弩主编的《动向》成为鲁迅的又一发表阵地，鲁迅在《动向》存活的八个月时间里发表了20多篇文章，《动向》也随之声名日振。聂绀弩给鲁迅的稿费达千字三元，而当时一般市价为千字一元，鲁迅听闻后开玩笑地说："那我以后给你的文章要越来越短了……"聂绀弩与鲁迅也多次见面通信，他的短篇小说《金元爹》等也受到鲁迅的指导。聂绀弩还介绍好友孟十的文章给鲁迅，鲁迅提出修改意见后推荐发表在黄源主编的《译文》杂志上，孟十因此特意请鲁迅和聂绀弩等人吃饭。鲁迅也请聂绀弩吃过两次饭，一次是萧军、萧红来上海时鲁迅拉聂绀弩作陪，一次是聂绀弩去四川时鲁迅专门请客送行。

　　鲁迅还支持胡风、聂绀弩、萧军、萧红等人创办了文学期刊《海燕》，

---

① 刘保昌：《聂绀弩传》，崇文书局，2008年，第118页。

鲁迅亲自题写刊名并在《海燕》上发表了历史小说《出关》。《海燕》被迫停刊后，聂绀弩又和周而复等人创办月刊《文学丛报》，鲁迅在上面发表了《白莽作〈孩儿塔〉序》。在"两个口号"之争中，聂绀弩写了《创作口号和联合问题》《创作活动的路标》等文章支持鲁迅提出的"民族革命战争的大众文学"口号。不过，鲁迅随后在《答徐懋庸并关于抗日统一战线问题》一文中却批评了聂绀弩："人们如果看过我的文章，如果不以徐懋庸他们解释'国防文学'的那一套来解释这口号，如聂绀弩等所致的错误，那么这口号和宗派主义或关门主义是并不相干的。"这是因为聂绀弩在《创作口号和联合问题》一文中认为"无疑地，'民族革命战争的大众文学'在现阶段上是居于第一位的；它必然像作者所说：'会统一了一切社会纠纷的主题'"，而鲁迅则认为"两个口号"并无高低之分。

后来，聂绀弩受冯雪峰委派送丁玲到西安。为防止意外，聂绀弩将鲁迅写给他的几十封信都烧掉了，成为他终生的遗憾。等他回程途经南京时，他接到了鲁迅去世的消息便立即回到了上海。聂绀弩参加了鲁迅的葬礼，并成为十六个抬棺人之一。12天后，他写了杂文《关于哀悼鲁迅先生》，回忆为鲁迅送葬的场景："公然有几十万群众来瞻仰仪容，有上万的群众来送殡，有更多的群众在全国各地自动地追悼。"

二、"一个高大的背影"

鲁迅去世后，聂绀弩写了一首悼诗《一个高大的背影倒下了》："一个高大的背影倒下了，在无花的蔷薇的路上——那走在前头的，那高擎着倔强的火把的，那用最响亮的声音唱着歌的，那比一切人都高大的背影倒了，在暗夜，在风雨连天的暗夜！"鲁迅如同"一个高大的背影"一样，从此"笼罩"着聂绀弩。

后来，聂绀弩写了许多纪念、研究鲁迅的文章，如《人与鲁迅》《鲁迅——思想革命与民族革命的倡导者》《略谈鲁迅先生的〈野草〉》《读鲁迅先生的〈二十四孝图〉》《从沈从文笔下看鲁迅》《记一个叫做托尔斯山的青年》《鲁迅的褊狭与向培良的大度》《收获的季节》等。在1937年写的《人与鲁迅》中，聂绀弩指出鲁迅的伟大在于他不相信革命成功后人世就会变成天堂，"是想以鲁迅先生的伟大精神，来指明目前在抗日战争中消极怠工和积极替敌人当刽子手的那些非人现象的社会原因，作为后方工作的参考"；1938年写的长诗《收获的季节》是聂绀弩为纪念鲁迅逝世3周年所写，其中写道："放心吧，我们会千倍万倍地，收回你播下的种子！"《略谈鲁迅先生的〈野草〉》则评价了鲁迅的《野草》，聂绀弩认为"《野草》是鲁迅先生为自己写，写自己的书，是理解他的锁钥，是他的思想发展的全程中的一个重要的枢纽；不过，同时也是整个中国文化思想不能不向前迈进一大步的忠实的反映；在1939年鲁迅逝世四周年之际，聂绀弩又撰文《鲁迅——思想革命与民族革命的倡导者》总体上评价了鲁迅的伟大意义，准确指出鲁迅思想的本质是"自始至终，为'人'而呐喊，战斗"……1946年，聂绀弩还在自己主编的副刊《呼吸》上编发了《鲁迅先生十周年祭特刊》，他和秦似等人更是一起编了颇有"鲁迅风"的杂志《野草》。

在鲁迅100周年诞辰时，78岁的聂绀弩又创作了22首《为鲁迅先生百岁诞辰而歌》。其中一首诗写道："晚熏马列翻天地，早乳豺狼噬祖先。有字皆从人着想，无时不与战为缘。斗牛光焰宵深冷，魑魅影形鼎上羼。我手曾摊三百日，人书定寿五千年。"另外一首诗写道："叛逆猛士屹人群，洞见一切废墟与荒坟。重叠淤血敢凝视，记得深广久远无之苦辛。深知一切已死方生将生未生者，要使全苏或永沦。怯弱造物羞惭忙逃匿，眼中天地久沉昏。"在创作这组《为鲁迅先生百岁诞辰而歌》旧体诗时，聂绀弩曾多次手捧《鲁迅全集》重新阅读。

在晚年，聂绀弩创作了《从〈狂人日记〉谈到天门县的人民——为鲁迅先生百年诞辰作》等大量杂文，像鲁迅一样以笔为枪刺向那些制造民间疾苦的食人"禽兽"，痛斥现实中依旧还有"吃人"。1982年聂绀弩还创作了一首《尘中望且介亭》："钻知坚否仰弥高，鳌背三山又九霄。室有文章惊宇内，人无年命见花朝。遭逢春雨身滋润，想象天风影动摇。且介亭中空自耸，尘昏眼瞀望徒劳"，自认为此诗在无意中回答了鲁迅如果还活着会怎样的问题。

三、"鲁迅风"与"阿Q气"

"鲁迅先生成为了聂绀弩文学、思想活动的巨大'原典'。文化史上有所谓的产生于'轴心时代'的'原典'，它们对后世的影响是深远的，以后人类的每一次新的飞跃都要'回顾这一时期，并被它重燃火焰'。鲁迅先生对聂绀弩的影响是巨大的。"[1]

鲁迅对聂绀弩的影响，当然首推对聂绀弩杂文的影响。聂绀弩被公认为"鲁迅之后的杂文第一人"，有《韩康的药店》《论申公豹》《我若为王》等名篇。夏衍曾经评价道："绀弩的杂文成就是很高的。当年在《申报·自由谈》上，有两个人的杂文写得很像鲁迅，可以乱真，一位是唐弢，一位就是绀弩；唐弢是刻意学鲁，绀弩是随意而为之……鲁迅以后杂文写得最好的，当推绀弩为第一人。"[2]

聂绀弩杂文可谓全面、准确地传承了鲁迅杂文风格，在内容上传承了鲁迅批判国民性、封建性的主题及批判时事、文明的题材，在形式上传承了鲁迅嬉笑怒骂辛辣犀利的特点，在思想上传承了鲁迅"立人"尤其使

---

[1] 刘保昌：《聂绀弩传》，崇文书局，2008年，第152页
[2] 聂绀弩：《聂绀弩全集（第三卷）》，武汉出版社，2004年。

人"精神觉醒"的追求。当然，聂绀弩的杂文论深度、论广度、论思想性、论战斗性不及鲁迅，但在幽默诙谐方面可能要比鲁迅杂文有所突破，甚至"他创造性地采用了一种杂文小说化的手法，在一种虚构的情境中，通过戏剧性的情境来讽刺现实、针砭时弊"。①聂绀弩和鲁迅的杂文有很多"互文性"，或者说聂绀弩很多杂文是鲁迅杂文的延伸，如聂绀弩写的《谈〈娜拉〉》便互文鲁迅的《娜拉走后怎样》，《蛇与塔》互文鲁迅的《雷峰塔的倒掉》，《阮玲玉的短见》互文鲁迅的《论人言可畏》，《我们怎样做母亲》互文鲁迅的《我们怎样做父亲》……这些互文文章题材相同，但观点、语言不一，体现出时代风采和个人风貌。如聂绀弩在《谈〈娜拉〉》中认为："新时代的女性，会以跟娜拉完全不同的姿态而出现……作为群集中的一员，迈着英勇的脚步，为辗转在现实生活的高压之下的全体的女性跟男性而战斗的"，而非像鲁迅那般认为娜拉"要么堕落，要么回来"。

总体上，聂绀弩杂文"一是继承鲁迅的'立人'思想，批判把人变成非人的封建礼教中的忠君、孝道、妇道、奴性等思想，多次提出'人的觉醒'的口号，要把人从非人还原为人，首先在于人的思想解放，提倡人的主体意识……二是聂绀弩发扬了鲁迅杂文的关注现实社会、批判丑恶现象的战斗精神，怀着对于国家和民族的深切热爱，运用杂文对社会存在的黑暗势力等进行猛烈的抨击与批判，体现鲁迅杂文精神中的核心价值所在，即鲁迅所倡导的杂文精神——'感应的神经'和'攻守的手足'……我们也需关注聂绀弩先生杂文创作中所体现的特点：思想的深刻性、鲜明的时代性、逻辑的严密性、知识的丰富性等四个方面……聂绀弩的杂文创作及其文学理念，既有鲁迅先生杂文的影子，又在许多方面与鲁迅先生不同。聂绀弩杂文对于鲁迅杂文中的核心部分，诸如：诙谐的讽刺手法、幽默的艺术表现力等方面都能做到很好的发展与发扬，如同一把匕首，直接刺向

---

① 耿传明：《鲁迅与鲁门弟子》，大象出版社，2011年，第361页。

敌人的喉咙与心脏深处，让其立即毙命。重新打造出属于聂绀弩杂文创作所特有的艺术风貌——'辛辣'与'讽刺'，而且常常在谈笑风生中表达自己的观点与想法，表现是一种文学创作的开阔视野与独到眼光"。①

除了杂文，鲁迅对聂绀弩的旧体诗也有重要影响。聂绀弩像鲁迅一样虽是新式文人却都饱读古典文学，都喜欢、擅长写旧体诗，所写旧体诗都直抒胸臆文采斐然情感充沛，尤其是都将"杂文入诗"。聂绀弩发扬光大了"杂文诗"，独创为自成一家的"绀弩体"，被誉为旧体诗自明末清初吴梅村的"梅村体"以来第一个荣膺为"体"者。其中许多诗句传颂一时，如《林冲》中的"男儿脸刻黄金印，一笑心轻白虎堂"，《挽雪峰》中的"文章信口雌黄易，思想锥心坦白难"，《赠周婆》中的"自由品等遮羞布，民主集中打劫旗"。"综上所述，我们不难看到，聂绀弩的旧体诗的创作是深受鲁迅先生的影响的，这一点不管是从他对旧体诗的态度，以寻常事物入诗的取材特点，幽默诙谐的诗歌风格，还是诗歌中所反映出的精神品质来看，都不难找到依据。"②

当然，鲁迅对聂绀弩的影响除了创作方面外，更重要的还是为人方面。"聂绀弩之所以成为鲁迅讥讽、戏谑、奇崛、诙谐的文学风格的杰出继承者，与他在个性、心理、气质上与鲁迅有诸多相通之处有关。"③聂绀弩一生像鲁迅一样特立独行桀骜不驯，"乐则大笑，悲则大叫，愤则大骂"，甚至被周恩来称为"大自由主义者"，被黄苗子形容为"放浪形骸第一，自由散漫无双"。如在1949年的第一次文代会上，当时主管文艺工作的胡乔木要接见聂绀弩和楼适夷。到出发时，聂绀弩仍高卧在床，楼适夷三番五次叫他，他却说："他来听我的报告还差不多。"说完，聂绀弩又钻进被窝睡大觉了，楼适夷只得一人前往。聂绀弩像鲁迅一样终身富有"独立

---

① 徐舒：《鲁迅杂文精神的继承与发扬者——浅谈聂绀弩的杂文创作》，《文学界》，2011年第8期。
② 王余鹃：《浅谈鲁迅对聂绀弩旧体诗创作的影响》，《华中人文论丛》，2011年第2期。
③ 耿传明：《鲁迅与鲁门弟子》，大象出版社，2011年，第348页。

人格"，"聂绀弩身体中的'独立人格'表现在坚毅冒险的精神气质，独立思考、敢于怀疑、敢于向权威挑战的理性批判精神和勇敢地探索社会的科学精神"。①也因此，聂绀弩后来被打成"右派分子""反革命分子"，直到1976年被"特释"。

在晚年，聂绀弩在精神深层与鲁迅相遇。"不妨说，早年他对于鲁迅的理解多在左翼的层面，狭窄的地方也是有的。后来经历大的苦楚，在近于死亡之所领悟到人间之趣，倒与鲁迅深层的意识相遇。晚年的他，在文格上大有五四之风，连带六朝的韵致，创造了文体的奇迹。他在旧诗中，可说找到了真的自我，修辞与思想都以生命的体验为依，没有了对鲁迅简单的模仿，而在另类的叙述里，表现出鲁迅精神的另一面。比如以无畏面对荒谬，在无路中走路。比如笑对天下邪恶，困苦皆成虚烟一过。"②

不过，聂绀弩晚年在传承"鲁迅风"同时也表现出某种程度的"阿Q气"。聂绀弩在谈及反映自己在北大荒改造生活的旧体诗集《北荒草》时说："他们没说我还有阿Q气"，即聂绀弩认为自己是有"阿Q气"的，他对"阿Q气"评价道："阿Q气是奴性的变种，当然是不好的东西，但人能以它为精神依靠，从某种情况下活过来，它又是好东西。"③学者曲竟玮在《论聂绀弩〈北荒草〉的"阿Q气"》一文中认为聂绀弩的《北荒草》及《北荒草拾遗》中表现出了阿Q式的豪迈乐观、阿Q式的"逐臣""骚怨"、阿Q式的自怜自慰、阿Q式的嘲讽和批判，并认为"一个终生追随鲁迅的新式文人，却最终选择用旧体诗记录自己的处境，并以用典和对仗的精巧著称，这本身就已经耐人寻味（在《散宜生诗》后记中，诗人希望年轻人知难而退，不要学样）。更耐人寻味的是他竟以阿Q自比。虽说真的阿Q不会说自己是阿Q，但知道自己是阿Q而仍然不改其行事风格岂非

---

① 姚斌：《浅论聂绀弩杂文创作中的自由精神》，《学海》，2008年第5期。
② 孙郁：《聂绀弩的"鲁迅体"》，《天涯》，2017年第1期。
③ 聂绀弩：《散宜生诗》，人民文学出版社，1985年，第245页。

更大的阿Q？试看诗人虽然怠慢意识形态管理者胡乔木的造访，却并没有拒绝他的序言，而且也真的按照胡乔木的要求出了注释本。在私下友朋通信中，他甚至表示接受了胡的赞美。这难道不是自欺欺人？自由主义者聂绀弩到哪里去了呢？聂的朋友，为《散宜生诗》作注的朱正不仅认同聂自比为阿Q，而且给李锐写信说自己是阿Q，丁玲看到该信说我们都是阿Q。这些追随鲁迅的人怎么都成了阿Q？这已经不仅是《北荒草》的问题，而是鲁迅式的悖论，是一代人的遭遇。"①

聂绀弩这样的"鲁迅传人"也有"阿Q气"，这反映了"老革命遇到新问题"，反映了传承鲁迅以及"人的觉醒"的艰难，也反映了鲁迅以及鲁迅传人的重要。无论如何，总体上，聂绀弩在杂文、诗歌等创作及个人人生中传承了鲁迅思想，践行了鲁迅精神，无愧为鲁迅的真正传人。"聂绀弩一生敬佩鲁迅，踏着鲁迅的足迹前进，是鲁迅战斗传统的继承者，他敢于冲破一切传统的思想和社会，能够真诚地、深入地、大胆地看破人生，并且写出它的血和肉来。这才是中国新文学的主流！"②

---

① 曲竟玮：《论聂绀弩〈北荒草〉的"阿Q气"》，《山花》，2014年第10期。
② 吴中杰：《鲁迅的抬馆人——鲁迅后传》，复旦大学出版社，2011年，第456页。

⑳ "心爱的老师"

鲁迅与唐弢

2023年是唐弢110周年诞辰。在中国现当代文学史上，唐弢虽与鲁迅交往不多，但他是唯一文章被怀疑是鲁迅文章的人，也是写作关于鲁迅文章最多和传承鲁迅风格写杂文最多者之一。他在宣传、研究鲁迅的同时也以身作则传承鲁迅，非常值得我们今天了解、学习。

一、"我也姓过一回唐的"

唐弢1913年3月3日出生于浙江镇海一个自耕农家庭，家庭负债，但父亲省吃俭用卖地典屋坚持让他上学读书。1923年他就读于邻村的培玉小学后，小学老师黄寄凡向唐弢等学生介绍了胡适、鲁迅、周作人等新文化运动倡导者的文章，包括鲁迅的《人与时》，让唐弢开始受到新文化新思想的影响。1926年，唐弢考取上海华童公学，开始广泛阅读国学、史书、白话文作品和练习写诗作文画画。

因为家贫，唐弢1929年辍学考进上海邮政局，但他坚持在工作之余读书。有次，他在上海城隍庙旧书铺买到了鲁迅主编的两卷《莽原》半月刊合订本，非常喜欢其中的鲁迅散文，佩服鲁迅写得生动活泼，这让唐弢开始关注鲁迅作品，敬佩乃至崇拜鲁迅。唐弢还和同事组织读书会，一起阅读鲁迅的《呐喊》《彷徨》《朝花夕拾》等著作。

1933年，唐弢因父亲去世的痛苦，正式开始了散文和杂文写作，其杂文写作受到鲁迅极大影响。"唐弢通过报纸杂志所读到的鲁迅的杂文，和鲁迅的杂文集，给了他很大的启发。鲁迅的杂文，始终关心着中国的社会、历史、思想、文化、人生、人性等诸多问题，他的深邃而广博的思想，吸引着许许多多刚刚或正在跨入社会、试图对社会的一切问题做出思考、解释的年轻人，唐弢很快被吸引了。在唐弢踏入文坛的时候，鲁迅的大多数杂文集子如《热风》《华盖集》《坟》《华盖集续编》《而已集》《二心集》和

《三闲集》等都已经出版,因此,他由鲁迅的引领而迈入了杂文的领域。"[1]当时,唐弢极其爱读鲁迅杂文,最喜欢《二心集》,他后来回忆说:"以前我喜欢鲁迅的小说,后来转到散文和杂文。"[2]

1933年,唐弢初登文坛便在《申报·自由谈》发表了三十多篇文章,文章风格极其类似鲁迅,其中有些文章是刻意模仿鲁迅。因为风格类似,且鲁迅也经常在《申报·自由谈》上发表文章并有过笔名"唐俟",所以,唐弢的有些文章被认为是鲁迅所写,《申报·自由谈》主编黎烈文曾特意写信向鲁迅求证。1934年1月6日,《申报·自由谈》主编黎烈文设宴招待鲁迅、郁达夫、林语堂、唐弢等作者。鲁迅见到唐弢后笑着说:"唐先生做文章,我替你挨骂",看到唐弢有些发窘又说:"我也姓过一回唐的。"[3]唐弢后来回忆这次见面道:"他是一个永远年轻的老人。我开始觉得这老人的可亲。他慈祥,然而果断;说话有分量,却无时不引人发笑。"[4]

这次见面是有据可考的鲁迅与唐弢的唯一一次见面,给唐弢留下了很深的印象。"这次宴会之后,鲁迅亲切的笑容,简短有力的语调,深刻而幽默的话语,更加给唐弢留下了深刻的印象。此前,唐弢从鲁迅的论敌的文章中所了解的,认为鲁迅是一个冷酷无情的人,是一个多疑而易怒、心胸狭窄、不容易亲近的人的形象,瞬间颠覆了。唐弢认为他是一个热情的长者,一个可信赖的人,和他在一起,不但可以请教学术上的问题,也不妨谈谈私事。唐弢认为,长者的教导和侪辈的热情,是汇集于鲁迅一生的,于是他开始向鲁迅通信请教"。[5]

据鲁迅日记,唐弢和鲁迅的来往通信共有23封。其内容广泛,唐弢

---

[1] 林伟:《唐弢评传》,沈阳出版社,2019年,第63、64页。
[2] 唐弢:《浮生自述》,引自傅小北、杨幼生编:《唐弢研究资料》,知识产权出版社,2010年,第104页。
[3] 唐弢:《琐忆》,《唐弢文集》第6卷,第75页。
[4] 唐弢:《第一次会见鲁迅先生》,《唐弢散文选集》,百花文艺出版社,2009年,第154页。
[5] 林伟:《唐弢评传》,沈阳出版社,2019年,第67页。

向鲁迅请教了生活、学习等很多方面的问题，鲁迅共给唐弢回过9封信。如唐弢向鲁迅写信请教读书班日语学习问题，鲁迅回信建议进夜校学习先学日文再学俄文，并推荐了内山书店提供的日文书籍目录九种及夏曾佑的《中国古代史》等历史书籍，还不断鼓励唐弢坚持自修不要间断日语学习；唐弢写信向鲁迅请教能不能放弃工作专门从事写作，鲁迅回信说单凭写作维持生活靠不住；鲁迅还写信建议唐弢暂时不要加入左联，支持唐弢不编所谓"中立"刊物，建议唐弢"最好还是写长文章"，劝导唐弢先不要写中国文网史或文字狱史而多写报刊所需文章；唐弢还向鲁迅请教和什么样的人交朋友、如何同书店订合同、怎样逃避邮电检查等琐事，鲁迅也都事无巨细地耐心予以回答："他曾将自己的全部生活——过去农村的经济和当前城市的遭遇，以及他对生活的不满、疑惑和苦闷，详细地告诉了鲁迅。他还将郁结在自己心头的问题，包括店员的出路、学徒的前途、工人读书的打算等等，都详细地告诉了鲁迅。唐弢虽与鲁迅的交往时间不长，但他深深地感觉到鲁迅不同于过去的老师，也不同于接触过的许多前辈，他感到，鲁迅对于青年，喜欢以平等的态度相待，鲁迅很少说'你应该这样''你不应该那样'一类的话，必要时他就讲一个故事，说一段自己的亲身经历，以此启发青年，诱导他们……"①

通信之外，鲁迅帮助唐弢在1936年4月出版了第一本杂文集《推背集》，还想方设法找到《珂勒惠支画集》亲笔题上编号"十二"两字让许广平送给唐弢。此前，"鲁迅曾通过许广平转赠给唐弢《准风月谈》和两种版本的《伪自由书》"②。当时唐弢的杂文也受到鲁迅影响，"有些杂文是在文章主题思路方面受到鲁迅的启发，有些杂文是与鲁迅的杂文取同一的步调，共同向社会痼疾开战"。③如鲁迅写的《小品文的危机》和唐弢写的

---

① 林伟：《唐弢评传》，沈阳出版社，2019年，第80页。
② 林伟：《唐弢年谱简编》，浙江大学出版社，2016年，第47页。
③ 林伟：《唐弢评传》，沈阳出版社，2019年，第77页。

《关于小品文》《谈杂文》《小品文拉杂谈》都在为小品文鼓与呼，鲁迅还在《商贾的批评》《花边文学·序言》等文章中对唐弢关于杂文的观点予以支持。鲁迅临终病重时还自己口授由许广平代笔回信唐弢，且特意附上自己剪下的报纸上一篇对唐弢《推背集》的评论文章。

唐弢与鲁迅虽然只见过一次面，但两人交往尤其是通信交往还是比较多。唐弢深受鲁迅影响，尤其是在杂文方面。可以说鲁迅是唐弢的领路人，唐弢是鲁迅的追随者。1936年，唐弢也在鲁迅同意公布的《中国文艺工作者宣言》上签名，参加了鲁迅倡导的中国文艺家协会成立大会。

二、"以鲁迅为楷模"

1936年10月19日，鲁迅去世。唐弢刚开始并不相信，认为是谣言，等得到朋友通知后才相信鲁迅真的去世，他急忙赶到万国殡仪馆。"馆前的灯光放射出幽蓝的线条。跑上二楼，看见五六张哀戚的脸孔，在无言的沉默里，散布着低低的叹息。我们都认为这是个太大的损失，一个人类的正直者悄悄地离开这世界了。值班的守灵人领我到隔壁一个房间里，那里躺着鲁迅先生，瘦削的脸孔，隆起的鼻子，浓浓的眉毛、胡须，完全和活着一样。我默默地站在他面前，我看见一幅图画，那上面画着一个战士在休息。一幅多么庄严而又动人的图画呵！"①

第二天，唐弢写下送给鲁迅的挽联："痛不哭，苦不哭，屈辱不哭，今年成何年，四个月前流过两行泪痕，又谁料这番重为先生湿；言可传，行可传，牙眼可传，斯老真大老，三十年来打出一条血路，待盼咐此责端赖后世肩。""这副对联表达了唐弢对鲁迅的崇敬之情、对他的逝世的悲痛

---

① 唐弢：《鲁迅先生丧仪散记》，《唐弢文集》第6卷，社会科学文献出版社，1995年，第3页。

之情，以及想继承先生未竟事业的决心"。① 此后，唐弢也的确一直在学习鲁迅精神，传承鲁迅事业。

杂文是鲁迅后期运用的主要文体，也是鲁迅作为"战士"的主要武器。唐弢首先传承鲁迅的"泼辣笔"，继续撰写了大量杂文，以"斩除荆棘""扫荡秽丑"②。据林伟所著的《唐弢年谱新编》统计，唐弢一生共计写作近千篇杂文，出版《推背集》《海天集》《横眉集》等十多本杂文集，应是现当代写作杂文最多的人之一。杂文创作贯穿唐弢写作始终，他在20世纪五六十年代也写了一些批判官僚主义等不良现象的文章，且因杂文《另一种"有啥吃啥"》《不必要的"门当户对"》在1958年受到严厉批判，"文革"中又因在《人民日报》开设的杂文专栏《长短录》被点名批判。在唐弢晚年仍有杂文创作，如他在1986年74岁时还写有杂文《一思而行——关于"寻根"》批评当时中国作家一哄而起的所谓文学"寻根"，他写的《不必大惊小怪》认为对作品中的性描写只要认真坦率就不必大惊小怪，他的杂文《问题在这里》批评满篇新名词的文学创作现象……唐弢的杂文极具鲁迅风格，语言犀利尖锐，充满批判精神，"论时事不留面子，砭锢弊常取类型"，又富有文化底蕴，是和聂绀弩并列的"鲁迅风"代表性杂文作家。唐弢还写了大量宣传、提倡杂文的文章，如他在1989年还为《杂文报》创刊五周年题词道："杂文从生活中来，它要推动生活，促进生活，改造生活，因此必然会陪伴着批判性。"

"唐弢不仅在写作技巧上师承鲁迅，而且在道德规范和生活准则等诸方面也以鲁迅为楷模。"③ 唐弢受鲁迅影响后来也"向左转"，且传承了鲁迅的独立人格。如唐弢虽深受鲁迅影响和极其崇敬鲁迅，但他不认为自己是

---

① 林伟：《唐弢评传》，沈阳出版社，2019年，第87页。
② 唐弢：《谈鲁迅的杂文》，《唐弢文集》第7卷。
③ 袁蓉芳：《记唐弢教授》，引自傅小北、杨幼生编：《唐弢研究资料》，知识产权出版社，2010年，第131页。

鲁迅的学生和私淑弟子，"而是署上一个'后学'，表示是他的晚辈而已"。①他认为"一个作者的最大的敌人，正是他自己铸成的模型，他必须时时努力，从已定的模型里跳出来"②，因此唐弢杂文既有"鲁迅风"也有自己特点，"在情绪上，唐弢先生比较的文静，鲁迅先生比较的激荡；在文章组织布局上，唐弢先生达到细密地步，而鲁迅先生是多力的，而唐弢先生则较为文弱"。③

唐弢还突破杂文文体，在散文、创作方法研究、书话、文学史研究等方面成就斐然，出版《松涛集》《落帆集》《文章修养》《创作漫谈》《晦庵书话》等书，主编首部国家级高校文科教材《中国现代文学史》，是中国现代文学尤其是中国现代文学版本学的奠基人。其中，唐弢的书话颇有独特文学、学术价值，"唐弢的这些书话既为文学史的撰写提供了一些鲜活的史料，也将由于种种原因无法进入《中国现代文学史》的作家作品，借助书话这一相对自由的书写方式呈现了出来，具有较高的学术价值"。④

唐弢一生除了在五六十年代跟风写了一些批判胡风、冯雪峰、丁玲等人的文章外，基本上有自己的独立思考、人格。如对鲁迅的文章，唐弢并非完全认同，他写有《悼木斋》《鲁迅和周木斋——四十多年前文坛上的一桩公案》，为受鲁迅批判过的周木斋仗义执言。他在去世前几年还写了文章《加强独立意识》，主张知识分子应进一步解放思想做出自己判断；在报上发表的最后一篇讲话《做群众的贴心人》，认为应有平等的批评与自我批评。"他先是在鲁迅的影响下，对国家、民族和知识分子的命运有了初步的独立的思考，但很快迷失、迷误，在经历了痛苦之后，又回归独立

---

① 唐弢：《鲁迅先生》，《唐弢散文选集》，百花文艺出版社，2009年，第162页。
② 唐弢：《短长书·序》，《唐弢杂文集》，1984年，第614页。
③ 张乙帆：《短长书》，引自傅小北、杨幼生编：《唐弢研究资料》，知识产权出版社，2010年，第131页。
④ 宫立：《唐弢书话的版本变迁和学术价值》，《中国现代文学研究丛刊》，2017年第3期。

的思考，他是可敬的！"①

再者，唐弢还参与创办《鲁迅风》《文学界丛书》等杂志，编辑《周报》、《文汇报》、副刊《笔会》和《文艺月刊》等报刊，传承了鲁迅在编辑方面的事业。1978年，中国社科院文学研究所恢复研究生招生后，唐弢培养了蓝棣之、汪晖等著名学者，像鲁迅一样与他们亦师亦友。唐弢还对赵树理、孙犁、茹志鹃等众多作家作品有过赞扬或辩护，像鲁迅一样不遗余力地提携后辈作家。

不过，唐弢在受鲁迅影响之外还受到周作人的影响。如学者孙郁认为思想上唐弢主要受鲁迅影响，但趣味上唐弢则受到周作人的影响，如唐弢对文体、知识的偏爱。"他的思想上从鲁迅那里来的，章法上得周氏之神。恰恰说明其内心也有两个灵魂。这双重的存在纠缠着他，也就把'五四'的重要基因，在自己的躯体里嫁接出来。现在看来，他和二周有一个很微妙的关系，只谈鲁迅对他的影响，还不够全面。鲁迅文体背后的周作人文体，更能体现其审美的核心点"。②

三、"一个伟大的悲剧的灵魂"

唐弢在继承鲁迅遗志传承鲁迅外，也通过写文章、发现鲁迅轶文、保存鲁迅遗物等方式积极纪念、宣传鲁迅。

首先，唐弢写了大量有关鲁迅的作品。据林伟所著的《唐弢年谱新编》统计，唐弢写的有关鲁迅的作品近百篇，包含了唐弢对鲁迅的介绍、纪念、研究等方面内容，代表作有《论鲁迅杂文的艺术特征》《论鲁迅的美学思想》《论鲁迅小说的现实主义》等，可谓数量众多、题材多样、内

---

① 林伟：《唐弢评传》，沈阳出版社，2019年，第320页。
② 孙郁：《鲁迅遗风录》，江苏凤凰文艺出版社，2016年，第153、154页。

容广泛、意义重大。在书话中，唐弢也大量介绍了鲁迅的著作版本及与鲁迅相关的各种情况，还编有文献纪录片《鲁迅》。此外，唐弢著有与鲁迅相关的著作《向鲁迅学习》《鲁迅杂文的艺术特征》《鲁迅先生的故事》《鲁迅——文化新军的旗手》《鲁迅在文学战线上》《鲁迅的故事》《鲁迅的美学思想》《论鲁迅小说的现实主义》《鲁迅论集》等。唐弢晚年还写有十余万字的《鲁迅传——一个伟大的悲剧的灵魂》，希望"写鲁迅一生，通过鲁迅的道路反映出中国革命的历史进程"，可惜最终未完成全书。可以说，唐弢是迄今为止写作有关鲁迅作品最多者之一，极大地促进了鲁迅事迹、精神的弘扬，尤其是他写的普及版的《鲁迅先生的故事》《鲁迅的故事》让无数青少年更加了解了鲁迅。唐弢对鲁迅的研究论著"堪为中国鲁迅学史上的经典之作。其特点是'言之有物'，具有独到的见解；艺术感觉极好，审美评价精当；行文极讲究文字、注意文体，形成了一种特异的'唐弢文体'"。[1]

当然，唐弢关于鲁迅的作品在极大地宣传鲁迅的同时，有些五六十年代的作品也因当时政治原因"曲解"了鲁迅。如唐弢在1951年发表的文章《鲁迅思想所表现的反自由主义的精神》认为鲁迅一贯反对自由主义，1955年发表的文章《鲁迅谈作家的思想锻炼》认为："鲁迅是作为马克思主义思想的一个追求者、阐扬者、实行者而现身于中国文坛的"，1956年发表的文章《文艺学习》说鲁迅是共产主义者。"唐弢的论证绝不仅仅是简单的知识剥离，更是着眼于发挥实现了知识剥离后变得更为'纯粹'、被纳入体制的鲁迅思想所具有的政治批判的工具功能，即将鲁迅的思想作为了当时政治批判运动衡量被批判者异质性的标尺，在许广平、冯雪峰等人对鲁迅形象生产的基础上，将历史叙事中符号化的鲁迅进一步推到了新中国社会主义建设的政治现实中来，将符号化的鲁迅工具化、实践化，更将鲁迅尴尬地当代化。"[2] 也有学者认为"该阶段，他通过自己的体验化叙

---

[1] 张梦阳：《唐弢研究论著的学术个性》，《现代中文学刊》，2012年第1期。
[2] 林绪才：《1950年代唐弢的鲁迅话语生产及文化心态》，《文艺争鸣》，2015年第3期。

事塑造了'人间'鲁迅，又在时代话语下剥离了当时不利于鲁迅形象生产的因素，完成了对鲁迅形象的维护和再塑造"。①

唐弢早年参与二十卷本的《鲁迅全集》编校工作，还发现了162篇七八十万字的鲁迅佚文，集结于《鲁迅全集补遗》《鲁迅全集补遗续编》两本书中，为挖掘、保存鲁迅作品做出了重要贡献。后来，唐弢也一直注意收集、辨正鲁迅佚文。在晚年，唐弢还参与了《鲁迅全集》注释工作，选编《鲁迅选集》，配合冯雪峰整理有关鲁迅资料，协助孙玉石、方锡德等研究者考证鲁迅佚文，任鲁迅研究室顾问及中国鲁迅研究学会副会长。

唐弢还为保存鲁迅藏书、文物等做出了杰出贡献。1944年，他去北京拜访鲁迅夫人朱安，阻止了鲁迅藏书出售。1950年担任华东文化部文物处副处长时，唐弢与冯雪峰一起提议成立了上海鲁迅纪念馆，并向许广平提议将鲁迅收藏的许多珍贵版画、报刊、文物保留在上海鲁迅纪念馆，还为上海鲁迅纪念馆新馆及鲁迅新墓建设做出重要贡献。1956年，唐弢将自己高价收购的鲁迅早年译著《月界旅行》捐献给了上海鲁迅纪念馆。1984年，唐弢作为全国政协委员提出提案，建议影印出版鲁迅收藏的汉魏六朝碑刻、画像等，并促成1985年国家文物局召开相关会议。另外，"中国现代文学第一藏书家"唐弢还保存了大量鲁迅藏书，"在中国现代文学馆的'唐弢文库'中，最为丰富的部分可以说就是鲁迅著作及有关资料，初步统计就有393种850册。而其中仅鲁迅译著就有67种74册。此外还有鲁迅杂文的各种版本也是搜集最为齐全的"。②唐弢1992年去世后，唐弢家属还将唐弢使用过的家具、文房四宝及保存的一些书籍、期刊、书信、照片等捐赠给上海鲁迅纪念馆。

---

① 刘旭才：《20世纪50年代鲁迅形象建构的唐弢模式》，《首都师范大学学报（社会科学版）》，2022年第1期。
② 李明刚、张鸿声：《作为鲁迅精神传人的胡风与唐弢——以藏书为中心的比较考察》，《鲁迅研究月刊》，2018年第2期。

四、结语

"从我年轻的时候开始,他们(鲁迅、高尔基)的形象已经楔入我的心坎,无论面领私淑,他们都是我的老师,都是我永远永远地心爱的老师!"① 正如唐弢所言,鲁迅一直是唐弢的老师,唐弢以自己对鲁迅的宣传、研究、传承证明他无愧为鲁迅的学生。

---

① 唐弢:《鲁迅先生》,《唐弢散文选集》,百花文艺出版社,2009年,第167页。

㉑ 「战士」与「文人」

鲁迅与沈从文

沈从文与鲁迅都是杰出的作家，也都有着以文学改革社会的梦想，可惜两人因为误会、立场等原因而同途殊归。不过客观上，沈从文对鲁迅也有传承。而鲁迅对沈从文的不满，也并未完全针对沈从文个人，而是以他为代表的新月社等自由知识分子。

一、"孥孥阿文"与"自命聪明的人"

沈从文1902年出生于湖南湘西凤凰，早年入伍当过军阀陈渠珍的书记，后"受'五四'运动的余波影响，来到北京追求'知识'实证'个人理想'的"①。即沈从文的人生也受过"五四"影响，自然也在"无意"中受到"五四""主将"之一鲁迅的影响。来北京后，沈从文在北大旁听，广泛阅读《新青年》《新潮》《改造》等刊物，并开始写作投稿，"我算是第一个职业作家，最先的职业作家"。②他在"北漂"时与胡也频、丁玲成为好友，也因此产生了鲁迅与沈从文的误会。

1925年4月30日，鲁迅收到丁玲一份来信，诉说谋生不易请求鲁迅帮助。鲁迅对此询问《晨报》副刊编辑孙伏园，孙伏园说这信的字体像是笔名为"休芸芸"的沈从文的字，于是鲁迅以为是沈从文化名来戏弄他便未做回复。几天后，正在追求丁玲的胡也频拿了一张"丁玲的弟弟"名片拜访鲁迅，鲁迅则大声地说："我不在家。"对此1925年7月20日，鲁迅致信钱玄同说："且夫'孥孥阿文'，确尚无偷文如欧阳公之恶德，而文章亦较为能做做者也。然而敝座之所以恶之者，因其用一女人之名，以细如蚊虫之字，写信给我，被我察出为阿文手笔，则又有一人扮作该女人之弟

---

① 沈从文：《二十年代的中国新文学：一九八〇年十一月七日在美国哥伦比亚大学的讲演》，《从文自传》，江苏人民出版社，2022年，第138页。

② 沈从文：《在湖南吉首大学的讲演》，《从文自传》，江苏人民出版社，2022年，第138页。

来访，以证明实有其人。"① 所谓"孥孥阿文""阿文"即指沈从文，因沈从文在诗作《乡间的夏》中有"孥孥唉"一句。

这自然是鲁迅的误会，但鲁迅的确对沈从文比较反感。1925年7月12日，鲁迅还在致钱玄同信中说："这一期《国语周刊》上的沈从文，就是休芸芸，他现在用来各种名字，玩各种玩意儿。"② 后来，鲁迅明白是误会后，在致钱玄同信中对丁玲表示"倒觉得不舒服"，对沈从文却没有任何表示。而当时就知道此事的沈从文也很生气，他在《记胡也频》中说："丁玲女生给人的信，被另一个自命聪明的人看来，还以为是我的造作。"③ 这个"自命聪明的人"自然指的就是鲁迅，从中也可以看出沈从文对鲁迅的不满。或许是为了一吐怨气，这年10月24日，沈从文以"小兵"为笔名发表《扪虱》一文暗讽鲁迅，如文中写的"文坛上擂鼓的鼓手""与小说尽人欣赏""思想界权威"都指向鲁迅。晚年，沈从文对此事依旧没有忘怀，他在接受《沈从文传》作者凌宇采访时说："丁玲写信给他，却以为是我的化名。何况不是我写的，即便真是我的化名，也不过是请他为找份工作，哪值得到处写信骂人。"④

之后，尚未成名的沈从文对于鲁迅依旧持有偏见，写了一系列文章予以嘲讽。"《不死日记》（1928年）、《元宵》《一个天才的通信》（1929年）、《血》（1930年）、《一日的故事》（1931年），五篇作品构成了一个系列，反映出贫病交加中的沈从文对鲁迅以及上海文坛的认识和评价。他没有把鲁迅作为叙事重心，主要在描写其他人与事时提及，不过，多篇作品叠映出此时沈从文心目中的鲁迅形象：可笑的偶像、挣钱容易的著名作家、脱

---

① 鲁迅：《书信·250720 致钱玄同》，《鲁迅全集》第11卷，2015年，第510页。
② 鲁迅：《书信·250712 致钱玄同》，《鲁迅全集》第11卷，2015年，第505页。
③ 沈从文：《沈从文集》第9卷，花城出版社，1984年。
④ 凌宇：《风雨十载往年游》，《沈从文印象》，孙冰编，第124页。转引自张新颖：《沈从文的后半生》，广西师范大学，2014年，第334页。

离实际的演说者"。① 当时鲁迅与沈从文曾有一次见面机会,可并无交流。1930年4月19日,赵景深与李希同在上海饭店举行婚礼,鲁迅与沈从文都在宾客当中,但并无交谈。②

后来,经过自身艰苦奋斗以及郁达夫、徐志摩、胡适等人的提携,沈从文在文坛逐渐成名、立足,尤其是通过编辑《大公报》文艺副刊有了更多话语权,也因此与鲁迅有了更多论争。1933年10月,沈从文在《大公报》文艺副刊发表文章《文学者的态度》,指出有些作家"玩票""白相"对文学缺乏严肃认真的态度,从而引发了"京派"与"海派"文学之争。虽然沈从文在接下来的《论"海派"》一文中,特意将"茅盾、叶绍钧、鲁迅,以及大多数正在从事文学创作杂志编纂人"排除在"海派"之外,但还是引起了身在上海的鲁迅的回击。1934年2月3日,鲁迅接连发表文章《"京派"与"海派"》《北人与南人》《"京派"和"海派"》,认为"不过'京派'是官的帮闲,'海派'是商的帮忙而已",暗示沈从文也属于"官的帮闲"的京派文人。

1934年2月19日,国民党上海党部查禁了149种书籍,其中多数是左翼作家的书籍。为此,沈从文写就《禁书问题》批评此事,而引发了国民党刊物对沈从文的攻击。沈从文好友施蛰存则在《文艺风景》上发文为沈从文辩护,认为:"沈从文先生正如我一样地引焚书坑儒为喻,原意也不过希望政府方面要以史实为殷鉴,出之审慎"。鲁迅对此发文《隔膜》嘲讽道:"施蛰存先生在《文艺风景》创刊号里,很为'忠而获咎'者不平,就因为还不免有些'隔膜'的缘故。""忠而获咎"自然指的是沈从文,即鲁迅认为沈从文是忠于国民党的。

一年后,沈从文发文《谈谈上海的刊物》,反对文坛上的"对骂",认为"对骂"双方都是"丑角",主张作家应注重文学作品本身的创作。这

---

① 王力:《诚人笃行:沈从文的人生交游》,人民出版社,2015年,第111页。
② 参见任葆华:《沈从文的一封佚信及鲁迅》,《鲁迅研究月刊》,2015年第2期。

自然引起"好斗"的鲁迅不满,鲁迅又发文《七论"文人相轻"——两伤》,认为沈从文"混沌"了"对骂"的"是非曲直","至于文人,则不但要以热烈的憎,向'异己'者进攻,还得以热烈的憎,向'死的说教者'抗战"。

这是鲁迅和沈从文之间的三场论争,通过这些论争可见两人之间的分歧和彼此不满。1930年,鲁迅还在《"硬译"与"文学的阶级性"》中将沈从文与新月社"捆绑",嘲讽读了会"落个爽快"的东西"自有新月社的人们的译著在:徐志摩先生的诗,沈从文、凌叔华先生的小说……"而沈从文也在《鲁迅的战斗》一文中,明确表达了对鲁迅的不满,说鲁迅"这大无畏精神,若能详细加以解剖,那发动正似乎也仍然只是中国人的'任性';而属于'名士'一流的任性,病的颓废的任性,可尊敬处并不比可嘲弄处为多"。在鲁迅刚去世时,沈从文还在《再谈差不多》中说:"最好的回答倒是鲁迅先生的死,被许多人称为'中国最伟大的人物'。伟大何在?都说在他性格、思想、文章比一切作家都深刻——倘若话是可靠的,那鲁迅先生却是个从各方面表现度越流俗最切实的一位。倘若话是不可靠的,那一切纪念文章都说错了,把鲁迅先生的伟大估错了。"这表现了沈从文对鲁迅被誉为"伟大"的不以为然。

当然,鲁迅和沈从文对对方也有过公正评价。如1933年鲁迅在回答斯诺提问时,认为沈从文是最好的短篇小说家之一。沈从文创作的《记丁玲》出版后,鲁迅第一时间就看过并致信赵家璧说:"《记丁玲》中,中间即有删节,后面又被截去这许多,原作简直是遭毁了。以后的新书,有几部恐怕也不免如此罢。"[①]这表达了鲁迅对沈从文此书的理解、认可。1934年,沈从文在评论集《沫沫集》中说鲁迅笔法独特,肯定鲁迅的乡土小说为中国现代乡土小说的源头。1947年,沈从文在《学鲁迅》一文中认为

---

① 鲁迅:《书信·340901 致赵家璧》,《鲁迅全集》第14卷,第205页。

鲁迅有三个方面特别值得敬重，"一、于古文学的爬梳整理工作，不作章句之儒，能把握大处；二、于否定现实社会工作，一支笔锋利如刀，用在杂文方面，能直中民族中虚伪、自大、空疏、堕落、依赖、因循种种弱点的要害；三、是于乡土文学的发轫，作为领路者，使新作家群的笔，从教条观念拘束中脱出，贴近土地，挹取滋养，新文学的发展，进入一新的领域，而描写土地人民成为近二十年文学主流"。沈从文后来也感谢过鲁迅对他的影响，如他在《我怎么就写起小说来》中说："以鲁迅先生为首和文学研究会同人为首，对于外国文学的介绍……增加来我对于小说含义范围广阔的理解，和终生从事这个工作的向往。"① 晚年，沈从文对鲁迅的书法也给予了很高评价："他还说，死去的鲁迅，活着的郭沫若，是书法上的'双绝'。"②

不过，即使到后来，沈从文对鲁迅总体上还是不太满意。尤其是，他认为自己的作品不亚于鲁迅的小说，如1947年他在《八骏图》自存本写下题识："从这个集子所涉及的问题、社会认识，以及其他方面看来，它应当得到比《呐喊》成就更高的评语。事实上也的确如此，这个小书必永生。"沈从文对自己作品未能入选赵家璧《中国新文学大系》（1917—1927）始终耿耿于怀，1970年还说："看看《新文学大系》三厚册小说集即可知道，我已写了六十本书，却故意不要选我的，这也是趣事。"1983年，沈从文还在致大姐沈岳锟的信中说："事实上我哪会以受鲁迅称赞而自得？他生前称赞了不少人，也乱骂过不少人，一切都以自己私人爱憎为中心。我倒觉得最幸运处，是一生从不曾和他发生关系，极好。"

总体上，鲁迅与沈从文彼此不和、不满，但鲁迅对沈从文在客观上也有影响。"在鲁迅生前，沈从文的文字中如果出现鲁迅的名字，每含嘲讽不满意味，可以感受到鲁迅对其影响的明确存在和沈从文自觉的排拒；鲁

---

① 沈从文：《从文自传》，江苏人民出版社，2022年，第174页。
② 张新颖：《沈从文的后半生》，广西师范大学，2014年，第268页。

迅谢世之后，沈从文对历史与时事、文学与生活的评价参照体系中越来越少不了鲁迅，这或许只能说明，沈从文在潜意识里逐渐认同鲁迅，而在写作表达时往往克制这种认同"。① 在作品方面也有影响，"沈从文的乡土文学创作稍晚于鲁迅，其创作伴随着对鲁迅的学习、质疑与批判愈加进步。虽然二人在文学创作的态度与艺术标准上各执一词，但在沈从文早期乡土文学作品中，我们仍然能够清晰地看到鲁迅的乡土小说对他创作的影响。鲁迅作品中农村'风景画'式的白描、对过去生活经历的回首注视与对传统文化'工具重造'的精神在沈氏早期乡土文学作品中都有着一定的表现"。②

二、"战士"与"文人"

其实，鲁迅与沈从文有许多相同之处。如他们都出身于破落家庭，都从小经历很多苦难和看清了世间真相，"明白人活到社会，应当有许多事情可做，应当为现在的别人去设想，为未来的人类去设想，应当如何去思索生活……"③ 他们也都相信和寄希望于"文学革命"以改造民族精神，鲁迅弃医从文以唤醒国人不必赘述，沈从文也曾说过："我当时追求的理想，就是'五四'运动提出来的文学革命的理想。我深信这种文学理想对国家的贡献。"④ 他们的小说题材也大体相同，都主要致力于书写乡土文学和城市知识分子，尤其是都反映乡村苦难民众愚昧和城市知识分子虚伪懦弱，如沈从文小说中"童养媳制度、雇工制、卖淫制，如同《柏子》《萧萧》《贵生》《丈夫》所展示的，他们被剥夺了人身自由，不得不接受一份悲惨

---

① 王力：《诚人笃行：沈从文的人生交游》，人民出版社，2015年，第106页。
② 喻凡：《沈从文早期作品中的鲁迅影响》，《汉字文化》，2022年第8期。
③ 沈从文：《从文自传》，江苏人民出版社，2022年，第131页。
④ 沈从文：《从新文学转到历史文物》，《从文自传》，江苏人民出版社，2022年，第144页。

的人生命运，而伴随他们的雄强、热情、善良和纯朴共生的，是他们主体精神的蒙昧"。① 他们也都非常关心、注重培养青年作家，如沈从文作为报刊编辑、北大老师培养了萧乾、穆旦、汪曾祺等著名作家；他们都是文体家，两人独创了属于自己的文体；他们有些观点也基本一致，如都主张文艺与政治的独立；他们也基本上都坚持了人格独立，都如沈从文夫人张充和在沈从文墓碑背面所书："星斗其文，赤子其人"；他们还都爱吃糖，都热爱文物，都和自己的学生恋爱生活……

有这么多相同，可为什么鲁迅与沈从文还是彼此不满不和？除了具体的误会之外，根本原因可能在于两人立场不同，如同沈从文与曾经的好友丁玲最终分道扬镳一样。鲁迅虽然也是"文人"但本质上更是"战士"，是批判者，尤其晚年明显"向左转"；而沈从文虽然当过战士但本质上是"文人"，是"记录者"，一向主张和坚持"自由""独立"。沈从文曾说："我主要是在任何困难下，需要充分自由，来使用我手中这支笔"②，"我不轻视'左倾'，也不鄙视右翼，我只信仰'真实'……文学实有其独创性与独立价值"③。"政治上不与任何人结盟，一种彻底的非派别、非集团主义，支配了沈从文的人生选择。"④ 而鲁迅认为在那样水深火热的年代，要么"左"要么"右"，不可能有中间立场和真正的"自由""独立""客观""理性"。因此，鲁迅向来对主张"理中客"的现代评论派、新月派反感，也由此"殃及"沈从文。这种立场的不同，也导致了鲁迅与沈从文乡土小说创作的不同，"如果说鲁迅是在揭露，在'揭丑'，于尖锐深刻中'哀其不幸，怒其不争'；沈从文则在回望，在'构美'，于淡淡的伤感与浪漫中企图构筑一个带有原乡神话色彩的'希腊小庙'，他们的乡土叙事分别体现

---

① 凌宇：《沈从文传》，湖南文艺出版社，2022年，第341页。
② 沈从文：《记胡也频》，《沈从文文集》第9卷，花城出版社，1984年。
③ 沈从文：《记丁玲》，良友图书印刷公司，1934年。
④ 凌宇：《沈从文传》，湖南文艺出版社，2022年，第412页。

了现代乡土小说创作两种截然不同的叙述倾向"。①

而沈从文之所以一贯"独立",或许源于他成长的经历。他虽然受过"五四"影响但一直有着"自我","沈从文身上没有发生断裂式的'觉醒',他的自我是以往所有生命经验的积累、扩大和化合,有根源,有来路。他逐渐清晰而坚定地相信,他的现在和将来,他的文学,也根植于此"。②这种强大的"自我"也是沈从文在1949年之后难以像其他人一样顺时应变的主要原因,而"逼"得他一度"精神失常"甚至曾经自杀。

即使鲁迅与沈从文彼此不满不和,客观上沈从文对鲁迅也有传承。一方面是对"五四"精神的传承,沈从文在抗战时期多次撰文强调"五四"精神,标举"五四倡言的民主政治、科学精神和个人自觉"③。他自己也大体做到了"个人自觉",尤其在1949年之后"自觉"地转行研究历史文物;另一方面,虽然鲁迅对传统历史文化更多的是批判,沈从文对传统历史文化更多的是"温情与敬意","但是在他们的文学深处,却能够发现某些重要的甚至是根本的一致性。可以说,沈从文正是一个保持和维护着青年鲁迅所揭示的'本根'和'白心'思想的作家,他的文学,也不妨说成是持守'本根'和'白心'的文学"。④即沈从文构建的世外桃源"边城",或许正是鲁迅所企盼的"古民白心"与"本根""神气"所在。

三、左翼与自由知识分子

如鲁迅在《"硬译"与"文学的阶级性"》中所说,鲁迅是将沈从文与

---

① 李雯静:《"揭丑"与"构美"——鲁迅与沈从文乡土小说叙述倾向差异之原因》,《淮北职业技术学院学报》,2023年第4期。
② 张新颖:《沈从文与二十世纪中国》,上海文艺出版社,2024年,第38页。
③ 张新颖:《沈从文与二十世纪中国》,上海文艺出版社,2024年,第43页。
④ 张新颖:《沈从文与二十世纪中国》,上海文艺出版社,2024年,第24页。

新月社"捆绑"在一起的，即鲁迅认为沈从文是新月社的人，因而对沈从文反感。的确，鲁迅对新月社以及与新月社关系密切的现代评论派一向非常反感，包括对其"主将"胡适、陈源、徐志摩、梁实秋等人。如鲁迅在文章《"硬译"与"文学的阶级性"》最后直接点名新月社批评道："新月社的'严正态度'，'以眼还眼'法，归根结蒂，是专施之力量相类，或力量较小的人的，倘给有力者打肿了眼，就要破例，只举手掩住自己的脸，叫一声'小心你自己的眼睛！'"鲁迅与胡适、陈源、梁实秋、徐志摩等人的论战也众所周知，如鲁迅后来时常在文章中嘲讽胡适，鲁迅的《华盖集》有一半内容、《华盖集续编》有三分之一内容都"献"给了陈源，鲁迅曾送梁实秋一顶"丧家的""资本家的乏走狗"的"高帽"，鲁迅那首著名打油诗《我的失恋》则是嘲讽徐志摩的失恋。

鲁迅为什么对新月社、现代评论派如此反感？因为以胡适为代表的新月社、现代评论派可以说是20世纪上半叶中国自由知识分子的代表，他们与以鲁迅为代表的左翼知识分子有着很多本质上的不同，甚至是截然相反。

首先，立场、倾向上的根本不同。左翼知识分子站在"人民"立场，尤其是站在"被侮辱与损害的人"立场上，因此批判、反抗当权的国民党而支持、参加共产党。而自由知识分子则站在"精英"立场，认同改良路线，主张"理性""中立""客观"，因而更支持、亲近国民党或走"第三条路"。

其次，是文学主张、观点的根本不同。左翼知识分子认为文学有阶级性，甚至认为文艺应服从政治。而自由知识分子认为文学只有人性无阶级性，反对文艺服从政治。如鲁迅和梁实秋的论战中，鲁迅不反对文学表现人性但认为文学也有阶级性，而梁实秋主张"文学普遍人性论"否定文学有阶级性。

这种文学主张、观点的根本不同，导致左翼知识分子与自由知识分子在文学题材、主题、创作手法等方面也有根本不同。左翼知识分子主张"革命文学"以及后来的"工农兵文学""人民文学"，更强调文学的阶级性和现实意义，由此更多地书写与时代与民众相关的内容，创作手法大多是现实主义。而自由知识分子则主张纯文学乃至田园文学、幽默文学，更强调文学中的人性和艺术性，更多地书写与时代与民众不直接相关的内容，创作手法更为丰富。如梁实秋在抗战时期主张"抗战无关论"，他在主编的《中央日报》副刊《平明》的《编者的话》中说："于抗战有关的材料，我们最欢迎，但是与抗战无关的材料，只要真实流畅，也是好的，不必勉强把抗战搭上去。"沈从文的《边城》等作品也曾被批为"无思想"，他的文章《一般或特殊》也曾被指责为宣传"与抗战无关论"。

这些根本不同，导致鲁迅对新月社、现代评论派以及周作人、林语堂等自由知识分子很是不满，对他们屡有批判。最有代表性的观点是鲁迅在《魏晋风度及文章与药及酒之关系》中所说："据我的意思，即使是从前的人，那诗文完全超于政治的所谓'田园诗人'、'山林诗人'是没有的。完全超出人间世的，也是没有的。"即鲁迅认为自由知识分子超出政治而只写"田园"、"山林"是不可能的，沈从文、梁实秋、胡适等自由知识分子后来的命运也验证了这点，1949年后留在大陆的沈从文曾长期被批判"打倒"，梁实秋和胡适则"乖乖"去往台湾。

当然，从另一方面讲，左翼知识分子与自由知识分子互为"镜像"，他们在互相批判、竞争的同时也互相促进、影响。如同其代表人物鲁迅和胡适"相爱相杀"的关系一样，他们通过"镜中"的对方更看清自己，更好地走自己的路。

四、结语

鲁迅与沈从文可能是20世纪中国最杰出的两个小说作者，《亚洲周刊》评选的20世纪中文小说100强中，沈从文的《边城》仅次于鲁迅的《呐喊》。"1936 年,中国现代文学巨人鲁迅逝世时,文学界似乎举行了一个非正式的交接仪式。一些读者认为,这位巨人留下的文学空白可能会由沈从文填补"。①

但因为误会及立场等不同,而致使这两位杰出作家不曾相识甚至彼此不满不和,这不能不说是历史的一大遗憾。但历史也是公平的,即使立场、观点不同,优秀的文学作品还是会穿越历史长河而流芳百世,独立的个人还是会从历史潮流中站立起来。

---

① 聂华苓著、刘玉杰译:《沈从文评传》,北京联合出版公司,2022 年,第 1 页。

㉒ 知识分子与底层大众

鲁迅与『闰土』

如本书之前所述，鲁迅与众多作家皆为好友。那鲁迅与其他人呢，尤其与农民有何直接交往？鲁迅与"闰土"的关系便是其中代表，从中也折射出中国现代知识分子与大众的关系，对于我们今天也有着重要现实意义。

一、鲁迅与"闰土"

闰土是鲁迅文章《故乡》中的主人公，这篇文章虽是小说但其内容、人物大体真实。闰土的原型叫章运水，"浙东运闰二字读音相同，鲁迅小说中便借用了，水则改为同是五行中的一个土字，这变成了'闰土'。"[①]

"闰土"父亲章福庆是绍兴墟镇杜浦村人，平时种地兼做竹匠，闲时便到鲁迅家帮工。"闰土"是他独生子，比鲁迅大两岁。1893年，因为鲁迅曾祖母去世，鲁迅家便叫"闰土"来看守祭器，因此他和鲁迅相识成为好友。周作人在《遇见闰土》一文中描写他们首次见面时，鲁迅兄弟称呼闰土"阿水"，而"闰土"则称二人为"大阿官"。"闰土"教授鲁迅捕鸟方法，讲述海边沙地各种奇异景物，让平时"只看见院子里高墙上的四角的天空"的鲁迅知道了天下许多新鲜事。如鲁迅后来在《故乡》中所写："阿！闰土的心里有无穷无尽的希奇的事，都是我往常的朋友所不知道的。"鲁迅曾祖母葬礼完后，鲁迅家族分家，"闰土"父亲章福庆也和鲁家其他长工一样被解雇了，鲁迅和闰土见面机会也就少了。

鲁迅在《故乡》中接着写道："可惜正月过去了，闰土须回家里去，我急得大哭，他也躲到厨房里，哭着不肯出门，但终于被他父亲带走了。他后来还托他的父亲带给我一包贝壳和几支很好看的鸟毛，我也曾送他一

---

① 周作人:《鲁迅与闰土》,《周作人谈鲁迅》, 北方文艺出版社, 2014年, 第79页。

两次东西，但从此没有再见面。"其实，鲁迅后来和"闰土"还见过面。如周作人在《鲁迅与闰土》中所写，1900年正月初六，鲁迅同周作人及"闰土"一起登应天塔；正月初七，"下午至江桥，章水往陶二峰处测字，予同大哥往观之。皆谰语可发噱。"① 此时鲁迅已在南京读书求学，这应该是鲁迅寒假期间回乡与"闰土"再次见面，可见两人友谊依旧保持。

两人再次见面确定的是1919年冬末，如鲁迅在《故乡》中所述，鲁迅回家乡卖房搬家，"闰土"来鲁迅家告别。如鲁迅在《故乡》中所写，此时的"闰土"已从当年"神异"少年变成了衰老麻木的"木偶人"。其原因除了"多子，饥荒，苛税，兵，匪，官，绅"之外，还有一个直接原因是"闰土"喜欢上一个寡妇而离婚而赔上了许多家产。1934年，浙江大旱粮食歉收，"闰土"为了生存将仅有的几亩土地卖掉沦为贫农，日子更为艰苦。因为常年辛苦劳作"闰土"背上长了个恶疮，无钱医治，最终于1936年病逝。他临终前叮嘱自己孩子一定要记得给周家"老爷"带去青豆，"他是好人"。而很快，鲁迅也于同年病逝。据鲁迅儿子周海婴说，鲁迅晚年很想回家乡再看一下"闰土"，可因身体虚弱及时局动荡，最终两人没有再见面。

"闰土"去世后，他的子女艰难求生也纷纷病逝。幸运的是，新中国成立后，"闰土"孙子即"水生"儿子章贵因识字以及他们家和鲁迅的渊源而去了绍兴鲁迅纪念馆工作，后来还成为绍兴鲁迅纪念馆副馆长。从此，"闰土"家后代摆脱了农民身份，过上了鲁迅在《故乡》中希望的"新的生活"。周海婴后来回绍兴时，代父亲鲁迅前往"闰土"墓前祭扫，并与章贵成了朋友，一如当年鲁迅和"闰土"。

---

① 周作人：《鲁迅与闰土》，《周作人谈鲁迅》，北方文艺出版社，2014年，第79页。

二、知识分子与底层大众

鲁迅和"闰土"的关系,是鲁迅和"闰土"人生命运的文集,颇能反映鲁迅和底层大众的关系,也是知识分子和大众关系的一个剪影。

鲁迅与"闰土"年少时是好友,但随着人生轨迹的不同而渐渐不再有交集。这也许就是人生,很多人走着走着就散了,很多友情渐渐就淡了,很多朋友只是阶段性的伙伴。对于鲁迅而言,他自然对"闰土"充满同情,对他和"闰土"之间的友情充满怀念,这在《故乡》中有充分体现。甚至据说,鲁迅1919年回故乡时也曾邀请"闰土"跟自己去北京,但被一家六口的"闰土"拒绝了。据"闰土"孙子章贵所说,"闰土"在弥留之际念叨最多的就是如果不是为了孩子,他早就跟着鲁迅去北京享福了。但另外,鲁迅在《故乡》中也明确写道:"我们之间已经隔了一层可悲的厚障壁",即无论当年多么亲密,无论鲁迅多么同情"闰土",他和"闰土"之间已有了"厚障壁"。造成这层"厚障壁"的原因,一方面是人与人之间的普遍性隔膜,如鲁迅在《小杂感》中所写:"人类的悲欢并不相通";另一方面是身份、阶层的差异,鲁迅在成年后的"闰土"眼中已是"老爷"。

同情底层大众但与底层大众之间有"厚障壁",这便是鲁迅与底层大众的关系。鲁迅因为家道衰落及外祖母家在农村,他自小就对劳苦大众充满同情。如他在1933年英译本《〈短篇小说选集〉自序》里说:"我生长于都市的大家庭里,从小就受着古书和师傅的教训,所以也看得劳苦大众和花鸟一样。有时感到所谓上流社会的虚伪和腐败时,我还羡慕他们的安乐。但我母亲的母家是农村,使我能够间或和许多农民相亲近,逐渐知道他们是毕生受着压迫,很多痛苦,和花鸟并不一样。"所以,后来鲁迅在《阿Q正传》《祝福》《故乡》等很多文章中对底层大众充满同情"哀其不幸",虽然也"怒其不争",对大众的国民劣根性充满批判。

但另外，鲁迅自己也认为他和底层大众之间有隔膜。这在《故乡》《一件小事》《阿金》等文章中有鲜明体现，他曾在文章《俄文译本〈阿Q正传〉序及著者自叙传略》中也说："我虽然竭力想摸索人们的魂灵，但时时总自感有些隔膜。"因此，鲁迅一方面主张作家要深入民间了解民众，如他曾说："现在有许多人，以为应该表现国民的艰苦，国民的战斗，这自然并不错的，但如自己并不在这样的漩涡中，实在无法表现，假使以意为之，那就决不能真切，深刻，也就不成为艺术。"① 另一方面，鲁迅寄希望于民众自己发声，如他在文章《俄文译本〈阿Q正传〉序及著者自叙传略》中接着写道："在将来，围在高墙里面的一切人众，该会自己觉醒，走出，都来开口的罢。"

"五四以降，是鲁迅的小说作品，最先描绘和揭示了中国社会的底层景观，最先将底层劳动者当成了文学表现的重要对象。用先生自己的话说便是：'我的取材，多采自病态社会的不幸的人们中，意思是在揭出病苦，引起疗救的注意。'（《我怎么做起小说来》）而在这种描绘和揭示中，先生不仅以卓越的艺术才能，成功地塑造来一系列奇异而丰满的人物形象，传递出极为深邃的社会内涵和思想意蕴，而且凭着机敏的历史意识和高度的自省精神，对这种描绘和揭示本身，注入来自己的大胆探索和积极思考。"② 因此，鲁迅的底层叙事有着重要的文学、时代、现实意义，鲁迅与底层大众的关系也有着强烈的探究价值和现实意义。"鲁迅不仅留下了执着而成功的创作实践，而且围绕这种实践展开了一番比较理性的思考。而这一番思考的逻辑起点，则是一个充分体现着先生特有的自我拷问精神的问题，这就是：包括自己在内的属于知识分子的作家，究竟能在多大的程度上贴近底层，把握底层，进而真实地描写底层？"③

---

① 鲁迅：《书信·350304 致李桦》，《鲁迅全集》第13卷，人民文学出版社，2005年，第372页。
② 古耜：《遥望文学的昨天》，中国言实出版社，2024年，第54页。
③ 古耜：《遥望文学的昨天》，中国言实出版社，2024年，第63页。

三、结语

实际上，这个问题也不仅仅是鲁迅一个人的问题，而是20世纪中国很多现代知识分子内心的拷问。很多现代知识分子也意识到自己虽然同情底层大众，虽然想启蒙大众帮助大众，但和底层大众和现实有着"隔膜"，如鲁迅的知音瞿秋白也曾说过："对于实际生活，总像雾里看花似的，隔着一层膜。"[1] 与大众的这种"隔膜"是中国现代知识分子的"特点"，也可以说是缺点。正因为如此，才有了后来很多现代知识分子的自觉"改造"，以及"向工农兵学习"，知识分子从"启蒙者"转变为"被启蒙者"。

而今天，我们知识分子依然或多或少地与底层大众存在着"隔膜"。今天该如何"贴近底层""把握底层"，依然是一个很大的拷问。而这也正是本书最后写作本文的目的所在：我们知识分子不仅要埋头书本、与知识分子交往，更要直面现实、贴近民众、学习致用。

---

[1] 瞿秋白：《多余的话》，中国友谊出版公司，2014年，第29页。

㉓ 余论

鲁迅与胡适、林语堂、许寿裳等

除了本书以上所述人物外，与鲁迅关系比较密切、受到鲁迅影响的中国现代知识分子还有很多，本书再择一些有代表性者概述之。因为本书的重点是研究、阐述鲁迅对中国现代知识分子的影响，所以本书对他们和鲁迅的交往不再详细书写，其详情见笔者的著作《我的沉默震耳欲聋：鲁迅与先生们的呐喊》。

一、鲁迅与胡适

鲁迅与胡适，作为20世纪中国最有影响的知识分子，他们可谓彼此影响互相成就。如果没有胡适，就不会有鲁迅铁屋中的呐喊，就不会有鲁迅的激进"左转"，鲁迅的一生将平淡黯然许多。反之，鲁迅也是胡适的"镜子"，让胡适更加彻底地看清自己，更加坚定地走自己的路。他们俩可谓是真正的"欢喜冤家"，在"相爱相杀"中成为最好的自己，如双子星座相映成辉。

众所周知，是胡适首倡"文学革命"义旗，胡适是新文化运动的"先锋"乃众所公认。可以公允地说，没有胡适的首倡，"文学革命"不会爆发得那么早，《新青年》也不会有那么大的影响力。没有轰轰烈烈的"文学革命"，也不会有沉浸在抄碑刻经中鲁迅的"苏醒"和"发飙"。因此，可以说，没有胡适的开山劈路，或许就不会有鲁迅后来的路。

从1918年到1924年，是鲁迅和胡适的"蜜月期"。两人观点基本一致，互相支援，共同战斗，将新文化运动开展得如火如荼。胡适是"文学革命"的先锋，而鲁迅则是"文学革命"的主将，是鲁迅将胡适理论付诸实践发扬光大。如果没有鲁迅《狂人日记》《阿Q正传》等白话小说的及时诞生和有力支撑，"文学革命"及新文化运动将会逊色许多。除了作文呼应、偶尔吃饭、不时通信外，两人此时还经常互相赠书，并为对方著作提供资料和指正。如胡适考证《西游记》时曾委托鲁迅帮忙寻找相关材料，考证《三国演义》时"曾参用周豫才先生的《小说史讲义》稿本"，还曾请鲁迅帮《尝试集》删诗，帮代购《水浒传》复本。而鲁迅在撰写《中国小说史略》时也引用过胡适的考证材料，多次征求胡适意见。

　　之后，因为性格、立场、观点等不同，鲁迅与胡适逐渐分道扬镳，乃至鲁迅对胡适屡有讥讽。如鲁迅先后写了《所谓"国学"》《望勿"纠正"》《春末闲谈》《读书杂谈》《就是这么一个意思》《碎话》等文章，批评胡适提倡埋头"整理国故"之弊端。而胡适对鲁迅的嘲讽从不回应，且一直比较公允地评价鲁迅。胡适还积极奔走，为《鲁迅全集》的顺利出版发挥重要作用，他不但挂名"鲁迅全集编辑委员会"委员，还两次致信给商务印书馆总经理王云五使得商务印书馆答应了出版。

　　总体上，鲁迅和胡适虽然有诸多不同，但都有"独立之人格，自由之精神"，都成为真实的、最好的自己，也作为"镜像"互相照映了对方。如鲁迅和胡适关系类似的，还有鲁迅与蔡元培、陈独秀等人的关系，他们之间虽然也有歧异，但总体上没有闹翻彼此成就。

二、鲁迅与林语堂

　　而鲁迅与林语堂是鲁迅另外一种朋友关系的典型，他们一度关系密切，鲁迅日记中记录与林语堂相交的次数有127次之多。但友谊的"小船"说翻就翻，他们最终成了"熟悉的陌生人"。

　　1923年，林语堂戴着哈佛大学文学硕士、莱比锡大学语言学博士高帽回国，经胡适推荐被聘为北大教授。虽然，胡适是林语堂的恩人，是胡适一直资助林语堂留学，甚至拿出自己的钱以北大名义汇给林语堂两千元，但天性放逸洒脱的林语堂选择站在鲁迅一边，成为《语丝》主要撰稿人之一，并经常参加语丝社活动。作为语丝社的精神领袖，鲁迅对林语堂的才华非常赏识，在1925年12月5日和6日主动给林语堂写了两份信进行约稿。两人由此开始交往，据学者施建伟的《林语堂传》统计，《鲁迅日记》中记载从1925年12月到1929年8月两人交往达八十八次。林语堂对年长自己十四岁的鲁迅非常尊敬，经常请鲁迅指教文章，并追随鲁迅参加了"女师大学潮"等一系列战斗。而1926年鲁迅之所以去厦门大学任教则正是林语堂之邀请，林语堂此时是厦门大学文科主任兼国学研究院总秘书。

1928年，鲁迅到上海后，与林语堂一度因为一些小事疏远，但随着共同参与中国民权保障同盟，两人一度又开始紧密来往。1932年，蔡元培、宋庆龄领衔的民权保障同盟成立后，林语堂任宣传主任，鲁迅则任民权保障同盟执委，一起为公义、人道奔走。每次开记者会，有外国记者在场时，林语堂担任英文翻译，鲁迅则任德文翻译，互相配合相得益彰。除了共同参与民权保障同盟活动外，两人书信来往也比较密切，林语堂还托鲁迅帮他哥哥找工作。

但林语堂后来创办《论语》《人间世》《宇宙风》等杂志，大力弘扬"幽默文学"和"闲适小品"，因此被称之为"幽默大师"。而"铁血战士"鲁迅对林语堂倡导"幽默文学"和"闲适小品"非常反感，认为这是为血腥现实涂脂抹粉。鲁迅写了《小品文的危机》《骂杀和捧杀》《隐士》等文章，反对"小摆设"一类的闲适小品，并创办《太白》杂志，提出"生存的小品文，必须是匕首，是投枪，能和读者一同杀出一条生存的血路的东西"。但林语堂坚持自己的"幽默"，认为"人到文明了，有什么忧愤，只在笔端或唇角微微一露罢了"，并写了《作文与作人》《我不敢再游杭》《今文八弊》等文章回敬鲁迅等反对者。

此时，鲁迅还是把林语堂当成朋友，用他自己的话来说即是"玉堂是我的老朋友，我应以朋友待之"①。于是，鲁迅写信劝林语堂不要再写幽默、小品文这种"小玩意儿"，有精力还不如多翻译一些英国文学名著。鲁迅此话本意是站在朋友角度为林语堂着想，不想让林语堂浪费翻译才华"误入歧途"，不料林语堂回信说等他老了再翻译。鲁迅看信后火冒三丈，以为林语堂是讥讽他老了。因为这不经意的误会，更因为鲁迅和林语堂的立场越来越远，鲁迅不再把林语堂当朋友了，称"以我的微力，是拉他不来的"②。

1935年4月20日，鲁迅写下《天生蛮性》一文，此文只有三句话："辜鸿铭先生赞小脚；郑孝胥先生讲王道；林语堂先生谈性灵"，其中嘲讽、鄙夷林语堂之意明显。鲁迅写此文时，林语堂已远赴美国，与鲁迅从此别离。再次听到的是鲁迅逝世的消息，林语堂在鲁迅逝世四天后写了《悼鲁迅》一文。在文中，他将自己和鲁迅的关系作了概括："鲁迅与我相得者二次，疏离者二次，其即其离，皆出自然，非吾与鲁迅有轻轩于其间也。吾始终敬鲁迅；鲁迅顾我，我喜其相知，鲁迅弃我，我亦无悔。大凡以所见相左相同，而为离合之迹，绝无私人意气存焉。"

从朋友到论敌，从一度和好到终究疏离，林语堂和鲁迅的分手直接原因是有一些小误会，根本原因还是彼此思想立场不同。与鲁迅和林语堂关系类似的，还有鲁迅与钱玄同、刘半农、章衣萍等人，皆从好友到"熟悉的陌生人"，令人叹息、遗憾。

---

① 鲁迅：《340813致曹聚仁·书信》，《鲁迅全集》第十三卷，人民文学出版社，2015年，第198页。

② 鲁迅：《340813致曹聚仁·书信》，《鲁迅全集》第十三卷，人民文学出版社，2015年，第198页。

三、鲁迅与许寿裳

鲁迅也有不少好朋友,如他和郁达夫、曹聚仁、台静农、萧军、萧红等人的"忘年交",与内山完造、史沫特莱等人的"跨国友谊",与瞿秋白、冯雪峰、胡风等人的"同志之谊",等等。其中,鲁迅一生最好的朋友当数许寿裳,两人"不是兄弟,胜似兄弟"。

鲁迅和许寿裳乃同乡同学,鲁迅比许寿裳仅大一岁。1902年秋,许寿裳考入东京弘文学院补习日语,与同年4月来此学习的鲁迅相识并成为好友。两人在东京同吃同住,一起听章太炎先生的课,一起逛旧书店,甚至一起学德语。鲁迅不仅跟着许寿裳吃面包皮,还跟着许寿裳剪了辫子,剪完后他还把剪发的小照赠给许寿裳,并在背后题了那首名诗:"灵台无计逃神矢,风雨如磐暗故园。寄意寒星荃不察,我以我血荐轩辕"。当时,许寿裳正编杂志《浙江潮》便向鲁迅约稿,鲁迅的处女作《斯巴达之魂》等早期文章便发在《浙江潮》,开启了鲁迅写作大业。

1909年4月,许寿裳从日本回国,出任浙江两级师范学校教务长,并邀请同年6月回国的鲁迅来校任教。两人一起倡导科学,团结师生,与监督夏震武等人展开了"木瓜之役"(好给人起外号的鲁迅称顽固不化的夏震武为"木瓜")。民国成立后,许寿裳应教育总长蔡元培之邀赴南京筹建教育部,并向蔡元培推荐了鲁迅到教育部任职。可以说,如果没有许寿裳的这次推荐,鲁迅可能终其一生将埋没在乡下做个"文艺青年"而已。

来京后,鲁迅和许寿裳再度亲密无间,"我们又复聚首,谈及故乡革命的情形,多属滑稽而可笑。我们白天则同桌办公,晚上则联床共话,暇时或同访图书馆"①。鲁迅和周作人闹翻后,鲁迅搬出八道湾决定新买一栋

---

① 许寿裳:《亡友鲁迅印象记》,上海文化出版社,2016年,第36页。

房子，缺钱八百大洋，是许寿裳和鲁迅另一好友齐寿山每人各借鲁迅四百大洋，解了鲁迅燃眉之急。因为鲁迅在这房子后接出一个小屋给自己住，这样的小屋在北京被称为"老虎尾巴"，许寿裳因此调侃鲁迅道："北平胡同里有一种老房子叫'老虎尾巴'，莫非你也是我的'老虎尾巴'？老头子？"

某种程度上，鲁迅的确可以说是许寿裳的"老虎尾巴"，许寿裳对鲁迅一向非常关照。当上女师大校长后，他再次邀请鲁迅来女师大兼职。1927年鲁迅远赴厦门后，曾为许寿裳谋职未果，并多少因此离开厦门大学。到了中山大学后，鲁迅兼任文科主任及教务主任，便聘请了许寿裳来校任教。

鲁迅从中山大学辞职后不久，许寿裳也离开中山大学，担任了大学院秘书长。鲁迅之所以能当上大学院特约撰述员，每月白拿三百大洋，就是许寿裳再次向蔡元培推荐的结果。此时的鲁迅已名扬天下成为文坛"盟主"，但他跟"普通青年"许寿裳的情谊丝毫不减。两人虽然不在一个城市，但每年至少相见十余次，鲁迅每次脱险后都会首先给许寿裳写信报平安。许寿裳女儿生了病，鲁迅亲自寻医问药，鲁迅还是许寿裳儿子的"开蒙先生"。1935年7月，很少应酬的鲁迅甚至将手头的翻译停了下来，破例出席了许寿裳长女在上海举行的婚礼。

许寿裳和鲁迅"不是兄弟，胜似兄弟"，"无患得患失之心，惟大义凛然是见"。许寿裳曾在日记中这样讲述两人的友谊："其（鲁迅）学问文章，气节德行，吾无间然。其知我之深，爱我之切，并世亦无第二人。"[1]鲁迅则曾言："季茀（许寿裳）他们对于我的行动，尽管未必一起去做，但总是无条件地承认我所做的都对。"[2]许广平则感叹两人友谊道："求之古人，亦不多遇。"

鲁迅逝世后，许寿裳积极筹备出版《鲁迅全集》，多方募集"鲁迅纪

---

[1] 许寿裳：《许寿裳日记》，福建教育出版社，2008年，第586-587页。
[2] 许寿裳：《亡友鲁迅印象记》，上海文化出版社，2016年，第104页。

念文学奖金",大力筹建"鲁迅先生纪念委员会",和周建人一起主编《鲁迅年谱》,并撰写了一系列情深意切的回忆文章结集为《亡友鲁迅印象记》《我所认识的鲁迅》《鲁迅传》等研究鲁迅的必读书目。在《亡友鲁迅印象记》一书中,许寿裳称自己与鲁迅"晨夕相见者近20年,相知之深有如兄弟"。1946年,许寿裳去台湾后,还连续撰写了《鲁迅的精神》《鲁迅和青年》《鲁迅的生活》等九篇关于鲁迅的文章,更筹划让鲁迅之子周海婴来台就读。但很快,许寿裳在睡梦中被刺杀身亡,很多人猜测这与他在台湾大力宣扬鲁迅有关。

终其一生,鲁迅与许寿裳的友谊生死不渝,也让今天的我们倍感唏嘘与温暖。与鲁迅和许寿裳关系类似的,还有鲁迅与李大钊、沈兼士等人,他们互相帮助彼此温暖。

四、鲁迅与论敌

众所周知,鲁迅一生有很多论敌,他对论敌自然也有一些影响。如在女师大学潮中,鲁迅支持学生反对校长杨荫榆,打官司告赢了教育总长章士钊,与陈源写了一百多篇论战文章。鲁迅的这些行动,迫使杨荫榆从女师大辞职回了老家,使得章士钊成了被痛打的"落水狗",更使得陈源从此远离文坛,还连带着让顾颉刚成了鲁迅最厌恶的人。而因为鲁迅对顾颉刚的厌恶这颗"大钉子",顾颉刚后来被迫多次检讨。与鲁迅论战的其他很多人,也因与鲁迅的论战而下场悲惨,如周扬、田汉、夏衍、阳翰笙因鲁迅给他们戴的帽子"四条汉子"而后来受到批判。这虽不是鲁迅的本意,但也是客观上他们受到的鲁迅影响。这种影响也不少且很重要,很值得研究、分析,本文仅抛砖引玉,详情可参见拙作《凡人鲁迅:那些年,鲁迅的笔墨官司》。

五、鲁迅与黄源

除了本书以上所述外，鲁迅对当时其他很多青年也有重要影响，如鲁迅对黄源。黄源1925年随匡互生到上海筹建立达学园，1927年就职于劳动大学编译室。他与鲁迅的交往始于1927年，那年鲁迅从广州来到上海后的两次演讲恰恰是黄源整理的记录稿。第一次演讲是鲁迅到劳动大学讲《关于知识阶级》，第二次是鲁迅到立达学园讲《伟人的化石》。鲁迅在立达学园讲完后，立达学园创办人匡互生便叫黄源到会客室与鲁迅等人吃茶漫谈，由此和鲁迅相识。

1931年黄源作为上海新生命书店编辑了"世界新文艺名著译丛"，1933年参加了《文学》杂志编辑工作。1934年9月，鲁迅创办《译文》杂志，在茅盾的推荐下，便请了黄源作为《译文》编辑。从第四期，鲁迅就放心地让黄源担任了《译文》杂志的主编，且不同意出版方生活书店的意见而始终不肯撤换黄源，可见鲁迅对黄源的欣赏。在《答徐懋庸并关于抗日统一战线问题》一文中，鲁迅也指出："至于黄源，我以为是一个向上的认真的译述者，有《译文》这切实的杂志和别的译书为证。"

鲁迅去世后，黄源作为鲁迅的"抬棺人"和萧军一起编了《鲁迅先生纪念集》，发表了《打着鲁迅的旗帜前进，打回钱塘江》等怀念鲁迅的文章，担任了鲁迅艺术学院华中分院教导主任等职，在浙东创办了鲁迅学院、鲁迅文工团等高举鲁迅旗帜的团体。1949年后，黄源担任了华东军政委员会文化部副部长、华东局宣传部文艺处处长、浙江省委宣传部副部长、浙江省文联主席等职，始终坚守鲁迅关于文艺与政治的观点，在服务政治的同时试图保持文艺的独立性，主持改编昆剧《十五贯》在当时引起重大反响，也因此在"反右""文革"中受到批判。晚年，黄源出版了《忆念鲁迅论述》《在鲁迅身边》《鲁迅书简追忆》等著作，可见他始终没有忘记鲁迅的关怀,没有辜负鲁迅的培养。

当时像黄源一样深受鲁迅影响的青年知识分子还有很多,如孙伏园、许钦文、章廷谦、许地山、汪静之、徐梵澄、王治秋、端木蕻良、徐懋庸、柔石、冯至、曹白、靳以、黎烈文、萧乾、杨骚等人。他们大多与鲁迅有过比较密切的交往,受到鲁迅亲切关怀、热心培养,在思想、作品、人生等方面都有着鲁迅影响的印迹。因笔者才学、精力有限等原因,本书对他们与鲁迅的关系不再一一详述。

六、鲁迅与李秉中

在鲁迅与青年知识分子交往中,有一个人特别值得单独一提,他就是李秉中。因为与鲁迅交往的知识分子大多是左翼知识分子,而他则是国民党高官,但他也深受鲁迅影响。

李秉中自幼酷爱文学,1923年到北京后在北大旁听而认识鲁迅,经常去鲁迅家拜访、请教。鲁迅在生活上很照顾李秉中,曾请胡适帮助李秉中出售他的小说文稿,还曾借钱给李秉中。1925年7月,李秉中受鲁迅鼓励,怀揣鲁迅赠予的20块大洋考入黄埔军校。1926年,他留学苏联,就读于莫斯科中山大学。1932年4月回国后,他任东北军第五十二军中校参谋、上校政训处长、军事委员会防空学校政训处长、军事委员会委员长侍从室上校秘书等职。无论是参军还是参加国民党,李秉中一直与鲁迅保持着密切关系,鲁迅日记里出现"李秉中"达132次,《鲁迅全集》中收鲁迅致李秉中信札总计21通、李秉中致鲁迅信札共8通,李秉中还送过鲁迅《观光纪游》的书影、外文本《当代国内外木刻》等书籍和一些明信片。①

---

① 参见袁洪权:《李秉中其人——从新发现的〈鲁迅先生遗书一束〉谈起》,《新文学史料》,2023年第2期。

在通信中，李秉中经常向鲁迅吐露自己内心苦闷，而鲁迅则给予不少"慰安"。如李秉中想辞职军官而写信征求鲁迅意见，鲁迅则回信说："人不能不吃饭，因此即不能不做事……我看中国谋生，将日难一日也。所以只得混混。"①鲁迅还参加了李秉中的婚礼，李秉中后来对此回忆说："当时先生曾说，我来并非贺喜，实因有所不放心之故，及新妇既至，遂觉放心，故不待行礼先行。问先生不放心甚么？他说我怕新妇比你高，后见是比你矮的矮子，才放心了。"②1936年9月27日，李秉中也曾去上海看望鲁迅，还赠送许广平一件布衫，鲁迅特意将其送到扶梯边。

李秉中对鲁迅也很关心，多次写信向鲁迅问安。在回国担任军事委员会委员长侍从室上校秘书后，他曾写信给鲁迅表示他可在南京设法帮鲁迅取消通缉令，但被鲁迅婉拒。在鲁迅去世后，李秉中立即给许广平写信吊唁，称"今日阅报，惊悉先生逝世，虽是在办公室中，不禁伏案恸哭。秉中之得有今日，皆先生之赐。十年来奔走不宁，未能偿侍先生讲学之志，诚可痛心。然平日对人处事，一体先生真诚态度，不敢有辱先生，此敢告我先生在天之灵者也"。他还写了文章《鲁迅先生遗书一束》刊载于南京版《新民报》副刊"新园地"，回顾了他和鲁迅的交往，其中写道："人们说先生老了，但先生还不能忍受成万的青年留学生在日本所能忍受的刺激。人们说先生是中国高尔基，但中国高尔基病到垂危，还是不写作就不但莫有医药费，而且莫有饭吃。"李秉中还整理鲁迅写给他的所有留存信札，汇编成《鲁迅翁遗书》寄给许广平，并帮助许广平出版《鲁迅全集》。

李秉中回国后曾参与热河、察哈尔等地抗日战争，率军与侵华日军奋力拼杀，1940年病逝于重庆。"李秉中曾在鲁迅去世后致许广平的唁函中说，'平日对人处事，一体先生真诚态度，不敢有辱先生，此敢告我先生在天之灵者也'。想来这恐怕也是李秉中为人处世的重要准则之一，尽管

---

① 鲁迅：《280409致李秉中·书信》，《鲁迅全集》第12卷，人民文学出版社，2015年，第114页。
② 李秉中：《鲁迅先生遗书一束》，《新民报》，1936年10月26日第4版。

他没有走上革命的道路，但能够践行鲁迅的'真诚态度'，且时时以'不敢有辱先生'之理念系之念之，这足够说明李秉中至少在内心深处烙印有鲁迅的某种精神特征，它在革命的光环下始终处于'暗处'。这可能是另一个维度中的鲁迅研究——那些与鲁迅交往亲密、但最后并没有走上革命道路的青年们，应如何对他们进行文学与文化图谱的描述与阐释。"①

与李秉中类似的还有荆有麟、叶永蓁等。荆有麟曾经是鲁迅的学生，还担任过《莽原》的编辑，后在国民党中央党部等处任职。叶永蓁也是黄埔军校学生，鲁迅曾为他的自传体小说《小小坪》写了"小引"评价甚高，后一直在国军中任职，曾任国民党陆军第五十四军副军长。鲁迅对这些"最后并没有走上革命道路的青年们"的影响也很值得研究，本文也仅抛砖引玉。

七、鲁迅与台湾、香港青年

另外还值得一提的是，鲁迅除了对大陆青年尽力培养，对台湾、香港的青年也很关心。1927年鲁迅在广州中山大学执教时，在广州学习的一些台湾青年成立了"广东台湾学生联合会"（后改组为"广东台湾革命青年团"）。这些台湾学生经常拜访鲁迅，请鲁迅为他们办的《台湾先锋》写稿。其中来往最多的是张月澄，张月澄请鲁迅给自己的译作《国际劳动问题》写序，鲁迅在该书序言中说："张君月澄是我在广州才遇见的。我们谈了几回，知道他已经译成一部《国际劳动问题》给中国，还希望我做一点简短的序文……我虽然不知道劳动问题，但译者在游学中尚且为中国和台湾民众尽力的努力与诚意，我是觉得的。我只能以这几句话表示我个人的

---

① 袁洪权：《李秉中其人——从新发现的〈鲁迅先生遗书一束〉谈起》，《新文学史料》，2023年第2期。

感激"。文中，他还称赞台湾青年自己身陷困境"却不将中国的事情暂且放下。他们常希望中国革命的成功，赞助中国的改革；总想尽些力，于中国的现在和将来有所裨益"。作为中山大学教务主任的鲁迅还曾专门召开教务会议，研究决定给予台湾学生免交学费等多项照顾。①

此外，鲁迅对香港青年知识分子也有过重要影响。1927年2月，鲁迅接受香港青年会邀请，在青年会礼堂给香港的年轻观众作了两场演讲，后来整理成演讲稿《无声的中国》和《老调子已经唱完》。此后，鲁迅又写作了三篇关于香港的文章《略谈香港》《述香港恭祝圣诞》《再说香港》。鲁迅的演讲和文章在报刊上发表后，在香港引起很大反响，一位署名"探秘"的香港读者发表文章《听鲁迅君演讲后之感想》称："大抵他是血性的人，所以所讲的话都含有严肃之气，这种神态合于演讲的姿势可不深论。但是他所发挥的话有意在言外之妙，就是很可喜的。"鲁迅在香港的演讲无疑促进了香港青年、文学的发展，有人称其为香港新文学的起点。

八、鲁迅与李何林

除了与鲁迅有过交往的知识分子外，还有大量没有与鲁迅有直接交往的中国现代知识分子也深受鲁迅影响，代表人物除了本书之前所述的曹禺、赵树理外还有李何林。

李何林早年积极参加革命，参与了北伐、南昌起义。南昌起义失败后不久，李何林来到北京，在好友李霁野的帮助下，他参加了鲁迅领导的未名社活动。李何林虽然与鲁迅没有直接交往过，但读过鲁迅大量作品，对鲁迅思想极其认同，从此走上了宣扬鲁迅、捍卫鲁迅、传承鲁迅的道路，

---

① 参见卜可卜言:《说一点鲁迅与青年朋友的往事》,知乎,https://zhuanlan.zhihu.com/p/115010854。

后来成为著名的鲁迅研究专家和中国现当代文学学科创立者之一,一生以保卫"鲁迅精神"为己任。尤其是,李何林被誉为鲁迅研究务实派的最高代表,他"刚直不阿,一身正气,始终坚持基础性研究,不写一句空话,给后人留下了坚实的学术成果"①。

像李何林一样与鲁迅没有交往但依然受到鲁迅影响的中国现代知识分子还有很多,而且肯定要比与鲁迅有直接交往的知识分子多得多。如孙伏园曾说:"在五四运动前后,用唐俟和鲁迅两个笔名所发表的几十篇文字,在青年思想界所起的影响是深远而广大的。"②五四运动学生领袖、《新潮》主编傅斯年也曾写道:"鲁迅先生所作《狂人日记》的狂人,对于人世的见解,真个透彻极了,但是世人总不能不说他是狂人。哼哼!狂人!狂人!耶稣、苏格拉底在古代,托尔斯泰、尼采在近代,世人何尝不称他做狂人呢?但是过了些时,何以无数的非狂人跟着狂人走呢?文化的进步,都由于有若干狂人,不问能不能,不管大家愿不愿,一个人去辟不经人迹的路。"③这种影响也很值得研究,但那是另外一个课题了,也将是笔者下一步研究方向。

总体上,鲁迅对中国众多现代知识分子有着重要影响,包括通过讲课、交往、作品等方式的直接、间接影响。这些影响在很大程度上塑造了众多中国现代知识分子,影响了他们的思想、创作乃至人生,也极大影响了中国现代文化文学,以至于影响至当代。"愿有英俊出中国",我们当代很多知识分子包括笔者在内也依然受到鲁迅重要影响,鲁迅的精神、事业总是薪火相传。

---

① 张梦阳:《中国鲁迅学史》,江苏文艺出版社,2021年,第432页。
② 孙伏园:《回忆五四运动中的鲁迅先生》,《中国青年》,1953年第9期。
③ 记者:《书报介绍》,《新潮》第一卷第二号,1919年2月1日。

附录一

超出《呐喊》看鲁迅呐喊

鲁迅小说集《呐喊》最早由北大新潮社出版于 1923 年 8 月，至今已经一百余年。《呐喊》的出版有着重要的文学、时代和现实意义，它"掀开了中国新文学划时代的新篇章，鲁迅也因之成为新文化运动的旗手与主将"[①]，对于当时时代尤其是新文化运动起到了"呐喊"的作用，对于我们今天的文学创作、思想启蒙等依旧有着重要的现实价值。而从更广阔的视野来看，呐喊是鲁迅作为"战士"的主要标志和战斗方式，鲁迅在出版《呐喊》前后其实都有呐喊。因此，应超出《呐喊》文本看鲁迅呐喊，鲁迅的呐喊之路值得认真回顾、探析。

一、鲁迅呐喊原因与目的

探析鲁迅呐喊，首先需要对"呐喊"概念进行界定。"呐喊"是大声呼喊的意思，尤其指在战场上大声呼喊以助威。因此"呐喊"不完全等同于"启蒙"，它包含了启蒙唤醒他人的含义，但超越了启蒙，还有表达自我助威他人的意思。如同战争上擂鼓助威是战斗的一部分，呐喊虽然不是亲身参战但也属于战斗，呐喊者自然也是战士。

而探析鲁迅的呐喊，第一个问题自然是鲁迅为什么要呐喊。仔细分析，至少有三个原因。第一个原因是年轻时候的梦。鲁迅在《〈呐喊〉自

---

① 李静宜：《"但见奔星劲有声——纪念〈呐喊〉出版 100 周年"学术研讨会综述》，《鲁迅研究月刊》2023 年第 11 期。

序》刚开始便写道:"我在年青时候也曾经做过许多梦,后来大半忘却了,但自己也并不以为可惜。所谓回忆者,虽说可以使人欢欣,有时也不免使人寂寞,使精神的丝缕还牵着已逝的寂寞的时光,又有什么意味呢,我偏苦于不能全忘却,这不能全忘的一部分,到现在便成了《呐喊》的来由。"① 鲁迅随后回顾了自己的人生经历,尤其是在日本弃医从文的原因、经过。虽然鲁迅经《新生》夭折等打击感到"无聊""寂寞""悲哀"而放弃文学创作"沉默"十年,但鲁迅其实一直没有忘却他年轻时的主要梦想即提倡文艺改变国民精神,即鲁迅在《〈呐喊〉自序》中所写:"我们的第一要著,是在改变他们的精神,而善于改变精神的是,我那时以为当然要推文艺,于是想提倡文艺运动了。"② 这是鲁迅重新呐喊为《新青年》撰稿的主要原因,既为启蒙唤醒他人,也为表达自己"内在的心声"从"沉默"中爆发。

鲁迅其实不是从《呐喊》才开始呐喊的,而是从日本留学时就开始了呐喊,他当时发表《摩罗诗力说》《文化偏至论》《破恶声论》等文章以及翻译出版《域外小说集》等都是在呐喊。如学者姜异新在题为《从"呐喊"到〈呐喊〉:论"破恶声"之鲁迅文学的发生》演讲中所说鲁迅的呐喊始于东京,"1908年发表的《破恶声论》即昭示了后来鲁迅文学的本质——破恶声,白心声,光内曜。1923年出版于北京的《呐喊》则践行了鲁迅的文艺理想,也是新文化运动最重要的实绩。由此,《呐喊》可视为《破恶声论》之下篇。思想者周树人'呐喊'于东京的文艺行动,文学家鲁迅以新文学实绩《呐喊》呼应于北京。'呐喊'终于证之以《呐喊》,鲁迅第一次实现了思想与文学的交汇。"③ 1933年,在《我怎么做起小说来》

---

① 鲁迅:《自序》,《呐喊》,《鲁迅全集》第1卷,人民文学出版社,2005年,第437页。
② 鲁迅:《自序》,《呐喊》,《鲁迅全集》第1卷,人民文学出版社,2005年,第439页。
③ 李静宜:《"但见奔星劲有声——纪念〈呐喊〉出版100周年"学术研讨会综述》,《鲁迅研究月刊》2023年第11期。

中，鲁迅也说："说到'为什么'做小说罢，我仍抱着十多年前的'启蒙主义'，以为必须是为'人生'，而且要改良这人生……所以，我的取材，多采自病态社会的不幸的人们中，意思是在揭出病苦，引起疗救的注意。"①可见，改变国民精神、疗救社会是鲁迅始终不忘的梦想，也是鲁迅呐喊的根本原因。

第二个原因是通过呐喊来助威。如鲁迅在《〈呐喊〉自序》中所说："所以有时候仍不免呐喊几声，聊以慰藉那在寂寞里奔驰的猛士，使他不惮于前驱。"②鲁迅在为《自选集》作的《自序》中也写道："又为什么提笔的呢？想起来，大半倒是为了对于热情者们的同感。这些战士，我想，虽在寂寞中，想头是不错的，也来喊几声助助威罢。首先，就是为此。"③可见，鲁迅通过呐喊助威、慰藉寂寞的"猛士""战士"，是鲁迅为《新青年》杂志撰稿重新呐喊的直接原因。

第三个原因是出于对毁坏"铁屋子"的希望。钱玄同所说的"然而几个人既然起来了，你不能说决没有毁坏这铁屋的希望"④，在一定程度上说服了鲁迅，如鲁迅在《〈呐喊〉自序》中所说："然而说到希望，却是不能抹杀的，因为希望是在于将来，决不能以我之必无的证明，来折服他之所谓可有，于是我终于答应他也做文章了。"⑤1932年鲁迅在《〈自选集〉自序》中也指出："自然，在这中间，不免夹杂些将旧社会的病根暴露出来，催人留心，设法加以疗治的希望。"⑥就像鲁迅1925年所写的散文诗《希

---

① 鲁迅：《我怎么做起小说来》，《南腔北调集》，《鲁迅全集》第4卷，人民文学出版社2005年版，第526页。
② 鲁迅：《自序》，《呐喊》，《鲁迅全集》第1卷，人民文学出版社，2005年，第441页。
③ 鲁迅：《〈自选集〉自序》，《南腔北调集》，《鲁迅全集》第4卷，人民文学出版社，2005年，第468页。
④ 鲁迅：《自序》，《呐喊》，《鲁迅全集》第1卷，人民文学出版社，2005年，第441页。
⑤ 鲁迅：《自序》，《呐喊》，《鲁迅全集》第1卷，人民文学出版社，2005年，第441页。
⑥ 鲁迅：《〈自选集〉自序》，《南腔北调集》，《鲁迅全集》第4卷，人民文学出版社，2005年，第468页。

望》中所言，鲁迅用"希望的盾"来"抗拒那空虚中的暗夜的袭来"①，对毁坏"铁屋子"还抱有希望是鲁迅呐喊的又一重要原因，否则鲁迅再有梦想可能也不会重新呐喊。

这三个鲁迅呐喊的原因，也是鲁迅呐喊的目的所在，通过自己呐喊为"猛士""战士"助威来保持希望，最终唤醒国人毁坏"铁屋"。而这三个原因，也决定了鲁迅的呐喊之路中呐喊与彷徨并行。

二、鲁迅呐喊的过程与特点

通过呐喊唤醒国民毁坏"铁屋子"一直是鲁迅的主要梦想，所以鲁迅在出版《呐喊》之后依旧呐喊，通过创作、翻译、办杂志等各种文艺活动来坚持呐喊，他自己也逐渐从"奉命"敲敲边鼓的"小卒"成为新文化运动的"主将"。但他本来助威的其他"战士"风流云散，如鲁迅在《〈自选集〉自序》中所说："后来《新青年》的团体散掉了，有的高升，有的退隐，有的前进……"②只剩下鲁迅"荷戟独彷徨"③。

其实鲁迅一直是呐喊中有彷徨，彷徨中有呐喊。鲁迅原本就认为"铁屋子""是绝无窗户而万难破毁的"，惊起了"较为清醒的几个人"反而使他们"受无可挽救的临终的苦楚"。1918年也即鲁迅重新呐喊不久，他就对呐喊表示过动摇，"假如有人偏向别处走，再劝一番，固无不可；但若仍旧不信，便不必拼命去拉，各走自己的路"。④

鲁迅《呐喊》中其实就有不少"彷徨"体现，"'呐喊'中的人物多'彷徨'姿态，色调灰色居多，行动也多孤僻怪异，全书充满了怀疑和迟

---

① 鲁迅：《希望》，《野草》，《鲁迅全集》第2卷，人民文学出版社，2005年，第181页。
② 鲁迅：《〈自选集〉自序》，《南腔北调集》，《鲁迅全集》第4卷，人民文学出版社，2005年，第469页。
③ 鲁迅：《题〈彷徨〉》，《集外集》，《鲁迅全集》第7卷，人民文学出版社，2005年，第156页。
④ 鲁迅：《渡河与引路》，《集外集》，《鲁迅全集》第7卷，人民文学出版社，2005年，第37页。

疑。"①如《狂人日记》中的"狂人"虽呐喊过,"然已早愈,赴某地候补矣",《药》中的呐喊者夏瑜则被"吃人血馒头",《端午节》表现出了新知识人在现实中的无力无奈……在小说《头发的故事》里,鲁迅更是借主人公之口说道:"你们这些理想家,又在那里嚷什么女子剪发了,又要造出许多毫无所得而痛苦的人!现在不是已经有剪掉头发的女人,因此考不进学校去,或者被学校除了名么?"②这话其实也是"铁屋子里的少数人"被喊醒了更痛苦的意思,表现出鲁迅对呐喊效果的怀疑。《呐喊》出版后不久,鲁迅在1923年的《娜拉走后怎样》演讲中说:"人生最苦痛的是梦醒了无路可以走。做梦的人是幸福的;倘没有看出可走的路,最要紧的是不要去惊醒他……"③这是鲁迅对"铁屋子"中的人被唤醒后更苦痛的再次言说,也是他对打破"铁屋子"希望的质疑。

此后,鲁迅的作品集《彷徨》《朝花夕拾》《野草》等都是鲁迅"彷徨"状态的明显反映。如《彷徨》中的《伤逝》实际上写的就是呐喊的悲剧,涓生通过呐喊唤醒了子君却养不了她,最终子君回到老家很快去世,留给涓生的只是悔恨;《朝花夕拾》则充满了对过往的怀念,也即暗含着对呐喊现实的失望;《野草》中"两篇《复仇》和《聪明人和傻子和奴才》,则是抒发启蒙者的沮丧情绪,和他对不可救药的大众的厌恶和藐视。与这情绪相联系的,还有《失掉的好地狱》,暗示对社会变革的绝望;又有《颓败线的颤动》,近乎忘情地宣泄被人利用、施惠获怨的愤恨"。④1927年,鲁迅在《答有恒先生》中更是提出了"醉虾"的说法,"中国的筵席上有一种'醉虾',虾越鲜活,吃的人便越高兴,越畅快。我就是做这醉虾的帮手,弄清了老实而不幸的青年的脑子和弄敏了他的感觉,使他万一遭灾

---

① 黄乔生:《〈呐喊〉〈彷徨〉两悠悠》,《名作欣赏》,2023年第13期。
② 鲁迅:《头发的故事》,《呐喊》,《鲁迅全集》第1卷,人民文学出版社,2005年,第487、488页。
③ 鲁迅:《娜拉走后怎样》,《坟》,《鲁迅全集》第1卷,人民文学出版社,2005年,第166页。
④ 王晓明:《无法直面的人生:鲁迅传》,三联书店,2021年,第108、109页。

时来尝加倍的苦痛，同时给憎恶他的人们赏玩这较灵的苦痛，得到格外的享乐"①。这种说法几乎是对呐喊的绝望了，呐喊者不过是"做这醉虾的帮手"。

但鲁迅彷徨中也有呐喊，尤其是在"向左转"之后，鲁迅放弃小说创作转为主要写作杂文就是直接发出战斗的呐喊声。他甚至在后来重提"呐喊"。"1933年夏天，他解释自己为什么要换着笔名给《申报》的'自由谈'专栏投稿：'一是为了朋友的交情，一则在给寂寞者以呐喊，也还是由于自己的老脾气'。"②可"从1933年开始，他似乎越来越不愿意再像1930年代初那样卖力地冲锋呐喊了。他自己解释说：'最令人寒心而且灰心的，是友军中的从背后来的暗箭；受伤之后，同一营垒中的快意的笑脸……'"③鲁迅在临终前又写了《我的第一个师父》《女吊》《关于章太炎先生二三事》等回忆散文，这自然又是鲁迅彷徨心态的体现。但鲁迅直到临终也没有放弃呐喊，他最后一篇长文《答徐懋庸并关于抗日统一战线问题》也还是战斗檄文。

从东京呐喊开始，鲁迅的呐喊之路中其实一直是呐喊与彷徨并行。呐喊中有彷徨，彷徨中有呐喊，呐喊后会彷徨，彷徨后还会呐喊，这是鲁迅呐喊的主要特点。

三、鲁迅呐喊的困境与出路

鲁迅之所以呐喊与彷徨并行，主要源于鲁迅对呐喊对象、呐喊方式、呐喊者以及希望本身的看法。

呐喊对象自然是国民，鲁迅对国民的态度很复杂。"从鲁迅的代表作

---

① 鲁迅：《答有恒先生》，《而已集》，《鲁迅全集》第3卷，人民文学出版社，2005年，第474页。
② 王晓明：《无法直面的人生：鲁迅传》，三联书店，2021年，第189-190页。
③ 王晓明：《无法直面的人生：鲁迅传》，三联书店，2021年，第211页。

《呐喊》以及其他文献资料中可以推断出，他并不对底层民众失去信心，他的文学作品和启蒙理念一面突显了他对国民的深厚情感和担忧，一面表达了他对国民自我觉醒的希望。"①

一方面，鲁迅原本总体上对国民性持批判态度，认为国民是麻木愚昧的，因此他不遗余力地揭露国民性，注重改造国民性，提出"最要紧的是改革国民性，否则，无论是专制，是共和，是什么什么，招牌虽换，货色照旧，全不行的"。②"鲁迅相信中国的根本问题在于中国的'国民性'。中国的'国民性'必须改造，才能在现代世界生存"。③鲁迅对国民甚至有过绝望，他在《答有恒先生》中甚至说："我之得以偷生者，因为他们大多数不识字，不知道，并且我的话也无效力，如一箭之入大海。否则，几条杂感，就可以送命的。民众的罚恶之心，并不下于学者和军阀。"④这几乎是直接指出了呐喊者的悲剧下场，表达了鲁迅对民众的绝望。

但鲁迅后来又对国民有过希望。他在 1926 年曾说："然而世界却正由愚人造成，聪明人决不能支持世界，尤其是中国的聪明人。"⑤他还为国人的愚昧辩解道："近来的读书人，常常叹中国人好像一盘散沙，无法可想……其实这是冤枉了大部分中国人的。小民虽然不学，见事也许不明，但知道关于本身利害时，何尝不会团结……他们的像沙，是被统治者'治'成功的。"⑥鲁迅还认为"在将来，围在高墙里面的一切人众，该会自己觉醒，走出，都来开口的罢"⑦。甚至鲁迅还"以为惟新兴的无产者才有将来"⑧。

---

① 杨文佩：《鲁迅〈呐喊〉疾病意象的启蒙指向》，《鲁迅研究月刊》，2023年第12期。
② 鲁迅：《两地书·八》，《鲁迅全集》第11卷，人民文学出版社，2005年，第32页。
③ 张钊贻：《鲁迅如何看待中国民众的觉醒》，《华文文学》，2023年第6期。
④ 鲁迅：《答有恒先生》，《而已集》，《鲁迅全集》第3卷，人民文学出版社，2005年，第477页。
⑤ 鲁迅：《写在〈坟〉后面》，《坟》，《鲁迅全集》第1卷，人民文学出版社，2005年，第302页。
⑥ 鲁迅：《沙》，《南腔北调集》，《鲁迅全集》第4卷，人民文学出版社，2005年，第564页。
⑦ 鲁迅：《俄文译本〈阿Q正传〉序及著者自叙传略》，《集外集》，《鲁迅全集》第7卷，人民文学出版社，2005年，第84页。
⑧ 鲁迅：《序言》，《二心集》，《鲁迅全集》第4卷，人民文学出版社，2005年，第195页。

国民中最有希望的自然是年轻人，鲁迅对于年轻人的态度也有变化。鲁迅原本信仰进化论，认为"将来必胜于过去，青年必胜于老人"①，以为自己的"青春已经逝去"但"身外的青春固在"。但他后来又在《希望》中感慨："然而现在何以如此寂寞？难道连身外的青春也都逝去，世上的青年也多衰老了么？"②尤其因为1927年"四一二事件"，鲁迅对他依赖的进化论和他寄予希望的青年人更是失望："我至今为止，时时有一种乐观，以为压迫，杀戮青年的，大概是老人……现在我知道不然了，杀戮青年的，似乎倒大概是青年。"③如果连青年都没有希望，那呐喊唤醒国民的希望在哪里？鲁迅很失望，但也没有完全放弃对年轻人的希望，他后来虽然与青年的交往不像以前那样密切，但也还是甘作"梯子"，尽力关心、培养青年。

而对于呐喊者，鲁迅也持怀疑态度。鲁迅意识到呐喊者自身也有问题，"'我'（《故乡》）、吕纬甫、子君身上暴露出的麻木、卑怯、短视，以及思想上的惰性，表明了国民性的根深蒂固对于那些较为清醒的人来说同样如此"。④而且，随着"新青年"的风流云散，"新的战友在那里呢？"⑤对于自己的呐喊，鲁迅说过："既然是呐喊，则当然须听将令的了，所以我往往不恤用了曲笔……"⑥即鲁迅的呐喊也并不完全是"我口说我心"；另外，众所周知，鲁迅对自己有很多深刻的自我解剖、怀疑，如解剖自身的"毒气和鬼气"。

对于呐喊方式即作为"精神界战士"的主要武器文艺，鲁迅也既有

---

① 鲁迅：《序言》，《三闲集》，《鲁迅全集》第4卷，人民文学出版社，2005年，第5页。
② 鲁迅：《希望》，《野草》，《鲁迅全集》第2卷，人民文学出版社，2005年，第181页。
③ 鲁迅：《答有恒先生》，《而已集》，《鲁迅全集》第3卷，人民文学出版社，2005年，第473页。
④ 张颖：《文教资料》，《"大嚷"与"毁屋"——试论鲁迅在"铁屋子"中的自救》，2019年第26期。
⑤ 鲁迅：《〈自选集〉自序》，《南腔北调集》，《鲁迅全集》第4卷，人民文学出版社2005年版，第469页。
⑥ 鲁迅：《自序》，《呐喊》，《鲁迅全集》第1卷，人民文学出版社2005年版，第441页。

希望又有绝望。他一方面坚信文艺对唤醒国民"善于改变精神"的重要性,认为"文艺是国民精神所发的火光,同时也是引导国民精神的前途的灯火"①,直到晚年也依旧认为:"自然,人类最好是彼此不隔膜,相关心。然而最平正的道路,却只有用文艺来沟通。"②但另一方面,鲁迅又意识到文艺的"不中用","所谓文化之类,和现在的民众有甚么关系,甚么益处呢?"③尤其是相对于暴力、政治而言,鲁迅认为文艺更为"不中用","文学文学,是最不中用的,没有力量的人讲的;有实力的人并不开口,就杀人,被压迫的人讲几句话,写几个字,就要被杀;即使幸而不被杀,但天天呐喊,叫苦,鸣不平,而有实力的人仍然压迫,虐待,杀戮,没有方法对付他们,这文学于人们又有什么益处呢……一首诗吓不走孙传芳,一炮就把孙传芳轰走了"④。

对于呐喊对象、方式、主体,鲁迅都既绝望又持有希望,这便是鲁迅的呐喊困境。这首先自然是因为鲁迅思想的博大精深,"鲁迅的思想由于极具丰富性和复杂性而呈现出矛盾、悖论的表象"。⑤

其次,出于鲁迅对"希望"本身的态度。一方面,鲁迅寄托于希望,认为"希望是本无所谓有,无所谓无的。这正如地上的路;其实地上本没有路,走的人多了,也便成了路"。⑥另一方面,鲁迅又认为希望是"虚妄"的,他在《希望》中借裴多菲的诗说:"希望是什么?是娼妓:她对谁都蛊惑,将一切都献给;待你牺牲了极多的宝贝——你的青春——她就抛弃

---

① 鲁迅:《论睁了眼看》,《坟》,《鲁迅全集》第1卷,人民文学出版社,2005年,第254页。
② 鲁迅:《〈呐喊〉捷克译本序言》,《且介亭杂文末编》,《鲁迅全集》第6卷,人民文学出版社,2005年,第554页。
③ 鲁迅:《老调子已经唱完》,《集外集拾遗》,《鲁迅全集》第7卷,人民文学出版社,2005年,第326页。
④ 鲁迅:《革命时代的文学》,《而已集》,《鲁迅全集》第1卷,人民文学出版社,2005年,第436、442页。
⑤ 杜光霞:《鲁迅:从虚无中寻出欢喜》,四川大学出版社,2018年,第6页。
⑥ 鲁迅:《故乡》,《呐喊》,《鲁迅全集》第1卷,人民文学出版社,2005年,第510页。

你。"①但同时，鲁迅又对绝望也有质疑，认为"绝望之为虚妄，正如希望相同"②，"希望与绝望，悲观与乐观，所有这一切在鲁迅的世界里构成一种深刻的悖论关系，他相信前者，也相信后者"。③因此，鲁迅一生在绝望与希望之间挣扎，"反抗绝望"是鲁迅生命哲学的核心。"鲁迅以'虚妄'的真实性同时否定了'绝望'与'希望'，把生命的全部意义归结为人的现实抉择：'肉搏这空虚中的暗夜'，从而构建了一套即便面对双重的'绝望'和'虚无'也能据以生存和抗战的哲学——'反抗绝望'的人生哲学"。④

而这一切或许源于鲁迅一向所持的怀疑的态度和批评的精神。怀疑的态度和批评的精神正是知识分子最重要最宝贵的品质之一，也是新文化运动的主要精神、目的之一，如胡适所言："新文化运动的一件大事业就是思想的解放。我们当日批评孔孟，弹劾程朱，反对孔教，否认上帝，为的是打倒一尊的门户，解放中国的思想，提倡怀疑的态度和批评的精神而已。"⑤而鲁迅之所以有怀疑的态度和批评的精神，或许源于他青少年时受家道中落和嗜读《天演论》等的影响，家道中落让鲁迅"看见世人的真面目"而怀疑一切，而"怀疑主义是近代中国思想的重要源泉之一。戊戌变法时期，严复在介绍英国经验主义认识论的同时，在其译作《天演论》的按语中对笛卡儿及其怀疑论哲学做了细致的介绍，并分析了经验主义怀疑论对于批评宗教迷信和形而上学、推动近代科学和知识发展的重要作用"。⑥

因为怀疑的态度和批评的精神，鲁迅再呐喊也会彷徨；而因为自己的梦想及"反抗绝望"，也因"但我的反抗，却不过是与黑暗捣乱"⑦，鲁迅即

---

① 鲁迅：《希望》，《野草》，《鲁迅全集》第2卷，人民文学出版社，2005年，第182页。
② 鲁迅：《希望》，《野草》，《鲁迅全集》第2卷，人民文学出版社，2005年，第182页。
③ 汪晖：《反抗绝望：鲁迅及其文学世界》，三联书店，2023年，第85页。
④ 汪晖：《反抗绝望：鲁迅及其文学世界》，三联书店，2023年，第247、248页。
⑤ 胡适：《新文化运动与国民党》，《新月》第2卷第6、7号合刊，上海书店影印版，第4页。
⑥ 汪晖：《反抗绝望：鲁迅及其文学世界》，三联书店，2023年，第33页。
⑦ 鲁迅：《两地书·二十四》，《鲁迅全集》第11卷，人民文学出版社，2005年，第80、81页。

使再彷徨还是要呐喊，即他所说的"因为我常常觉得惟'黑暗与虚无'乃是'实有'，却偏要向这些作绝望的抗战"。① 这就导致了鲁迅呐喊中有彷徨，彷徨中有呐喊。而正如郁达夫赠鲁迅的诗所言"呐喊彷徨两悠悠"，呐喊、彷徨都是鲁迅真实的状态，都表现出了鲁迅的深刻、伟大，呐喊让彷徨更丰富丰盈，彷徨让呐喊更深沉深远。

也正是由于对呐喊的质疑，鲁迅强调呐喊的长期性，强调先准备"战士"，"现在的办法，首先还得用那几年以前《新青年》上已经说过的'思想革命'。还是一句话，虽然未免可悲，但我以为除此没有别的法。而且还是准备'思想革命'的战士，和目下的社会无关。待到战士养成了，于是再决胜负"。② 鲁迅也由此认识到呐喊的局限而超越呐喊，逐渐意识到不仅要唤醒国人毁坏"铁屋子"，也需社会变革直接毁坏"铁屋子"，"当务之急就是要用革命战争的血与火，推翻反动黑暗统治，实行政治经济制度的根本变革，争得思想与言论的自由及相应的经济保证"。③ 从而鲁迅开始"向左转"，从思想革命的呐喊者"转"为社会革命的"同路人"，通过加入自由运动大同盟、中国民权保障同盟、左联等方式直接参与了战斗，这也正是鲁迅以身作则"暗示"他走出呐喊困境的出路所在。

四、结语

《呐喊》是鲁迅作为作家的代表作，呐喊则是鲁迅作为人的"代表作"。呐喊超越了启蒙属于战斗，呐喊是鲁迅作为"战士"的主要战斗方式。鲁迅希望通过自己呐喊来助威其他"战士"唤醒国民毁坏"铁屋"，但因为对呐喊对象、呐喊方式、呐喊者及希望本身的怀疑，鲁迅的呐喊之

---

① 鲁迅：《两地书·四》，《鲁迅全集》第11卷，人民文学出版社，2005年，第21页。
② 鲁迅：《通讯》，《华盖集》，《鲁迅全集》第3卷，人民文学出版社，2005年，第123页。
③ 钱理群：《周作人传》，华文出版社，2013年，第239页。

路中呐喊与彷徨并行。最终，鲁迅在保持呐喊唤醒国民的同时，超越呐喊直接投入了战斗以走出呐喊困境。鲁迅的呐喊之路既是他自己人生的写照，也是无数中国现代知识分子命运的剪影，对于我们今天也有着重要的参考意义。知识分子不能仅仅"作壁上观"呐喊助威，还需"躬身其中"亲自实践经世致用。

附录二

再探鲁迅"向左转"

鲁迅为何"向左转",他的"向左转"有何表现和影响?对此众说纷纭,"其中的主流观点不仅在中国大陆长期塑造了鲁迅最后十年的形象,也成为'新时期'以来许多人臧否鲁迅的潜在根据之一。某种意义上而言,鲁迅的'向左转'已成为中国现代思想史上的一个'事件',也成为重新解读中国左翼文化运动的一把钥匙。"① 而近年来有些"新"观点则否定"阶级论"对鲁迅"向左转"的影响,甚至否定鲁迅"向左转",认为鲁迅本质上仍然是"自由主义者"。本文试图从具体的历史场景出发,结合鲁迅作品,再探鲁迅"向左转"之路。

一、鲁迅"向左转"原因

1927年是中国革命史上的重要一年,也是鲁迅人生中的重要一年。1927年1月18日,鲁迅离开厦门大学来到广州,担任中山大学中文系主任兼教务主任。鲁迅之所以去广州,一方面是想与已在广州的许广平团聚;另一方面则因为广州是当时的革命旋涡,鲁迅想去广州更有力地战斗:"其实我也还有一点野心,也想到广州后,对于研究系加以打击,至于无非我不能到北京去,并不在意;第二是同创造社连络,造一条战线,更向旧社会进攻,我再勉力做一点文章,也不在意。"②

---

① 张宁:《"转"而未"变"》,《文史哲》,2007年第2期。
② 鲁迅,景宋:《两地书·原信》,中国青年出版社,2005年,第80页。

其实，鲁迅能来广州中山大学是经过中共广东区委研究，并由校内恽代英、毕磊等共产党员向中山大学校务委员会委员长戴季陶提出聘请要求而得以实现的。鲁迅到达中山大学不久，中共广东区委学委会副书记、中山大学左派学生组织"新学生社"领袖毕磊便前去拜访，随后经常和鲁迅见面、联系，赢得鲁迅欣赏、信任。毕磊介绍了中共中山大学支部书记徐文雅、中共广东区委书记陈延年等共产党员与鲁迅相识，并赠送《人民周刊》《少年先锋》《向导》《支部生活》《中国青年》《做什么》等共产党主办的刊物给鲁迅，"《少年先锋》是鲁迅在广州时期最爱阅读的革命刊物"[1]。与毕磊、徐文雅、陈延年等共产党员的直接交往及阅读共产党办的刊物，无疑让鲁迅对共产党、左翼思想有了更多更直接的了解、认识，形成了左翼对鲁迅的"引力"。

不久"四一二"事变发生，广州大批共产党员被捕乃至牺牲，中山大学毕磊等共产党员也随之被捕。鲁迅在中山大学召开的紧急会议上要求学校出面担保被捕学生，遭拒后他捐款慰问被捕学生，并很快向学校提出辞职。这场事变及随后毕磊等左翼青年的被杀"吓得"鲁迅"目瞪口呆……血的代价，得到的教训就只明白了这上当"[2]，直接导致鲁迅离开广州前往上海，也导致鲁迅对以国民党为首的右翼彻底失望，形成了右翼对鲁迅的"推力"。

1927年10月3日到达上海后，鲁迅本欲与创造社联合办刊，并已谈好恢复《创造周报》，不料却很快遭到创造社及太阳社"革命小将"们连篇累牍的攻击。鲁迅被批判为"老生""老作家""醉眼陶然""自鸣得意的知识阶级终究不是这个时代的表现者"等，甚至被郭沫若化名"杜荃"在文章《文艺战线上的封建余孽》中定性为"二重的反革命人物""不得

---

[1] 李江：《鲁迅在广州时期革命报刊宣传马列主义情况及对他的影响》，北京鲁迅博物馆、鲁迅研究室编：《鲁迅研究资料5》，天津人民出版社，1980年，第289页。
[2] 冯雪峰：《冯雪峰回忆鲁迅》，河北教育出版社，2002年，第19页。

志的Fascist（法西斯蒂）"。鲁迅当然不甘示弱而以一击十愈战愈勇，写了很多反击、论战文章，并由于被攻击为"不懂唯物史观"而购买、阅读了一百多种马克思主义相关著作，还翻译了普列汉诺夫的《艺术论》、苏联"同路人"作家作品。这场与左翼作家的论战形成了左翼对鲁迅的"压力"，如鲁迅自己所言："我有一件事要感谢创造社的，是他们'挤'我看了几种科学底文艺论，明白了先前的文学史家们说了一大堆，还是纠缠不清的疑问。并且因此译了一本蒲力汗诺夫的《艺术论》，以救正我——还因我而及于别人……的只信进化论的偏颇。"①

此外，当时的时代氛围尤其是思想文化界也总体上"向左转"。"20世纪30年代由于西方世界爆发大规模的经济危机，世界范围内的思想文化界也进入了一个'红色三十年代'时期。"②国内"四一二"事变发生后，很多国人尤其是知识分子反而对共产党更加同情、支持，思想文化领域的"革命"气氛反而愈加浓厚，因此形成了鲁迅"向左转"的"合力"。

左翼对鲁迅的"引力""压力"和右翼对鲁迅的"推力"及时代背景的"合力"共同构成了现实中客观的作用力，使得鲁迅在这样的"力场"中"向左转"。

除了现实中的作用力影响外，当然鲁迅自身的思想、心理等主观因素也是鲁迅"向左转"的重要原因。如瞿秋白所言："鲁迅从进化论进到阶级论，从绅士阶级的逆子贰臣，进到无产阶级和劳动群众的真正的友人，以至于战士，他是经历了辛亥革命以前直到现在的四分之一世纪的战斗，从痛苦的经验和深刻的观察之中，带着宝贵的革命传统到新的阵营里来的。"③

鲁迅的思想历程大体"是由嵇康的愤世，尼采的超人，配合着进化

---

① 鲁迅：《三闲集·序言》，《鲁迅全集》第4卷，人民文学出版社，2005年，第6页。
② 耿传明：《鲁迅与鲁门弟子》，大象出版社，2011年，第176页。
③ 瞿秋白：《瞿秋白选集》，人民出版社，1985年，第546页。

论，进而至于阶级的革命论的"。①鲁迅在日本留学时期，尼采思想正在日本学术界磅礴兴盛，尼采的超人学说、"重估一切价值"的破坏旧传统的反抗精神、新理想主义和唯意志论都对鲁迅有着潜移默化的影响，如巴人在《鲁迅与高尔基》一文中所言："初期的鲁迅是以尼采思想为血肉。"这一时期，鲁迅已初步形成了"立人思想"与"硬气风格"，"而马克思主义文艺理论中以人民为核心的理念与鲁迅的人学思想是有相通之处的，这或许恰是左翼文学思潮能让鲁迅部分认同的原因之一。"②之后，从1908年回国到1918年在《新青年》上发表《狂人日记》，鲁迅在这"沉默的十年"里沉湎于魏晋文章，由此形成了鲁迅所特有的"魏晋参照与魏晋感受"，即钱理群先生所言："对外在的社会、历史、文化的黑暗和内在的本体性的黑暗的刻骨铭心的生命体验，形成了他独特的'反抗绝望'的人生哲学。"③

此外，鲁迅早年信奉进化论，认为将来必胜于过去，青年必胜于老年人。如唐弢在《琐忆》一文中回忆鲁迅曾亲口和他说："那个时候，它（指进化论）使我相信进步，相信未来，要求变革和战斗。"以进化论为武器，他猛烈抨击"吃人"的传统制度、封建礼教，并对青年非常器重、热心提携。而到了晚年，受共产党人的影响和不断学习马克思主义理论，鲁迅思想中的"阶级论"逐渐趋于主导地位。当然，进化论和阶级论并非对立关系，鲁迅从进化论"转"到阶级论并非完全"突变"或"转向"，鲁迅早期作品《狂人日记》《阿Q正传》《故乡》等中也有"阶级"描写，鲁迅晚年也还是对青年寄予希望。

鲁迅思想历程在不断变化的同时也有不变，即他始终坚持底层立场，

---

① 唐弢：《鲁迅的杂文》，《鲁迅风》周刊，1939年1月11日。转引自张梦阳：《中国鲁迅学通史》（上卷），广东教育出版社，2002年，第340页。
② 周丽华、曾攀：《论〈浙江潮〉与鲁迅"向左转"之渊源》，《广西民族师范学院学报》，2022年第2期。
③ 钱理群：《鲁迅与中国现代思想文化》，《思想》，2012年9月18日。

始终为弱者、民众发言，一直反抗压迫、强权和绝望、孤独，一直追求革命、进步。而当时以共产党为首的左翼处于弱势地位，代表着民众、革命，所以鲁迅支持共产党从而"向左转"也是理所当然。"他实际上是提出了衡量一个人或一个集团的标准，就看是不是为'现在中国人的生存'而奋斗。具体地说，第一，看你反不反抗压抑、妨碍'现在中国人的生存'的黑暗反动势力，你反抗黑暗还是助长黑暗。第二，看你能不能脚踏实地的，切切实实地做有利于'现在中国人的生存'的事情。在他看来，当时的中国共产党人是符合他的这一要求的，因此原因引为'同志'。而鲁迅做出这一判断是有根据的。这是因为当时的中国共产党是在中国社会里惟一的公开反抗国民党黑暗统治，并且不惜流血牺牲的政治力量。"①

而且，鲁迅自己的很多观点、看法也和马克思主义基本吻合。"在广泛的文明批评社会批评中，在这种日益深入的阶级斗争中，鲁迅不断具有和提出了许多接近和符合马克思主义的重要思想、观点或观念，这些观念是他1927年终于接受和成为坚定的马克思主义者的内在思想前提。"②

鲁迅的心理路程也很复杂，大体上可以分为日本留学时的觉醒、回国十年间的沉寂、"五四运动"时的呐喊、之后不久的彷徨再到最后晚年的清醒。日本留学时，因为"幻灯片事件"的刺激，鲁迅体悟到文学救治国民的重要性，从而弃医从文，就此致力于"立人"。回国任职教育部后，鲁迅在体制内不能实现自己的理想，因而内心苦闷埋头于读古书抄古碑，沉寂了整整十年。直到应钱玄同之邀为《新青年》撰稿《狂人日记》后，鲁迅一发不可收地从此呐喊不已。但随后不久，《新青年》发生分裂，鲁迅也深陷新月派、创造社等各种围攻之中而彷徨不已，这段时间他创作的《野草》便是鲁迅内心剧烈彷徨、激烈斗争的反映。彷徨的道路需要明确的方

---

① 钱理群:《与鲁迅相遇》，三联书店，2018年，第48页。
② 李泽厚,《略论鲁迅思想的发展》，李宗英、张梦阳编:《六十年来鲁迅研究论文》，知识产权出版社，2010年，第1043页。

向，斗争的内心需要确定的归宿，鲁迅也因而通过"向左转"最终基本上找到了自己的方向、归宿，从此倍加清醒、坚定，相信"唯新兴的无产者才有将来"①。

综上所述，客观、主观两方面因素的共同影响，使得鲁迅走上了"向左转"之路。当然，鲁迅的"向左转"也是从量变到质变慢慢变化而非"突变"，甚至"我们只能说，鲁迅沿着原来的方向继续向前迈进了"。②

二、鲁迅"向左转"表现

鲁迅"向左转"质变的标志是他于1930年加入左联，并成为左联名义上的"盟主"。左联乃中国左翼文学联盟的简称，是共产党直接领导的中共中央文化工作委员会下属组织，鲁迅加入这样的组织无疑确定了他的"向左转"。此外，鲁迅的"向左转"表现还有以下几个方面。

首先，是鲁迅在作品中对国民党及当权者的批判，对左翼文学的支持。虽然鲁迅没有直接点名骂过蒋介石，但在《答有恒先生》《〈杀错了人〉异议》《铲共大观》等很多文章中都对国民党及其政权"颇有微词"。如《〈杀错了人〉异议》一文说"中国革命的闹成这模样，并不是因为他们'杀错了人'，倒是因为我们看错了人"，所言"他们"当然包括国民党，《中国无产阶级革命文学和前驱的血》《黑暗中国的文艺界的现状》等文章更是直接将犀利的锋芒指向当权者。因此，鲁迅也成了国民党的"敌人"，被国民党浙江党部通缉，作品屡经删改、封禁。而在《文艺与革命》《上海文艺之一瞥》《又论"第三种人"》等文章中，鲁迅肯定了文艺的阶级性，大力宣传左翼文艺思想，极力捍卫左联和左翼文学。

其次，是鲁迅对"民族主义文学""自由主义""第三种人""向左转

---

① 鲁迅：《三闲集·序言》，《鲁迅全集》第4卷，人民文学出版社，2005年，第6页。
② 林贤治：《人间鲁迅》，人民文学出版社，2010年，第597页。

幼稚病"等非左翼思想的批判。"民族主义文学"具有国民党色彩,反对无产阶级文学,鲁迅在《"民族主义文学"的任务和运命》一文中对它进行了强烈、全面的批判。鲁迅对陈源、梁实秋、徐志摩、胡适、沈从文、林语堂等自由主义文人都有过批判,虽然具体原因各有不同,但无疑体现出鲁迅对为国民党政权"帮忙"或"帮闲"的文人都非常反感。对于杜衡提出的企图超脱于自由主义和左翼文人的"第三种人",鲁迅则指出"生在有阶级的社会里而要做超阶级的作家,生在战斗的时代而要离开战斗而独立,生在现在而要做给与将来的作品,这样的人,实在也是一个心造的幻影,在现实世界上是没有的"。① 对于当时一些左翼文人常犯的"向左转幼稚病",鲁迅也给予了坚决斗争,批判他们脱离实际、宗派主义,如在文章《上海文艺之一瞥》批判他们"激烈得快的,也平和得快,甚至于也颓废得快"。

再次,是鲁迅对苏联的态度。对苏联的态度是当时判断左翼、右翼的一个重要标准,而鲁迅一直对俄苏怀有好感。鲁迅收藏和阅读了大量俄国、苏联著作,翻译了《文艺与批评》《竖琴》《毁灭》等一些俄苏作品,自身作品也受到果戈理、陀思妥耶夫斯基、托尔斯泰等俄国作家影响。对十月革命和苏联,鲁迅总体上是支持、欢欣的,在1918年发布的《随感录》中称十月革命的胜利为"新世纪的曙光",在《庆祝沪宁克复的那一边》一文中称列宁"究竟是革命的老手",在文章《祝中俄文学之交》中称苏联文学书籍是"我们的导师和朋友",在文章《林克多〈苏联闻见录〉序》中称苏联为"而一个崭新的,真正空前的社会制度从地狱里涌现而出,几万万的群众自己做了支配自己命运的人",在1934年写的文章《答国际文学社问》中更是直接说道:"现在苏联的存在和成功,使我确切的相信无阶级社会一定要出现"……

---

① 鲁迅:《论"第三种人"》,《现代》,第二卷第1期,1932年11月1日。

最后，也是最直接的"向左转"表现即鲁迅与共产党的关系。鲁迅和陈独秀、李大钊这两位共产党的创始人是同事、好友，和冯雪峰、胡风、柔石等共产党员亦师亦友，和瞿秋白则是知己，见过李立三、陈赓、沈泽民等共产党领导人，为共产党上海中央"特科"提供或转过许多情报，帮成仿吾等人找到过共产党组织关系，帮方志敏转送过手稿，给红军送过长征胜利贺电和金华火腿，参加了中国自由运动大同盟、民权保障同盟等共产党外围组织……可见，鲁迅和共产党的关系非常密切。

综上几个方面可见，鲁迅的左翼倾向非常明显，鲁迅最后几年踏上了"向左转"之路是毫无疑问的。

三、鲁迅"向左转"影响

鲁迅的"向左转"是一次重大嬗变，对鲁迅自身、左翼文学、共产党等都有着重要影响。

首先，"向左转"让鲁迅基本上找到了自己人生最后的道路，精神抖擞地投入一个又一个战斗之中，在作品、人生等方面都有了继"五四运动"之后的第二次大爆发。鲁迅在很多文章尤其是杂文中采用了马克思主义的理论、观点、方法，从而更具战斗性、思想性、说服力，作品数量是前期创作的两倍。鲁迅也从此更加清醒地知道自己的使命和敌人是什么，因而最后十年的人生大放异彩，"可以说这十年是鲁迅一生斗争最英勇、最坚决、战绩最显著、最辉煌的十年"[①]。

鲁迅加入左翼作家队伍，也极大增强了左翼作家的战斗力、吸引力，极大推动了左翼文学和左翼文化运动的发展。"这在客观上推进了中国现代左翼文学的发展与壮大，不仅仅在于鲁迅参加了中国左翼作家联盟这一

---

① 孙俊杰：《鲁迅和中国共产党》，《青海民族学院学报》，1981年第3期。

组织，更重要的是鲁迅作为左翼文学的重要代表而被广大的进步作家所追随与效法。"① 鲁迅对当时和其后的左翼作家有着重要影响，或直接指导、培养了胡风、萧军、萧红等左翼作家，或对左翼作家有潜移默化的影响，如本书所研究的主要内容所示。

鲁迅的"向左转"也为共产党革命正当性、执政合法性增添了很大力量，成为共产党文化战线上的一面"旗帜"。1937年底，在鲁迅逝世一周年纪念大会上，毛泽东称鲁迅"并不是共产党的组织上的一人，然而他的思想、行动、著作，都是马克思主义化的。他是党外的布尔什维克"②，从而将鲁迅与共产党一致起来。1940年，毛泽东在著名的《新民主主义论》中高度评价鲁迅道："鲁迅是中国文化革命的主将，他不但是伟大的文学家，而且是伟大的思想家和伟大的革命家。鲁迅的骨头是最硬的，他没有丝毫的奴颜和媚骨，这是殖民地半殖民地人民最可宝贵的性格。鲁迅是在文化战线上，代表全民族的大多数，向着敌人冲锋陷阵的最正确、最勇敢、最坚决、最忠实、最热忱的空前的民族英雄。鲁迅的方向，就是中华民族新文化的方向"，从而界定"鲁迅的方向"即共产党的文化方向也即"中华民族新文化的方向"。

不过在"向左转"的同时，鲁迅其实依旧保持着自身的独立性。鲁迅的身份是独立的，并未加入共产党，即使加入左联也不过是"空头盟主"；鲁迅对解散左联、抗日民族统一战线等政策并不完全认同，他认为左联不应该悄无声息地解散，抗日民族统一战线不应该什么人都联合；鲁迅对周扬等左联领导非常不满，在文章《答徐懋庸并关于抗日统一战线问题》中批判周扬"摆出奴隶总管的架子，以鸣鞭为唯一的业绩"；对未来的"黄金世界"，鲁迅也充满怀疑，在《野草·影的告别》中写道："有我所不乐意的在你们将来的黄金世界里，我不愿去"……

---

① 杨新刚：《鲁迅思想"向左转"的主要原因探析》，《中国现代文学论丛》，2016年第2期。
② 毛泽东：《毛泽东文集》（第二卷），人民出版社，1993年，第42-43页。

因此，"向左转"和独立性共同构成了完整的鲁迅，共同成就了鲁迅的丰富、深刻乃至伟大。"向左转"让鲁迅更富有战斗性、先进性，独立则让鲁迅保留了自己的人格、思想。鲁迅一直非常主张个人独立，"在个人主义和集体主义的冲突中，鲁迅既不赞成极端的唯我独尊的自我中心主义，也不赞成完全的集体本位、放弃自我。这种在集体主义盛行的时代对于自我的固守和坚持，也正是五四新文化的精义所在，这也是现代性的基本要求"。①

本质上，这或许因为鲁迅有着"结构性自我"，即鲁迅有着一以贯之的内在精神、思想体系。"新的阶级论学说只是增加了鲁迅认识历史和现实的复杂意识，并没有，也不可能改变鲁迅那业已形成的结构性自我，那种始终开放着的自我之历史。这正是鲁迅一以贯之的东西：任何新的理论学说，只有化为个人的自觉，生长出自己的主体性和人的自由意志，并由自己赋予新的秩序，才能尘给真正的解放。"②这背后正是"五四精神"的传承，"五四文学所体现的现代化追求，其中重要内容就是作家独立人格的建立和作家创作主体性的发挥。工具论与政治化显然与这一要求是背道而驰的"。③

当然，鲁迅对苏联、对共产党、对马克思主义等的认识、理解也并非完全深刻、准确。如鲁迅虽然对苏联"大清洗"有所质疑，但并未认清斯大林模式的本质。但这主要是由于历史和自身局限性及客观现实条件的限制，而非鲁迅判断力或"良心"的问题。

---

① 耿传明：《鲁迅与鲁门弟子》大象出版社，2011年，第402页。
② 张宁：《"转"而未"变"》，《文史哲》，2007年第2期。
③ 董健、丁帆、王彬彬：《中国当代文学史新稿》，北京师范大学出版社，2017年，第12页。

四、结语

总而言之,"向左转"和独立性是鲁迅的一体两面,缺一不可。像许广平般后来称鲁迅为"党的一名小兵"[1]只看到了前者,像胡适般称鲁迅为"自由主义者"[2]则只看到了后者。

因此,将晚年鲁迅"定位"为左翼知识分子也许是最为恰当的。他的"向左转"非常明显,但又保持了知识分子须具备的独立性,做到了他在文章《关于知识阶级》所言的"真的知识阶级是不顾利害的……他们对于社会永不会满意的,所感受的永远是痛苦,所看到的永远是缺点,他们预备着将来的牺牲"。左翼知识分子其实也就是鲁迅所一直倡导的"立意在反抗,指归在动作"的"精神界之战士",相信鲁迅应该对这个"定位"会感到满意。这个"定位"也应该是我们知识分子所追求的,对之后的知识分子尤其是左翼作家也产生了巨大影响,这也是鲁迅"向左转"的重要意义之一。

---

[1] 许广平:《鲁迅回忆录》,北京鲁迅博物馆、鲁迅研究室编:《鲁迅回忆录》,北京出版社,1999年,第1194页。
[2] 林曼叔:《文学岁月》,文学评论出版社有限公司,2010年,第159–160页。

主要参考书目

鲁迅：《鲁迅全集》，人民文学出版社，2005年。

陈漱渝：《鲁迅论争集》，中国社会科学出版社，1998年。

钱理群、温儒敏、吴福辉：《中国现代文学三十年》，北京大学出版社，1998年。

董健、丁帆、王彬彬：《中国当代文学史新稿》，人民文学出版社，2005年。

丁帆：《中国乡土小说史》，北京大学出版社，2007年。

房向东：《鲁迅与他的论敌》，上海书店出版社，2007年。

林贤治：《人间鲁迅》，人民文学出版社，2010年。

陈淑渝：《一个都不宽恕》，人民日报出版社，2010年。

谢泳：《中国现代文学史的研究法》，广西师范大学出版社，2010年。

刘再复：《鲁迅传》，人民日报出版社，2010年。

陈淑渝：《鲁迅正传》，江苏文艺出版社，2010年。

周海婴、周令飞：《鲁迅是谁》，金城出版社，2011年。

耿传明：《鲁迅与鲁门弟子》，大象出版社，2011年。

周作人：《鲁迅的青年时代》，北京十月文艺出版社，2013年。

房向东：《横站：鲁迅与左翼文人》，上海三联书店，2014年。

朱正：《鲁迅的人际关系》，中华书局，2015年。

陶方宣、桂严：《鲁迅的圈子》，东方出版社，2014年。

孙郁：《鲁迅遗风录》，江苏凤凰文艺出版社，2016年。

梁由之：《孤独者鲁迅》，上海三联书店，2016年。

张梦阳：《鲁迅全传》，华文出版社，2016年。

汪兆骞：《大师们的相重与相轻》，现代出版社，2016年。

杜光霞：《鲁迅：从虚无中寻出欢喜》，四川大学出版社，2018年。

周海婴：《直面与正视：鲁迅与我七十年》，作家出版社，2019年。

陈子善：《中国现代文献学十讲》，复旦大学出版社，2020年。

张梦阳：《中国鲁迅学史》，江苏文艺出版社，2021年。

姜异新：《别样的鲁迅》，人民文学出版社，2023年。

曹聚仁：《鲁迅评传》，中国文史出版社，2023年。

汪晖：《反抗绝望：鲁迅及其文学世界》，三联书店，2023年。

古耜：《遥望文学的昨天》，中国言实出版社，2024年。

汪修荣：《不尽往事尽风流：民国先生风华》，团结出版社，2024年。

姜异新：《究竟是青春：鲁迅的留日七年》，河北教育出版社，2024年。

阎晶明：《同怀：鲁迅与中国共产党人》，江苏文艺出版社，2024年。

黄乔生：《鲁迅诗传》，商务印书馆，2025年。

薛绥之、张俊才编：《林纾研究资料》，福建人民出版社，1983年。

钱理群：《话说周氏兄弟》，山东画报出版社，1998年。

孙郁、黄乔生：《周氏兄弟》，河南大学出版社，2004年。

孙郁：《鲁迅与周作人》，辽宁人民出版社，2007年。

朱正：《鲁迅三兄弟》，复旦大学出版社，2010年。

钱理群：《周作人传》，华文出版社，2013年。

黄乔生：《八道湾十一号》，江苏人民出版社，2023年。

李霁野：《回忆鲁迅先生》，新文艺出版社，1956年。

台静农：《关于鲁迅及其著作》，海燕出版社，2015年。

范伯群、曾华鹏：《郁达夫评传》，南京大学出版社，2012年。

许子东：《郁达夫新论》，华东师范大学出版社，2014年。

冯雪峰：《冯雪峰忆鲁迅》，河北教育出版社，2002年。

吴长华：《冯雪峰的传奇人生》，文汇出版社，2012年。

瞿秋白：《多余的话》，中国友谊出版公司，2014年。

傅修海：《瞿秋白与左翼文学的中国化进程》，人民出版社，2015年。

胡仰曦：《痕迹：又见瞿秋白》，人民文学出版社，2019年。

贾振勇：《郭沫若的最后29年》，中国文史出版社，2005年。

黄候兴：《郭沫若正传》，江苏文艺出版社，2010年。

李继凯：《鲁迅与茅盾》，河北人民出版社，2003年。

茅盾、韦韬：《茅盾回忆录》，华文出版社，2013年。

金韵琴：《茅盾晚年谈话录》，上海书店出版社，2015年。

李辉：《摇荡的秋千：是是非非说周扬》，海天出版社，1998年。

罗银胜：《周扬传》，文化艺术出版社，2010年。

胡风：《胡风评论集》，人民文学出版社，1985年。

梅志：《胡风传》，北京十月文艺出版社，1998年。

陈思和、张业松编：《思想的尊严》，宁夏人民出版社，2008年。

黄乔生：《鲁迅与胡风》，河北人民出版社，2013年。

张晓风：《胡风传》，人民出版社，2015年。

萧军：《萧军全集》，华夏出版社，2008年。

萧军：《鲁迅给萧军萧红信简注释》，金城出版社，2011年。

崔莉、梁艳萍译，平石淑子著：《萧红传》，中国人民大学出版社，2017年。

巴金：《随想录》，人民文学出版社，1980年。

巴金：《巴金全集》，人民文学出版社，1993年。

巴金：《再思录》，作家出版社，2011年。

李存光：《巴金传》，团结出版社，2018年。

老舍著、徐德明、易华注释：《老舍自述》，现代出版社，2018年。

田本相：《曹禺传》，北京十月文艺出版社，1988年。

田本相、刘一军：《曹禺访谈录》，百花文艺出版社，2010年。

秦林芳：《丁玲评传》，南京大学出版社，2012年。

蒋祖林：《丁玲传》，人民文学出版社，2016年。

骆寒超：《艾青传》，人民文学出版社，2009年。

程光炜：《艾青评传》，南京大学出版社，2015年。

董大中：《赵树理评传》，百花文艺出版社，1986年。

戴光中：《赵树理评传》，南京大学出版社，2013年。

钱理群：《岁月沧桑》，东方出版中心，2016年。

郭志刚、章无忌：《孙犁传》，北京十月文艺出版社，1990年。

孙犁：《孙犁全集》第10卷，人民文学出版社，2004年。

周健强编：《聂绀弩自叙》，团结出版社，1998年。

聂绀弩：《聂绀弩全集》第三卷，武汉出版社，2004年。

刘保昌：《聂绀弩传》，崇文书局，2008年。

唐弢：《唐弢散文选集》，百花文艺出版社，2009年。

傅小北、杨幼生编：《唐弢研究资料》，知识产权出版社，2010年。

林伟：《唐弢评传》，沈阳出版社，2019年。

沈从文：《沈从文集》第9卷，花城出版社，1984年。

张新颖：《沈从文的后半生》，广西师范大学，2014年。

张新颖：《沈从文的前半生》，广西师范大学，2018年。

沈从文：《从文自传》，江苏人民出版社，2022年。

凌宇：《沈从文传》，湖南文艺出版社，2022年。

聂华苓著、刘玉杰译：《沈从文评传》，北京联合出版公司，2022年。

张新颖：《沈从文与二十世纪中国》，上海文艺出版社，2024年。

后　记

"纵有千言万语，竟无语凝噎。"看到这些文章最终整理成书稿，感慨很多又难以说清。

首先，这些文章不仅仅是文章，其实也是我这近十年努力的结晶。2016年出版拙作《凡人鲁迅》之后，我便一直想写它的续集。《凡人鲁迅》描写的是鲁迅与论敌的论战，我想继续写鲁迅与同代知识分子的关系尤其是鲁迅对之后现代知识分子的影响。

动笔之后才发现这个选题的写作很难，不仅需要对鲁迅有很深刻很丰富的了解，还需要对那些中国现代知识分子有具体细致的了解，需要广泛阅读他们的作品及有关传记等资料，还需要了解最新相关研究成果。但既然决定了，再难也得迎难而上，所以从2016年开始至今，每三四个月，我大量、集中阅读一个知识分子的有关资料，然后再动笔写作。就这样一直写到现在，写了二十多个现代知识分子和鲁迅的关系。因此，这本书是我十年时光的结晶，是我这近十年来最用心尽力的事情。

另外，这些文章也不仅仅写的是鲁迅和那些现代知识分子，很大程度上其实也写的是我自己，包括我自己的感受、精神、思想。因为我从鲁迅和那些现代知识分子身上，不仅看到了他们当年的梦想与忧伤，也看到了我自己的梦想与忧伤。他们当年的理想、信仰以及由此带来的困惑、受伤，我自己其实也多多少少都有。因此，这本书的写作也是我自己寻求精神家园的过程，我从他们那找到了更明确的方向和更坚定的力量，即要像他们一样成为具有"左翼"立场和独立人格的知识分子。

我对文学研究实际上是"半路出家"，只是凭爱"发电"，也曾想过考文学专业的博士。但因为各种原因未能如愿，因此我写这本书时就发过

"宏愿",就把这本书当作我的博士论文来写。

最后感谢丁帆、王彬彬、谢泳等老师对本书的指导,他们对本书的选题给予了认可和建议,同时也认为写出新意和深度较难。希望这本书没有辜负他们的期望,也没有辜负我自己这近十年的时光和对鲁迅遗风的向往。另外,本书部分内容曾刊登于《鲁迅研究月刊》《同舟共进》《名作欣赏》《档案春秋》等杂志,特此感谢。本成果得到南京信息工程大学国别与区域文化研究创新团队开放课题的资助,也一并感谢!当然,这本书虽然耗费了我大量心血,尤其是尽可能地参考了最新学术成果,但我深知它还存在很多不足、问题,还请大家多多批评指教!

这本书也算是为我的"鲁迅交往三部曲"画上了句号。我的第一本有关鲁迅的书《凡人鲁迅:那些年,鲁迅经历的笔墨官司》写的主要是鲁迅与论敌的关系,第二本《我的沉默震耳欲聋:鲁迅与先生们的呐喊》主要写的是鲁迅与同代知识分子的关系,这本书则主要写的是鲁迅对后辈知识分子的影响。"鲁迅交往三部曲"虽然画上了句号,但我与鲁迅的关系才刚开始,这也算是鲁迅对中国当代知识分子影响的一个剪影吧。鲁迅遗风不绝,鲁迅朋友圈依旧在我对于鲁迅的研究、学习、传承也永远在路上。